中国神话故事

杨建峰　主编

百花洲文艺出版社

图书在版编目（CIP）数据

中国神话故事／杨建峰主编. —南昌：百花洲文
艺出版社，2018.3
ISBN 978－7－5500－2604－9

Ⅰ. ①中… Ⅱ. ①杨… Ⅲ. ①神话－作品集－中国
Ⅳ. ①I277.5

中国版本图书馆 CIP 数据核字（2017）第 324595 号

中国神话故事

杨建峰 主编

出 版 人	姚雪雪	
出 品 人	杨建峰	
责任编辑	余丽丽	
美术编辑	松 雪 王 进	
制 作	陈美林	
出版发行	百花洲文艺出版社	
社 址	南昌市红谷滩世贸路 898 号博能中心 A 座 20 楼	
邮 编	330038	
经 销	全国新华书店	
印 刷	河北鹏润印刷有限公司	
开 本	880mm×1230mm 1/32 印张 14	
版 次	2018 年 3 月第 1 版第 1 次印刷	
字 数	314 千字	
书 号	ISBN 978－7－5500－2604－9	
定 价	42.00 元	

赣版权登字 05－2017－550

邮购联系 0791－86895108
网 址 http://www.bhzwy.com
图书若有印装错误,影响阅读,可向承印厂联系调换。

前　言

　　神话是关于神仙和神化的古代英雄的故事，是古代人民对世界起源、自然现象和社会生活的一种天真淳朴的解释、原始的理解和美丽的向往。 古代由于生产力水平很低，人们不能科学地解释世界起源、自然现象及社会生活的矛盾及变化，于是他们凭借幻想，把自然力拟人化，表现对自然力的斗争意志和对理想的追求。

　　神话通常以"神"为主人公，"神"包括各种自然神和神化了的英雄人物。 神话的情节一般表现为变化、神力和法术，表达了先民征服自然、变革社会的愿望。 从艺术上看，神话具有宏伟的气魄和强烈的浪漫主义精神；它们往往拥有离奇的情节，奇特的幻想，大胆的夸张和丰富的想象。 中国神话，是中华文化与历史的瑰宝，通过口耳相传或书面文字记载等各种形式流传至今。 我国古代有神话，但是向来没有"神话"这个名词。 早期的文字记载散见于《山海经》《水经注》《尚书》《史记》《吕氏春秋》等古代典籍中。 根据有关学者的分类，中国神话可分为"神话""传说"和"仙话"三种。

　　神话是对我国各种文学创作较早发生影响的一种体裁。 它的题材内容和各种神话人物对历代文学创作及各民族史诗的形成具有多方面的影响，特别是它丰富的想象和对自然事物形象化的方法，对后世作家的艺术虚构及浪漫主义创作方式的形成都有直接的影响。它的口头叙事形式也成为叙事文学体裁（如小说等）的先河。不少神话直接为作家、艺术家提供了创作题材，其中有些著名神话，还成为人们经常援引的典故。神话的美学价值、历史价值与认识作用是密切联系在一起的，是了解人类童年生活和心理的钥匙。它对研究古代社会的方方面面，都有重要的参考价值。中国神话在古代即受到一些先哲、史家、学者的重视；我国现当代学者对古代神话的整理与研究取得了一定的成绩，如茅盾的《中国神话研究 ABC》、闻一多的《伏羲考》、袁珂的《中国神话传说》等，都是相当有分量的著作。由于中国古代神话篇幅都很短小，故事性不强，资料很零散，对神的事迹记载非常简略，没有古希腊神话那样的长篇巨制、曲折生动的情节以及严密的体系，其影响似乎远没有后者那么大。但随着我国经济的快速发展、传统文化的广泛传播，中国神话必将在世界文化之苑绽放夺目的光华。

本书选取了盘古开天辟地、女娲创造人类、夸父追日、羿射九日、嫦娥奔月、共工怒触不周山、精卫填海、八仙过海、牛郎织女、孟姜女哭长城等经典神话故事，选取了一些胜地风物传说，同时还选取了一些少数民族神话传说，精心编为"中国神话篇""胜地风物篇""少数民族神话传说篇"。这些神话传说和民间故事，浓缩了丰厚的历史文化，具有很强的思想性、艺术性和故事性。在这些神话传说和民间故事中，我们可以看到中华民族固有的英雄气概、崇高的理想、博大的智慧和美好的追求。通过阅读，相信会在继承和发扬优秀传统文化、开启智慧、拓宽视野等方面对读者起到积极有益的作用。

2018 年 3 月

目 录

第二章

胜地风物篇

第三章
少数民族神话传说篇

第一章

中国神话篇

盘古开天辟地

　　很多很多年以前，天和地还没有分开的时候，宇宙的景象，只是黑暗混沌的一团，好像一个大鸡蛋。

　　人类的老祖宗盘古，这个其大无比的巨人，就孕育在这黑暗混沌的大鸡蛋之中。

　　他在大鸡蛋中孕育着，成长着，呼呼地睡着觉，一直经过了一万八千年。

　　有一天，他忽然醒了过来。睁开眼睛一看，啊呀，什么也看不见，看见的只是漆黑模糊的一片，闷得人怪心慌。

　　他觉得这种状况非常可恼。心里一生气，不知道从哪里抓过来一把大板斧，朝着眼前的黑暗混沌，用力这么一挥，只听得山崩地裂的"哗啦"一声，大鸡蛋忽然破裂开来。其中有些轻而清的东西，冉冉上升，变成了天；另外有些重而浊的东西，沉沉下降，变成了地。——当初是混沌不分的天地，就这样给盘古板斧一挥，划分开来了。

　　天和地分开以后，盘古怕它们还要合拢，就头顶天，脚踏地，站在天地的当中，随着它们的变化而变化。

　　天每天升高一丈，地每天加厚一丈，盘古的身子也每天增长一丈。这样又过了一万八千年，天升得极高了，地变得极厚了，盘古的身子也长得极长了。

　　盘古的身子究竟有多长呢？有人推算，说是有九万里那么长。这巍峨的巨人，一根长柱子似的，直挺挺地撑在天和地的当中，不让它们有重归于黑暗混沌的机会。

他孤独地站在那里，做这种辛苦的工作，又不知道经过了多少年代。到后来，天和地的构造似乎已经逐渐成形了，他不必再担心它们会合在一起了，他实在也需要休息休息了，终于，他也和我们人类一样，倒下来死去了。

他临死的时候，周身突然发生了很大的变化：他口里呼出的气变成了风和云，他的声音变成了轰隆的雷霆，他的左眼变成了太阳，右眼变成了月亮，他的手足和身躯变成了大地的四极①和五方②的名山，他的血液变成了江河，他的筋脉变成了道路，他的肌肉变成了田土，他的头发和胡须变成了天上的星星，他皮肤上的汗毛变成了花草树木，他的牙齿、骨头、骨髓等，也都变成了闪光的金属、坚硬的石头、圆亮的珍珠和温润的玉石，就是那最没用处的身上出的汗，也变成了雨露和甘霖。

总之一句话：人类的老祖宗盘古，他是用了他整个的身体来使这新诞生的世界丰富而美丽。

（袁　珂）

女娲创造人类

天地开辟以后，天上有了太阳、月亮和星星，地上有了山川草木，甚而至于有了鸟兽虫鱼了，可是单单却没有人类。这世间，

---

①　四极：四方的边际。
②　五方：东、西、南、北、中。

无论怎样说吧，总不免显得有些荒凉寂寞。

不知道在什么时候，出现了一个神通广大的女神，叫作"女娲"，据说，和盘古一样，她也有化生①万物的本领。有一天，大神女娲行走在这片莽莽榛榛的原野上，看看周围的景象，感到非常孤独。她觉得在这天地之间，应该添一点什么东西进去，让它生气蓬勃起来才好。

添一点什么东西进去呢？

走呀走的，她走得有些疲倦了，偶然在一个池子旁边蹲下来。澄澈的池水照见了她的面容和身影：她笑，池水里的影子也向着她笑；她假装生气，池水里的影子也向着她假装生气。她忽然灵机一动：世间各种各样的生物都有了，独独没有像自己一样的生物，那为什么不创造一种像自己的生物来加入世间呢？

想着，她就顺手从池边掘起一团黄泥，掺和了水，在手里揉团着，揉团着，揉团成了第一个娃娃样的小东西。

她把这个小东西放到地面上。说也奇怪，这个泥捏的小家伙，刚一接触到地面，马上就活了起来，并且一开口就喊：

"妈妈！"

接着就是一阵兴高采烈的跳跃和欢呼，表示他生命的欢乐。

大神女娲看着她亲手创造的这个聪明美丽的生物，又听见"妈妈"的喊声，不由得满心欢喜，眉开眼笑了。

她给她心爱的孩子取了一个名字，叫作："人"。

人的身体虽然小，但据说因为是神创造的，相貌和举动也有些像神，和飞的鸟、爬的兽都不相同。看起来似乎便有一种管理宇宙的非凡的气概。

---

① 化生：把没有的东西变化出来。

女娲对于她这优美的作品，感到很满意。 于是，她又继续动手做她的工作，她用黄泥做了许多能说会走的可爱的小人儿。 这些小人儿在她的周围跳跃欢呼，嘴里喊着："妈妈！妈妈!"使她精神上有说不出的高兴和安慰。 从此，她再也不感觉到孤独和寂寞了。

　　她工作着，工作着，一直工作到晚霞布满了天空，星星和月亮射出了幽光。 夜深了，她只把头枕在山崖上，略睡一睡，第二天，天刚微明，她又赶紧起来继续做她的工作。

　　她一心想把这些灵敏的小生物来充满在大地上。 但是，大地毕竟太大了，她工作了许久，还没有达到她的志愿，而她自己已经疲倦不堪了。

　　最后，她想出了一个绝妙的创造人类的方法。 她从崖壁上拉下一根枯藤，伸入一个泥潭里，搅浑了浑黄的泥浆，向地面上这么一挥洒，泥点溅落的地方，就出现了许多小小的叫着跳着的人儿，和先前用黄泥捏成的小人儿，一般无二。 "妈妈，妈妈"的喊声，震响在周围。

　　用这种方法来进行工作，果然简单省事。 藤条一挥，就有好些活的人类出现，大地上不久就布满了人类的踪迹。

　　大地上虽然有了人类，女娲的工作却还没有终止。 她又考虑着：人类是要死亡的，死亡了一批再创造一批吗？未免太麻烦了。怎样能使他们继续生存下去呢？这却是一个难题。

　　后来她终于想出了一个办法：就是把那些小人儿分为男女，让男人和女人配合起来，叫他们自己去创造后代，担负起养育婴儿的责任。 这样，人类的种子就世世代代绵延下来，并且一天比一天加多了。

（袁　珂）

女娲补天

女娲创造了人类之后，许多年来平静无事，人类一直过着快乐幸福的日子。

不料有一年，不知道为了什么缘故，也许是神国出了大乱子，要不，就是新开辟的天地还构造得不十分牢实，宇宙忽然发生了一场大变动。

看呀，半边天空坍塌下来，天上露出些丑陋的大窟窿，地面上也破裂成了纵一道横一道的黑黝黝的深坑。在这大变动中，山林燃起了炎炎的大火；洪水从地底喷涌出来，波浪滔天，使大地成了海洋。人类已经无法生存下去，同时又遭受到从大火的山林里窜出来的各种恶禽猛兽的残害。我们想想，这日子是多么难过啊！

女娲看见她的孩子们受到这么可怕的大灾难，痛心极了，没工夫去探究宇宙毁坏的原因，只得又辛辛苦苦地来修补这残破的天地。

这件工作真是巨大而又艰难呀！可是慈爱的人类母亲女娲，为了她心爱的孩子们的幸福，一点也不怕艰难和辛苦，勇敢地独自担负起了这个重担。

她先在大江大河里拣选了许多五色石子，架起一把火，把这些石子熔炼做胶糊状的液体，再拿这些胶糊状的液体来把苍天上一个个丑陋的窟窿都填补好。仔细看虽然还有点不一样，远看去也就和原来的光景差不多了。

她怕补好的天空再坍塌，便又杀了一只大乌龟，斩下它的四只脚，用来竖立在大地的四方，代替天柱。这天柱把人类头顶上的天空像帐篷似的撑起来。柱子很结实，天空再没有坍塌的危险了。

那时，中原一带，有一条凶恶的黑龙在为害人民，女娲便去杀了这条黑龙，同时又赶走各种恶禽猛兽，使人类不再受禽兽的残害。

剩下来只有洪水的祸患没有平息。女娲便把河边的芦苇烧成灰，堆积起来，堙塞住了滔天的洪水。

由于原因不明使宇宙发生的这场大灾祸，总算给伟大的女娲一手平息了；她的孩子们终于从死里逃生，得到了拯救。

这时候，大地上又有了欣欣向荣的气象。春、夏、秋、冬四个季节，依着顺序循环，去而复来；该热就热，该冷就冷，一点也不出乱子。恶禽猛兽死的早已经死了，不死的也渐渐变得性情驯善，可以和人类做朋友了。原野里生满着天然食物，只要花点力气，就可以吃个饱足。人类快乐地生活着，天真烂漫，无忧无虑。

女娲看见她的孩子们生活得很好，自己心里也很喜欢。据说，她又创造了一种叫作"笙簧"的乐器——这乐器是用葫芦做成的，里面插了十三只管子，形状像凤鸟的尾巴，能吹出清扬悦耳的乐声。她把它当作礼品，送给她的孩子们，从此人类的生活就过得更快乐了。

女娲补好天地，为人类做完了她所能做的一切工作，也终于休息下来了。这休息，我们叫它做"死"，但女娲的死，却不是灭亡，而是也像盘古一样，转化做了宇宙间许多物事。在大荒的西方，有一处原野，名叫栗广之野，那里有十个神人，名叫女娲之肠，横断了道路，并排地站在那里做守卫原野的工作——他们就是女娲的一条肠子变化成的。 她的一条肠子都能化生做十个神人，我们就可以想见她的全身能化生多少令人惊奇的东西了。

（袁　珂）

羿射九日

从前，有一个天神，他的名字叫羿。 他的力气最大，箭射得最准，人们都非常敬重他。 那时，天上有个统治者，人们称他为上帝，就是天帝，他的名字叫帝俊。 帝俊有两个妻子，一个叫常羲，是月亮女神，生了十二个月亮女儿；另一个叫羲和，是太阳女神，生了十个太阳儿子。 这十个太阳都住在东海外的汤谷。 因为那里的海水像开水一样热，所以把那个地方叫作汤谷。

汤谷有一棵大树，名叫扶桑。 扶桑有好几千丈高，一千多围粗，十个太阳就住在这棵大树上。 他们每天轮流值班，一天一个。 值班的一个太阳住在大树的上枝，不值班的九个太阳住在大树的下枝。 值班的太阳每天出发之前，都要到咸池洗个澡，然后骑上三条腿的乌鸦，慢慢地飞上天去。 这个三条腿的乌鸦是日精，所以人们又把太阳叫金乌。 三条腿的乌鸦，每天驮着太阳按时从东方的汤谷出发，一直飞到西方的虞渊，再绕道飞回扶桑交班。 这就是一天。 因为每天只有一个太阳值班，这个回来了，那个才出去，所以人们每天只能看到一个太阳，谁也不知道天上竟有十个太阳！

这十个太阳，长得一模一样，除了他们的母亲羲和，谁也分不清哪个是老大，哪个是老二，所以每天值班都由母亲羲和来安排。 十个太阳都很听话，没有不服从分配的，所以，自从盘古开天辟地以来，没出现过一次事故。

有一天，羲和去探望一个天神，不在家里，正赶上这天是最小的儿子老十值班。这个儿子平时娇生惯养，在妈妈面前还能听话，可是一离开妈妈就不守纪律了。他见妈妈不在家，没有人管他了，就乘机对九个哥哥说："人家出来进去都自由自在，愿意出去就出去，愿意回来就回来。谁像我们，天天受拘束，一条道跑到黑，多单调，太没意思了！今天，我们来个新花样，我们哥十个一齐出去，看谁发的光最亮，看谁放的热最多。谁不去谁是胆小鬼！"他这么一说，谁都不愿意做胆小鬼，就都同意了。于是，十个太阳一齐跑了出来，在空中向四面八方喷射着刺眼的光芒。他们这样做，还以为大地会向他们表示欢迎，哪知道大地上的一切生物都恨死他们了！大地被照得像着了火一样，庄稼被烤焦了，小河被晒干了，人被晒得喘不上气来，只好躲在山洞里，就这样还有很多人被晒昏过去。

当时，地上的国君是尧。他看到人民受到这么大的灾难，心里非常难过，可他又没有什么办法，只好向上帝祷告，希望上帝派天神来解除灾难。

由于尧的祷告，十个太阳胡闹的事情被天帝知道了。他非常生气，决定派力气最大，射箭最准的羿到人间，给解决这个问题。羿离开天宫的时候，帝俊赐给他一张红色的神弓，十支白色的神箭，还嘱咐他说："你到人间以后，用这神弓神箭吓唬吓唬孩子们，不让他们再淘气就行了。"羿接受了任务，就回到家里，辞别了妻子嫦娥，带着神弓神箭下凡了。

羿到了人间，首先拜见了国君尧，说明了来意。尧听说羿是天帝派下来为民除害的天神，高兴极了，他所有的烦恼和忧愁，一下子都烟消云散了。尧陪着羿到各地视察了灾情。羿看到人间遭受这么大的苦难，心里很难过，也很气愤。 他立刻登上五台山，站在最高处，双手拉开神弓，搭上神箭，对准太阳，装出要射的样子。 羿本来想吓吓他们，叫他们别再胡闹，各守本分，遵守天规。 可是这些娇养惯了的天帝儿子，根本不理睬他，反而奚落他，嘲笑他，不仅不怕，而且更放肆了。 这可把正直的羿惹恼了，气坏了。 羿咬着牙，心里说："我才不怕你们这些天帝的儿子呢，只要你们与人民为敌，残害百姓，我就把你们射下来！"羿重新搭上箭，拉满弓，这回可不客气了，对准第一个太阳，"嗖"一声射去。 只见第一个太阳金光一闪，火花纷飞，冒着一股青烟，无声地爆裂了。 因为离得太远，所以听不到爆裂的巨响。 就这样，第一个太阳被射下来了。 羿感到自己闯下了大祸，心想，反正这样了，干脆，一不做，二不休，他又接连射了八支神箭，只见空中的太阳，一个接一个闪光、冒烟、爆裂，又有八个太阳被射下来了。 天上只剩下一个太阳了，羿还要射。 这时，国君尧领着一大群老百姓，急急忙忙跑上来，一边跑一边喊："别射了，留一个！"尧来到羿的跟前，按住他的神弓说："不要射了，得留下一个啊，没有太阳，我们人也活不成了。"羿答应了大家的要求，把这个太阳留下来了。 从此，这个太阳再也不敢淘气胡闹了，和往常一样，老老实实，规规矩矩，每天按时从东方升起，慢慢向西方飞去。 人间的灾难解除了，人民得救了，秩序正常了，人们又开始过着安居乐业的生活了。

羿为人民解除了灾难，人们对他非常感激、崇敬和爱戴。 当他要回天宫的时候，大家都舍不得让他走，个个苦苦相留，希望他能够住在人间。 可是，羿天命在身，不能违抗，只好依依不舍地离开人间，返回天宫去了。

（徐宗才）

嫦娥奔月

羿是天神，住在天宫，他帮助人间射落了九个太阳，为人民解除了大灾难，天下的人民都感激他，把他看作是伟大的英雄；可是，羿射的九个太阳正是天帝的儿子，他因此得罪了天帝，被天帝看作了仇人。

羿回到天宫，不仅没得到嘉奖，反而遭到了惩罚，还连累了妻子嫦娥，他们一起被贬到了人间。 嫦娥非常美丽贤淑，她和羿的感情一向很好，两人从来没发生过争吵，也没红过脸。 这次她虽然受了连累，也无怨言。 她和羿一起下凡，来到了人间。

嫦娥非常喜欢人间的生活，她经常和妇女们一起劳动，采桑养蚕，缫丝织布。 羿每天和男人们一同去打猎，一块去耕田锄地。他们在人间的生活是快乐和幸福的。

有一天，羿忽然闷闷不乐地对嫦娥说："现在，我们都做了人间的凡人，回不去天上了，在人间又活不长久，因为人总是要死的。 有什么办法能使我们长生不死呢？"嫦娥听羿这么一说，也有点愁了。 她忽然想起西王母那里有长生不死药，就对羿说："西王母那里不是有长生不死药吗？你怎么忘了呢！能不能去要点来？"羿一听，满脸的愁容立即消失了，高兴地说："好，我明天一早就去。"

第二天早晨，太阳刚刚升起，羿就背上弓箭，大步向西王母居住的昆仑山走去。

昆仑山是西方的一座大山，是天帝设在下方的帝都。 这里居住着许多天神，西王母就住在山顶上的少广洞。 昆仑山非常高大险要，方圆八百多里，高八千多丈。 山的周围是用玉石栏杆做成的围墙，进出的门都由神兽把守着。 这把门的神兽叫作"开明兽"。 山的下面，环绕着一条很深的弱水。 这弱水很特别，连大雁的羽毛掉上去都会沉没。 弱水的外面，还有一圈昼夜不熄、长年燃烧的火焰山保护着。 所以，普通的人谁也来不了。

西王母是掌管疾病和刑罚的女神。 她长相很奇怪：披头散发，戴着玉胜①，两颗虎牙从嘴角直伸到外面，屁股上长着一条豹子尾巴。 她平时好大声喊叫，很有威风，山上的神仙们也都怕她。 西王母的身边，还有三只神鸟，这是专门给她取食送饭的。

羿过去曾到过昆仑山，对山上的道路比较熟悉。 这次上昆仑山，他没有费多大劲，很顺利地通过了火焰山和弱水，找到了西王母居住的少广洞。 羿拜见了西王母，说明了来意。 别看西王母的样子很难看，可她的心肠却是很善良的。 她对羿的不幸遭遇深表同情，慷慨地答应了羿的请求。 西王母拿出装药的小石匣，打开一看，里面只剩下两包药了。 西王母把两包药拿出来，对羿说："你真好运气，就剩下这两包了！这药是用不死树上的不死果炼制成的。 不死树三千年开一次花，六千年结一次果，每次结的果子也很少。 所以，这药非常珍贵，用多少钱也买不到，吃一包就能长生不死，吃两包就能升天成神仙。 这两包药，你一包，嫦娥一包，愿你们夫妻长生不死。"羿千恩万谢把药接过来，小心翼翼地揣在贴身的衣兜里。 西王母又对羿说："吃药的时间，最好在八月十五月亮圆的时候。"羿回答说："我记住了，谢谢您。"

羿辞别了西王母，又迈开大步，日夜兼程，赶回家里。 一到

---

① 玉胜：古代戴在头上的一种首饰。

家，羿就把不死药交给嫦娥保管着，等着到八月十五月圆的时候，两个人一起吃。 离十五还有好几天，他们俩和平时一样，照常参加劳动。 嫦娥还是采桑养蚕，羿和几个猎户还是出去打猎。 这天，羿要和几个猎户去洛水一带打猎，好几天才能回来。 临走时，羿对嫦娥说："十五晚上我一定赶回来，你在家等着我。"

时间过得真快，转眼间到了八月十五。 这天早晨，嫦娥照样跟一群妇女出去采桑。 妇女中有一个外号叫"长舌"的，是一个多嘴多舌、爱传闲话、拨弄是非的人。 这天，长舌正巧和嫦娥在一块儿采桑。 她见身边没有别人，就小声对嫦娥说："昨晚听人说，你家的羿老爷在洛水边打猎，遇到了河伯的老婆。 她长得很漂亮，他们俩一见面就互相爱上了。 后来，河伯知道了这件事，就带着虾兵蟹将把羿老爷围起来，要杀死他。 羿老爷很生气，一怒之下，用神箭把河伯的左眼射瞎了。 河伯觉得自己有理，就跑到天帝那里去告状。 天帝对河伯早就不满，因为河伯每年都要娶民间的姑娘做老婆，这未免太不像话了。 这回，天帝狠狠地把他训斥了一顿。 羿老爷知道天帝没给河伯做主，就把与河伯老婆相爱的事公开了。 听说八月十五，对了，就是今天，晚上月圆的时候举行婚礼。 不知你听说了没有？"

嫦娥听了，吃了一惊，但脸上没有表露出来，她装着毫不在意的样子，说："这些闲事，我才不管呢！"

因为长舌平时总爱添油加醋地传些闲话，所以她这些话，嫦娥也不大相信。 她相信羿不会变心，他晚上一定会回来的。

嫦娥回到家里，准备了丰盛的晚饭，等候着羿。 可是，一等不回来，二等还不回来。 一顿饭的时间过去了，又是一顿饭的时间过去了，羿还是没有回来。 嫦娥真有点着急了，心里犯了嘀咕："难道长舌的话是真的？"又过了很长时间，眼看快到半夜了，月亮就要向西斜了，可是，羿还没有回来。 这时，她完全相信长舌的话了。 嫦娥悲痛欲绝，泪流满面。 心想："他既然变心了，我一个人留在人间有什么意思呢？不如把两包药都吃了，仍旧回到天上当神仙吧。"于是，她擦干了眼泪，把长生不死药拿出来，一口就都吃下去了。 吃了药以后，嫦娥觉得身子越来越轻，不一会儿，就飘起来，离开了地面，她从窗口钻出去，慢慢地向天空飞去。

十五这天，羿因为追赶一只凶猛的野兽，路跑远了一些，所以赶回家的时候，已经很晚了。 羿心里惦记着不死药，急急忙忙赶到家，可是推门一看，嫦娥不见了，桌子上放着装不死药的空盒子。 羿马上明白了：嫦娥把药都吃了，上天当神仙去了。 羿非常悲愤、失望，就好像有万把钢刀刺他的心。 他一夜没有睡，独自在月色皎洁的院子里徘徊。

蓝蓝的夜空悬挂着一轮圆圆的明月，满天的繁星，像一群顽皮的孩子，眨巴着他们的小眼睛。 星月之光，给大地涂上了银色的清辉，使大地显得格外空旷宁静。

嫦娥一边飞一边想："如今离开了人间，到哪里去呢？回天宫吧，那些天神一定会笑话我，说我是被遗弃的女人，或者说我是背弃丈夫的妻子，到别处去吧，一时又没有合适的地方……"最后她决定到月亮上去。

一会儿的工夫，嫦娥就飞到了月亮上。 月亮上有一座很大的宫殿。 宫殿的门上挂着一块大匾，匾上写着"广寒宫"三个金黄色的大字。 嫦娥迈着轻轻的步子，胆战心惊地走进了宫殿。 这座宽阔的宫殿里，只有一棵五百多丈高的大桂树，树下有一只小白兔和一个三条腿的蟾蜍，除此之外，什么也没有了。 整个宫殿十分清冷，使人感到很寂寞。

嫦娥看到这清冷的景象，非常失望和伤心。她非常后悔：后悔自己不该和羿生这么大的气，后悔自己不该听长舌的一面之词，没有把事情弄清楚，后悔自己不该离开人间跑到月亮上来。她多么想离开月宫，再回到人间啊，可是已经办不到了，因为她不会飞了，从此，嫦娥只好一个人住在冷冷清清的广寒宫里了。

（徐宗才）

羿怎样被逢蒙害死

天上的不公平，使羿再也不想回天上去了，于是，打猎成了这个神射手的唯一爱好。常常陪他出猎的是他的学生逢蒙。逢蒙本是山间的一个猎手，勇敢、灵敏，羿很喜欢他。他差不多把自己的射箭本领都传授给了逢蒙，希望他能成为一个出色的猎手。

可是逢蒙不欢喜他这个老师。他气量狭小，觉得人们称赞他的本领大，首先是他的老师本领大。如果去掉了老师，他逢蒙不就是天下第一了吗？

有一次，他和羿比赛射箭。正在这时，天空中一行大雁飞过。羿叫逢蒙先射。逢蒙也不客气，挽弓搭箭，对着天空"嗖嗖嗖"就是三箭。立刻，三只大雁从高空跌了下来。他高兴地把大雁拾起来，笑着递到羿面前，说："都射中了头部。"羿非常高兴，连连称赞。

接着，羿也挽弓搭箭，瞄准了天空。可是这时的大雁，都因遭到袭击而飞乱了。飞乱也没关系，羿不慌不忙，"嗖嗖嗖"连发三箭，立刻，又是三只大雁从高空中跌落下来，逢蒙赶忙去拾，拾起来一看，呆了，竟也都中了头部。他心里恨恨地说：他本领比我高强，我必须除掉他。

可是，他的本领毕竟都是羿教给他的，羿待他又非常好，他心软了，手也软了。

人是在变的。羿生活不如意，妻子离他去了，生活单调又寂寞，脾气也就变得暴躁起来，动不动就朝逢蒙发火、谩骂。逢蒙在几次被无缘无故责骂以后，就决心要除掉他这个老师了。

一天，羿又要带逢蒙出去打猎，逢蒙推说家里有事不能陪他去。傍晚，羿打猎回来，快到家时，突然对面树林子里有个影子一闪，接着一支箭向他飞来。羿眼明手快，立刻回了一箭。两支箭在空中相接，挤成一个"人"字落到地上，如此，双方一连射了九支箭。羿的箭用完了，可是对方却又射来了第十支箭。这支箭，准对着他的咽喉，快如流星，射中了他的嘴。立刻，一个筋斗，羿带箭跌下马来，那马也站住了。

逢蒙见羿跌下马，十分得意。他慢慢地踱过来，想看看死了的老师的脸。

他刚刚走出树林，就看见羿张开了眼睛直坐起来，他吐出嘴里的箭，迅速地搭上弓弦，对着他的脑门射来了。

逢蒙叫声"不好"，两手抱头，返身便跑。那支箭在他后面紧紧追赶。

逢蒙跑到一棵大树下，躲到大树背后，可那箭真神，竟如有眼睛似的，拐了个弯，绕着树飞过来了。逢蒙吓坏了，急忙拔腿再跑。

他绕着大树狂奔，箭也绕着大树紧追。

逢蒙逃得快，箭也追得快；逢蒙逃得慢，箭也追得慢。就这样绕着大树转圈圈。

逢蒙跑得大汗淋漓，他知道逃不过去了，只能上气不接下气地求饶了："师傅，饶了我吧……"

"去你的吧！"羿鄙夷地一挥手说。

那箭像接到了命令似的，"当"的一声落到地上。

逢蒙像得到了大赦，揩着额上的大汗，气喘吁吁地连声道谢："师傅，谢谢！谢谢！"

"你真是白跟我学了这么久，"羿苦笑着说，"难道连我的'啮镞法'，都不知道？以后还得好好练啊！"这啮镞法，就是用牙齿咬住箭头，来解脱突然射来的箭矢的方法。羿又劝告他，以后可不能再这样害人。

"是……是……老师。"逢蒙连连点头，满脸羞惭地低下了头。

羿虽然被逢蒙暗算了，可他毕竟是一个对人宽厚仁慈的人，又自以为本领高强，不怕别人暗算，所以也没把此事放在心上，以后出去打猎，仍旧带着逢蒙。逢蒙经过这事，在羿的面前也表现得听话、老实了。羿以为他改过了，也就深信不疑。

但事实是，逢蒙一点没有改过之心，反而更隐蔽了。他暗中用桃木削成根结实的大棍子，一直带在身边。他用这根棍子打野兽、挑猎物，都很方便，羿也喜欢，因此，一点也不疑心它会打到自己头上。

一天，羿站在树林边，看到天上飞来一行大雁，立刻挽弓搭箭，向天射去。一只大雁应声落了下来，他正举起弓来要射第二只的时候，本来在他身旁准备拾雁的逢蒙，突然直起身，抓起身旁的桃木棍子，对准羿的头顶，狠狠地打了下去。这一棍，犹如泰山压顶，羿发觉后想挡也来不及了，直打得他脑浆迸裂……

羿死后，人们为了纪念他，奉他做了宗布神。宗布神的职司是统管天下所有的鬼的。　人们希望他对于像逢蒙那样的人死后，千万不要再向他发善心。

（曹　弓）

太阳神

自从后羿射掉了九个太阳之后，天下就只有一个太阳了。　但这个太阳先前和兄弟们在一起时自由自在惯了，这时候常把每天从东方出来、在天空中行走一遭的事丢在脑后。　有时它躲在深山谷里玩耍，迟迟不肯出来；有时它半夜里忽地从大水池里跳起，弄得晨昏颠倒；甚至有时候在扶桑树上睡个大懒觉，十天半个月也不露一面，直把个世界变得漆黑一片，阴冷异常。　天帝知道了这个情况，就命炎帝为太阳神，专门管理太阳。

太阳神炎帝带着天帝给他的一只璀璨夺目的玉鸡，驾着由六条没有角的龙拉着的悬车，飞快地出发了。　当他找到太阳的时候，太阳在扶桑树上还没有睡醒呢。　炎帝把那只玉鸡放到树端，玉鸡立刻引颈长鸣。　这一声声传千里的啼叫把太阳惊醒了，太阳抬头一看，炎帝手里举着一根闪着亮光的"若木"，正威严地对着它吆喝："快履行你的职责吧！以后再不能偷懒了！"

太阳知道炎帝是天帝派来的大神，又害怕炎帝手中那根鞭子似的神木，它红着脸，赶紧从东方升了起来。

炎帝驾着华丽的六龙悬车，不紧不慢地随在太阳身后，督促太阳行走。　一路上，只见万物生辉，大地生气勃勃。　走着走着，天空中忽然飘来一片乌云。　那乌云和太阳非常熟悉，邀请太阳与他一同嬉耍。 太阳因为有炎帝在身后管着，不敢答应。 乌云不高兴了，一阵翻滚咆哮，霎时遮天蔽日，弄得太阳一身脏。 炎帝见了，立刻挥动手中若木，赶走乌云。 然后又用若木在太阳身上拂拭一遍，让太阳依旧金光灿灿，继续在天空行走。 走着走着，又忽然听到一声恶狠狠的怪叫，原来是远处伏着一只凶恶的天狼。天狼专门吞食天上的星辰，太阳见了，不免有些害怕。 炎帝从六龙悬车上站起身来，挽起一张巨大的弯弓，搭上一支锐利的长箭，威严地对准了天狼。 天狼一看情况不好，掉头就跑。 太阳感激炎帝的恩德，不用炎帝催它，又接着赶路了。

黄昏时分，太阳来到了西边的崦嵫（yān zī）山①，完成了一天的工作。 它跳到崦嵫山后的大水池中痛痛快快地洗了个澡，然后顺着一条通往东方的虞渊，重新回到它栖息的扶桑树上。 它要在这里休息一晚，第二天重新开始这样的循环。

此后，太阳神炎帝每天督促着太阳，鸡啼而出，月升而归。正由于他们这样每天一次的奔驰劳作，大地上才有了无限的光明和温暖，才有了无限的生机。

（吉　丁）

神　农

大神炎帝出现在世间的时候，大地上的人类已经繁育得不少了。 那时人类靠打猎捕食野兽为生，有时也寻找些野菜野果充

---

① 崦嵫山：古代传说太阳落下的地方。

饥。 但这样既没有保障，又无法满足人口增长的需要。 慈爱的炎帝决心帮助人类解决生存的困难。

炎帝来到人群中，对大家说："我来教你们播种五谷吧！"人们感到十分新奇，不知道播种五谷是怎么回事。 炎帝就教人们开垦土地，教人们打井取水。 可是没有种子怎么办呢？只见炎帝召来一只遍体通红的大鸟，鸟的嘴里衔着一株九穗的禾苗。 大鸟飞过天空，穗上的谷粒竟像下雨一样落到地上。 炎帝让人们把谷粒拾起来，种到田里。 寒来暑往，人们经过耕作，终于收获了种植的五谷，生活开始有了保障。 人们感念炎帝的功德，尊他为"神农"。

神农氏炎帝看到人们虽然不再为食物发愁，但还经常遭受疾病的折磨，心中仍然不安。 他想，大地上有那么多的草草木木，要是能够用来解除人们的病痛该有多好！炎帝决心把这个想法变成事实。

可是，疾病有多种多样，草木有千千万万，该用什么草木来治什么病症呢？神农氏炎帝想，只有亲口尝过草木，掌握品性，才是最可靠的。 于是，他采来各种草木，细心观察，认真品尝。 什么吃着酸甜，什么吃着苦辣；哪一种吃了发热，哪一种吃了清凉……他都一一记下了。 炎帝有时吃得舌头发麻，有时吃得头昏眼花，甚至在一天里中过七十次毒。 好在这位慈爱的大神有着坚强的意志和超人的体魄，一直都没有停止品尝百草的试验。 最厉害的一次，炎帝尝了一种开着小黄花的野葛，不料这种不起眼的藤状植物毒性剧烈，竟把炎帝的肠子也烂断了。 天帝知道了这事，深为炎帝的行为所感动，急忙派使臣送来西王母的不死药和一根"赭鞭"。 这赭鞭是一根神鞭，无论什么草木，用它鞭打一下，草木的药性立刻会在鞭子上显示出来。 炎帝有了神鞭这样方便而实用的工具，识别草木、发明医药的事干得更起劲了。

千百年来，人们一直怀着崇敬的心情记着神农，深深地感念他发明种植五谷和用草药治病的巨大贡献。据说至今在山西神釜冈还存有神农用过的鼎，还把神农曾经鞭打草木的咸阳山叫作神农原呢。

（吉　丁）

精卫填海

太阳神炎帝有一个小女儿，名叫女娃，是他最钟爱的女儿。有一天，女娃驾着小船，到东海去游玩，不幸海上起了风涛，像山一样的海浪把小船打翻，女娃就淹死在海里，永远回不来了。炎帝固然痛念他的女儿，但却不能用他的光和热来使她死而复生，只好独自悲伤罢了。

女娃不甘心她的死，她的魂灵变化做了一只小鸟，名叫"精卫"。精卫长着花脑袋、白嘴壳、红脚爪，大小有点像乌鸦，住在北方的发鸠山上。她恨无情的大海夺去了她年轻的生命，因此她常常飞到西山去衔一粒小石子，或是一段小树枝，展翅高飞，一直飞到东海。她在波涛汹涌的海面上飞翔着，把石子或树枝投下去，要想把大海填平。

大海奔腾着，咆哮着，露出雪亮亮的牙齿，凶恶地嘲笑着："小鸟儿，算了吧，你这工作就算干上一百万年，也休想把大海填平呢。"

精卫在高空答复大海："哪怕是干上一千万年，一万万年，干到宇宙的终尽，世界的末日，我也要把你填平！"

"你为什么怨恨我这样深呢？"

"因为你呀——你夺去了我年轻的生命；将来还会有许多年轻无辜的生命，要被你无情地夺去。"

"傻鸟儿，那么你就干吧——干吧！"大海哈哈地大笑了。

精卫在高空悲啸着："我要干的！我要干的！我要永无休止地干下去的！你这叫人悲恨的大海啊，总有一天我会把你填成平地！"

她飞翔着，啸叫着，离开大海，又飞回西山去，把西山上的石子和树枝衔来投进大海。她就这样往复飞翔，从不休息，直到今天她还在做着这种工作。

（袁　珂）

夸父追日

远古时候，有个傻气的夸父族的巨人，看见太阳每天从东方出来，又向西方隐没下去，然后来了黑暗无边的长夜，直到第二天的早晨，太阳才再从东方出来。巨人夸父心里想："每天晚上，太阳躲到哪里去了呢？我不喜欢黑暗，我喜欢光明！我要去追赶太阳，把它抓住，叫它固定在天空中，让大地不分昼夜都是光辉灿烂的。"

在原野上，他果然就提起长腿，迈开大步，如风地奔跑，向着西斜的太阳追去，瞬息间就跑了一两千里。

他这一追，一直把太阳追到禺谷。禺谷，就是虞渊，也就是太阳落下的地方。

　　还不等太阳落下去，长腿善跑的巨人夸父早已经追到了。一团红亮的火球就在夸父的当前，使他周身完全处在大的光明的围绕之中，他欢喜无尽地举起两条巨大的手臂来，想把当前的这团红亮的火球捉住。

　　就在这时，他喉咙里忽然感到一种极其烦躁的口渴，使他简直忍受不了。这当然并不奇怪，因为他被炎热的太阳烤炙着，又兼奔跑了老大半天，实在疲倦极了。

　　他只得暂时放弃了想要追捕的太阳，伏下身子来，去喝黄河、渭水里的水。经他这么咕嘟嘟地一喝，刹那间两条大河的水都给他喝干了，可是那烦躁而难受的口渴还是没有止住。

　　他再向北方跑去，想去喝大泽里的水。那大泽，又叫"瀚海"，在雁门山的北边，是鸟雀们挈生幼儿和更换毛羽的地方，纵横有千里宽广。这倒是一处好水泉，可以给寻求光明的巨人解除口渴。可惜他还没有到达目的地，就在中途口渴死了。

　　他颓然地像一座山样地倒了下来，大地和山河都因为这巨人的倒下而发出轰然的震响。这时太阳正向虞渊落去，把最后几缕金色的光辉涂抹在夸父的脸颊上。夸父遗憾地看着西沉的太阳，"唉——"地长叹了一声，便把手里拄的杖奋力往前一抛，闭上眼睛长眠了。

　　到第二天早晨，当太阳又从东方升起，把它的金光来普照着大地的时候，就发现昨天倒毙在原野上的夸父，已变做了一座大山，山的北边，有一片绿叶茂密、鲜果累累的桃林，那就是夸父手杖变成的。他把这些滋味鲜美的果子，送给后来追寻光明的人们解除口渴，使他们一个个精神百倍，奋勇地前行，不达到目的，决不休止。

（袁　珂）

雷神的儿子伏羲

　　在西北方很远很远的地方，有一片极乐的国土，名叫"华胥氏之国"。　谁也不知道这个国家有几千几万里远，坐车呀，乘船呀，骑马呀，都不能到达，所以人们只能神游而已。　这个国家没有国王，人们自由自在，生活得很快乐，每个人的寿命都很长。据说他们走进水里淹不着，走进火里烧不着，在空中行走如履平地，云雾挡不住他们的视线，雷霆扰乱不了他们的视听，世间的利害、美丑都不能使他们动心。　这真是神仙般的国度啊！难怪黄帝常常到那儿去游览观光呢。

　　在这个神仙国度里，有一个没有名字、就叫作"华胥氏"的美丽姑娘。　一天，她到一个林木茂密、风景优美，名叫"雷泽"的大泽旁去玩耍。　这"雷泽"本是雷神居住的地方。　雷神长着人的头面，龙的身躯，用手一敲肚子便发出隆隆的雷声。　华胥氏姑娘正在玩耍，忽然看见一只巨人的脚印出现在大泽边的草地上。　她觉得又奇怪又好玩，便试着用自己的脚在巨人的脚印上踩了一下。不料一脚踩下去，就觉得身内动了一动，不久就怀孕了。　一直怀胎十二年，生下个男孩儿，取名叫伏羲。　伏羲长着人的头面，蛇的身躯，可见他和雷神的血缘关系了。

　　在古代神话中，伏羲是统治东方的天帝。　他不但具有充分的神性，而且有着无穷的智慧，对后人做出了许多贡献。

　　伏羲的贡献之一，是他曾经画过"八卦"。　传说有一年龙马驮着个图出现在黄河上，那图上标的数是一和六在下边，二和七在上边，三和八在左边，四和九在右边，五和十居中央。 伏羲拿它做标准，画成了八卦。 也有的说，伏羲仰头观看天文，俯身观看地理，观察鸟兽的纹理和大地生长的万物，才创造出八卦。 所谓八卦，就是用☰（乾）这种符号代表天，用☷（坤）代表地，用☵（坎）代表水，☲（离）代表火，☶（艮）代表山，☳（震）代表雷，☴（巽）代表风，☱（兑）代表泽。 这八种符号包括了天地万物的种种情况，伏羲就拿它来治理天下，人民也可以拿它来记载生活中发生的各种事情。 后来《易经》里的卦爻（yáo）辞，就是在八卦的基础上衍化出来的。

伏羲对人民最大的贡献，大概就是把火种带给人民，让人民吃到烤熟的野味，学会了熟食。 伏羲又叫"庖羲""炮牺"，那含义就是不要吃生肉，"打来野兽到厨下去烧制"的意思。 伏羲教人民学会用火，把野兽烤熟了吃，不但味道美，而且容易消化，少生病，真是对人民的一大恩惠啊！

伏羲还是个有多种发明的发明家。 有的说，他模仿蜘蛛结网而织成渔网，教人民打鱼捉蟹；有的说，是他亲自把野蚕驯化了，人民从此才开始养蚕；有的说，伏羲制作了琴和瑟，他做的瑟，长七尺二寸，有二十七根弦；还有的说，他还是个作曲家，制作了《驾辩》《劳商》《凤来》等曲，都是非常好听的乐曲。

（杨克兴　王兴义）

神女瑶姬

太阳神炎帝生了四个女儿，差不多每个人都有一段美丽浪漫的神话故事。 这里先说说小女儿瑶姬的故事。

这位瑶姬小姐，是一个非常漂亮而多情的姑娘。 可是不幸得很，她刚刚活到该出嫁的年龄，就早夭了。 她死后，被埋葬在巫山的南面，她的精魂就去了那瑶姑之山，化作了一株瑶草。 这种草长得重重叠叠的，非常茂盛，开着黄色的花，结的果子像菟丝果一样，据说谁若是有幸吃了它，就会被人宠爱。

天帝很同情这个不幸的少女，就封她做了长江边上巫山的云雨之神。 她早晨化作一片绚丽的朝云，在幽山峡谷之间自由自在地飘浮着，晚上又化成一阵潇潇暮雨，似乎在对着山山水水泣诉自己的无穷哀怨。

相传战国末年，楚怀王游览云梦（即云梦泽）时，住在一座名叫"高唐"的行宫里，这个热情而大胆的神女瑶姬，大白天就悄悄跑进行宫里，向正在睡梦中的楚怀王倾吐了自己的爱情。 怀王醒来后，回味梦中情景，留恋不舍，就命人在巫山的南面，高唐的附近，修了一座庙宇，名叫"朝云"。 后来，怀王的儿子襄王和他的御用文人宋玉又到这里来游玩，听宋玉讲述他父王梦中与神女相遇的故事，心中不胜羡慕。 据说当天晚上，宋玉也做了一个同样的美梦。 第二天，他把做梦的事告诉了楚襄王，襄王便命他以这两次奇梦为题材，作了两篇有名的赋：一篇叫《高唐赋》，一篇叫《神女赋》。

（杨克兴　王兴义）

黄帝四面

作为中华民族共同祖先的神，在炎帝之后又出现了黄帝。 也有的书上说，黄帝和炎帝本来是兄弟，黄帝是哥哥，炎帝是弟弟。

黄帝是天国的最高统治者。 "黄"的意思同"皇"，"皇"的原意是光辉伟大，所以黄帝乃是光辉伟大的天帝，是中华民族的上帝。

黄帝姓姬，是少典的儿子。 少典从有蟜(jiǎo)氏的部落里娶了个妻子，名叫附宝。 一天夜晚，附宝看见一道大电光缠绕北斗星，把宇宙照得通亮，腹中有感而怀孕。 一直孕育了二十五个月，在青丘这个地方生下了黄帝。 由此可知，黄帝是雷神的后代。 他原来也是主雷雨的天神，后来崛起为中央的天帝。

黄帝的样子长得很怪，据说头上四面长着四张脸，所谓"黄帝四面"，可以监视着四方。 他住在天国的中央，统治着整个宇宙。 他的四面，各有一个天帝，掌管着一方面的事物。 东方的天帝是太皞(hào)，辅佐他的是木神句(gōu)芒，手中拿着一个圆规，掌管着春天，是春神；南方的天帝是炎帝，辅佐他的是火神祝融，手里拿着一杆秤，掌管着夏天，是夏神；西方的天帝是少昊(hào)，辅佐他的是金神蓐(rù)收，手里拿着一把曲尺，掌管着秋天，是秋神；北方的天神是颛顼(zhuān xū)，辅佐他的是水神玄冥，手里拿着一个秤锤，掌管着冬天，是冬神。 黄帝本人则居中央，辅佐他的是土神后土，手里拿着一根绳子，四面八方都管得着。 从这有秩序的金、木、水、火、土五帝的排列来看，这个以黄帝为中心的五方神的统治，似乎可以说是完美无缺了。 然而黄帝建立起这样井然有序的天国，也不是一帆风顺的。 据说黄帝当初养性爱民，不好战伐，可是四方的天帝却密谋联合起来，要推翻黄帝。 黄帝觉得不能再姑息养奸了，于是举兵消灭了四帝，然后才建立了上面所说的天国的新秩序。

（杨克兴　王兴义）

炎黄之战

传说黄帝和炎帝，是同母异父的兄弟。黄帝是中央的天帝，炎帝是南方的天帝，兄弟俩各占天下的一半。黄帝主张行仁义之道，可是炎帝不肯听从，两个人发生了矛盾，以致闹得水火不相容，终于动起干戈。

那时候，双方已经用火和水这两种东西作为战争的武器了。炎帝是太阳神，用的是火攻，当然还有火神祝融帮助他；可是黄帝本人就是管雷雨的神，对火攻并不放在心上，只消一场大雨就对付过去了。所以炎帝不能取胜。

有一次，兄弟俩带着兵马在"涿鹿之野"，也就是今天河北涿鹿境内，大战了一场。战争惨烈无比，只杀得天昏地暗、血肉横飞，以致双方士兵血流成河，把那粗大的木棒（作战的武器）都漂浮起来。

后来，双方在距"涿鹿之野"不远的"阪泉之野"，又打了一场恶仗。这回黄帝不但调遣了神兵神将，连虎豹呀，豺狼呀，熊罴呀，鹰雕呀……都带上了战场。经过了这几场血战，炎帝终于被打败了，只好又回到南方，做他那偏安一隅的天帝去。

炎黄之战，是神话传说中的一场旷日持久的大战，它反映了原始社会部族间的矛盾冲突。黄帝由于有众多小部族的帮助，再加上他的勇武和谋略，终于战胜了炎帝。

（杨克兴　王兴义）

刑天断首

刑天，是古时候一个无名的巨人。这巨人的志向可真不小，竟敢于去和那统治宇宙的威严的天帝争神座。

他左手握了一面盾，右手拿了一把板斧，威风凛凛地一直奔向天庭，径去和天帝挑战。

天帝怒不可遏，提了一口宝剑，亲自出来敌斗刑天，两个在云端里剑斧交加，你来我往，拼命厮杀。杀了许多时候，不分胜败。不知不觉，从天庭一直杀到凡间，一路杀去，直杀到西方的常羊山近旁，天帝觑（qù）①个空子，冷不防一剑向刑天的颈脖挥去，只听得嚓的一声，刑天那颗像小山丘样的巨大的头颅，就从颈脖上滚落下来，落在山脚下了。头颅落地和滚动的声音，就像天上的轰雷，震得山谷和林木发出嗡嗡的回响。

刑天一摸颈脖子上没有了头颅，心里发慌，忙把右手的板斧移给左手握着，蹲下身来伸手向地上乱摸，周围的大山小岭都给他摸了个遍。那参天的树木，突兀的岩石，在他巨手的接触下都断折了，崩溃了，只弄得烟尘弥漫，木石横飞，恰像遭受到一场自然界的大灾变。

天帝恐怕刑天摸着了头颅，在脖子上凑合拢来，又将有一场好厮杀，倒是麻烦的事。因此赶忙提起手里的宝剑，向着常羊山这么一劈，"哗啦"一声响亮，一座大山分为两爿，巨人的头颅骨碌

---

① 觑：窥伺。

碌地滚入山中，大山又合而为一。

不知是但凭感觉呢，还是果真听到了这一声巨响，正蹲在地面上摸索头颅的刑天，一下子停止了动作。他蹲在那里，呆呆地，本身也就像是一座黑沉沉的大山，生根在那里已经有了几千万年。他知道他的头颅已经被埋葬，他将永远身首异处了。他的看不见的敌人此刻也许正站在他的当前，发出胜利的得意的哈哈大笑呢。

他失败了吗？——不，他并没有失败；至少他并没有甘心他的失败。

他突然站起身来，一只手拿着大板斧，一只手拿着那长方形的盾，向着天空乱挥乱舞，继续和眼面前的看不见的敌人作拼死的战斗。这个赤裸着上身的断头的刑天，在我们看来，他是拿他的两只乳头来当作眼睛的，拿他那肥大的圆圆的肚脐来当作嘴巴的。他虽然被斩断了头，他的身躯就可以做他的头。

看啊，这个战斗不息的巨人的形象是多么威猛：他那长在胸前的两只眼睛似乎真要喷吐出黑色的愤怒的火焰，他那长在肚上的阔大的嘴巴似乎真要詈（lì）骂①出诅咒敌人的言语。他只不过被阴谋的宝剑偶然砍去了头颅，他并没有失败！他并没有失败！他还有战斗的力量和勇气。虽然他的敌人老早已经逍遥地跑回天庭去了，可是他一直到现在还在常羊山的附近，挥舞着他手里的武器……

（袁　珂）

---

① 詈骂：骂，骂人。

黄帝战蚩尤

黄帝是中央天帝，是宇宙的最高统治者。 他长着四张脸，这四张脸对着东南西北四个方向，各处发生什么事情，他都看得一清二楚，什么也瞒不过他。

蚩尤是南方一个部落的首领，他共有兄弟八十一人，个个都是彪形大汉，身长数丈，铜头铁额，武艺高强，凶猛异常。 他们都长四只眼睛，六只手，两只像牛蹄子一样的脚。 他们的头上还长着两只锐利的角，耳朵两旁的毛发，笔直坚硬，好像排列的剑戟。蚩尤这个家伙，野心勃勃，他妄想推翻黄帝，夺取中央天帝的宝座。 于是，他串通了那些对黄帝不满的人，收买了山林水泽里魍魉魍魉、妖魔鬼怪，组成了一支浩浩荡荡的所谓造反军，向黄帝的都城大举进攻，发动了一场侵略战争。

开始，黄帝还用仁义道德来感化蚩尤，想用道理说服他收兵。可是，蚩尤是一个野心家，根本不听黄帝的劝告，一意孤行，烧杀抢劫，气焰十分嚣张。 黄帝看讲道理不行，只好迎战了。

黄帝和蚩尤在涿鹿摆开了战场。 因为这场战争是蚩尤发动的，他是做好了充分准备的，而黄帝是被迫应战的，没有什么准备，所以战争一开始，黄帝就接连打了几次败仗。

有一次，双方正打得激烈，蚩尤忽然使用起法术来，他从嘴里喷出了弥天大雾，把黄帝率领的军队团团围住，使他们辨不清方向，不知道东南西北。 他们在迷雾中左冲右突，怎么也冲杀不出大雾的重重包围。 而蚩尤的军队则自由地出没于大雾之中，时隐时现，见人就杀，见马就砍，只杀得黄帝的军队马嘶人叫，狼狈不堪。

黄帝的身边有一个聪明的大臣，叫"风后"。他想，北斗七星不论怎样转，永远指向北极星，能不能发明一种指南车，也让它无论怎样转，永远指向南方，这样，不就可以把方向辨清了吗？

他把自己的想法跟黄帝说了，黄帝命令他赶快制作，风后接受了这个任务，便大显身手，拿出了鬼斧神工的本领，很快就做成了一辆指南车。这指南车和战车差不多，也用战马拉着，只是在车的前面安装一个小铁人，小铁人伸出右手，这右手永远指着南方。能够认出南方，其他东西北三个方向也就能认出来了。黄帝靠了这辆指南车，率领着他的军队，终于冲出了大雾的包围，回到自己的阵地上来。

黄帝有一条神龙，叫"应龙"，他的本领很大，善于积水下雨。黄帝想：蚩尤能喷大雾，应龙能下大雨，难道雨不比雾厉害吗？于是，黄帝下令，叫应龙出阵，去攻打蚩尤。应龙来到阵前，运用法术把水化作乌云，布满天空，随后就是一阵霹雳闪电，下起大雨来。蚩尤见应龙作法下雨，他急忙把风伯和雨师请来，刮起狂风，下起暴雨。这狂风暴雨都向黄帝的阵地上吹打过来，黄帝的士兵被吹打得睁不开眼，站不住脚，阵容眼看就要乱了。这时，黄帝着了急，马上叫自己的女儿上阵助战。

黄帝的女儿，叫"魃"（bá）。她住在系昆山的共工台上。她长得并不漂亮，个子矮矮的，只有二三尺高，经常穿一身黑衣服，脑袋上又是光秃秃的，没长几根头发，眼睛偏偏又长到脑门上，样子很难看。但她有一种特殊的本领，身上储藏着大量的热，她要放起热来，简直就像一座爆发的火山。魃一上阵，就放出大量的热气来，把狂风暴雨，立刻给止住了。黄帝趁机指挥着大队兵马，冲杀过去，把蚩尤打败，取得了第一次胜利。

黄帝的女儿魃，为父亲立下了显赫战功，可是，她却因为释放的热气太多，中了邪气，再也上不去天了，只好留在人间，居住在地上。因为她身上含有大量的热气，她居住的地方，常常是赤地千里，云雨全无，年年闹旱灾，所以人民不欢迎她，都痛恨她，管她叫"旱魃"，总是想方设法把她赶跑。

战争还在继续进行。黄帝为了鼓舞士气，战胜敌人，准备制造一面战鼓。那么，用什么做鼓皮呢？原来，在东海的流波山上，有一只野兽，叫作"夔"（kuí）。它的形状像牛，只是一条腿，头上没有角，身上的毛是苍灰色。

这只野兽能够自由地进出海水，它进出海水的时候，总要刮一场大风，下一场大雨。它的身上能够发出像日月一样耀眼的光芒。它大声吼叫，声音就像打雷。黄帝看中了这只野兽，就派天神把它捉来，剥下它的皮，做成了一面很大的战鼓。有了鼓，还得有鼓槌。黄帝又把雷泽里的雷兽杀死，用它的骨头做了一对很大的鼓槌。这对鼓槌，敲起鼓来格外响，响声能够传到五百里以外的地方。

黄帝有了这面战鼓，敲起来山鸣谷应，天地变色，军威大振。蚩尤听见这惊天动地的鼓声，非常害怕，吓得胆战心惊，不战而退。黄帝的军队在战鼓声中猛追猛杀，又打败了蚩尤，取得了胜利。

蚩尤被打败了，但他不甘心自己的失败，他跑到夸父那里，请求夸父出兵帮助。夸父原来是蚩尤的好朋友，被他一煽动，也就答应了。于是，夸父率领大批兵马，加入了蚩尤的队伍，向黄帝冲杀过来。

蚩尤得到夸父的帮助，兵马剧增，又向黄帝发起了猛烈进攻。这以后，黄帝和蚩尤接连打了几仗，都被蚩尤打败了。有一次，黄帝带领败兵退到了泰山，蚩尤也率领大兵随后追到泰山，他又喷起大雾，把泰山团团包围起来，一直围困了三天三夜。在这万分危急的情况下，忽然有一个老太太来见黄帝。她对黄帝说："我是玄女，是来帮助你的，你想得到点什么帮助呢?"黄帝说："我想得到万战万胜的兵法。"于是，玄女把变化莫测、神奇奥妙的兵法传给了黄帝。

黄帝得到玄女的作战妙法以后，行军作战，机动灵活，神出鬼没，接连打了几个大胜仗，一直把蚩尤撵到黎山，使战争局势发生了根本变化，由原来的劣势，变为了绝对优势。

在最后的一场战斗中，黄帝把蚩尤的军队围困在黎山之上。这时，应龙大显神威，把蚩尤的人和夸父的人杀死许多，又活捉了蚩尤，使战争取得了最后胜利。应龙和魃的命运一样，也因用力过多，中了邪气，再也上不去天了，只好留在南方的水泽里，所以，南方至今多雨。

黄帝对蚩尤是不会宽恕的，给他戴上木枷，并决定把他杀死，在杀蚩尤的时候，还怕他逃跑，不敢把刑具解下来，直到把他杀死，才把血迹斑斑的木枷解下来，扔到荒山野草之中。后来，这副木枷化做了一片枫树林，枫叶的颜色都是鲜红的，那是蚩尤的血染成的。

（徐宗才）

共工怒触不周山

颛顼是黄帝的曾孙，本来是北方的天帝，因为他很能干，黄帝就把中央天帝的大权交给了他。

颛顼一登上至高无上的中央天帝的宝座，便发号施令，大显淫威，做了几件不得人心的事：首先，他派了两个大神，一个叫重，一个叫黎，把天梯砍断了，隔绝了天上和人间的通路，使人民无法直达天庭。从此，他再也不管人间的疾苦和死活了。其次，他把太阳、月亮和星星都用绳子拴在北方的天空上，把它们永远固定在那里，不让它们移动。这样一来，大地上就出现了两种情况：有的地方永远是白天，太阳和月亮一起照耀，照得人们连眼睛都睁不开；有的地方，连太阳、月亮，甚至星星的影子都看不见，永远是黑夜，一片黑暗，黑得伸手不见五指，人们很痛苦，行动非常不便。第三，颛顼害怕人民起来造他的反，又派了许多山鬼水怪、凶禽猛兽到人间，使人民担惊受怕，生活不得安宁。

颛顼不仅残害和压迫地上的人民，而且还压迫天上他所不满意的天神，共工就是受压迫的一个。

共工是北方的水神，住在颛顼的附近，因为他看不惯颛顼飞扬跋扈的样子，所以不愿服从颛顼的统治，因此受压迫最深。后来，共工实在被逼得走投无路，忍无可忍了，只好走上反抗的道路。他把那些受压迫的天神召集在一起，率领他们趁着黑夜杀进天宫，要推翻颛顼的统治，夺取天帝的宝座，改变这不合理的世界。

一天夜里，颛顼在天宫里睡得正香，突然被一片震天的喊杀声惊醒。这时，值班巡逻的天神跑来报告说："不好了，共工造反了！他率领天神已经杀进天宫里来了。"颛顼一听，慌忙跳下床，命令值日天神赶快点齐兵马，准备迎敌。颛顼穿好铠甲，手握宝剑，骑上高头战马，威风凛凛地向共工冲杀过来。经过一夜激战，共工终因兵少力单，没能取胜，便率领队伍退出了天宫，来到人间，驻扎在西北方的不周山下。颛顼也带着天兵天将，追到这里，于是，双方在不周山下又展开了一场更加激烈的战斗。

这不周山，是颛顼赖以维持统治宇宙的撑天柱子，它高插云霄，看不见顶端。山上没有松柏，也没有鸟兽，全是一层一层垒上去的锯齿狼牙形的岩石。如果不周山一倒，宇宙就会改变面貌，颛顼的统治也就会随着动摇。

双方的军队在不周山下打得难解难分，一时还看不出谁胜谁负。突然，共工怒气发作，大吼一声，猛地向不周山撞去。共工向来以身长力大出名，不周山经不起他这么一撞，只听"轰隆"一声震天的巨响，刹那间，不周山倒塌下来。

不周山一倒，整个宇宙果然发生了巨大变化：西北的天空失去了支撑，天倾斜下来，被拴在北方天空的太阳、月亮和星星都挣断了绳索，朝着倾斜的西天跑，这就是今天我们看到的日月星辰的运行；东南的大地受了山崩的剧烈震动，陷下去一个很大很大的深坑，从此，大小河流都向那奔流，这就形成了今天的海洋。

颛顼所统治的宇宙，就这样被共工一怒所摧毁，整个世界变得更加美丽壮观了。

（徐宗才）

伏羲女娲婚配

有的古书上说，女娲是伏羲的妹妹，甚至有的说是伏羲的妻子，是辅佐伏羲治理下天的"女天帝"。在一些古代的画像上，伏羲和女娲的腰身以上是人形，腰身以下则是蛇躯，两条尾巴紧紧缠绕在一起。 两个人的脸面，或者向着，或者背着。 男的手里拿了曲尺，女的手里拿了圆规。 也有的是男的手里捧着太阳，太阳里有一只金乌；女的手里捧着月亮，月亮里面有一只蟾蜍。 还有的画像在两个人中间挽着一个天真烂漫的孩子，这无疑是他们的爱子了。

关于伏羲女娲兄妹结婚，还有一段民间传说。

相传伏羲、女娲还是十来岁孩子的时候，一连旱了六个月没下一滴雨。 人们焦急万分，就去求他们的父亲张宝卜。 据说这张宝卜会弄法术，连雷公也斗不过他。 于是张宝卜就对天上说："三天之内不下雨，我要雷公也跌下来!"果然不久，天就降了一场大雨。 可是因为张宝卜难为了雷公，雷公就想劈死他。 张宝卜知道了雷公的心思，便预先准备了一只大铁笼子，放在屋檐下，手里握着一只猎虎的叉子，站在笼子旁边等着。 当霹雳一声接着一声，青脸雷公两眼射出凶光，手执板斧从天空劈下来的时候，张宝卜倏地用虎叉叉去，一下子把雷公叉进铁笼里，连笼子一起打进屋里去。

第二天早晨，张宝卜要到市上去买香料，准备把雷公杀了，腌起来做下酒菜。 临走时，嘱咐两个孩子说："记住，千万不要给他水喝。"

张宝卜走后，雷公便在铁笼子里呻吟起来，装出很痛苦的样子，向孩子要水喝。 年龄大一点的男孩说："爸爸临走时说过，不让给你水喝。"雷公一再哀求说："我快要渴死了，给我几滴水喝也好啊!"年龄小一点的女孩见雷公痛苦难忍，动了怜悯之心，就偷偷地舀了一点水，给雷公喝了。 雷公得了水，立刻有了精神，真是威力无比，法力无边。 就见他在铁笼子里面瞪起血红的眼睛，身子动了几动，那铁笼子哗啦啦裂开了，雷公从里面腾地跳了出来。

雷公从铁笼子里跳出来，心中高兴，精神抖擞。为了感谢小女娲给他水喝，他临走时从口里拔下一颗牙齿，递给伏羲兄妹说："你把它拿去，小心种在土里，等它结了果，就摘下来，挖出里面的瓢，一旦洪水到来，你们就钻进去……"说完便升天而去了。

两个孩子照雷公的话，把牙齿种在土里，当天就开了花，第二天结了果，第三天长成了个又圆又大的葫芦。

不久，雷公为了报复张宝卜，就命令雨神日夜不停地降雨。浩浩荡荡的洪水淹没了大地，淹没了村寨，淹没了树林，淹没了高山，一直淹到天上。

当洪水来临的时候，伏羲兄妹就照雷公的话，钻进葫芦里，浮在水面上，随波逐流，一直漂到天上。他们告诉雷公，大地上的人和动物都淹死了，只剩下他们兄妹二人。

后来，天上的太白金星对雷公很不满意，责备他说："你一发脾气，就把天下的人都淹死了，以后谁还来供奉你呢？"雷公听了，也觉得自己做得太过分了，心中有点后悔。于是太白金星便想出个补救的办法，叫伏羲兄妹结为夫妻，生儿育女，再繁衍出人类来。

伏羲兄妹说："我们是亲兄妹，怎么能结为夫妻呢？要我们结婚，除非能把一根竹子割成一节一节的，让它再接起来。"

神是什么都做得到的。那被砍成一节一节的竹子，果然又接上了。传说竹子原来本无节，经过这次割了又接，就变成有节的植物了。

伏羲女娲终于结成了夫妻。不久女娲怀孕了。过了两年，生下一个怪物，是一块磨刀石。两个人非常苦恼，就把这磨刀石打碎了，从高山上向四处抛去。这时奇迹发生了：抛在河里的，变成了鱼虾；抛在山头的，变成了鸟兽；抛在村寨里的，变成了黎民百姓。

从此，天下又有了人和动物，世界又充满了生机。

（杨克兴　王兴义）

日月星辰的来历

东方有一位大神叫帝俊，他有两位妻子：一位叫羲和，住在东南海外的甘水中间，也就是羲和国，是太阳的妈妈，一胎生下十个太阳，并在甘渊的清水中一一把他们洗干净，然后安排他们轮流到天上去值班，以便给人间带来温暖和光明；另一位叫常羲，是月亮的妈妈，一胎生下十二个月亮宝宝，并把她们一一清洗干净，安排她们在夜空中值班，以便在太阳休息的时候给人间带来光明。可惜的是，有时这些太阳儿子们比起月亮女儿们要顽皮一些，当他们一起跑出来时便给世界带来了不少烦恼，以致后来出现了羿射十日而中九个的事情，功过是非当然是各有所论了。

关于太阳、月亮的生成，还有其他一些说法，其中一种说法是那位开天辟地的创世大神盘古死后，左眼变成了太阳，右眼变成了月亮。另一种说法是太阳、月亮本身是盘古时代的一对孪生姐妹，月亮是姐姐，妹妹是太阳，为了照亮世界，她们轮流在天空行走，同时也好各自有段歇息的时间。由于太阳妹妹胆子小，于是月亮姐姐便出现在晚上，而让太阳妹妹出现在白天。可是太阳妹妹又因为白天看她的人多，一出现便羞得满脸通红，觉得白天出来不好意思。还是月亮姐姐有办法，她把一把金针交给太阳妹妹，并告诉她，谁要看你，就用金针刺他的眼，于是金针四射的耀眼光芒使得人们再也不敢正眼去看太阳妹妹了。 这些以幻想编织的故事，表达了古代人们对太阳和月亮的认识，对太阳白天出、月亮晚上见、太阳金光耀眼等作出的离奇解释，表现了原始人对自然天体的推本探原的可贵的求索精神。 正是这种精神才不断加深了人们对世界万物的认识，从而在认识世界、改造世界中取得不断的进步。

至于说到星辰的来历，更是五花八门，异说纷呈。 由于盘古是天地万物之祖，所以星辰与他也有关系，有的说盘古将死之时，他的毛发胡须化作了天上的星辰。 也有的说盘古将当年开天辟地的五彩石带到天上，成为闪烁的星星，所以天上的星星本来就是地上的石头，流星落地，可不就是石头嘛！

还有一种说法是百岁老人立志照亮黑夜的故事。 故事说，老人的九个儿子为了驱除黑夜，外出九九八十一天，各自找回了九九八十一颗宝珠，老人用仙鹤把这些宝珠送上天，镶嵌在辽阔的天幕之上，于是天上才有了亮晶晶的由宝石变成的灿烂群星，黑夜从此有了光明，而这位用宝石造星星的老人自己也化作一颗最亮的、总是迎接日出的启明星，因此启明星又叫老人星。

（董正春）

风雨雷电的生成

原始的人们是万物有神论者，在他们的眼里，世界上的一切东西都有神，风雨雷电这些自然现象也不例外。

说到风雨雷电，首先离不开那些开天辟地开创世界的造物者，像盘古、女娲和炎、黄诸帝等。盘古将死化身时，他的气息变成了风云，他的声音变成了雷霆。那位补天造人的人类老祖母，在回天国的路上乘坐的就是雷车，可见雷声是从她坐的车轮下发出来的。而与女娲同行并为她开路和压后的则有飞龙、白螭和腾（téng）蛇，而他们升腾疾行所扇起的正是风，并凭借风力浮游逍遥于宇宙太空。

古代人又把大风说成来自大鹏，而大鹏是由北海里的大鱼变成的大鸟，这只大鸟在飞往天池的路上生成了威力很大的暴风。还有不少类似鸟飞动成风的说法。据说古代桐城南边三十里有一座撩风山，山中有一个大洞穴，洞穴中有一只像苍鹅一样的鸟，它如果鼓动起翅膀来，便有大风从洞中吹出，草木被刮断卷走，就像海上的强台风一样厉害。另外，黄帝有一个臣子叫风后，在黄帝与蚩尤大战中，风后帮助黄帝驱赶了使人难辨方向的大雾。就在这次大战中，蚩尤也请来了风伯、雨师，用急风暴雨向黄帝发起攻击，幸亏旱神女魃赶来"救驾"，才止住了暴风雨。

风有风伯，雨有雨师，雷有雷神。雨师的名字叫屏翳，黄帝在泰山大会鬼神时，这位雨师曾为黄帝洒水于道路之上。雷神据说住在雷泽之中，长着龙的身子、人的脑袋，当敲击他的腹部时便会发出雷声。也有说雷神就是雷兽的，它的名字叫夔，住在离东海岸七千里的流波山上，样子像牛，周身呈海蓝色，头上没有角，只有一只脚，它进出水中时往往有大风雨，其吼声像雷霆轰鸣。还有一种说法是，雷是天鼓发出的声音，又说在天地荒漠的地方有石鼓，这石鼓非常大，直径竟有一千里，撞击之后，发出的声音就是雷，天帝用它表达自己的喜怒威力，使人听了不由得产生一种敬畏之情。

（董正春）

三皇五帝

　　盘古用一柄大板斧开天辟地，天极高了，地极厚了，盘古的身量极长了，然后才出现三皇和五帝。 古神话中最早的三皇是天皇、地皇和人皇，传说他们一共兄弟九人，分别管理天下的九州。他们的样子也长得很奇怪，天皇有十三个头，地皇有十一个头，人皇有九个头，都是龙的身子。

　　上面是关于三皇的一种说法。 还有的说，三皇是指伏羲、燧人、神农，或者是指伏羲、神农、黄帝，或者是指伏羲、神农、女娲等。

　　五帝是东西南北中五方的天帝，也叫五方神。 中央的天帝是黄帝，他是天庭的最高统治者。 在五行中，中央属土，黄帝的属神是后土，手执一条大绳以治理四方。 东方在五行中属木，其天帝是太皞，属神是句芒，手里拿着圆规以治理春天，是管春天草木生长的神。 南方在五行中属火，其天帝是太阳神炎帝，属神是祝融，他手里拿着秤杆以治理夏天。 西方在五行中属金，其天帝是少昊，属神是蓐收，手里拿着一柄大斧来治理秋天。 北方在五行中属水，其天帝是颛顼，属神是玄冥，手里拿个秤锤来治理冬天。这五方的天帝，各自统治着一片辽阔的土地。

（杨克兴　王兴义）

帝　俊

　　帝俊是原始神话中统治东方的天帝。 据说他本是人们无限崇拜的太阳神，后来演变成中华民族的上帝。

　　帝俊的样子长得很怪：鸟首，人身（或猴身），独脚。 有人认为，帝俊本来就是一只玄鸟①，那"鸟首"就是燕子的头。 《诗经》上说：天帝命玄鸟降下来，叫有娀（sōng）氏的女儿简狄怀了孕，生下商民族的始祖契。 这只玄鸟，或许就是帝俊吧！所以处在东方的商（殷）民族非常崇奉帝俊，尊他为"高祖俊"。

　　帝俊有两个美丽的妻子，一个是日神羲和，一个是月神常羲。羲和住在东海之外，甘水之间，那儿有个国家，就叫羲和国。 她为帝俊生了十个太阳儿子，常常带着儿子们在甘水中洗澡。 小太阳长大了，她就驾上六龙车，每天载一个儿子到天上去，叫他给人间送去光明和温暖。 后来到了尧的时候，十个太阳儿子觉得，一个个单独到天上去，太寂寞了，就瞒着妈妈一齐跑到天上去了，烤得大地着了火，人民活不下去，尧就命羿射下了九个太阳。 帝俊的另一个妻子常羲，为他生了十二个月亮女儿，她也常常带着女儿到水里洗澡。 所以这些月亮女儿一个个都长得那么白皙漂亮，性格也很温柔，不像太阳儿子那么火暴。 到后来，在民间传说中，生月的常羲渐渐演变成奔月的嫦娥，其身份也由帝俊的妻子演变成射神羿的妻子了。

---

　　①　玄鸟：指燕子。

除了十个太阳儿子和十二个月亮女儿，帝俊还有许多子孙后代，在下方建立了国家：在东荒有司幽国、黑龄国、中容国、白民国，在南荒有三身国、季釐国，在西荒有西周国。 在东方的大荒中，有一个神人名叫奢比尸，长着人的面孔、犬的耳朵、兽的身子，耳朵上挂着两条青蛇，还有一大群五彩鸟跟他做伴。 五彩鸟盘旋起舞，婆娑多姿，帝俊便常常从天上下到凡间来，跟这些鸟儿交朋友。 据说帝俊还在下方设了两座祠坛，就叫五彩鸟给照看着。

帝俊的子孙中有不少著名的人物，有许多发明创造，除了上面提到的殷（商）民族的始祖契，还有播种百谷的后稷、发明牛耕的叔均、创造舟船的番禺、以木为车的吉光、制作琴瑟的晏龙、传授百工技巧的义均，以及那始创歌舞的八个不知名的儿子。 由此看来，帝俊是个显赫的大神，其子孙后代为中华民族做出了巨大贡献。

（杨克兴　王兴义）

后稷的诞生

帝喾（kù）是古代的一个帝王，他的第一个妻子叫姜嫄，儿子叫弃。 弃后来被人们尊称为"后稷"，因为他把野生的麦子、谷子、大豆、高粱，以及瓜果菜蔬，经过种植而成为农作物，他自己也就成了人民尊敬的农艺师。 关于他的出生，还有这么一个神话故事。

当姜嫄还没有嫁给帝喾做妻子的时候，有一年冬天，一场鹅毛大雪把整个野外都盖住了，四周一片银白，分不清哪是路，也就不知道哪里可走。 可是，家里柴没有了，必须到场里去拖。 她站在家门口，呵着两只冻红的手，望着眼前一片耀眼的白雪，不知如何是好。

忽然，她发现地上有一行脚印，脚印很大很大，她看着，又惊又喜，又觉得很好玩。 于是，提起脚，一步一步地踩着这些大脚印走去。 谁知这一走，不久，她怀孕了，肚子里有了孩子。 十月满足，她分娩了。 生下来的却是个怪胎：一个圆圆的肉球。

她心中十分害怕，不知如何是好。 思虑再三，她把肉球抛弃在一条狭窄的小巷里，自己躲在一旁暗中察看。

这是一条从这个村落走到那个村落的必经之地，常有牛羊走过。 她看了一会儿，牛羊已走过不少。 可是说也奇怪，那些牛羊就像有灵感似的，竟没有一只脚会踩到肉球上，都避让开了。

她又带着肉球离开这里，想把它抛到山林中去。 可是也不凑巧，此刻，山林里有一大帮人在砍伐，闹哄哄的，又没有抛成。

她只好先回家去。 走到半路，在一块荒地边，看到一个小水池子，池子里结着厚厚的冰。 她站定下来，心想：就丢在这里吧！于是，便顺手把肉球丢到冰面上。

就在这一刻，稀罕的事发生了，从远远的天边飞来了一只大鸟。 大鸟先在水池上空兜着圈子，边飞边叫，叫声十分凄凉。 过了一会儿，它落了下来，落在肉球边，然后一只翅膀盖在肉球上面，一只翅膀伸到肉球下面，像妈妈抱着自己的孩子一样。

看到这一幕，姜嫄惊奇万分，慢慢走了过去。 她想看个究竟。 大鸟见有人走来，"嘎"的一声怪叫，丢开了肉球，朝天空飞去，边飞还边"嘎嘎"地叫着，似乎舍不得离开。

大鸟刚刚飞走，肉球中立刻传出娃娃洪亮的哭声："哇哇！"

姜嫄赶紧跑过去，一看，肉球已经像鸡蛋壳似的裂开了，里面一个长得结实胖壮的小男孩，正在舞动着他那红彤彤的小手小脚。

这正是自己的儿子啊！姜嫄又是惊讶，又是欢喜，眼泪扑簌簌挂满了面颊。她顾不得擦眼泪，赶紧伸出两只哆嗦的手，把儿子从冰上抱了起来，紧贴在胸前。一会儿，她用自己的衣服，包裹了儿子，小心翼翼地抱着他，高高兴兴地回家去了。

后来，她为儿子取了个名字，叫"弃"，意思是儿子曾经被抛弃过。

（曹　弓）

有巢氏

原始社会的先民，最初是一群一伙地住在山洞里。那时人少，禽兽多，又没有箭弩一类的武器，抵御不住猛禽恶兽的袭击，常常遭受伤害。于是有人想出个办法，就是白天拾些橡、栗的果实填饱肚子，夜晚在树上搭个窝睡觉，又安全，又舒适。这些人就被称为有巢氏之民。人们把最初创造巢居的人拥为领袖，称为有巢氏，推他做部落长。

有巢氏的时代，有的说在钻木取火的燧人氏之前，亦称大巢氏；有的说在伏羲氏之后，他"教民编槿而庐，编萝而扉"，就是说教老百姓把树枝编起来做房子，把藤萝编起来做门窗。似乎他不仅是巢居的发明者，还是房屋的创始人。

有巢氏治理的地方，名叫石楼山，在琅琊（今山东诸城附近）之南。传说有巢氏手下有个很能干的臣子，他很信任这个臣子，就把部落的大权都交给了他；后来有巢氏发现这个臣子专横武断，就罢了他的官。 那臣子一怒之下，率着党羽把有巢氏推翻了。

有巢氏是神话传说中的古圣人，他发明了巢居，较之穴居是一大进步；进而教民结庐而居，较之巢居又是一大进步。 至于有巢氏被臣子推翻之事，当是后人加上的传说，不属于原始的神话。

（杨克兴　王兴义）

燧人氏钻木取火

在上古荒原的某个地方有一个燧明国，生活在这里的人由于见不到太阳和月亮，不知有四时八节和白天黑夜。 但是在这个燧明国里却有一种奇特的树叫燧木，是一种火树，长得很高大，枝叶很茂盛，盘踞天地之间，占地竟有一万多顷，云雾就在树枝中间穿来荡去。 这棵大树神奇得很，枝叶相碰撞就能发出火光，因此，在这日月不到的燧明国还是可以见到光明的。

后来有一位圣人，在漫游天下的征程中，来到了这个不见阳光、月光的燧明国，而且就在那高大的燧木树下休息。 奇异的景象出现了，就在这棵大树枝叶摇曳之时，相伴而生的是灿烂绚丽的光亮，如同宝石争相生辉。 这位圣人正在仔细观察，忽然看见许多像猫头鹰一样的长爪、黑背、白肚皮的鸟儿，用它们坚硬锋利的嘴巴啄那燧木的树干，而且每啄一下立即会迸发出灿烂的火花。这时圣人从中受到了启发，他折下燧木的小枝条去钻那大而粗的树枝，结果也有美丽跃动的火花放射出来。 经过多次钻木和反复琢磨，终于发明了钻木取火的一套办法，人世上从此有了自己创造出来的火。 这位伟大的发明家便是燧人氏。

火的发现不仅给人类带来了光明，而且开始了熟食，告别了吃生肉喝鲜血的时代。 这次饮食上的大革命其功劳非同小可，从某种意义上讲，只有开始了吃熟食的此时，人才与动物有了本质的区别，人类的体质、智力也随着熟食的开始而大大增强了。

据说，燧人氏不仅教会了人们取火用火，而且教会了人们打鱼。 渔猎时代对火的需要迫使人们从依靠雷电余火发展到自己取火，于是人的生存能力更强了，社会也因此向前大大地发展了，所以人们把燧人氏这位伟大的"取火者"看做是圣人，作为令人尊敬的古帝王之一加以赞颂，便是理所当然的了。

（董正春）

蚕神的故事

古时候，有一户人家，只有父女俩，家里养着一匹马。 有一天，爸爸有事要出远门，临走的时候对女儿说："我走以后，这匹马就由你来喂了，要好好照看它，我很快就会回来的。"说完就走了。 谁知，爸爸一走杳无音信。 女儿在家里等啊盼啊，总不见爸爸回来。

一天，姑娘到马棚里去给马添草加料，因为她非常想念爸爸，希望爸爸早点回来，就对马说："马啊，你如果能把我的爸爸接回来，我就嫁给你，做你的妻子。"

说也奇怪，这马竟听懂了她的话，向她连连点头，高兴得又蹦又跳，挣断了缰绳，从马棚里一跃而出，放开四蹄，一溜烟跑得不见了。 这马跑啊跑啊，一直跑到姑娘的爸爸居住的地方，见到了她的爸爸。 这马一见到主人，就两眼流泪，嘶叫不止。 姑娘的爸爸一见自己家的马从千里之外跑来，又这样悲叫不止，心想："家里一定出了什么事，不然，这马不会这个样子。"他来不及多想，拉过马的缰绳，飞身上马，急急忙忙赶回家来。

爸爸回到家里一看，并没有发生什么事情，就问女儿是怎么回事。 女儿说："你出去这么长时间不回来，我在家里很想您，就对马说：'小马啊，你能把我爸爸接回来吗？谁知这马通人性，真的跑出去把您接回来了。"

爸爸一听，知道这马不是一般的马，一定是匹神马，从此，对这神马另眼相看，更加爱惜了。 他每天总是把好草好料拿给它吃，可是，这马好像在闹情绪，对这些好草好料并不感兴趣，整天无精打采，闷闷不乐。 只有见到那姑娘的时候，才兴致勃勃，精神焕发，高兴得欢蹦乱跳。 爸爸看到这种情形，心里很纳闷儿，觉得这里一定有缘故，就悄悄地问女儿："你告诉我，这马为什么见到你又蹦又跳呢？这是怎么回事？"女儿知道隐瞒不住了，就一五一十地把她对马说的话告诉了爸爸。 爸爸一听，气得脸红脖子粗，把女儿臭骂了一顿："傻丫头，你疯了，你怎么能嫁给马做妻子呢！往后，不许你出屋到院子里来，不能让马看见你。"

爸爸虽然很喜爱这匹马，可是，又怎能把自己的女儿嫁给它做妻子呢，那有多丢人啊！为了不使这件不光彩的事泄露出去，他亲自用箭把马射死了，又把马皮剥下来，晒在院子里。 爸爸把马处理完又出门办事去了。 姑娘也从屋里走出来了，她高高兴兴地把邻居的几个姑娘找到自己家里来玩。 她们在马皮的旁边作游戏。姑娘还故意用脚踢马皮说："羞不羞，你是一匹马，还想娶我做媳妇？遭此下场，完全是你自找的！"没等姑娘说完，只见马皮突然立起，向姑娘扑去，把她卷到马皮里，抱起来就朝院子外面奔跑，跑得像飞一样，一直跑向远方看不见了。和她在一起玩的那些姑娘，一个个吓得目瞪口呆，不知怎么办才好，谁也想不出救她的办法，只好去把她的爸爸找回来。

不一会儿，她爸爸回来了，姑娘们你一言我一语，把事情的经过告诉了她爸爸。爸爸一听，感到很惊讶，赶忙和邻居一起去找。他们在附近找了个遍，可是连影儿也没见到。他们一连找了好几天，最后找到一片大树林里，才在一棵大树的叶子上，找到了全身裹着马皮的姑娘，可是，她已经变成了一条绿色的能爬的虫子了。这虫子的头像马的脑袋，从嘴里吐出一根根白色的闪着亮光的又长又细的丝来，在树叶上缠绕着。附近的人们都纷纷跑来观看，并把这当成一件奇闻，一传十，十传百，很快大家都知道了。大家给这种奇怪的虫子起个名字叫作"蚕"，是说她能够吐出丝来把自己缠住，大家又把这种树叫作"桑"，是说姑娘在这种树上丧失了年轻而宝贵的生命。

这蚕有一个特点，结的茧又厚又大，和普通的蚕大不一样。附近有个妇女，把她接到家里养起来，奉为蚕神，结果，这妇女的茧获得了特大丰收。从此，家家户户都把这个披着马皮、长着马头的姑娘称为蚕神了。

（徐宗才）

愚公移山

古时候，在华北平原上有两座大山，一座叫太行山，一座叫王屋山。 这两座山紧紧连在一起，方圆七百多里，高达七八千丈。在山的北面有一个村庄，村里住着一户人家，这家有个老头，人们都叫他"愚公"。 愚公家里人口兴旺，子孙满堂，全家人都很和睦，就是这两座大山在他家门前，挡住了他家的出路，出来办事很不方便。 愚公想："我快九十岁的人了，没有几年活头了，应该为子孙后代造点福。"于是，他下定决心，率领子孙们把这两座大山挖掉，为后代开出一条平坦的大路来。

一天，愚公把全家人召集在一块儿，商量挖山的事。 愚公说："门前这两座大山挡住了我们家的出路，出去进来都不方便，我想带你们把这两座大山挖掉，开出一条大路来，你们说好不好？"愚公说完，大家就你一言，我一语议论开了。

议论结果，大家都说好，只有愚公的老伴儿不同意这样干。她对愚公说："老头子，你这么大年纪了，能有多大力气？你还能活几年？我看你连魁父那样不大点儿的小土丘都挖不掉，还想挖掉太行、王屋这样大的两座山？就算能挖掉，那些土块、石头又往哪里放呢？"愚公的儿子说："妈妈，你不要发愁，俗话说'人心齐，泰山移'，只要我们齐心合力，就能把山挖掉。 土块、石头，挑到渤海边上，往海里一倒，不就行了！这样既挖掉了大山，又填平了大海，一举两得，有多好啊！"几句话把妈妈说乐了。 他们决心很大，说干就干。 第二天，风和日丽，愚公率领全家男女老少来到山上，叮叮当当地凿石掘土，开始挖山了。 他们有的砸石块，有的挖泥土，有的搬石头，只见镐扬锹翻，一个个生龙活虎，干得热火朝天。

愚公的邻居是一个寡妇，她有一个七八岁的孩子。 这孩子非常听话，对人也很有礼貌。 他天真活泼，热爱劳动，平时愚公很喜欢他。 他看到愚公全家都在挖山，干得那么起劲儿，也打着铁锹，蹦蹦跳跳地跑到山上来，跟愚公一家人一起挖山。

愚公全家，心齐力量大，不一会儿就把山挖掉了一大块。他们又把挖下来的泥土和凿下来的石块装进筐里，愚公率领大家挑的挑，抬的抬，成群结队向渤海奔去。他们到了渤海边，把泥土、石块往海里一倒，就急急忙忙往回赶路。这样一去一回，足足要走半年的时间。他们往渤海去的时候，穿的是棉衣，回来的时候，已经换季穿单衣了。

河曲那个地方有个老头，人都称他"智叟"。他见愚公这样做，觉得很可笑，就劝阻愚公说："愚公老兄，你不要这样傻干了，像你这样土埋半截子的人，恐怕上山砍柴都不行了，哪里还能干这挖山运石的重活呢！"愚公听了很不高兴，没有好气地说："你这个老头子，真是个自作聪明的老糊涂！你的见识太短浅了，都不如寡妇、孩子看得远！难道你不懂得这样一个道理，我死了，还有儿子，儿子死了，还有孙子，孙子又生儿子，儿子又生孙子，子子孙孙是无穷无尽的，而山是不会再增高了，我们的子子孙孙、世世代代挖下去，哪有挖不平的高山呢！"愚公的这番话，说得智叟哑口无言，只好讪讪地走开了。

愚公对智叟说的这些话，被一个巡逻的天神听到了。天神想："愚公移山填海，改天换地的举动，可不是一件小事，必须向上帝报告。"于是，天神驾着云雾，急忙回到天宫，向上帝报告了。上帝听了天神的报告，深被愚公的雄心壮志所感动，便派了两个天神——夸父的两个儿子，把两座大山背走了。一座背到了朔东，一座背到了雍南。从此，华北平原再也看不见高山了，愚公家的门前出现了一条宽阔平坦的金光大道，一直通向远方。

（徐宗才）

少昊诞生的神话

少昊是黄帝时统治西方的天神。他的母亲名叫娥皇，是个美丽的神女，住在天上，夜晚在美玉建造的宫殿里织锦，白天便坐上一只木筏到各处游玩，一直游到西海边上一个叫穷桑的地方。这里有一棵大桑树，直插云天，有上千丈高，红红的叶子，紫色的桑葚，一万年才结一次果实，吃了这果实，可以比天地的寿命还长。

正当娥皇在大桑树下玩耍的时候，忽然有个神人，容貌超群，自称是西方天神白帝的儿子，即太白金星，从天上降落到水滨，和娥皇一同游戏。他们奏起美妙的音乐，跳起翩跹的舞步，沉浸在欢乐之中，以致忘了回家。

白帝子和娥皇成了一对情人，一同乘上木筏，泛游在大海的碧波之中。他们拿桂枝做船的桅杆，把芳香的薰草拴在桂枝上做旌旗，又刻了一只玉鸠（jiū）放在船桅的顶端辨别风向，因为据说鸠这种鸟知道一年四季的时令。后世船桅上设置的"相风鸟"，传说就是由此遗下的风俗。

白帝子跟娥皇肩并肩地坐着，弹着用桐木和梓木做的琴瑟。娥皇倚在瑟边唱起动人的歌曲，白帝子也应和着唱了起来，两个情人你唱我和，快乐无比。后来娥皇生下一个儿子，名叫少昊，又叫穷桑氏，便是他们爱情的结晶。

东海之外有个巨大的沟壑，少昊成人后就在这儿建立了自己的国家。这个国家跟别的国家不一样，少昊的文武百官，都是由各种鸟儿来担任，可谓是个鸟儿的王国。凤鸟，就是凤凰，知晓天时，少昊就命它做了"历正"的官；玄鸟，就是燕子，春分来，秋分去，就叫它做了"司分"的官；赵伯，就是伯劳鸟，夏至鸣，冬至止，就叫它做了"司至"的官；青鸟，就是鸧鹦（cāng yàn），立春鸣，立夏止，就叫它做了"司启"的官；丹鸟，就是锦鸡，立秋至，立冬去，就叫它做了"司闭"的官。 这五种鸟做的官，都掌管着一年四季的天时，凤凰是它们的总管。 另外，少昊还叫懂得孝敬的祝鸠，就是鹁鸪，做了"司徒"的官，掌管教化；叫鹃（jū）鸠，就是凶猛的兀鹫，做了"司马"的官，统率军队，掌管兵权；叫爽鸠，就是威武的苍鹰，做了"司寇"的官，掌管法律和刑罚；叫鸤（shī）鸠，就是布谷，做了"司空"的官，掌管工程建筑；叫鹘（gǔ）鸠，就是老雕，做了"司事"的官，掌管营造修缮等事。任命这五种鸠鸟做官，是为了团聚百姓，不使他们流散。 少昊还命五种野鸡做五种工官，分别掌管木工、金工、陶工、皮工和染工，以满足人民生活日用品的需要。 还叫九种扈鸟（候鸟）做了九种农官，督促百姓适时播种，及时收获，不要淫逸放荡。

其实，少昊的名字也叫挚，通"鸷"，他本人大约就是一只鸷鸟，即鹰雕之类。 或许他是个以鸟为图腾的部落首领，各种鸟在这里才受尊重，被任命了各种官职。

（杨克兴　王兴义）

杜宇化鹃

今日的四川，古时候称为蜀地。 当时，那里土地肥沃，但人口稀疏。 有一天，从天上掉下一个男子，落在朱提山（今四川宜宾西南），自称杜宇。

恰巧同一天，江源地方的一口井中冒出了一个年轻貌美的女子。她一跳上井台，顾不上回答别人的询问，甩了甩湿漉漉的长发，就向前飞奔而去。她一直跑到了朱提山下。当她见到气宇轩昂的杜宇时，就站住了。还没等她开口说话，杜宇上前一步拉住了她的手，动情地说："你就是利吧。"

利姑娘深情地望着杜宇，点了点头。于是，这一对天造地设的人就结成了夫妇。

结婚以后，杜宇开始了建国立业的伟大壮举。他当上了蜀国的帝王，号称望帝，在郫（bì）地建立了国都。他时常教导百姓，要早起晚睡，吃苦耐劳，按时播种，辛勤耕耘。他自己也身体力行，以身作则，早上鸡鸣即起，晚上月上中天才睡，一心想把蜀国治理好。

那时，蜀国常常闹水灾，为此望帝伤透了脑筋，但一时又想不出办法来根治这祸患。

有一年，又发生了水灾，洪水滚滚，淹没了大片的土地。一天，望帝正在江边巡视，忽见湍急的水面上有一样东西忽隐忽现，漂浮不定，仔细辨认，是一具男子的尸体。一般物体都是顺流而下，然而这尸体却是逆流而上。望帝觉得十分奇怪，忙命人把尸体打捞上来。不料尸体一打捞上岸，竟然复活了，还开口说起话来。

复活的尸体见到望帝，就像见到老朋友一样，一点也不拘束。他告诉望帝，他是楚国人，名叫鳖灵，不小心失足落水死了。不知怎地竟从大江下游的楚国一直漂浮到了这里。他还对望帝说了一些楚国的民情风物。从他的言谈中，望帝觉着此人非同寻常，不禁想道：大约这人是老天派来助我的吧。于是望帝向鳖灵吐露了久积心头的如何治水的问题。 鳖灵听了，哈哈大笑，欣然允诺，答应为望帝根治洪水。 望帝就任命他做了蜀国的宰相。

鳖灵做宰相不久，蜀国又爆发了罕见的大洪水。 洪水不仅淹没了大片田地，而且冲毁了许多村庄，使得不知其数的百姓流离失所，无家可归。

望帝让宰相鳖灵去治理。 鳖灵二话没说，便来到了水灾最严重的地区。 他通过观察，发现引起水灾的原因是由于巫山的峡谷太狭窄，每当雨季，长江的水流量一多，水不能及时排泄出去，就泛滥成灾。 于是，鳖灵带领着老百姓，经过几个月的艰苦劳动，凿宽了巫山峡谷，疏通了河道，洪水就彻底平息了。

在治水方面，鳖灵表现出了非凡的才干。 为了表彰他的功绩，鳖灵治水回到都城后，望帝就把蜀王的位子让给了他。 这种将王位自愿让给有才干之人的做法，称为"禅让"。 鳖灵接受了王位，号称"开明帝"。 望帝把王位禅让给鳖灵以后，一个人跑到了西山，过起了隐居生活。

尽管望帝放弃了王位，离开了都城，可是心中仍然时时牵挂着蜀地的百姓。 他常常仰望星空，根据月亮的盈亏，星位的变动，推算时令节气。 每当春分时节，他总会在心中默念：啊，该是播种的时候了。

后来望帝死了，化作了一只鸟，名叫杜鹃。 在播种时节，杜鹃鸟就会"布谷，布谷"地叫唤，催促人们赶紧撒谷播种，不要错过时节。 蜀地的人民，听到杜鹃鸟叫，就会想起热爱百姓、关心百姓的望帝。 年纪老的人总会指着杜鹃鸟，对儿孙们说："这是我们的先帝杜宇啊！"

（薛敏芝　杨志刚）

尧的传说

尧相传原是陶唐氏部落的酋长，后来又做了部落联盟的首领。晚年把帝位禅让给舜，一直传为历史的佳话。 由于尧能严于律己，关心人民，所以后世的传说多歌颂他的仁德和功绩，甚至把他神化了。

尧的生活非常节俭。 传说他住在用茅草盖的房子里，屋内的大梁和柱子，都是用连刨也没刨过的原木做的，架起来就算了事；吃的是粗米饭，喝的是野菜汤；冬天穿着鹿皮做的袄，夏天穿着麻布衣裳；用的器皿（mǐn）也不过是些泥碗土钵（bō）之类，一点也没有特殊的地方。

可是尧对老百姓却充满了深厚的仁爱之心。 如果有哪一个人挨了饿，尧就说："这是我使他挨饿的呀！"如果有哪一个人受了冻，尧就说："这是我使他受冻的呀！"如果有谁犯了罪，受了惩罚，尧就说："这是我使他陷入罪恶的呀！"

在尧做国君的七十年间，先是遇到过大旱，天上同时出现十个太阳，大地上的草木和庄稼都干枯了，尧就命羿射下九个太阳，解除了旱灾。 后来又遇到了特大的洪水，九州大地一片汪洋，尧就命禹去治水，用了十三年的时间，终于把洪水治服了。 所以那时人民虽然也过了些苦日子，可是百姓对尧始终是衷心爱戴的，一点也没有怨言。

难怪后来像孔子这样的圣人对尧也大加赞扬，他说："大哉，尧之为君也！巍巍乎，唯天为大，唯尧则之；荡荡乎，民无能名焉。"这段话的大意说：尧这位国君，真伟大呀！最崇高最威严的是上天，唯有尧能像上天那样爱抚人民。那种对人民的宽厚坦荡的爱呀，老百姓不知怎么说才好。

（杨克兴　王兴义）

舜的故事

舜原是有虞氏部落里的人，所以也叫"虞舜"。舜的父亲名叫瞽（gǔ）叟，是个瞎眼的老头。一天夜里，瞽叟做了个奇怪的梦，梦见一只凤凰口里衔着米来喂他，并且告诉他：它是来做他的子孙的。不久他的老伴便怀孕了，生了一个儿子，名字就叫"舜"。舜长的样子并没有什么特别，中等身材，黑黝黝的面孔，一张大嘴巴，嘴巴的周围不长胡子。只有眼睛与众不同，每只眼珠里都有两个瞳子，所以他的名字又叫"重华"。舜的母亲很早就去世了，后来瞽叟又娶了个妻子，生了个儿子名叫象。另外，还生了个女儿。

舜在家中的处境是很坏的。父亲瞽叟是个老糊涂虫，只知道宠爱后妻和后妻的子女。后母凶狠忌妒，把舜看成眼中钉。弟弟象是个粗野傲慢自私自利的家伙。只有小妹妹，虽是后母所生，多少还有点少女的善良之心。舜生活在这样的家庭中，不但得不到丝毫的温暖，还常常遭到父亲的毒打。他看见父亲拿着小棍子，打不坏筋骨，就含着眼泪忍受着；看见父亲拿的是大棍子，他就只好逃到荒郊野外去，向着苍天号啕痛哭，一声声呼唤自己死去的亲娘。更可怕的是那心肠狠毒的后母，总想杀死舜才心满意足。　后来舜在家中实在待不下去了，只好一个人搬出去，在历山脚下盖一间茅屋，开垦点荒地，一个人过日子。　耕田的时候，他看见布谷鸟带着小鸟在天空飞来飞去，母亲打食来喂自己的雏鸟，母子间充满了天伦之爱，再想想自己从小丧母，时时都有被后母害死的危险，不禁唱起了悲伤的歌……

　　舜是有名的孝子，尽管父亲打骂他，后母想杀死他，弟弟也欺负他，可是他总是一片真心敬孝父母，爱护弟妹。　他在历山耕田，每遇荒年，常暗中拿些粮食接济父母。　舜还是个品德高尚、富于谦让的人。　他在历山耕作没有多久，那些过去争地界的农民，在他德行的感化下，都互相让起土地来了。　后来舜又到雷泽去打鱼，不久那些为抢占渔场而打得头破血流的人也争着让起渔场了。　舜又到黄河之滨去做陶器，没有多久，那些粗制滥造的陶工们制作的陶器也都又美观又耐用了。　舜的崇高德行感化了远近的人，大家都愿跟他住在一块儿。　过了一年，他住的地方便成了村庄；再过一年，就成了一座城镇；到第三年，简直变成个小都会了。

　　当时，尧的年纪已大，正在天下寻访贤人，准备把帝位禅让给他。　各地的族长们都推荐舜，说他既孝顺又有才干，可以做候选人。　于是尧就把自己的两个女儿娥皇和女英嫁给舜做妻子，又叫他的九个儿子和舜生活在一起，看看他是否真的有才干。　一个普通的农民，就这样做了天子的女婿。

　　舜做了尧的女婿，仍旧对父母孝顺如初，可是这并没有感化那班恶徒。　后母见他成了家，有两个漂亮的妻子和一群牛羊，国君还那么看重他，心中万分忌妒。　于是把象找来，母子俩策划了一个害死舜的毒计。　象早就对两个美丽的嫂嫂垂涎三尺，所以母子一拍即合。　晚上，狠婆娘跟瞎老头一说，瞎老头子心里惦记着舜的财产，也点头答应了。

一天，象来到舜家，对他说：

"哥哥，爹叫你明天去帮助修修谷仓，别忘了早点来！"

正在门前打麦的舜愉快地答应了。

象走后，娥皇和女英忙从屋里出来说：

"不能去呀，他们要烧死你的！"

"怎么办呢？爹叫作事，不能不去呀！"舜有些为难。

娥皇和女英想了想说："不要紧，去吧！我们有一件绘着鸟形花纹的五彩衣裳，是当年九天玄女赠送的，你穿上它就可以化险为夷了。"

第二天一早，舜穿上五彩神衣，带上工具便走了。几个坏蛋见舜穿着花花绿绿的衣服来送死，心中暗自发笑。象在谷仓旁立起梯子，叫舜登上仓顶。舜见上面确有几处漏水的地方，就动手修补起来。这时象突然把梯子撤走，跟他母亲运来一捆捆干柴，把谷仓围了个密密实实，然后疯狂地将干柴点燃，大火立刻熊熊燃烧起来。

舜在上面急忙大喊道："爹爹，妈妈，你们这是干什么呀？"

后娘恶狠狠地狞笑道："孩子，送你上天堂呀！你不是要做天子吗？哈哈，哈哈……"

象一边扇火一边说："你上天堂后，不用挂念嫂子，我会好好照顾她们。哈哈，哈哈……"

"哈哈，哈哈……"瞎子瞽叟也跟着傻笑起来。

只有小妹妹没有笑，站在远处呆呆地望着。

浓烟滚滚，烈火冲天。舜知道自己已经无法逃脱了，心想：自己一向孝顺父母，以德感人，没有做过什么亏心事，现在却要被大火烧死，老天太无情了！想到这里，他张开双臂，仰天高呼：

"天啊，救救我吧!"说来也怪，就在他张开双臂、露出彩衣上的鸟形花纹时，忽然在红亮的火光中变成了一只五彩凤凰，"嘎嘎"叫着飞上天空。 恶徒们看见这情景，一个个惊得目瞪口呆。

一会儿，那只彩凤凰落到舜的院子里，又变成了身穿五彩神衣的舜。

谷仓下放火烧死舜的阴谋没有得逞，可是恶徒还不肯罢休。经过一阵子密谋，又一个罪恶的圈套预备好了。

这回是瞎爹亲自出马。

"儿呀，"瞎老头子坐在舜的炕边，用竹竿点着地，厚着老脸说，"前些天那回事，都是你娘跟你弟弟干的，爹不知道，我把他们骂了一顿。"

舜温顺地笑了笑，没有作声。

"这回爹又有事来找你了，爹院子里那口井多年不淘，水都不是味了，明天你去帮助淘淘。"

"爹，你放心，明天我一定早点去。"

瞽叟走后，舜把爹来找他淘井的事，告诉了妻子。

两个妻子忙说："不能去呀，他们要淹死你的。"

舜说："爹亲自来找，怎好不去呢?"

两个妻子商量了一会儿，说："不要紧，去吧! 我们有一件绘着龙形彩纹的衣裳，是当年东海龙王赠送的。 你把它穿在里面，遇到危险，脱去外衣，就可以出现奇迹了。"

第二天早晨，舜把妻子拿出的龙形彩衣贴身穿上，带着工具去给爹淘井。

几个恶徒一看舜没有穿红红绿绿的奇装异服，心中暗自高兴，心想:这回叫你上天无路，入地无门!

象拿来一条大绳子，系在舜的腰上，把他从井口放下去。 刚刚放到井的中间，绳子突然被砍断了，舜"扑通"一声落进井底。可是由于他早有准备，迅速脱去外衣，奇迹果然出现了：他立刻变成了一条金鳞闪闪矫健无比的游龙，从井中钻入地下黄泉，然后又自由自在地从另一家的井口出来了。

恶徒们把绳子割断后，便往井里投石填土，把一口井塞得平平实实，又在上面踩了又踩。他们以为大功已经告成，高兴得简直要发狂了。

瞽叟、后娘和象三个人闹闹嚷嚷地来到舜家，准备接收舜的妻子和财产。小妹妹也跟来看热闹。

舜还没有回到家中。娥皇和女英心中也没有底儿，不知那龙形彩衣是否真的灵验，于是痛哭起来。

几个恶徒在舜的屋里坐下来。象张开他那丑陋的嘴巴，争先开了腔：

"这好主意本来是我想出来的，照理说我该多得一些财产，可是我什么也不要，只要两个漂亮的嫂嫂和死鬼留下的这张弓、这把琴……嘻嘻，嘻嘻……"象说完，便从墙上取下舜的琴，叮叮咚咚弹了起来，一面拿眼睛不停地瞥着娥皇和女英。

后娘说：

"好吧，就依你。那牛羊、田地、房屋就归我和你爹了。"

"行啊，嘿嘿……"瞽叟傻笑道。

"哈哈，哈哈，哈哈……"三个人不禁发出一阵狂笑。

这时，一直站在门外的小妹妹，看到这罪恶的情景，听着嫂嫂那悲痛欲绝的哭声，回想起哥嫂平日对自己的好处，不禁激起了少女的良心。她后悔自己对哥哥两次见死不救，真是对不起他。当她听到三个恶人争着霸占嫂嫂、瓜分财产时，再也忍不住了，冲进屋子大声喊道：

"害死亲人分财产，欺兄霸嫂太凶残。善恶到头终有报，当心头上有青天！"话音刚落，就听门外有人说：

"什么青天白天的，黄泉路上也可以走回家门！"随着说话声，舜迈着从容的步子走进屋来。

一时间，屋里的人都惊呆了。当大家断定眼前的舜的确是人而不是鬼时，坐在床边弹琴的象才讪讪地说：

"哥，我正想念你呢，拿下你的琴弹弹。"

舜平静地说："是啊，我知道你在想念我。这么说，你总算有点像个弟弟的样子了。"

天性忠厚善良的舜，虽然受过两次谋害，可是对父母和弟弟、妹妹，仍旧和先前一样孝顺和友爱。

瞽叟和后妻没有分到舜的财产，象没有得到舜的两个漂亮妻子，三个恶徒还是不甘心。过了几天，他们又策划了一个阴谋诡计。

这回是后娘出马。她坐在舜的家中，皮笑肉不笑地对舜说：

"儿呀，我和你爹、你弟弟，都觉得对不起你，明天请你去喝杯酒。过去的事，就都把它忘了吧。明天你可要早点去。"

"妈妈放心，我一定早点去。"舜很恭敬地说。

后娘走后，舜把爹娘请喝酒的事告诉了两个妻子。

娥皇和女英忙说：

"不能去呀！他们要趁你喝醉时将你杀死的。"

"那可怎么办呢？娘亲自来请，不好不去。"舜又为难了。

"好吧，你去吧！"娥皇和女英想了想，从小箱里取出一包药，递给丈夫说，"你先到水池里洗个澡，喝酒之前把这包药吃下去，就会平安无事了。"

舜洗澡后来到瞽叟家，见桌上已经摆了一个酒葫芦和几样下酒菜。 爹娘和弟弟今天显得格外殷勤，给他斟了满满的一碗酒，当然是希望他快点喝醉了，好动手杀死他。 舜悄悄地将妻子给的那包药服下，然后端起酒碗，一饮而尽。 舜喝了一碗又一碗，从早晨一直喝到日落，竟没有一点醉意。 瞽叟一伙都觉得奇怪，找不到下手的机会，这阴谋又失败了。 舜又平平安安回到家中。

小妹妹本来和嫂子们有些矛盾，看见一家人这样作恶，同情哥哥嫂子的遭遇，终于和两个嫂子和睦相处了。

尧经过长时间多方的考察，确认舜是个道德高尚的贤人，就把自己的帝位让给了他。

舜做了国君以后，心里时刻装着天下的人民，关心百姓的疾苦，国家治理得非常好。 传说他亲手制作了一把五弦琴，自己还谱写了一首名叫《南风》的歌曲，常常边弹边唱道：

> 南方吹来的暖风啊，
> 可以消除我人民的愁怨！
> 南方吹来的应时的风啊，
> 可以增加我人民的财富！

这表明舜时时想着用南风一样的仁政，使人民心情愉快，生活幸福。 正因为他把国家治理得这样好，据说连西王母也来向他献白玉环和玉玦。

舜做了天子，对待他的瞎爹和后娘仍然很孝顺。 就连几次想谋害兄长、霸占嫂嫂的象，舜也不计前嫌，还封他到有庳(bì)①地方做个诸侯。 舜的仁德终于感化了凶顽傲慢的象。 据说舜死后，象也从封地赶来给哥哥祭扫坟墓，每到春季，都有一个长鼻大耳的

---

① 有庳：古地名，在湖南道县附近。

象来耕耘舜的祭田。

舜晚年出巡，病死在苍梧之野①，葬在九嶷山的南面。噩耗传来，人民都像死了爹娘一样失声痛哭，悲痛万分。他的两个妻子娥皇和女英，更是悲痛欲绝。她们赶紧乘上船，沿着湘水南下，想去为丈夫奔丧，不幸船被风浪打翻，姊妹俩落到江中淹死了。

据说舜有九个儿子，都不成器。舜在临死前，便把帝位让给了治水有功的禹。

（杨克兴　王兴义）

斑斑泪痕湘妃竹

娥皇、女英姊妹二人是帝尧的两个女儿，她们同时嫁给父亲事业上的继承人舜做妻子。舜是个饱受磨难的人，他的父亲瞽叟和他那同父异母的弟弟象都容不下他，并且几次设下圈套想把他置于死地，幸亏他有两位妻子的帮忙，这才死里逃生，闯过了一次又一次的鬼门关。

舜后来接替尧执掌天下，成为与尧齐名的贤德帝王，为万世所称颂。大舜有一次到南方去巡视，他的两个妻子娥皇和女英在后面跟随。不幸的事情发生了，舜帝突然在苍梧也就是九嶷山病死。噩耗传来，举国哀恸，尤其是他的两个妻子更是悲痛欲绝，她们在奔丧的路上，不停地伤心哭泣，眼泪如同泉涌，泪水抛洒在沿途的竹叶之上，留下了斑斑的泪痕，而且这泪痕永不退去。新

---

① 苍梧之野：今湖南宁远。

竹接旧竹，竟是泪痕满竹，一代一代传了下去，人们叫它湘妃竹，又叫斑竹，直到今天我们还能看得到。 一看到这斑竹，仿佛仍然可以看到她们那泪下如雨、痛不欲生的样子。

不久，娥皇、女英同时在湖中溺死身亡，并且成为湘水的神灵。 关于娥皇、女英的死，一种说法是她们跟随大舜一道出巡时，在湘江上遇到了狂风大雨，以致船翻落水而死；还有一种说法，在听说大舜死于苍梧山之后，她们因悲痛过度不能解脱，于是跳入湘江之中自沉而死。

据说，娥皇、女英的神灵就居住在洞庭湖中的洞庭山上，她们还时常在澧水和沅水交会处的深渊中游来荡去，风雨之中仿佛能看到她们那泪眼晶莹的面容，似乎可以听到一阵阵低回而凄婉的歌声。 在她们进出时的暴风雨中，还会看到一些像人一样的怪神，头上戴着蛇，手中也握着蛇，奔腾跳跃在洪波巨浪之上。 另外还有一些怪鸟，也在风雨波涛中叫个不停。

（董正春）

鲧和禹治埋洪水

尧真是一个不幸的国君，大旱之后又有大水。

那时，全中国都受了洪水的灾害，情形凄惨可怕极了。 大地上一片汪洋，人民没有居住的地方，只得扶老携幼，东西漂流。有的爬上山去找洞窟藏身，有的就在树梢上学鸟雀一样做窠巢。田地浸没在洪涛里，五谷全被水淹坏。 飞禽走兽因为大水没有地方藏身，竟来和人争地盘了。

做国君的尧看到大水为害，忧心如焚，但却想不出什么方法来解救人民的痛苦。

滔天的洪水是怎样发生的呢？据说是因为上帝看见下方的人民做错了事，惹起他的恼怒，这才特地降下洪水来惩罚世人的。执行这个任务的，就是水神共工。共工是火神祝融的儿子，人的脸，蛇的身子，头发像火焰般的通红。他得到这个大显身手的机会，真是高兴得很，不肯轻易放过。所以洪水一发，就淹了中国二十多年。

但是不管人民做错了什么事情吧，受了洪水的灾害总是痛苦的。他们在水潦和饥饿的熬煎中，吃没有吃，住没有住，还要随时提防毒蛇猛兽的侵害，还要用衰弱的身子去和疾病抗战。在大洪水时代，那一串悲惨绝望的日子，是多么可怕呀！

天上有众多的神，他们对于人民所遭受的灾祸，都无动于衷。真心哀怜人民痛苦的，只有一个大神鲧（gǔn）。

这鲧，原是天上的一匹白马。他的父亲是骆明，骆明的父亲是黄帝，他便是黄帝的孙儿。祖父既然是统治宇宙的上帝，孙儿当然也就是天上的一位显赫的大神了。

大神鲧对祖父这种虐待人民的措施，非常不满。他一心想把人民从洪水中救出来，使他们仍旧过平安快乐的日子。他曾经不止一次地向他的祖父请求过、谏劝过，想得到他祖父的同意，赦免人民的过错，把洪水收回天庭。但是固执的上帝，并没有理会鲧的话，反而给了他一顿申斥。

恳请和谏劝无用，大神鲧决心自己想办法来平息洪水，为人民解除痛苦。可是滔天的洪水，泛滥了整个中国，能用什么法子去平息它呢？他虽然有神力，但还是很难想出好办法。因此，心里时常忧闷不乐。

一天，鲧正在愁闷当中，恰巧有一只猫头鹰和一只乌龟互相拖拉着走过来，问鲧为什么不快乐。鲧就把不快乐的缘故告诉了它们。

"要平息洪水，并不是难事啊！"猫头鹰和乌龟齐声说。

"那怎么办呢？"鲧急急地问。

"你知道天庭中有一种叫作'息壤'的宝物吗？"

"听说过，却不知道究竟是什么东西。"

"'息壤'就是一种生长不息的土壤，看去也没有多大一块，但只要弄一点来投向大地，马上就会生长加多，积成山，堆成堤，用这宝物来堙塞洪水，还怕洪水不能平息？"

"啊，那么这宝物藏放在哪里，你们知道吗？"

"这是上帝的至宝，它藏放的地方，我们哪能知道？——你难道想要偷取它出来？"

"是的，"鲧说，"我决心这么办了！"

"你不惧怕你祖父严酷的刑罚？"

"让他去吧。"鲧不介意地笑了一笑。

被上帝当作至宝的息壤，不用说是藏得很秘密，并且定然还有猛勇的神灵看守的。可是一心想要拯救人民的大神鲧，终于想出办法，把息壤偷取到手了。

鲧得到了息壤，马上去到下方，替人民堙塞洪水。这东西果然灵妙，只要少许一点，就可以积山成堤，叫汹涌的洪水没法逞凶，还叫它在泥土中干涸。

看呀，洪水在大地上渐渐消失了它的踪迹，出现在眼前的是一片起伏的新的绿野。住在树梢上的人民从窠巢中爬出来，住在山冈上的人民从洞窟中走出来，他们枯瘦的脸上都展开了再度的笑容，他们的心里都腾跃着对于大神鲧的感谢和欢呼，他们又都准备着在这苦难的大地上重建新的基业。

正在这个时候，一件非常不幸的事情发生了。

原来息壤被窃的事，给统治全宇宙的上帝知道了。 他痛恨天国出了这样的叛徒，更痛恨家门出了这样忤逆的儿孙。 他非常愤怒。 他马上毫不犹疑地派了火神祝融下去，把鲧在羽山杀死，夺回了剩余的息壤。 洪水因此又蔓延开来，泛滥在大地各处，人民的希望成空，仍然降落在寒冷和饥饿里，既悲哀大神鲧的牺牲，更悲哀他们自己的不幸。 大神鲧被杀戮的地方，叫作羽山，在北极之阴，是太阳照不到的地方。 山的南面是雁门，那里有一条神龙，叫作"烛龙"，人的脸，龙的身子，全身从头到尾，一共有千多里长。 它从盘古开天辟地起，就守在这里，嘴里衔了一支蜡烛，用来代替日光，照耀北极的阴暗。 世间传说的可怕的幽都，大约就在羽山的附近。 我们可以想象这里的凄惨和荒凉——这就是大神鲧为人民牺牲生命的地方。

大神鲧被杀戮后，因为他偷息壤平洪水的志愿没有达到，所以他的精魂还不曾死，还保全了他的尸体，经过三年之久，都没有腐烂。 不但这样，他的肚子里还逐渐孕育着新的生命，就是他的儿子禹。 他把他自己的精血和心魂一齐都来喂养了这条小生命，要他将来继续去完成他的事业。 禹在他父亲的肚子里生长着、变化着，三年之中已经具备种种神力，甚至超过了他的父亲。

鲧的尸体三年不腐烂，这件奇事给上帝知道了，上帝大惊，怕他久后会变成精怪，来和自己捣乱，便又派了一个天神，带了一把叫作"吴刀"的宝刀下去，把鲧的尸体剖开。

天神奉命行事，到了羽山，就用吴刀来剖开鲧的尸体。

可是在这时候，更大的奇事发生了：从鲧被剖开的肚子里，忽然跳出一条虬（qiú）龙，头上生了一对尖利的角，盘曲腾跃，升上了天空。 这条虬龙就是鲧的儿子禹。 虬龙禹升上天空以后，鲧本人被剖开的尸体也化做了一条黄龙，跳进羽山旁边的羽渊去了。

这跳进羽渊去的黄龙，只是一条普通的没有神力的龙，他的全部神力，都已经传给了他的儿子了。 自从他进了羽渊之后，便再也没听说他的消息了。 他悄悄地在那里活着，他唯一存活着的意义，就是要亲眼看见他的儿子继承他的事业，把人民从洪水里拯救出来。

他的儿子并没有叫他失望，新生的虬龙禹具有大的神力，发了大的愿心，要继续去完成父亲的功业。

鲧肚子里诞生了禹的这回事，很快又被上帝知道了。 那高高地坐在宝座上的上帝，听到这消息，真是非常吃惊。 叛逆者假如有了叛逆的道理，那么他那反抗的意志，是谁都消灭不了的。 剖开鲧的肚子可以诞生禹，怎知道剖开禹的肚子又不能诞生别的更神奇的生物呢？

由于这个缘故，上帝也就渐渐悔悟到用洪水处罚人民，未免太严酷了。 那个新诞生的虬龙禹，实在也很不好惹。 当禹按照预定的计划，首先向上帝说明拯救人民的理由，请求将息壤赐给他的时候，经验丰富的上帝，便马上答应了他的请求，不但把息壤赐给他，还干脆任命他到下方去治理洪水。 为了禹工作的方便，更派曾经杀蚩尤立大功的应龙去帮他的忙，这真是禹所没有想到的。

禹受了上帝的任命，带了应龙，到下方，开始做平治洪水的工作。

可是这一来，却惹恼了水神共工，因为洪水原是上帝命令他降下来惩罚人民的，正是他大显神通的好机会，现在手段还没有十分施展，又叫他把洪水收拾起来，这怎么行呢？而且禹那小孩子知道什么呢？上帝答应禹的请求，也使他很不服气。

他立定决心，偏要出来和禹捣一捣乱。

于是他就把洪水从西方掀腾起来，一直淹到空桑。空桑在如今山东曲阜，已经要算中国极东的地方了，可见当时中原一带，都又早已经变做了泽国。可怜的人民，为了水神的一怒，又不知道有多少人在洪涛里化做了鱼虾！

禹看见共工这样横蛮，知道除了用武力对付以外，用道理说服是决不行的。要赶早平息洪水，必须先除去掀腾洪水来祸害人民的罪魁，因此禹决心和共工一战。

为了对付可恶的共工，禹就学他曾祖父黄帝的榜样，在会稽（kuài jī）山①会合天下群神。那时大家都到齐了，只有防风氏后到，禹怪他不遵守号令，就把他杀掉。——过了一两千年，到春秋时候，吴王和越王打仗，把越王围困在会稽山，从打毁的山上发掘出一节骨头，不是人类的骨头也不是野兽的骨头，那骨头之大，须用整部车子才能装下，大家都不认识，去请教博学的孔子，孔子才说出这就是被禹所杀的防风氏的骨头。从这个故事，我们可以想见禹的神力和威权有多么大。

禹率领天下群神和共工开战，共工当然不是禹的敌手，所以不久就被禹赶跑了。

禹赶跑了共工，这才开始做他治理洪水的工作。

他叫一只大黑乌龟来把息壤背在背上，跟随在他的后面。他随时把一小块一小块的息壤取来投向大地，这样就把极深的洪泉填平了，把人类居住的地方加高了；那特别加高起来的，就成为我们今天四方的名山。

禹知道治理洪水，单是用堵塞的办法还不行，因此另一方面，

---

① 会稽山：古时地名，在今浙江绍兴。

他又率领人民来做疏江导河的工作。

他叫应龙走在前面，拿它的尾巴画地，应龙尾巴指引的地方，禹所开凿的河川的道路就跟着它走。 这样，就把洪水引导到东洋大海，成为我们今天的大江大河。

禹治理洪水，直到三十岁，还没有结婚。 当他走到涂山(今浙江绍兴西北)的时候，他心里就想："我的年龄已经很大了，应该结婚了，将有什么东西来给我显示吧?"正在这样想的时候，果然，就有一只九条尾巴的白狐狸来到禹的面前，使禹想起当地的一首民间歌谣——

> 谁见了九条尾巴的白狐狸，
>
> 谁就可以做国王；
>
> 谁娶了涂山氏的女儿，
>
> 谁的家道就兴旺。

禹便娶了一个涂山氏的姑娘做他的妻子，名叫"女娇"；他们便在台桑这地方结了婚。

结了婚的禹，也并不坐在家里享福，还是在外面劳碌奔波，为人民谋幸福。 他的新婚妻子也跟着他在一道。

有一次禹为了治洪水，要打通辕辕（huán yuán）山①，急切间想不出办法，便化做一头熊，想用自己的力量来凿山开路。

他变熊的时候，不凑巧被他的妻子看见了，她想不到自己的丈夫竟是一头熊，惭愧得赶快回身就逃走。

禹看见妻子跑了，也跟在她的后面追赶，想向她解释解释误会。

---

① 辕辕山：在今河南。

禹在慌忙中忘记了变还原形，他的妻子看见追赶来的还是一头熊，心里更是惭愧和害怕，脚下也就更加跑得快。

他俩这样一逃一追，一直跑到嵩山的脚下。

禹的妻子急得没法，也就摇身一变，化做了一块石头。

禹见妻子化作石头，不理他了，又急又气，便向石头大叫道："还我的儿子来！"

石头便向北方破裂开，生了一个儿子名叫"启"；"启"就是"裂开"的意思。

这位启，是天神和人间的女儿生的儿子，虽不完全是神，但也是具有神性的英雄。据说他曾经三次乘着飞龙上天，到天帝那里去做宾客，天帝拿仙乐来款待他，他就偷偷地把《九辩》和《九歌》这两支仙乐的曲调记录下来，带到人间。从此人间有了繁复的新音乐。

经过许多艰难和困苦，洪水终于给禹治理平息了。洪水虽平，但还有余患未尽。原来被禹赶跑的共工，有一个臣子叫"相柳"的，是一个蛇身九头的怪物。这怪物最贪暴无餍①，九个脑袋，同时吃着九座山上的动物和植物。而且最可恨的，无论什么地方给他一碰一喷，马上就会成为水泽。水泽里的水，带着又辣又苦的怪味道，不要说人吃了会送命，就连飞禽走兽也不能在附近生活下去。

禹把洪水平息之后，就运用神力，杀死相柳，为民除害。从这九头巨怪的身体里，流出几股像瀑布一样的腥臭的血液来，气味难闻得很。血液流经的地方，五谷不生，又多水，水也带着又苦又辣的怪味道，简直不能住人。

---

① 无餍：不知足。

禹看见这光景，只好把这些地方用泥土来填塞住。可是填塞了三次，这块土地都陷坏下去。禹索性就将它开辟做了一个池子，各方的天帝就用池泥在旁边筑起几座台，用来镇压妖魔。

洪水平息，大功告成，禹要想量一量大地的面积。便命他手下的两个天神太章和竖亥，一个从东极走到西极，共量得二亿二万三千五百里七十五步；一个从北极走到南极，量得的数目也是一样，一步不多，一步不少。所以如今我们居住的这大地，在禹那时候，竟是方方的，豆腐干似的一块。

禹平治了洪水，使人民安居乐业，过幸福的日子，人民都感激他的功德，万国诸侯也都敬畏他。那时尧帝已把国君的位置禅让给了舜，而舜帝呢，年纪也渐渐老了，大家就拥戴禹继承舜帝做了国君。

禹在位的时候，替人民做了许多有益的事。后来他到南方去巡视，走到会稽地方，生病死了，群臣就把他埋葬在那里。

也有说禹并没有死，只是留下了尸骸，他的实在的本身，却飞升上天，仍旧成了神。

不管怎样，如今会稽山还可看到一个大孔穴，称为"禹穴"，据说就是埋葬禹的地方。

禹因治水留下的遗迹，还有一两段有趣的传说。

例如山西和陕西交界的龙门，原是两座大山，分跨在黄河的两岸，形状好像门扇，相传就是禹开凿的。为什么又叫它做"龙门"呢？据说江海的鱼到一定时候便都集在这座山的脚下，跳过去的便能成龙升天，跳不过的便只好碰一鼻子灰仍旧转来做鱼，所以叫作"龙门"。

又如安徽的桐柏山，据说禹曾经在这里降伏过一个叫作"无支祈"的怪兽。那兽形状像猿猴，高额头，低鼻梁，白脑袋，青身子，牙齿雪亮，眼睛里闪耀着金光。它的力量大过九只象，身子却伶俐轻便；住在水里，善于兴风作浪，使禹治水的工作受到很大的阻碍。 禹两次派手下的天神去制服它都失败了，后来派了庚辰去，才把它生擒活捉住。 捉住以后，便用大铁锁将它的颈子锁住，鼻子上又给穿了金铃，然后才把它镇压在淮阴①的龟山脚下，淮水从此才能够平安地流入海中。

这些都是禹的辛苦劳绩，人民当然会永远感念他的。

（袁　珂）

鲤鱼跳龙门

大河和大江的源头，都在昆仑；所以治水也得从昆仑山下开始。 应龙用尾巴指点着江河的走向，大禹指挥着群龙疏通。 当年曾帮助过鲧的大龟也来了，他还召来了他的同类。 大禹让大龟驮着息壤，跟随在神龙的后面，随时用息壤填塞深沟，堵筑堤坝，迫使洪水沿江河行走。 他们顺着大河向东，到了贺兰山，沿着山脉向北，在阴山下回转，沿吕梁山向南。 再往南，就到了一个河水逆流的地方，一座大山挡住了大河的去路，四周是大海似的茫茫一片。

大禹正在为面前的这座大山发愁，却看到神龙们非常活跃，他们在水里翻滚，在山间飞舞，仿佛不是遭到大山挡道，而是来到了水乡乐园似的。

“前面这座大山，名叫龙门。 对于神龙们来说，这儿可是个值得纪念的地方！”应龙笑着说，“他们原先是些鲤鱼，在这儿跳过龙

———————

①　淮阴：在江苏。

门，变作了神龙。今天，他们来到这儿，就像回到故乡一样。"

"有这样的事？"大禹也被应龙的话吸引住了，他暂时抛开了眼前的忧虑，化作虬龙，和应龙一起跳到大河里，去追逐浪花了。

大水奔腾呼啸着冲向龙门，在山脚下撞击着，化成巨大的水浪，倒过来扑向大河，形成了壮观的浪潮。无数的鱼虾龟鳖都聚集在这儿，被水浪推逐着，尽情戏耍。最勇敢的要数鲤鱼了，他们顺流而下，向龙门冲刺。当水浪从龙门打回来，扑向大河时，他们勇敢地冲了过去，竭尽全力，跃上浪尖。他们被巨浪抛向天空，都还是兴奋地跳跃着，想借水浪的力量，跳过龙门。可是，他们一个个遭到了失败，被浪花打得头昏眼花，又被冲刷了回去。那些经过无数次巨大努力的鲤鱼，有的精疲力竭，有的遍体鳞伤，只能灰溜溜地离开了这个叫他们神往的地方。

"看，这一条鲤鱼成功了！"应龙大叫起来。

大禹抬头望去，只见一条三尺来长的大鲤鱼，被浪头抛向半空，他乘机向上一跃，竟达龙门山顶。忽然，一阵云雨飘摇，随着是天火闪现，烧着了鲤鱼的尾巴。这条鲤鱼，竟带着天火上了蓝天，化作青龙飞去了。

这真是一幕奇妙无比的鲤鱼跳龙门的景象啊！应龙告诉大禹，一年中有千万条鲤鱼到这儿跃跃欲试，能够跳过龙门化作神龙的只有七十二条。

大禹为鲤鱼们百折不挠的精神感动了，可龙门罩在他心灵上的巨大阴影，又很快使他感到心情沉重。他从水中跃起，忽然看到巨浪冲击的山下有一个巨大的石洞，他飞快地窜进洞去，只见河水在山洞里哗哗地流淌过去。这里的水流，到哪儿去呢？大禹正想问应龙，一阵激浪打来，却把他推进了洞穴的深处。

洞穴里一片漆黑，大禹看到前面有微弱的光亮，看来这洞穴很深、很宽大。前进了数十里，洞穴忽然向上，水渐渐退去了。前面有一只野猪，嘴里衔了一颗夜明珠，照亮了洞穴。大禹化作人形，向野猪走去。野猪转过身向前，好像在为他带路。

大禹正在疑惑，忽然听到前面又有狗叫声。走过去，周围变得明亮起来，猪和狗都变作了人，穿着黑色的长袍。

他继续跟着他们向前，走进一个巨大的岩洞。岩洞里闪现着绿莹莹的光亮，石柱、石笋、石钟乳呈现出千奇百怪的形态，有的像狮象虎豹，有的像龟蛇龙鹤，有的在天上飞，有的在地下爬，好像是另一个世界。在一个宽高深邃的石龛下，有一位大神盘坐在方坛上。这位大神人面蛇身，两眼炯炯有神，身后有个巨大而且整齐的蜘蛛网；大神的身旁，还有八个穿黑袍的神侍立着。

"你是伏羲?"大禹惊奇地问。

"是啊!"伏羲微笑着说，"听说你治水到了龙门，我特地把你引了进来。当年，我也深受洪水带来的苦难，所以，很想帮助你成功!"

说着，伏羲叫人拿出了一块金板，板上是个蜘蛛网似的图案。他把金板递给大禹说："这是我画的八卦图，上面有着天、地、风、雷、水、火、山、泽八卦，又能组合成六十四卦，包括了世上万物的变化。它会帮助你解开遇到的难题。"

大禹听说过伏羲制八卦的事，原来竟是从蜘蛛网变化而来的。据说，从八卦中能知天文地理、鸟兽草木万物之情。有了八卦，就好比有了一份天象地理图，有了一部百科全书，这对治水是多么重要啊!

伏羲又叫人拿出一把玉尺，说："这把玉尺，长一尺二寸，合十二个时辰，是用来计算时间和度量天地的。"

大禹得了这两件宝物，非常高兴，他谢了伏羲，又急切地问:

"眼前龙门阻挡了大河的去路，我该怎么办呢？"

"这也不难！"伏羲说，"我来助你一臂之力！"

伏羲转动八卦，念了咒语，然后举起手掌，轻轻一劈。只见眼前电闪雷鸣，山崩地裂，伏羲消失了，岩洞也消失了，龙门被一劈为二，分裂开来。大河的水像从天上涌来，越过龙门，汹涌地向东南方奔腾而去。

神龙们见大禹从龙门山中爆裂出来，惊奇得不知是怎么回事！

从此，龙门大开，大河从裂峡间穿过，两岸石壁峭立，好像用刀切开来似的。龙门的景象更为壮观了！各处的鱼虾龟鳖们依旧聚集到这儿，虽然没有大山阻挡，鲤鱼们照样跳龙门。奔腾的大河在山峡间发出雷鸣般的轰响，激起一阵又一阵的巨浪，把鲤鱼们送上高空。幸运的鲤鱼跃登龙门山顶时，遭天火烧尾，然后化为神龙，飞向天宫！

（朱　彦）

仙山的传说

残破的天地虽然给女娲修补好了，但毕竟不能完全恢复原来的状貌。据说，从此以后，西北的天空，就略有点倾斜，所以太阳、月亮、星星都不自觉地要朝那边跑，落向倾斜的西天；东南的大地，陷下了一个深坑，所以大川小河里的水，也都不由自主地要朝东南奔流，将水灌注到那里，就成了海洋。

人们或许会发愁：大川小河的水，这么天天地向海洋灌注，难道海洋就没有涨满的一天吗？如果涨满了，海水漫出来，怎么办呢？人类岂不是又要遭祸殃吗？

请不要发愁。据说在渤海的东边，不知道几亿万里的地方，有这么一个大壑，这个大壑的深，简直就深得没底，名叫"归墟"。百川海洋里的水，通通往这儿流。归墟里面的水，总保持平常的状态，既不增加，也不减少——哦，既然有这么个无底大壑来容纳百川海洋的水，当然就用不着我们发愁了。

归墟里面，有五座神山，就是岱舆、员峤、方壶、瀛洲和蓬莱。每座神山高三万里，周围也是三万里。山和山的距离是七万里。山上有黄金打造的宫殿，白玉筑成的栏杆，是神仙们安乐的家。那上面所有的飞禽走兽都是白色的。到处都生长着珍珠和美玉的树，这些树也开花也结果子，结的果子就是美玉和珍珠，味道很不错，吃了可以长生不老。仙人们都穿着纯白的衣裳，背上生有小小的翅膀。常见这些小仙人，在大海上面，在碧蓝的高空中，像鸟一样自由地飞翔着，往还于五座神山之间，探望他们的亲戚朋友。仙人们的生活委实是快乐而幸福的。

在快乐幸福的生活中，就只有一桩事情不妙：原来这五座神山都是漂浮在大海中的，下面没有生根，一遇风波，便会漂流无定，这对于神仙们彼此往来，很是感觉不便。

有了这样的困难，他们就派代表到天帝那里去诉苦。

天帝知道了这种情由，实在也恐怕几座神山漂流到天边去，诸神无家可住。因而便叫海神禺强，派十五只大乌龟，去把五座神山用背驮起来。一只驮着，其余的两只便在下面守候着，六万年交替一次，轮流负担。

这样一来，神山稳定了，住家在山上的神仙们，都欢天喜地地、平安地过了若干万年。

不料有一年，却给龙伯国的一个大人来到这里，作了一次无心的捣乱。

大约因为他闲着没事，有些发闷，带了一根钓竿，到大洋中来钓鱼。 走了没有几步，这几座神山便给他周游遍了。 举起钓竿来一钓，啊呀，接二连三地，被他钓上来了六只大乌龟。 他不管三七二十一，背着这几只乌龟，回家去了。 可怜岱舆和员峤两座神山，却因此漂流到北极去，沉没在大海里。 累得住在这两座神山上的神仙们，都慌慌忙忙地搬家，带着箱笼帐被在天空中飞来飞去，流着满头大汗。

天帝知道了这回事情，大发雷霆，便把龙伯国的土地削小，把龙伯国人的身量缩短，以免他们再出去到处惹祸。 到伏羲神农时候，这一国人的身量虽然已经缩短到无法再短了，但据当时一般人看来，他们还有好几十丈长呢。

归墟里的五座神山，沉没了两座，还剩三座，就是蓬莱、方丈（即方壶）和瀛洲，还叫那些大乌龟好好地用它们的背背负着，直到以后若干万年，没听说出过什么乱子。

（袁　珂）

技艺超群的巧倕

天帝俊是统治宇宙的很有名气的一位大神，是东方殷民族所奉祀的赫赫天神，是东方鸟图腾的化身。 帝俊家又是一个创造发明世家，许多古代的发明都与他的名字联系在一起，其中倕就是这个发明世家中的突出代表。

帝俊生了三身，三身生了义均，义均就是倕，是帝俊的孙子。

他工巧无比，有过许多重大的发明创造，因此被誉为巧倕；他是能工巧匠的杰出代表，所以又被称为工倕。

工倕创造发明了许多为民众所需要的奇巧之物，给人们带来了很大的幸福。据说，工倕发明制作了人们狩猎用的弓箭，为人们远距离捕获猎物提供了方便。工倕还发明了舟船，扩展了人们生存活动的空间。工倕又是多种农具的首先制作者，譬如他发明制造的铫（yáo），就是用来松土除草的大锄；他制作的耒（lěi）、耜（sì），前者像木叉，后者像犁头，都是耕种土地时重要的翻土工具。铫、耒和耜为原始农业生产所起的作用是可想而知的。

另外，工倕还最早制作了工匠使用的工具，像画方圆用的规、矩以及准绳等等。工倕又被说成是帝尧时的巧匠，并说他制作了鼙（pí）、鼓、磬、笙、管、埙、篪（chí）、钟等多种乐器。

总之，工倕成了人们推崇的发明大家，在他的身上体现了人类在征服自然的过程中所取得的一个个胜利，他是人类智慧的化身和社会发展进步的标志，是当之无愧的平凡而又伟大的英雄。据说北海之内有一座不距之山，工倕死后就埋葬在那里。

（董正春）

河神巨灵

巨灵是一位天神，它独得神道，与天地间的元气同时降生在混沌初开的世界上。此时，间间万物都在等待开辟之中。处在创世之初的巨灵有着很不寻常的本领，他竟然创造出了山川，开辟出了江河，以至成为河神。

据说，太华山和少华山本来是一座大山，它挡住了原本流淌得很顺利的黄河，黄河来到山下只好绕道曲折而去。巨灵便用他那巨大的双手从上面把大山掰开，下面又用两脚把大山的底部蹬开，从而使一座大山从中间一分为二，黄河便可以顺利地通过了，不必再绕远道，兜圈子。时至今日，我们还能在华岳顶峰看得到巨灵留下的手的印迹，那手指头和手掌的形状都很完整清楚，人们称之为仙掌。脚的印记也还保存在首阳山下，同样清晰可见。

巨灵的力气是出了名的，汉代张衡写过一首著名的《西京赋》，其中就有"巨灵赑屃（bì xì），高掌远迹，以流河曲"的句子，专门用了"赑屃"来描绘巨灵猛壮有力的样子。传说中的赑屃是一种神龟，因其力大无比，善负重，所以放在大石碑的底下作为底座，这就是人们常说的"龟驮碑"，由此可以看出巨灵的影响是很深远的。

巨灵的神话带有创世神话的意味，这位巨灵，掰山开河，也算是干得惊天动地，轰轰烈烈，差不多也应该算作是一位开辟大神了，只可惜，它的业绩埋没得太多，只剩下了"造山川，出江河"一桩，所以只好屈尊为河神了。

（董正春）

商星参星不见面

上古时的天帝高辛氏，也就是帝喾，有两个调皮的儿子，老大叫阏（yān）伯，老二叫实沈，他们都住在荒山老林里边。谁知这兄弟俩互不相容，互不相让，以至发展到舞刀弄枪，各纠集一伙一帮，相互攻杀。帝喾很不满意，虽经多次劝说，仍无济于事。

帝喾生气了，便把兄弟二人彻底分开。老大阏伯被派到商丘，主管那里的星辰。这星辰就是东方明亮的三颗星，又叫心宿星，是商民族供奉祭祀的星辰，因此又叫商星。老二实沈被派到大夏，主管那里的星辰，这是西方有名的参（shēn）星，为陶唐氏的后代所祭奉。商星和参星，一个东方升起，一个西方落下，谁也见不到谁的面。这样高辛氏的两个儿子，从此一个东来一个西，谁也碰不到谁。

这里讲的是两兄弟不和，被父王派去各管东、西一座星辰的故事，显然是将神话历史化了。照神话的原始意义来看，这是一个"化星"的故事：由于天国兄弟之间的内讧，惹怒了天帝，于是闹事者被天帝变成了商星和参星，罚他们一东一西，一个升起一个落下，总不相见，即使后悔也来不及了。这又是一则推原神话，是对天上星宿运转的一种解释。

人化为星的神话还有一个傅说的故事。据说，殷中宗武丁曾在梦中遇到一位叫傅说的圣人，可是醒来后在群臣百官中却找不到与梦中圣人相似的人。于是派人四处寻访，终于在傅岩这个地方发现了一个很相似的人，此人正是其貌不扬但很有才干的那位"圣人"，当时正在做苦役。武丁一见很是高兴，确实就是梦中所见之人，于是委以宰相的重任。因为是在傅岩找到的，所以称他为傅说。傅说生前成就了一番事业，死后化作一颗小星叫作傅说星，位置是在箕星和尾星之间。

（董正春）

苍颉造字

上古时代，随着社会发展的需要，加上人们碰到的事情越来越多，人与人之间的交往也越来越频繁，单凭人脑记忆已经很不适应，于是人们在找寻一种帮助记忆的方法。 最初用的是结绳记事法，一只羊打一个小结，一头牛打一个大结，十个结便打一个圈。

可是事情多了，时间久了，那么多结呀圈的倒把人弄糊涂了。于是人们又开始用画图记事，有什么事便画什么图，开始倒也觉得方便，但事情一多，就很难画明白记清楚了。 于是人们开始新的探索，寻找一种更为简洁明了的记事方法，创造一种更便于记事的工具，文字就在这样的情况下产生了。 文字的产生是人类伟大的发明，是非常神圣的事情，因此围绕文字的产生便产生了与此相关的种种神话。

据说最初造字的是伏羲，他根据结绳记事用的结和圈，发明了用线表示数目的字一、二、三等，又根据事物的形状造出了日、月、水、火、人、牛、羊等字。 然而伏羲造的这些字却叫一个小孩挑出了毛病，伏羲在叹服之后，便把纠正错字和再造新字的任务交给了他，这个小孩就是苍颉。 苍颉于是成了创造文字的发明家。

苍颉又被说成是黄帝手下的大臣，他是奉了黄帝的命令制造文字的。 苍颉造字确实是惊天动地的大事，据说他造字的时候，天降下了粟米，鬼在夜里号哭，连深潭里的龙也潜藏了起来，真可谓是惊天地泣鬼神！

苍颉很善于观察事物，他发明的字就是根据自己的观察心得，仿照万物的形态造出来的。 苍颉有一次见三位老猎人用野兽的脚印判定野兽的行踪，于是发明了用代表脚印的符号表示野兽，进而用各种各样的符号代表各种各样的事物。 他照着有红圈的太阳勾画出了"日"字，照着月牙儿的样子描绘出了"月"字，仿照鸟兽的爪印和人的侧影分别造了"爪"字和"人"字。 就这样，苍颉造的字越来越多，人们用它来记账记事就很方便了。

据说苍颉一共造了一斗油菜籽那么多的字，可是人们并没有全部学会，就连大圣人也不过才学会了七升。 剩下的三升，苍颉便甩到了遥远的海外，外国的文字就是从苍颉那里拣来的。

（董正春）

小人国的故事

很古很古的时候，在南方海外有一个小人国，叫僬侥（jiāo yáo）国。 僬侥国的人个子都很小，最高的才三尺，最矮的只有几寸。 他们的长相和我们一样，也穿着衣服，戴着帽子。 他们对人很有礼貌，不论男的还是女的，见面都作揖、叩头，行跪拜礼。因为他们个子矮小，所以人们又称他们为"侏儒"（zhū rú）。 侏儒就是身材矮小的人。

小人国的国王是一个很有威信的人，他经常穿着红衣服，戴着黑帽子，乘坐马车，带着卫队到各地去视察。 因为国王公正无私，所以人民都拥护他。 小人国在他的辛勤治理下，国家繁荣昌盛，人民安居乐业，社会非常安定，真是路不拾遗，夜不闭户，称得上是一个文明的国家。

小人国的人都很聪明，心灵手巧。他们不仅会种庄稼，而且还会制作各种各样的巧妙器械。据说尧当皇帝的时候，他们曾派人向尧赠送过"没羽箭"。"没羽箭"和一般的箭不同，一般的箭在箭杆后头都有羽毛，因为有羽毛，在射的时候，箭才能保持平衡，射得准。"没羽箭"却没有羽毛，它的构造奇特，是采用先进技术制成的。它比普通的箭射得远，射得准，在当时，可以说是一种新式武器，因此受到尧的称赞。

小人国的人都善走，而且长寿，别看他们个子小，可是走起路来却像风一样轻快，一天能走一千里。他们的寿命都很长，能活到三百岁，他们的寿命为什么能这样长呢？是因为他们吃得好吗？不是，他们吃的不是山珍海味，而是普通的小米。那么，是因为他们住的舒适吗？也不是，他们住的不是高楼大厦，而是简陋的山洞。他们那样长寿，大概是因为他们善走，经常运动的缘故吧。

小人国的人什么都不怕，只怕海鹄（hú）。海鹄是一种很大的鸟，它不仅眼睛锐利，翅膀巨大，而且善飞，一天能飞一千里。只是海鹄这种鸟非常懒惰，他们从来不劳动，专门靠吃小人国的庄稼过活。每当小人国的庄稼快要成熟的时候，海鹄就成群结队地从远方海岛上飞来，把小人国的庄稼大片大片地吃掉。海鹄不光吃庄稼，而且还吃在田间劳动的小人。海鹄把口一张，就能把小人整个吞到肚里去。小人在海鹄的肚子里是死不了的，他们还照样活着。传说从前有个猎人，射死了一只海鹄，他在给海鹄开膛破肚的时候，发现海鹄肚子里有一个小人。因为这个小人是在海鹄的肚子里，所以猎人就把他称作"鹄人"，把他的国家称作"鹄国"。其实，鹄人就是小人国的人。

紧挨着小人国的是大秦国。大秦国是个巨人国，那里的人个子高大，一般都在十丈左右。 尧皇帝非常关心小人国，为了保护他们生命财产的安全，每年都在庄稼快要成熟的时候，派大秦国的人到小人国去，帮助他们驱赶和捕杀海鹄，这才使小人国免遭海鹄的侵害。 因此，小人国的人民非常感谢尧皇帝，他们每年都派人向尧皇帝进献珍贵的礼物。

小人国的人是怎样诞生的呢？ 传说南方有一座山，叫银山。银山上有一种树，叫女树。 这种树非常高大，青枝红叶，枝繁叶茂。 每天天刚亮，树上就生长出许多光着身子的小人来。 这些小人，身长不过六七寸，脑袋和树枝相连，手足下垂，见人便笑，还手舞足蹈。 当太阳出来的时候，他们就从树上爬下来，在地上自由自在地行走、玩耍，一个个蹦蹦跳跳，天真活泼。 直到太阳落山的时候，他们才住进山洞，隐没起来看不见了。

第二天，女树上又生长出新的小人来，就这样，小人国的人一批批地诞生了。 也有人把女树上生长的小人叫"人参果"，说它是一种仙药，人要吃了，就能长生不老，变成神仙。

（徐宗才）

瑞鸟凤凰

说到凤凰，不能不从帝俊说起。 帝俊是东方的一位天帝，他的名字"俊"，古代写为"夋"，很像一个长着鸟头人形的神灵，大概是少昊之外的又一位鸟王吧！

据说帝俊从天上来到下方的时候，专爱与那长着美丽的羽毛又善于跳舞的五彩鸟交朋友，甚至把他那两座在下方的坛交给五彩鸟来管理。　这五彩鸟不是别的，其实都是凤凰一类的神鸟。　细分起来，五彩鸟分为三种，一种是凰鸟，一种是鸾鸟，一种是凤鸟，就是传说中的凤凰。　凤凰的样子基本上像鸡，不过这种神鸟长着五色的特别漂亮的羽毛，生活在盛产金子和玉石的丹穴山上，丹水就发源在这里，往南流入渤海。　这里的凤凰鸟不仅五色艳丽，而且身上有文字图案，头上的花纹看上去像"德"字，翅膀上的像"顺"字，背上的字像"义"字，胸脯上的像"仁"字，肚子上的则像"信"字。　这种鸟，总是从从容容地觅食饮水，而且既善于唱歌，又擅长跳舞。　它们要是出现，天下准会是太平盛世。　因此，人们都称誉它为瑞鸟，是吉祥安宁的象征。

不过，在乱世是见不到凤凰的。　孔子当年就曾因为凤鸟不来而大为感慨，深深地期盼着凤凰的出现。　甚至连那至高无上的黄帝也未能见到日思夜想的凤凰，只好向他的臣子天老询问凤凰是什么样子。　可惜天老也没有亲眼见过，便就其所知道的情况再加上自己丰富的想象为黄帝描绘了一番，说这凤凰从前半部分看像大雁，而从后半部分看却像麒麟，再看脖子又细又长像蛇，尾巴倒有点像鱼的尾巴，全身有着龙一样的花纹。　再仔细一看，脊背像乌龟，下巴像燕子，嘴巴很像是鸡，就是这样一个生物体的大荟萃。

据说这通称凤凰的神鸟，又有雌雄之分，雄性的叫凤，雌性的叫凰。　也可以通称为凤。　就像龙在云中活动一样，这凤总是随着风。　凤所到之处，众鸟无不归服，可见这凤鸟如同兽中之王的狮子一样，自然是百鸟之王了，后世人们所说的"百鸟朝凤"大概就是由此而来的。　还说有一座北甘山，壁立万仞，又高又陡，连猿猴都难以上去，凤凰就在这里筑巢，因此人们又称这座山叫凤凰山。

神鸟凤凰据说与那百鸟之王的少昊帝也有关系。　少昊建国于东海之外的一个大深沟的地方，大约就在有五神山的归墟一带。建国伊始，凤凰恰巧飞来了，于是用鸟来封官记事，凤凰做了历正官，总管一年四季的天时变化，因而凤凰又成为少昊的属臣了。

凤凰，显然是先民所创造的一种形象奇特、秉性超绝的神鸟，它不仅美丽无比，而且能给人带来安福，因此，它成为人们心中对美好生活向往的一种瑞鸟，并且成为中国传统文化中"龙凤文化"的一个重要组成部分，世世代代演绎出许多美丽动人的故事。

（董正春）

伯益知鸟兽

大禹在治水过程中，得到了多方面的帮助，天神伯益就是其中的一位。

伯益又名伯翳或者柏翳，若简单称呼就是"益"。颛顼有一个孙女叫女修，有一天，女修正在忙着织布，忽然飞来一只燕子，并下了一个蛋，女修吞下这枚燕子蛋后，便怀了身孕，而后生下儿子大业。大业娶了少典氏女华姑娘为妻，生下儿子大费，这大费就是伯益。可见伯益和东方的商族一样，同是神鸟燕子的后代，或许益本身就是一只燕子也未可知。伯益在大禹治水时曾带领百姓，举着火把，把因洪水而疯长的草木烧掉，从而使危害人们的凶禽猛兽无处藏身，只好四散逃往远方，广大百姓也因此得以过上平安的生活。

伯益还有一个最大的特长，就是他知晓各种飞禽走兽的性情，而且懂得它们的语言，能够听懂鸟兽的叫声所表达的意思。这样，伯益便在神、人和鸟兽之间架起了一座相互交流的桥梁。 所以，当帝舜询问谁能替他去管理山林水泽里的草木和鸟兽时，大家都一致认为，伯益去最合适。 于是，大舜便任命伯益为山泽官，同时又委派豹、虎、熊、罴四种兽中的头目做伯益的助手，共同帮助伯益去完成管理山林水泽以及百鸟百兽的任务。 据说，伯益不仅能听懂各种鸟兽的叫声，还能模仿它们的叫声。 因此，帝舜把管理训练鸟兽的任务交给伯益是再合适不过的了。

据说，伯益是秦人的祖先，而秦人又是从东方迁徙而来的，可见伯益当是东方鸟之国的成员或后裔。 伯益因帮助大舜驯服鸟兽有功，被赐姓嬴氏，开始了秦氏家族的繁衍生息。 在他们的后世子孙中，就有不少是鸟的身子而能像人一样讲话的。

伯益知鸟兽这则神话的认识价值是很高的，它说明，我们的祖先确实有过与鸟兽为伍的穴居野处的那样一个历史阶段。 人与鸟兽的关系是复杂的多方面的。 人既受益于鸟兽，又不断地受到它们的侵害，所以对它们产生了一种复杂的敬畏的心情，因此，人们就既把鸟兽作为始祖信奉，又要作为驾驭者将它们驯服。 在这种背景和心态下，知鸟兽、驯鸟兽的伯益便应运而生了。

（董正春）

大法官皋陶

皋陶的长相真令人不敢恭维，有的说他的嘴像乌鸦嘴，也有的说就像一般鸟的嘴，尖而向前突出着。 他那脸色就好像是削了皮的瓜，青中还带一点绿。

但是，这位皋陶有品行，有本事，他言出必信，说到做到，断起案子来清明公道。他善于察言观色，而且能看透人的内心世界，能判断分辨真假实伪和是非曲直，所以当尧治天下的时候，任命皋陶做了掌管刑法的大理，也就是最高的大法官。

皋陶在处理复杂疑难案件的时候，用一种神羊去分辨好人坏人，又快又准确。这种神羊，有许多奇怪的名字，样子也怪，头上长着一只角，它神就神在有着独特的灵性，有一种能判断谁有罪谁没罪的天性。皋陶有了它，断案子就方便得多了。当皋陶审理案子时，就把这神羊带到当事人中间，它先是在当事人中搜寻着，弯着头，摆动着那只独角，慢慢地往人中走去，凡是有罪的人，它会一角顶过去，而对无罪的人它从不碰触一下。用这样的办法办案，不仅便捷，而且准确，绝不会放过坏人和冤枉好人。正由于这个原因，所以皋陶大法官特别器重他的神羊，并且十分小心地善待它，因为它确实是皋陶的有力助手。

皋陶与神羊的故事，反映了原始人在认识能力低下的情况下，希望获得更高地分辨事物能力的一种理想，同时也表现了人们对解决社会复杂问题的一种探求。

（董正春）

彭祖八百岁

天帝颛顼有着众多的子孙，不少的还长得怪模怪样，甚至有的还有一些劣迹，像他那早死的三个儿子就都变成了危害民众的疫鬼，结果被赶得到处跑来跑去。还有一个儿子叫梼杌（táo wù），样子像一只大老虎，凶狠无比，人见人烦。 但是，颛顼的后代中也有许多长寿甚至不死者，譬如西方荒野中的三面一臂国，那里的颛顼子孙个个长生不老。 另外一个就是彭祖，也是因为长寿出了名的。

彭祖，按辈分该是颛顼的玄孙。 他的出生就很特别，他母亲有孕三年而不生，最后从左右腋下用刀剖开，生下六个儿子，彭祖就是其中的一个。 据说，彭祖姓篯（jiān），名铿，又叫彭铿。他从尧舜时起一直活了八百多岁，真可算得上是一个老寿星了。但他临死时竟然感慨自己的寿命太短了，大概他的愿望是长生不老，如同他祖辈中三面一臂国的人那样。 能活八百岁，也算是够长寿的人了，即使天帝的子孙也未必都能如此。 对于这个问题，战国时期伟大的诗人屈原就曾发出这样的疑问：彭铿斟满了一碗野鸡汤献给天帝喝，天帝喝了为什么那么满意？ 天帝一高兴便赐给彭祖那么长的寿命，而彭祖为何还感到失意而忧伤？ 屈原在《天问》中的这个问题问得好，长寿的秘诀自古就是人们不断进行探讨的一个大问题，时至几千年后的今天，还一直是世人讨论的一个热门话题。 因为对长寿的追求毕竟是人们千百年来的一种热切愿望，神话中那些长寿国、不死国便是人们最早的一种心理反映。

彭祖活到七百六十七岁的时候，从外观上看简直没有衰老的样子。 当时殷商王对此十分羡慕，便亲自派一名宫女前去彭祖那里探求长寿的办法。 可是彭祖并没有直接回答这个问题，而是绕一个大圈子讲了自己不幸的童年及人生遭遇：先是个遗腹子，后来成了孤儿；之后，又碰上犬戎之乱，颠沛流离，生活无着，前后经历了一百多年；以后，又多次失子丧妻，所经历的不幸打击和人生忧患简直难以计数，肉体上的磨难和精神上的损伤说也说不完。 还说他从小身体就瘦弱，后天的调养更是谈不上，如今身体更加瘦弱，已经到了朝不虑夕的地步，还有什么长寿可谈啊！就这样，彭祖始终回避了如何才能长寿这样一个正面话题。不过，彭祖也说了一句发人深省的话："长寿的方法应该是有的，不过像我这样孤陋寡闻、见识很浅的人是很难说出个所以然来的。"彭祖说完这些话，便飘然不知去向。但是彭祖并没有死，又过了七十多年，人们忽然看见他在流沙国那里骑着骆驼漫游呢。人们对彭祖那一大段兜圈子的话反复进行琢磨，似乎能悟出关于长寿的一些什么道理。

（董正春）

吴刚月中伐桂树

很早很早以前，在西河岸边，住着一个姓吴名刚的男子。吴刚羡慕神仙的生活，一心想修炼成仙。几年来，他遍访名山，拜见了住在那里的许多神仙，向他们讨教成仙的秘诀。

可是，神仙们的回答都是含糊不清。这令吴刚非常的不满意。有好几次，他对不愿吐露真情的神仙发起了脾气，破口大骂。

吴刚在神仙世界渐渐出了名，神仙们慢慢地都知道了有这么一位渴望成仙却又性格暴躁、不讲道理的人物。最后，吴刚其人其事，传到了天帝的耳朵里。为了不让吴刚继续骚扰神仙世界，天帝决定一方面让吴刚成仙，一方面给他惩罚。

一转眼，吴刚变成了月亮上的一个仙人。他站在桂树底下，手持一柄斧子。天帝罚他整天站在那里，用斧子砍桂树，直到把桂树砍断为止。

月桂高达五百多丈，馨香四溢。奇妙的是，无论吴刚使出多大的劲，他每砍下一刀，那桂树上的创口，立即就会弥合，长成原样。吴刚只能砍啊、砍啊，不停地砍，却又看着桂树不断地恢复原状，不能给它丝毫损伤。

虽然桂花花香扑鼻，沁人肺腑，可是吴刚却厌倦了月亮上单调、无聊的生活，以及上帝罚他做的砍伐桂树的差事。他思恋起西河岸边的家乡，回想起平凡的生活是多么可爱。可是，他再也回不去了；他将永远留在月亮上，没有休止地砍伐桂树。

幸亏，月亮上原来就有一只兔子，它终年不停地替天帝捣着药。吴刚有时就和月兔说说话，倾诉心中的苦闷。后来，月亮上又来了一位嫦娥，吴刚便又多了一个可以说话的朋友……

每当月圆之时，大地上的人们就会看到月亮上有一棵桂树，树下站着一个人，这人就是吴刚。

（薛敏芝　杨志刚）

伶伦作乐律

黄帝做了天帝以后，经常巡视天下，所到之处，总发觉有件美中不足的事情：音乐太单调。他把手下伶伦叫来，吩咐他去研究音乐，充实音乐的内容，使嘴中哼唱的歌曲、乐器里吹弹的乐曲，更好听，更动人，更有表现力。

伶伦接受了这个使命。他决定从观察大自然入手，从大自然各种声响汇聚成的交响乐中，寻找灵感和思路。他在辽阔的大地上奔走，一连好几年，细心地倾听，认真地思索。

一天，当他行走在昆仑山北面一个地方的时候，突然若有所悟。他迅速跑到一个山谷里，选取了一些竹子。他先拿起一根长得正直、四壁均匀的竹子，在两个竹节中间截下一段，长度为三寸九分。他把用这个竹管吹出的声音，定为基调，作为基本音高。然后，伶伦又按照一定的长短比例，制作了十一只竹管，它们各能吹出一种律调。这样，合起来共有十二种律调。

伶伦带着这十二根竹管，来到昆仑山山脚下，去听凤凰鸣叫的声音。凤凰正在歌唱呢，雄的叫了六声，雌的也叫了六声。伶伦就将凤凰的这十二声叫，与十二支竹管吹出的声音相对照。恰巧，双方互相谐和。于是，伶伦就把长短不一的十二支竹管配起来，定下了十二种律调，称为"十二律"。

伶伦作出乐律之后，就去向黄帝汇报，并当场即兴表演。黄帝听了这起伏多变、宛转悠扬、美妙动听的乐曲之后，击节赞赏，对伶伦大加褒扬。从此，伶伦声名大振，俨然成了一个音乐之神。以后，人们习惯上也就把唱歌、唱戏的人，称为伶人或伶官。

（薛敏芝　杨志刚）

天鸡报晓

在波涛汹涌的东海之中，离高大的扶桑树五万里的地方，有一座大山，叫桃都山。山上有一棵很高很粗的大桃树，叫桃都树。这棵桃树有好几千丈高，一千多围粗，树枝与树枝之间相距三千多里。这棵树一万年开一次花，结一次果。花很大很香，颜色鲜艳。 结的桃子也非常大，其色金黄，特别是在阳光照耀下，更加绚丽多彩，放出耀眼的金光。 这桃叫"金桃"，金桃每个都有一斤多重，吃起来又甜又香。 因为金桃一万年才结一次，数量又少，所以比王母娘娘的蟠桃还名贵，人要吃了就会立即成仙，长生不老。

桃都树上，有一只高大健壮、锦毛斑斓的雄鸡，叫"天鸡"。天鸡是天上的神鸡，它每天早晨总是早早地站在朝东的那个树枝上，单腿独立，昂首远望，监视着太阳的运行，担负着向全人类报晓的任务。 古时候，人们把报晓的任务叫"司晨"。 天鸡不仅有一对锐利的眼睛，能看到几万里远的东西，而且有一顶鲜红的帽子——人们把它叫"鸡冠"——高高地戴在头上，显得格外英俊。

当太阳在汤谷的咸池里洗完澡，骑上三条腿的乌鸦慢慢升起的时候，要放射万道金光。 这金光最先照在桃都山的桃都树上。 桃都树被阳光一照，显得非常美丽。 那碧绿的叶子，在晨风的吹动下，闪烁着晶莹的亮光，那金红的大桃，又肥又大，果汁欲滴。那锦毛斑斓的天鸡，被太阳一照，更是五颜十色，金光闪闪，美丽极了。 它伸出左腿，在下巴颏儿上弹了几下，抬起头，转了转它那闪光的眼睛，扬起脖子，张开大嘴，像一个音乐家似的，引颈高歌，大声唱着："喔喔——喔喔——"天鸡一声接一声啼叫着。这洪亮而悠扬的啼叫声，在宇宙中回响。 接着，天下的雄鸡，也跟着啼叫起来，它们叫得那么优美好听！

天鸡报晓驱黑暗，雄鸡一唱天下白。 沉静寂寞的黑夜结束了，新的一天又开始了。 时间一天一天地过去了，一年一年地过去了，千万年过去了，这个忠于职守的天鸡，一直坚持在自己的岗位上，从来没有把时间报错。 它呼唤着人们从睡梦中醒来，冲破黑暗，走向光明！

（徐宗才）

泰山娘娘

东岳泰山是古代皇帝的祭拜天地的封禅圣地，历来被看做是通天的登仙途径。 天帝封他的孙子做泰山神，司管天下的祭祀大事。

泰山神这个职位极为重要，凡是希望上天成仙的人都想和他交朋友。 泰山神有一个女儿，长得富有姿色，正当婚嫁年龄。 在古代，神和人的世界都差不多，儿女婚姻得由父母做主。 但是，泰山神倒很开明，他让女儿自己选择丈夫。 泰山女选择丈夫的消息一传开。 青年男子争先恐后拥到泰山来。

泰山神虽说让女儿自己选夫婿，但当时风俗不准男女公开接触。 他以变通的方法，让女儿带上面纱，隔着垂帘选取对象。 这就给那些表里不一善于甜言蜜语的家伙创造了机会。 最后泰山女选中了西海神的儿子作为夫婿。

一年之后，泰山神的女儿突然回到家里。 古时候的风俗，女儿嫁出后无故不能回到娘家，娘家的人也不能到女儿婆家去。 所以，泰山神一见女儿回来，脸上不由显出惊愕的神色。

原来西海神的儿子是个风流公子，未婚前就是一个寻花问柳的人。 他跟泰山女结婚后，开始倒还可以，但时间一久又恢复了坏习惯，另外找上了别的女人。

泰山神听了女儿的诉说，对女婿甚为恼怒，不过表面上没显露出来。 他安慰女儿，要她先回去，答应派人把女婿召来训斥。

西海神的儿子受到岳父训导后，表面上有所收敛，但他背着泰山女仍然过着花天酒地的生活。

俗话说："若要人不知，除非己莫为。"有一天，使女把听到的情况告诉了泰山女，泰山女对此大为震怒，于是再次回去告诉她的父亲。

泰山神见女儿再次归来，听了她的诉说，不再坚持要女儿回夫家去。随即，派了两个力士把女婿召来，在泰山上辟了一座院落供他们夫妇居住，不准女婿回去。

泰山与世隔绝，非常幽静，是修仙养性的好地方。西海神的儿子自从上了泰山，没有地方胡闹，逐渐改邪归正，专情于泰山女身上了。年复一年泰山女生了十二个子女，世间缺少子女的家庭都很羡慕，称她为多子娘娘。因为她特别喜爱孩子，泰山神禀告天帝，封她为保护儿童的女神；后来又尊她为泰山娘娘。

（王建平）

灶　神

民间在灶前多供灶神，俗称灶王爷。关于这位灶神，说法历来莫衷一是。有的说："炎帝作火，死而为灶。"意思是炎帝发明了用火，死后成了灶神。也有的说："黄帝作灶，死为灶神。"还有的说："颛顼（五帝之一）的儿子名叫犁的，当司火之官，所以人们祀他为灶神。"灶神管些什么呢？据说最初只管一家人饮食之事，后来权力逐渐扩大，变为管一家人的生死祸福，并随时把一家老小的功过记录在案，每年腊月二十三（或二十四）上天向玉皇大帝汇报。故民间供灶王，楹联多为："上天言好事，下界保平安。"横批是："一家之主。"老百姓是不敢得罪他的，怕他打小报告。 当然有时也不客气，在他将要上天的时候，用灶糖（米糖）将他的嘴粘住，不让他多嘴多舌。

灶神长得什么样呢？据说先为老妇，后来变男子，而且是一个身"着赤衣，状如美女"的美男子。 近代民间供奉的灶神则为夫妇二人，即灶王爷爷和灶王奶奶，据说男的名叫张奎，女的叫高兰英，他们的事迹均见于《封神演义》。

祭灶之风俗，自古盛行。 宋朝诗人范成大《祭灶词》云：

> 古传腊月二十四，
> 灶君朝天欲言事。
> 云车风马小留连，
> 家有杯盘丰典祀：
> 猪头烂熟双鱼鲜，
> 豆沙甘松粉饵团。
> 男儿酌献女儿避，
> 醉酒烧钱灶君喜。
> 婢子斗争君莫闻，
> 猫犬触秽君莫嗔。
> 送君醉饱登天门，
> 杓长杓短勿复云，
> 乞取利市归来兮！

这首诗把宋代民间祭灶的风习写得宛然如见。

这篇灶神故事据《淮南子》《庄子》《酉阳杂俎》（唐·段成式）等书中有关资料及民间传说编写。 孔夫子曾说过"宁媚于灶"的话，可见灶神在春秋时已被供奉。 老百姓为什么不能自己主宰自家的命运，一定要请个什么神来做"一家之主"呢？而且对他又是那样毕恭毕敬，生怕他向天帝去打小报告，这恐怕也是我们民族的一个悲哀吧！

（杨克兴　王兴义）

太　岁

人们常说："怎敢在太岁头上动土。"这是说修建房屋墙垣时，应当避开太岁所在的方向。那么太岁是什么呢？据说他是某一年值班的神，权力很大，令人生畏。在他值班的一年中，他要率领天上的众神为人间统正东西南北，安排春夏秋冬，决定一年是否有个好收成。因此，如果国君出巡，兴兵略地，开疆拓土，营造宫室，都不可朝着太岁所在的方向，民间百姓建房筑墙，或者出门办事，也都要回避太岁。因为太岁有这么大的权威，所以民间称他是"年中天子"。旧小说中的强梁者往往自称"××太岁"，常言"岂敢在太岁头上动土"，就是由此而来的。

可是，也有敢于在太岁头上动土的人。传说古时有个叫晁良正的人，性格刚强，不怕鬼魅，每年都要掘太岁所在的地方。有一年，他掘地掘出了一个大肉蛋，用鞭子打了三百下，然后派人将它抛到河里去了。那天夜间他叫人到河边去探视，三更过后，见有很多车马来到扔肉蛋的地方，问道："太岁老兄何故受到如此屈辱却不想报仇！"太岁说："他现在正兴旺走运，奈何不了他。"天一亮，那些车马便都不见了。

这篇故事据《协纪辨方》引《神枢经》《类说》引《广异记》

等书中有关材料编写。太岁是个令人惧怕而讨厌的凶神，历来没人敢在他的头上动土。这位晁良正老兄，可谓是个不信邪的英雄了，连太岁对他也无可奈何。

（杨克兴　王兴义）

福　神

福神是给人民造福的神。旧时过春节时，很多人家都供奉他，向他祈求幸福。福神的画像，是一位慈祥正直的官吏。

传说这位福神本是汉武帝时候的人，姓杨名成，任道州刺史。汉武帝有一种特殊癖好，就是把道州的矮民（侏儒）征入宫中做矮奴，供他在跟前戏耍。这些矮民一入宫，将长年过着非人的被帝王后妃们戏弄的生活，终生不得出去。杨刺史到任后，同情本州这些不幸的矮民，便冒死给汉武帝上了一封奏章，上面说："臣考查过古代先王的文献《五典》，知道本州只有矮民而没有矮奴。"这实际上是对武帝把道州矮民当作矮奴供自己戏耍的不人道行为的一种含蓄抗议。不料武帝见了奏章之后，还真的接受了杨刺史的批评，便下令取消了征召道州矮民为宫奴的规定。

道州的百姓知道了这件事，无不兴高采烈，奔走相告。人们感谢杨刺史敢于为民请命，造福州民，就给他修了一座庙，塑上他的像，供奉起来，称他为全州百姓的福神。后来，天下的黎民百姓都把他当作福神，画上他的像，供奉着，有些人不仅把他当作福神，还当成了禄神，跟做官挂上了钩，无怪乎这位杨刺史要风行各地了。

这篇故事据《三教搜神大全》中有关记述编写。 它反映了人民对好生活的祈求和对造福者的崇敬。 然而在旧时，老百姓似乎只能把幸福的希望寄托在"好官"的身上，所以这位福神竟是一个道州刺史。

（杨克兴　王兴义）

牛郎织女

从前，有一个苦孩子，他父母都死了，跟着哥哥嫂子过日子。哥哥嫂子对他很不好，经常虐待他，不给他好饭吃，叫他吃剩饭；不给他好衣服穿，叫他穿破衣服；白天叫他放牛、种地、干活，晚上不让他进屋睡觉，叫他和牛睡在牛棚里。 哥哥嫂子不把他当人看待，见了他连理都不理。 那头牛对他倒很好，总是笑眯眯地看着他，使他感到非常亲切。

这孩子没有名字，大家见他成天放牛，总是和牛在一起，就叫他"牛郎"。 牛郎非常喜欢那头牛，放牛时，总是挑最好的草地，让牛吃又肥又嫩的草。 牛渴了，他总是把牛牵到河的上游去，让牛喝最干净的水。 夏天，怕牛热着，他就和牛在树荫里休息。 冬天，怕牛冷着，他就和牛到避风朝阳的山坡上晒太阳。 牛郎总是把牛棚打扫得干干净净的。

牛郎和牛相依为命。 牛郎有歌对牛唱，有话向牛说，有事和牛商量，虽然牛不会说话，可是看样子好像什么都听得懂。 牛郎想，要是老牛能够说话，那该多好啊！

时间一年一年地过去了，牛郎也渐渐长大了，哥哥嫂子早就想把他赶出去。 一天，哥哥把牛郎叫到面前，装出很关心的样子说："你已经长大了，也该成家立业了，咱们分家吧。 那头老牛和那辆车给你，房屋、土地、家具和别的东西都是我的了。"嫂子在一旁也假仁假义地说："你哥哥把最好的东西都分给你了，我们对你有多好啊！你赶快把牛和车拉走吧。"

牛郎听了哥哥嫂子的话，心里想："分家就分家，离开你们我会生活得更好！只要你们把老牛分给我就行。"于是，牛郎痛痛快快地回答："好，我马上就走。"牛郎把牛套在车上，赶着牛车，头也不回地走了。 可是，到哪里安身落户呢？牛郎心里也没有一个地方，只好听任老牛随便走吧，它走到哪里就在哪里安家落户。老牛慢慢腾腾地拉着车子，一步一步地走出村子，穿过一片树林，来到一座山下停住了，牛郎就在这里住下了。 白天牛郎上山打柴，打满一车就拉到市上去卖，再用卖得的钱买些粮食和衣服回来。 晚上，老牛睡在车旁，他就睡在车上。 牛郎每天起早睡晚，上山打柴割草，没过多久，就在山前盖起了一间草房，又在山坡上开了一块地，种上了庄稼，他的日子越过越好。

一天晚上，牛郎走进屋里，老牛忽然对他说起话来。 老牛说："牛郎，明天傍晚的时候，天上的织女和其他仙女要到山后那个湖里游泳，你趁她们游泳的时候，拿走织女的那件粉红色的衣服，她就会成为你的妻子。"牛郎听了老牛的话，又惊又喜。

第二天傍晚，牛郎吃过晚饭，换了一件干净的衣服，就到山后的湖边去了。 牛郎来到湖边，躲藏在芦苇里，等候着织女和其他仙女们的到来。

不一会儿，七个美丽的仙女，果然到湖里游泳来了。 她们纷纷脱下轻罗衣裳，纵身跳入湖里，水面上激起一层层清波。 她们那苗条的身影和美丽的容颜，好像是朵朵盛开的荷花，漂浮在湖面上。 仙女们高高兴兴地、自由自在地游玩着。

牛郎从芦苇里跑出来，偷偷地抱走了织女那件粉红色的衣裳，飞快地跑回芦苇丛里。 仙女们看见有人来，一个个都非常害羞，急忙上岸，穿好衣服，惊慌失措地一个接一个飞回天上去了。 湖边只剩下织女了，她找不到衣裳，急得直打转，飞不回天上去。

这时，牛郎从芦苇里不慌不忙地走出来，向织女深深地行个礼，说："织女姐姐，你的衣裳在这儿，只要你答应做我的妻子，我就把衣裳还给你。"织女看着牛郎，眼里闪着喜爱和幸福的光芒，脸不由得红了起来，含羞地朝着牛郎点点头，答应了。 就这样，织女做了牛郎的妻子。

纯朴憨厚的牛郎，把自己的身世告诉了织女。 织女听了，对牛郎又同情又爱慕，也把自己的情况告诉了牛郎。

原来，织女是天帝的孙女，王母娘娘的外孙女，在天上专门织云锦。 每天早晨和傍晚，王母娘娘总是拿她织的云锦来装饰天空，那就是人们看到的灿烂的朝霞和晚霞。 王母娘娘过惯了花天酒地的生活，每天都要用许多云锦，只知道催促织女成天成夜地织，一刻也不让她休息。 织女成年累月坐在织锦机旁，就像被关在牢房一样，没有一点自由。 织女常常想：人人都说天上好，天上有什么好的？要能离开天上，来到人间，那该多好啊！织女还说，今天因为王母娘娘喝醉了酒，她们才趁这个机会偷偷来到了人间。

牛郎听完织女的话，对她也很同情，同时对她也更加热爱了，就说："既然天上不好，你就别回去了。 你能织布，我能种田，咱俩结婚，在人间过美满幸福的生活吧！"

牛郎和织女结婚以后，彼此相亲相爱。 他们两人都很勤劳，牛郎下地种田，织女在家纺织，生活过得非常美满幸福。 两年三年过去了，他们生下了一对小儿女。 这两个孩子非常聪明伶俐，活泼可爱。 孩子渐渐长大了，织女常常指着天上的星星，给他们讲天上的故事。

一天，牛郎去喂牛，看见老牛两眼流着泪，感到很奇怪，就问老牛："牛啊牛啊，你怎么了？ 是我们待你不好吗？"老牛摇摇头，又说起话来了。 老牛说："你们待我很好。 我老了，不行了，不能再帮助你们干活了。 我死后，你把我的皮剥下来留着，遇到紧急事情，你就披上它，它会帮助你的。"老牛说完话就死了。 牛郎和织女非常悲痛，两人大哭一场。 牛郎按照老牛的嘱咐，留下牛皮，把老牛埋葬在房后的山坡上。

织女和牛郎结婚的事到底被王母娘娘知道了，这可把王母娘娘气坏了，她要亲自把织女捉回来问罪。 一天，王母娘娘亲自带领天神气乎乎地闯进牛郎的家里。 正巧牛郎不在家，到地里干活去了。 王母娘娘二话没说，上前就把织女抓了起来。 织女的两个孩子哇哇哭了起来，赶忙跑过去，拉住妈妈的衣服，哭喊着不肯放手。 狠心的王母娘娘把孩子往后一推，两个孩子跌倒了，她拉起织女就走。 织女看着跌倒的孩子，心疼极了，她大声向孩子喊道："快去找爸爸！"

牛郎跟着孩子急忙跑回家，进门一看，织女被带走了，锅碗瓢盆被砸碎了，桌椅板凳被推倒了，屋里被弄得乱糟糟的。 真是一场大祸，从天而降。 两个孩子放声大哭，喊着要妈妈。 牛郎心如刀绞，悲痛万分，他决心追到天上去，把织女救回来。 可是，怎么才能上天呢？ 牛郎想起老牛临死说的话，急忙把牛皮披在身上，把两个孩子放在挑筐里，一头一个，挑起来往外就跑，一出门真的飞起来了。 牛郎追人心切，飞得也快，不一会儿，远远看见妻子了。 他在后面大声喊着："等一等，我来了！"两个孩子也不停地喊着"妈妈！ 妈妈！"牛郎越追离织女越近，眼看就要追上了，狠心的王母娘娘从头上拔下玉簪，向身后一划，在牛郎的面前出现了一条大河。河很宽，水很深，浪很大，牛郎怎么也飞不过去了。这条河就是天河，也叫银河。

牛郎和孩子们面对滔滔的天河，流下了悲愤的眼泪。小女孩无意中发现挑筐上挂着一个粪瓢，就对爸爸说："爸爸，我们拿这粪瓢把天河的水舀干吧!"牛郎见孩子有这么大的决心，也就同意了。牛郎拿起大粪瓢，一瓢一瓢地往外舀天河的水，他舀乏了，两个孩子接过来又继续舀。牛郎对织女的这种坚贞不渝的爱情，终于感动了威严的天帝和狠心的王母娘娘，他们允许他俩每年七月七日的晚上相见一次。七月七日这天晚上，无数只喜鹊在银河上搭起了桥。牛郎和织女在桥上相会，他们悲喜交集，免不了要哭泣流泪。这时，大地上往往下一场蒙蒙细雨。

从此，牛郎和两个孩子就住在天上，隔着一道天河，和织女遥遥相望。在天河的两岸，有两颗晶莹闪烁的亮星，那就是牵牛星和织女星。在牵牛星的前后，有两颗小星，那是他们的两个孩子。在牵牛星的旁边，还有像菱形的四颗小星，那是织女投给牛郎的织布梭子。在织女星的旁边，有三个小星，像等腰三角形，那是牛郎抛给织女的牛鞦子。他们用这种投梭子抛牛鞦的办法，传递书信，互通消息，表达他们忠贞不变的爱情。

（徐宗才）

孔甲养龙

夏朝有一位君主，名叫孔甲。他不好好治理朝政，却喜欢装神弄鬼，做一些稀奇古怪的事。

有一年夏天，天上降下了两条龙，一雌一雄。 孔甲知道后，十分欢喜，赶紧命人把这两条龙带到宫中。 可是，他的大臣、侍卫中无人会养龙。 眼看着龙不吃不喝，一天天地消瘦下去，孔甲心急如焚。 于是他在全国遍贴布告，寻找养龙人。 不久，夏王孔甲寻觅养龙人的消息，传遍了天下。

有个叫刘累的浪荡子，原本是尧的后代。 家境不好后，无所事事的他，曾到豢（huàn）龙氏那里学过几天养龙的技术。 豢龙氏，顾名思义是养龙的专家；他的祖先董父，曾经是舜时候的养龙官员。 当刘累听说孔甲要找人养龙，便主动跑到孔甲那里，自吹自擂了一番。 孔甲听了他的自我吹嘘，就信以为真，便让他担任了养龙的官职，赐他的姓为"御龙氏"。

刘累虽在豢龙氏那儿学过养龙术，但学到的仅是一些皮毛。因而，他担任养龙官没几天，就把一条雌龙喂死了。 这下可闯了大祸。 御龙氏刘累急得团团转，真是食不甘味，寝不安眠。

刘累的妻子看到这种情况，便给他出了一个主意。 她对刘累说，孔甲是个有名的昏君，你把死龙剁得细细的，做成美味的菜肴献给他，他吃了，觉得好，或许就会原谅你。 尽管这不是万全之策，可是，走投无路的刘累，想不出更好的办法，也就照着妻子说的做了。

刘累把死龙从池子里拖上来，刮掉鳞甲，剖开龙肚，将龙剁成肉酱，然后加入许多调料，放在一只大锅中，蒸了整整一天。 一直到龙肉蒸得烂熟如泥，香气四溢，刘累才小心翼翼地捧着，把它进献给国王孔甲。

孔甲吃了刘累献上的龙肉，赞不绝口，说道："这菜真好吃，你是用什么东西做的？"

刘累心里害怕，就撒谎说是用自己打的野物做的。

孔甲一听，又说道："那你明天再给我做一些来，我还想尝尝。"

刘累一听，差点晕过去。

刘累回到家，把献龙肉的经过告诉了妻子。他的妻子听了，也吓得直打哆嗦。于是，夫妻俩赶紧收拾东西，带着孩子，当夜就逃离孔甲的宫殿，躲进了深山老林。

雌龙死了，刘累也跑了，孔甲只得派人再去找一位养龙人。后来，找到了一位养龙高手，名叫师门。

师门是一位十分神奇的人物。他不仅有高超的养龙技术，而且还有出神入化的非凡本领。他不吃五谷，只以桃花充饥。他常常燃起一堆火，然后站在火堆上，随着火焰飞升上天。

师门确实身手不凡。那条被刘累喂养得很糟糕的雄龙，经过师门的调养，几个星期之后，就变得生气勃勃。师门还训练那条龙，在天空中翻飞起舞。孔甲几乎每天都要带着他的宠臣爱妃来观看雄龙表演。

观赏之余，孔甲总是喜欢发表一些不着边际的古怪见解，以此来显示自己是一个不同寻常的人。他明明对养龙一窍不通，可就是要对师门指手画脚，对师门的养龙方法妄加评论，师门不像刘累，对君王孔甲的无稽之谈总是唯唯诺诺地接受，而是时常当着众人的面，驳斥孔甲。这使得唯我独尊的孔甲非常难堪。

有一次，师门又当着大臣和嫔妃的面，大声批驳孔甲的可笑言论。身为君主的孔甲，再也忍受不住了，积压在心头的怒火，像火山般地爆发了。孔甲大喝一声，吩咐左右侍卫道："把师门给我杀了！"

侍卫当即将师门拖出宫，杀死了，并将他的尸体埋在城外的荒郊野岭之中。

谁知师门的尸体埋下不久，就刮起了大风，转眼之间，又下起了瓢泼大雨。狂风暴雨过后，山野上的树木忽然都燃烧起来，烈火熊熊，火光冲天。百姓们见到起火了，纷纷跑去灭火。可是，火怎么也扑不灭，反而烧得越来越猛烈。

孔甲在宫中见到城外的连绵大火，惊恐万状，心想这一定是师门的鬼魂在作怪，便连忙安排车子、仪仗，亲自赶到城外，来到师门的坟前。孔甲恭恭敬敬地给师门献上祭品，并请求他不要这样作怪。当孔甲做完这一切之后，火势果然小了。

孔甲见大火即将熄灭，就坐上车，回去了。车行至宫门前，侍卫照例上前打开车门，请孔甲下车。可是，侍卫请了几次，孔甲仍坐在车中，纹丝不动，两眼直愣愣地看着前方。侍卫觉得奇怪，大着胆子凑上前来，仔细一看，原来君主孔甲受了刚才的惊吓，已经死了。

孔甲养龙，却使自己丧失了生命。

（薛敏芝　杨志刚）

相思树

韩凭是战国时宋康王驾下的舍人，为人诚实忠厚。他的妻子何氏是个漂亮的少妇，夫妻俩相亲相爱，过着甜蜜的日子。

宋康王是个老色鬼，见韩凭妻子长得美，就想霸占她，于是以莫须有的罪名将韩凭捉拿囚禁，罚他去做苦工，修筑青陵台。

何氏是个坚贞不屈的女子，无论康王怎样软硬兼施，她也决不服从。她还偷偷写了一封信，求人秘密送给丈夫，信中故意用隐语说："其雨淫淫，大河水深，日出当心。"韩凭看过信后，叹息几声，当晚就自杀了。监工的官吏从韩凭的身上得到这封信，把它呈给康王。康王叫左右的近臣看，谁也不明白信里的意思，有个叫苏贺的臣子，头脑聪明，悟出来了，对康王说："其雨淫淫，是说她心中的忧愁和思念越来越深；大河水深，是说彼此距离遥望，山水阻隔，不能往来；日出当心，即是太阳出来照我心，这是她对太阳发誓，表示必死的决心。"

不久，青陵台竣工了。康王命宫女告诉何氏，明日陪伴他去游青陵台。晚上，何氏偷偷腐蚀了自己的衣裙。第二天打扮得漂漂亮亮的，陪着宋康王登上了高高的青陵台。何氏站在台上，想到自己的丈夫曾经在这里做苦工，服劳役，终于死在这里，不禁悄悄流下了眼泪。她在宫女们的簇拥下，缓缓向台边走去，乘人不备，纵身跳下台去。宫女们急忙用手去抓她的衣裳，哪知衣裳已经腐烂了，抓到手的只是些碎布片。刹那间，这些碎布片化作了千万只彩蝶，在台上台下翩翩飞舞，令人眼花缭乱，目不暇接。

何氏死后，从她身上搜出两幅写有文字的白绢。一幅写着一首叫作《乌鹊歌》的歌词，另一幅是写给康王的遗书。那《乌鹊歌》说——

> 南山有乌，北山张罗；
> 乌自高飞，罗当奈何！

> 乌鹊双飞，不乐凤凰；
> 妾是庶民，不乐康王！

康王看了，气得浑身发抖。再看那遗书，上面写道："妾是平民百姓，享受不了大王的荣华富贵，情愿死去。希望大王能将妾的尸骨同丈夫埋葬在一起。"康王大怒，不肯答应，便命人把他们分开埋葬了，两坟相隔不远。康王说："你们夫妇相亲相爱，难舍难分，若能叫两座坟合在一起，我也不阻挡了。"说来也怪，过了一夜，两座坟头上各自长出一棵大梓树。两棵大梓树长得枝繁叶茂，屈体相就，上面的树枝交错在一块，下面的树根也紧紧缠绕在一起。树上还有一对鸳鸯，一雄一雌，朝夕相伴，形影不离，永远栖息在树枝上。人们都知道，这鸳鸯就是韩凭夫妇变成的。宋国人都很同情韩凭夫妇的不幸遭遇，也很敬佩他们宁死不屈的精神，便称这树为"相思树"。

这篇神话故事是根据晋代干宝《搜神记》及明代陈耀文《天中记》卷十八引《九国志》中有关材料编写的。韩凭夫妇之死，是对无道君王的抗议。死后化作鸳鸯，如同梁祝化蝶，反映了人民美好的愿望。

（杨克兴　王兴义）

高山流水遇知音

伯牙是古代著名的琴师，相传是春秋时楚国人。当初他跟成连先生学习弹琴，学了三年也没有学成。后来成连先生对他说："我只能向你传授琴曲，却不能转移你的性情。我有位老师叫方子春，住在蓬莱山上，不仅琴弹得好，还能转移人的性情，你愿意跟我一道去向他请教吗？"伯牙说："老师有命，我怎敢不从。"于是师徒二人同乘一只小船，奔赴东海的蓬莱山。

来到蓬莱山上，成连先生对伯牙说："你自己留在这里学习弹琴吧，到时候方子春老师自然会来帮助你的。过一段时间，我再回来接你。"说罢便乘船离去了。

伯牙住在蓬莱仙山，每天除了练习弹琴，便去各处寻幽访胜。那寂静的山林，潺潺的溪水；那绚烂的野花，唧唧的虫鸣；那深沉悠长的虎啸龙吟，潮涨潮落喷涌的涛声……交织成一曲多么和谐美妙的音乐。伯牙仿佛觉得，大自然的一切跟自己的感情融汇成一体，达到了"天人合一"的境界。他把这种感受谱入琴曲，便产生了一种迥然不同的韵味，达到了出神入化的新境。据说伯牙这时弹起琴来，连驾车的四匹马也会昂首嘶鸣，以表达它们欢畅的心情。

伯牙在仙岛上琴艺大进，不禁想起了成连先生的教诲，感叹道："老师啊，这回可真转移了我的性情。"于是他聆听大自然的各种声音，心有所感，援琴而歌，创作下著名的琴曲《水仙操》。这时他才恍然大悟，所谓东海的方子春老师，不过是大自然的各种风光景物，可以使人转性移情而已。

伯牙弹罢《水仙操》，成连先生便划着船来接他回去，并祝贺他成为天下鼓琴的妙手。

有一天，伯牙带着琴童到泰山上去游玩，忽然阴云四合，下起暴雨，他赶紧跑到一座山崖下去避雨。琴童献上琴去，伯牙就坐在一块石头上弹了起来。雨越下越大，伯牙心中有所感受，手指用力拨动着琴弦，不觉玲玲琮琮奏出了淋雨的声音。

这时，一个名叫钟子期的青年也来崖下避雨，听到琴声，不禁点头称赞道："这是淋雨的声音啊！"伯牙暗自吃了一惊，想不到一个年轻人竟有如此高明的欣赏能力。于是伯牙又故意在指头上用劲，弹出山崩的声音，钟子期听了，又点点头说："这是山崩的声音啊！"伯牙便推开琴，站起来握住钟子期的手说："好啊，你真是我的知音啊!"这时已经雨过天晴,阳光灿烂,二人便坐在石上攀谈起来。 伯牙发现,钟子期虽然是个青年,可是知识渊博,深谙乐理,具有高尚的志趣和情操。 从此两个人成了心心相印的好朋友。

关于这个知音的故事,还有一种稍稍不同的说法。 是说伯牙弹琴,钟子期在一旁听,当伯牙心中想着泰山的时候,钟子期赞叹说:"这琴弹得真好啊!巍巍乎乎,好像泰山般高。"当伯牙心中想着流水的时候,钟子期又赞叹说:"这琴弹得真好啊!浩浩荡荡,好像河水奔流。"钟子期的话句句说到伯牙的心坎上。

后来钟子期死了,伯牙到坟上祭奠他,弹了一曲悲歌,便将琴摔碎,琴弦割断,终生不再弹琴了。 因为他觉得,钟子期死去,世间再也没有他的知音了。

明代冯梦龙编著的小说集《警世通言》第一卷中有《俞伯牙摔琴谢知音》一篇,就是讲的这个故事,说伯牙姓俞,楚国人。 相传伯牙曾在湖北省武汉市龟山尾部的一座台上弹过琴,钟子期在那里听琴,揣摩出他"高山流水"的志趣。 北宋时有人便在那里修建了琴台,来纪念他们。

伯牙和钟子期的友谊,被传为佳话。 后人因以"高山流水"称知音或知己。

(杨克兴　王兴义)

孔子诞生的神话

孔子是春秋末期伟大的思想家和教育家,儒家学说的创始人。

相传孔子的父亲是一个有名的勇士，他的名字叫孔纥（hé），字叔梁，做过鲁国的大夫。有一次，鲁国去攻打一个叫偪（bī）阳的小国，因为偪阳人早有准备，鲁军攻了几次也没有攻进去。

一天，偪阳人忽然打开城门，冲出一小队人马，且战且退，引诱鲁军进城。鲁军不知是计，先头部队跟着冲入城中，当后续部队正要进城时，一扇巨大的城门缓缓落下来了。就在这危急时刻，从士兵里跳出一个身高十尺的大汉，抢上几步，用双手将闸门稳稳托住，那身躯就像铁铸的一般。已经陷入绝境的鲁国军队这才撤了出来。这个大汉就是孔子的父亲叔梁纥。由于他立了大功，鲁国国君就任命他做了大夫。

孔子的母亲姓颜，名征在。据说颜氏女嫁给叔梁纥的时候，叔梁纥已经五十多岁了。所以孔子很小的时候，父亲就去世了，在他十七岁那年，母亲也去世了。

孔子的出生颇有神话色彩，据说是母亲颜氏到鲁国的丘尼山上去祷告，回来后便怀了孕，生下孔子。孔子刚出生时相貌很奇特，脑袋长得四边高中间凹，也像鲁国的丘尼山，于是母亲就给他取名叫孔丘，字仲尼。

孔子长大后，跟他的父亲一样，也是个十尺大汉。不但个子高，还有一双出奇的大脚。传说有一次孔子到蔡国去，住在客店里，夜间被小偷偷去一只木屐①，小偷拿回家中用尺子一量，竟有一尺四寸长。没想到这只木屐辗转流传下来，到了晋惠帝元康年间竟被列为武库的三宝之一，另二宝是汉高祖刘邦的白蛇剑和王莽的头。可惜在元康五年的一次武库大火中，只有白蛇剑化作一道白光破窗飞去了，孔子木屐和王莽头都化成了灰烬。

_____

① 木屐：木底有齿的鞋子。

这篇神话故事据《左传·襄公十年》《史记·孔子世家》《太平御览》引《论语隐义注》等书中有关材料编写。孔子是伟人，他的诞生也不同凡人。历史学家司马迁称"颜氏女祷于尼丘，得孔子"，给他的出生染上了神话色彩。

（杨克兴　王兴义）

公冶长懂鸟语

公冶长是孔子的门徒，传说是个懂鸟语的奇特人物。

一次，公冶长从卫国回鲁国，路上忽听鸟儿叽叽喳喳叫个不停。仔细一听，原来是鸟儿们在互相呼唤："快到溪边去吃死人肉呀！快到溪边去吃死人肉呀！"

公冶长往前走着，见一个老太婆正坐在路边哭泣。公冶长问她为什么哭，老太婆说她的儿子前天出门去，现在还没有回来，怕是被人害死了。公冶长听了忙说："刚才我听树上的鸟儿互相召唤到溪边去吃死人肉，您不妨到那里去看看。"老太婆忽然惊讶地问："你是什么人？怎么晓得鸟儿的话？"公冶长说："我叫公冶长，是孔门弟子，略通鸟语。"于是老太婆跑到溪边一看，果然有一具尸体，正是自己的儿子。她便到县衙门里告了公冶长的状，说他图财害命，杀死了自己的儿子。

县令将公冶长逮捕，审问道："若不是你杀了人，如何晓得溪边有死人的尸体？"公冶长说："我懂得鸟语，那是鸟儿们互相呼唤时说的。"县令说："好吧，你说自己懂鸟语，那就试试看，果真懂鸟语就放了你，否则叫你尝命！"

公冶长一直在狱中关了六十多天，也不见鸟的踪影。 一天，忽然飞来几只山雀，落在监狱外面的栅栏上，叽叽喳喳互相唤着。公冶长听听，脸上露出了笑容。 县令问他："那几只雀儿在说什么，引你发笑?"公冶长说："雀儿们说，白莲水边翻了车，撒了谷子和小麦，公牛折了角，粮食收不尽，快快去啄食。"县令半信半疑，派人前去察看，果然跟公冶长说的一样。 这才确信公冶长没有杀人，将他释放了。

公冶长从狱中出来，在家里过着贫寒的生活，连一顿饱饭也吃不上。 一天，窗前忽然飞来一只雀儿，呼唤他说：

> 公冶长，公冶长，
> 南山有个虎驮羊；
> 你吃肉，我吃肠，
> 快去取来莫彷徨。

公冶长赶快来到南山，果然找到了那只死羊，拖回家去，跟雀儿分开吃了。 不久，丢羊的人寻踪觅迹，终于找到公冶长的家，一看墙上挂着的羊角，更确信是公冶长偷了他家的羊，一状告到鲁国国君那里。 鲁君不相信人懂得鸟语，认为公冶长编造谎言，欺骗国君，便把他收了监。

孔子听说这件事，相信自己的学生是个廉洁正派的人，决不会偷人家的羊，而且他知道公冶长懂得鸟语，就去向鲁君申辩，请求释放公冶长。 可是鲁君仍然认为公冶长懂鸟语是骗人的鬼话，不肯放人。 孔子只得叹息说："我的学生虽然在狱中被刑具捆绑着，可是这不是他应得的处罚啊!"

过了不久，那只雀儿忽然又飞到了监狱的窗外，告诉公冶长说：

公冶长，公冶长，

齐人出师犯我疆；

沂水上，峄山旁，

快去抵御莫彷徨。

公冶长把雀儿的话向狱官说了，请他转报鲁君，鲁君听了半信半疑。 可是事关重大，不可等闲视之，于是派了几个探子，骑上快马，到边境上探听消息，同时召来管军事的大司马，叫他暗中做些准备。 不多时，探子回来报告说："齐国的军队果然从沂河边上和峄山旁分两路向我进犯。"鲁君发兵迎敌，由于事先有所准备，四面埋伏，以逸待劳，结果打了大胜仗。 鲁君这才相信公冶长确实懂得鸟语，便将他释放，并赐给他很多礼物，还要封他做大夫的官。 但公冶长耻于以懂鸟语得官，不肯接受，仍然回家做他的平民。

（杨克兴　王兴义）

李冰大战江龙

自从秦国灭了蜀国，秦昭王听说四川地方连年闹水灾，便派李冰担任蜀郡太守，到四川治水。 在任期间，李冰在岷江流域兴办了许多水利工程，其中最著名的便是都江堰工程，而使世代人民受益不浅。 于是，四川的老百姓便编织了许多神话来歌颂他——

传说，岷江的江神是个暴虐好色的家伙，每年都要蜀郡的百姓选送两名少女供他玩乐。 不然的话，他就呼风唤雨，叫百姓遭受水灾之苦。

眼看又到选送少女的时候了。 主持这件事的乡绅向李冰禀报说，已经拟好了一张告示，谁家有未出嫁的闺女，官府愿出高价征聘，把她献给江神。 李冰答道："不必张罗了。 让我女儿去吧!"这位乡绅简直不相信自己的耳朵，但看着李冰严肃的神情，也就不敢再开口了。

到时候，李冰果真把女儿打扮了一番，亲自领着她来到江边。

李冰径自走进神庙，登上神座，然后斟满两杯酒，一杯放在江神的面前，一杯擎在自己手里。 他对江神说："今天，我李某有幸和你江神攀上亲戚，请赏脸喝下这杯酒，算是我敬你江神大君一杯。"说着就一口饮毕。 然而江神座前的那杯酒，却一动不动地摆在那里，不见减去半滴。 李冰勃然怒道："原来江神这样瞧不起我李某，那就别怪我李某无礼了!"说完就拔出宝剑，大喝一声，跳进江中。

顿时江水翻腾，天崩地裂。 过了好一阵，人们看见一只雄牛与一条蛟龙蹿出水面，在继续大战。 说不清已经斗了多少个回合。 只见雄牛几次挥舞双角，却都被那蛟龙一闪身躲过了。 蛟龙在空中左右腾跃，越战越勇，雄牛几次扑空，终于渐渐喘着粗气，有些力不从心了。 眼看一时无法取胜，雄牛纵身一跃，回到岸上。

雄牛便是李冰的化身。

经过这第一次的较量，他知道蛟龙有股蛮力，不能力敌，只能智取。 于是他就亲自挑选了三百名勇士，每人发给一副弓箭。 然后又在自己身上扎一条白绸带，对大家说："我第一次既然化成一头牛，这回江神也一定变成牛。 我这就去引它出洞，你们可得看清了我身上的记号，只管朝那头没有白绸带的牛身上猛射。"

布置停当，李冰又一声怒吼，跳入江中。 眨眼间狂风四起，雷声大作，天昏地暗。

过一会儿，人们看见有两头牛正在江上角斗，其中一头身上果然扎着一条长长的白绸带。 弓箭手们看准了那头没有记号的牛猛射。 万箭齐发，密如雨点，作恶多端的江神终于被活活射死了。

从此，四川的老百姓不再遭受水灾之患。 为了纪念这位为民除害的蜀郡太守，人们在江边建起了李冰的祠庙。 祠庙前，站立着一只雄伟的石牛，每逢冬末春初，民间都要举行斗牛仪式，无疑都是从这个传说来的。 每到大水期间，江水翻滚，大浪冲天，眼看就要冲到李冰祠的时候，就乖乖地退去了。 祠南几千人家，尽管沿江地势低洼，人们还是不肯搬到别处去。

唐大和五年，绵阳、梓潼等地江河泛滥，洪水成灾，几十个郡县遭殃，独独西蜀无害。 什么原因呢？据说，人们看见，有一条扎着白绸带的神龙与江龙在灌口大战，江神终于抵挡不住，乖乖地逃走了。

（郑开慧）

周穆王八骏游昆仑

周穆王是周武王的曾孙，据说他很有本领，能够自己驾车，也能射箭，虽然不敢说是百步穿杨，十箭命中八九是满有把握的。周穆王有一种特殊的嗜好，就是喜欢旅游。 一年三百六十五日，至少也得有一百八十二天半在京都镐城外面遨游。

有一天，西方昆仑山顶瑶池的西王母，特派专使请他出访。并送上礼物，一管玉笛和一柄玉斧，说是可以助他西行。瑶池是一个极其美丽的地方，那里没有酷热，也没有冰雪，四季温暖如春，可以说是人间天堂。

周穆王被使者娓娓动听的描绘吸引住了。百闻不如一见，他决定立即起程西行。

"从镐京到西昆仑，要有多少路程？"周穆王问。

"启禀大王，单程要十个十万八千里，"使者介绍说，"中间还要经过九座大山，九条长河。"

骏马每天能奔六百里。即使马不停蹄，要赴西昆仑，一个来回，就要十年光景。

"十年光景，岂不是人都要苍老了。"周穆王嗟叹说，"不过，事在人为，我是非要上西昆仑不可了。"

"大王别着急，这脚力好办，"有个大臣出主意说，"东海龙岛川有八匹天马，日行几万里。另外我还可以向大王推荐一个御者，他叫造父，有驾驭天马的本领。这样不要几天，就可在瑶池玩耍了。"

周穆王当即把造父找来。造父长得魁梧，虎背熊腰，目光闪闪如电。他又让造父赴东海赶来了八匹天马。准备停当后，他们就出发了。西昆仑使者摇身一变，变成了一只青鸟，在前引路。周穆王随身只带了一头名叫耗的猛狗。这头浑身白毛的狗，已经跟随他七年了，是防风氏赠送的珍贵礼物，它一天能奔跑一千九百里，连老虎、金钱豹都能被它吞吃掉。

八匹天马果然行走如飞，风驰电掣，半日里已经行走了十万八千里。没有几天，造父驾驶的八骏车越过了八座高耸的山峰，跨过了八条波涛汹涌的江河。

前面是第九座高山了。

天马正奔腾着，突然山后跳出一个怪物，龙头虾身，虽然只有一条腿，却有十只手；每只手里握着杂七杂八的石制武器，嘴里吐着火，拦住了要道。稍息，火停了，只听到怪物在唱：

此路是我开，此山是我家；

若要从此过，留下四匹马。

周穆王吃了一惊，他正要设法对付，那头白毛的耗，早从车上跃下，直奔怪物。

一场搏斗开始了。双方各显神通，争斗不下，怪物虽然多手，但因为是一只脚，跳来跳去，终究比不上耗的灵活。它渐渐地不支了，就拿出它最凶的招数：嘴中喷火。火焰熊熊，顿时漫天蔽野……

周穆王见了哈哈大笑，原来他就有止火的本领。他从衣襟里拔出那口玉笛，对着火焰吹奏起来。忽然乌云密布，引来的倾盆大雨把火给扑灭了。怪物见已无还手之力，只得逃命去了。

最后一关是天河。河水自天边奔泻而下，阻挡了去路。

天马踟蹰不前，青鸟使者要周穆王拔出玉斧。他用玉斧朝车前横木轻轻地敲了三下，突然，奇迹出现了，江面上整整齐齐排列了九十九万九千条大鳄鱼，头衔尾，尾接头地接成一座浮桥，让造父将车子渡过去。

周穆王终于来到昆仑山，在瑶池见到西王母，他有礼貌地送上白圭玄璧。西王母特地派仙女到天池采撷结果已有九千年的蟠桃，招待从东方到来的第一个贵宾。

（盛仲红）

周处除三害

周处年轻力壮，性子强悍暴烈。他闲着无事，常常上街逞凶，把街坊邻里打得鼻青眼肿。所以，他一上街，行人就像遇上虎豹一般到处躲藏，街上冷冷清清找不到一个人影。

乡镇上的人私下抱怨说："山间的猛虎，江里的蛟龙，还有地上的周处，是世上'三害'。'三害'不除，百姓永无安宁之日。"

有人出主意说："干吗不想办法叫周处上山杀虎，下江斩龙呢？这样'三害'少了'两害'不好嘛！"

乡亲们推选出年龄最大的三位长者，登门去见周处。他们当着周处的面夸奖他胆大武艺高，是天下独一无二的武士，要说降龙伏虎，除了他再也找不到第二个能人了！

听说要杀虎斩龙，逞强好胜的周处，立刻拍拍胸脯说："那两个恶物只敢欺侮你们这些胆小的。明天，看我去收拾它们！"

第二天早上，街上站满了人。他们目送着周处独个上了山。

几个青年不敢上山观看，怕老虎伤着自己，就藏在山下草丛里听动静。

山上悄无声息。

一会儿，山风骤起，响起阵阵林涛，接着，山上传出一声雷鸣般的呼啸，整个山林瑟瑟颤动，树叶抖落遍地。

一会儿，山林又变得十分安静。

几个藏在草丛里的青年这才松了口气。可是想起周处又都面面相觑，忐忑不安。

晌午，山路上响起窸窸窣窣的声音。几个青年探头细看，不由得惊喜地大叫道："老虎死了!"

周处从山坡上走来，身后扬起一阵尘土。他肩背一只僵死的锦毛白额虎。

乡亲们闻声蜂拥而来，围着周处啧啧称赞，夸他不愧是条硬汉!

周处捧起乡亲抬来的酒坛，不停地朝嘴里灌，喝得摇摇晃晃迷迷糊糊。随后把酒坛一扔，就着酒兴，脱去上衣，纵身跳下江河。

江水顿时掀起万丈巨浪，波涛如排山倒海一般，发出轰然巨响。

忽见蛟龙从水中一跃而起，蹿入半空；忽而又一头栽入大江潜入水底。周处被蛟龙搅起的冲天白浪抛入空中，随后又坠入江里。

他毫无畏惧，紧随蛟龙穷追不舍。

江底阴暗。霎那间蛟龙无影无踪，去向不明。

周处睁大眼睛，看到前面有一棵庞大的珊瑚树。他寻思怪物莫非藏在后面?! 正在这时，忽见眼前一道白光。周处眼明手快，马上闪到一边。那条凶恶的蛟龙，果然从珊瑚树后朝他袭击而来。

周处大怒。他挥动利剑奋力刺去。

蛟龙受了重伤，鲜血染红了江水。它带着伤痛发疯似的向周处扑来。周处无处躲让，眼见要断送在恶龙爪下。

周处急中生智，他一个鹞子翻身，恰好从蛟龙身下钻了过去，没有伤着一根汗毛。随后，又使了个鲤鱼打挺，凭着他的好水性，稳住身子，乘蛟龙来不及转身，又连砍数剑，把作恶多端的蛟龙劈成三截。

大江平息了，没有风没有浪，也没有周处的身影。

站在岸上的乡亲默默无语。 他们为周处的死活担忧。

忽然有人说："周处死了岂不更好。 这样一来，虎害龙害人害一扫而光，大家好过上安稳日子了!"

话音没落，只见一个人水淋淋地从水里爬上岸!

他正是杀虎斩龙的周处。

谁也没料到他还活着。 乡亲们一个个都看呆了。

乡亲们好一会才回过神朝他点头微笑，随后又一个个躲得远远的。

周处除害有功。 乡亲们感激他，却也更怕他了。

周处见了这般情景，不由得一阵心酸。 他恍然悟出其中的道理。

他感到不安。 他第一次觉察街坊邻里这样怕他，比见到猛虎恶龙还怕得厉害。

他想改掉以前的毛病。 可是还来得及吗?

一位有学问的大官告诉他："一点儿不晚。 因为你年轻，你勇敢。"

古人讲得好：当一个人能辨清是非，做出一番业绩，哪怕已经到了风烛残年时，也是可贵的。

周处果然痛改前非，成为受人尊敬的人。

（朱家栋）

八仙过海

今天是西王母娘娘的生日。 昆仑仙境，鼓乐喧天，一片欢乐景象。 各路神仙都带了礼品来给她祝寿。

八仙铁拐李、钟离、吕洞宾、张果老、蓝采和、韩湘子、曹国舅陪着何仙姑腾云驾雾一路赶来，向西王母行礼祝贺。

西王母见八仙特地赶到昆仑仙境，非常高兴，便下令仙童摘取蟠桃请贵宾品尝。

八仙听说，这仙桃三千年结一次果，吃了能驱邪祛灾。 现在让他们碰上了，一个个吃得津津有味。

王母娘娘又在大厅里宴请各路神仙。 八仙围坐在一起，互酌互饮，煞是快活。

此时天色不早，八仙告辞了西王母，驾起云头往东海飞去。

云下一片海涛声。 八仙按住云头向下观望，只见东海波涛轰鸣，白浪冲天，十分壮观。

吕洞宾来了兴致，他对大家说："驾云过海，不算仙家本事。咱们不若用自家的拿手本领，踏浪过海，各显神通，岂不更好!"

众仙异口同声道："好!"

大家推铁拐李第一个渡海。

巨浪掀起冲天水柱，瞬间又跌落下来，溅起千层水浪，发出砰然巨响。

铁拐李面带微笑朝大海望了一眼。 他走到海边，把手中的紫色拐杖投入东海。

铁拐杖飘在水上，像一叶小舟，随波起落。 它载着铁拐李劈风斩浪，向东海驶去，一会儿，平平安安到达了对岸。

钟离对众仙说："现在，瞧我的!"

他拍了拍手里的响鼓，随后往东海扔去。 海浪拍击着响鼓，发出"咚咚"的声音，把围上来的鱼都吓跑了。

钟离盘腿坐在鼓上，平平稳稳渡过了东海。

张果老笑眯眯地说："两位老兄果然各有各的能耐。 不过，最高明的招数还看我！"

他从身上掏出一张纸，三折两折就折成了一只纸驴。 纸驴四蹄着地，仰天一声长鸣，驮起张果老腾空而起。

张果老面朝驴尾，倒骑在驴子背上，朝众仙挥挥手，颠儿颠儿地过了海。 大海波涛汹涌，可纸驴身上一点儿没有让水打湿。

到了对岸，张果老把纸驴三折两折又揣进怀里。

铁拐李和钟离见了，都拍手叫好！

接着，吕洞宾抽出背在身上的箫管、韩湘子拿出随身带的花篮、仙姑用竹罩、曹国舅用玉板、蓝采和用大拍板，把它们当作渡船，一个个站在上面稳稳当当地到达对岸。

七个仙人到了对岸。 左等右等，却不见蓝采和的人影。

众仙你看看我，我看看你，不知道发生了什么事。

会不会是东海龙王在暗中使坏，故意和大家捣乱？

钟离对吕洞宾说："比赛的主意是你出的。 现在该由你去寻找蓝采和！"

吕洞宾顺着海岸东寻西找，半天也没见到蓝采和的影踪。 他大声呼喊，也听不到蓝采和的应声。

吕洞宾又急又恼，对着东海吼道："龙王听着，赶快把蓝采和交出来。 要不，当心我的厉害！"

原来，蓝采和刚才渡海时，他脚下踏着的那块大拍板，银光闪烁，把东海上上下下照得通明雪亮。

龙宫里的太子见了十分眼红，带上虾兵蟹将把走到海中央的蓝采和捉去关押在海底，并抢走了那块拍板。

太子正在龙宫玩赏拍板，忽听探子跑来报告说，有人站在岸上叫骂，扬言非讨还拍板不可。

太子听了勃然大怒，跑到海上大骂吕洞宾，说休想从他手里要回拍板。

吕洞宾也不与他争辩，拔出宝剑劈头就砍。太子见他来势凶猛，不敢与他交手，扑通一声潜入水下。

吕洞宾哪肯放跑了他，霎时，拔出腰间的火葫芦扔进东海。

那火葫芦如母鸡下蛋一般，转眼间生出千万只火葫芦，顿时万顷碧波变成一片火海。

龙王吓得魂不附体，忙问海上出了什么事，搅得龙宫地动山摇，海水沸腾？

太子老老实实讲出了事情真相。龙王听说，立刻下令放了蓝采和……

（朱家栋）

鲁班造桥

河北省赵州城南，有座著名的赵州桥，本是隋朝大建筑家李春设计建造的。可是在民间传说里，赵州桥却是鲁班跟他的妹妹鲁姜比巧在一夜之间修成的。传统戏曲《小放牛》中有这样几句唱词："赵州石桥鲁班爷修，玉石栏杆圣人留，张果老骑驴桥上走，柴王爷推车轧了一道沟。"说的便是鲁班造桥的传说。

相传鲁班的妹妹鲁姜，也是一个建筑的能手。兄妹俩为了比比高低，决定各造一座桥：哥哥造城南的大石桥（赵州桥），妹妹造城西的小石桥。二人相约天黑时开始动工，鸡鸣时造完。刚过了半夜，鲁姜的小石桥就修好了，便急急忙忙跑到城南去看哥哥的动静，只见哥哥手执皮鞭，正在驱赶着一群白羊走过来。鲁姜心中纳闷儿，揉揉眼睛仔细一看，原来不是白羊，是一块块洁白细润的石头。再看哥哥造的桥，虽然尚未竣工，却已威严地横卧在大河之上，那宏伟的气势令鬼神也惊叹三分，跟自己的小桥相比，简直是天上地下。为了补救一下，鲁姜赶紧跑回去，对自己的桥进行艺术加工，在桥头雕上石狮子，在玉石栏杆上雕成"牛郎织女""丹凤朝阳"的图案。这一切做完了，天还没有亮，她就跟哥哥开了个玩笑，学了一声鸡叫。这一叫不打紧，引得各家各户的鸡都跟着喔喔叫起来。鲁班听到鸡叫声，急急忙忙将最后两块石头砌上去，等鸡叫完时，桥也修好了。

鲁班爷一夜建成了赵州桥，这消息轰动了四面八方，每天都有成千上万的人来到桥上参观。面对着这座宏伟壮丽、巧夺天工的大桥，人们无不交口称赞。这赞美的声音，连洞府中的神仙也听到了。于是好事的张果老倒骑着毛驴，驴背的褡裢里装着太阳和月亮，偕同推车的柴王，车上载着四大名山，也来桥上观光了。当二位仙人一前一后走上桥面时，桥身忽然晃动起来，原来是鲁班最后匆忙放下的两块石头没有砌实。鲁班心中一急，纵身跳入水中，双手托住那两块巨石，这才把桥保住，没有坍塌。说来也怪，大桥经过这么一晃动，不但没有损坏，反倒更加坚固了。只是那毛驴和车子都太重了些，传说至今桥上还保留着张果老毛驴的七八个脚印，一道柴王爷车子轧出的车辙，和桥的拱腹上鲁班爷的两只大手印。

这篇神话故事，据历代传说改写。这个传说，在民间流传很广，情节大同小异，不过是以妹妹鲁姜做陪衬，以神仙为烘托，赞美鲁班神奇的本领。

（杨克兴　王兴义）

孟姜女哭长城

松江府华亭县境内，有一座庄园，主人孟员外是个心地善良的人，家中也很富有。只可惜员外夫妇已年近花甲，身边尚无一子一女，常常叹息空有金银万两，日后不知留给谁人。

一年春天，孟员外的家人孟兴，在后墙脚栽了一棵冬瓜，瓜蔓顺着矮墙爬过去，一直爬到邻家姜婆婆的房顶上，在那儿结了个大冬瓜。收瓜的时候，两家发生了争执：孟兴说，这瓜是他种的，应该归孟家；姜婆说，这瓜长在她的房上，应该归姜家。

两个人吵了半天，最后决定：用刀子把冬瓜切成两半，两家各得一半。正当孟兴手里拿着刀要切开冬瓜时，忽然从冬瓜里传出了婴儿的哭声，人们都惊呆了。这时就见，随着婴儿的哭声，冬瓜自己慢慢裂开了，里面躺着个粉皮嫩肉的小女孩儿。

这件奇事，使得孟员外夫妇又惊又喜，老两口正为没儿没女发愁时，冬瓜里生出个眉清目秀的女孩儿，莫非是老天赐给的福分？经过和姜婆商量，老员外夫妇收下这个女孩儿做了养女，把姜婆也接到孟府，供给她衣食，为她养老送终。因为这女孩儿出自孟姜两姓，就给她取名叫孟姜女。

这个冬瓜里出生的美丽的小姑娘，在姜婆的精心照料下，一天天长大了，不但出落得亭亭玉立，花容月貌，而且知书达理，伶俐非凡。虽然生长在富贵人家，却没有一点娇气，性格坚强，做事果断。长到十八岁时，已经是远近闻名的闺阁名媛了，登门求婚的络绎不绝。

为了防备北方胡人的侵扰，秦始皇征集了上百万民夫，在大将蒙恬的监督下开始修筑长城。 据说这长城很不好筑，刚刚筑完了，不久又坍塌了。 那时有一种说法：要使新修的长城永远牢固，就得拿活人去填筑，每一里城要填一个活人，这样万里长城就得填一万个活人。

这种说法一传开来，筑城的民夫个个惊恐万分，生怕被监工的官吏捉去，活活填在城墙里。 正在这时，不知从哪儿传来两句童谣——

　　苏州有个范喜良，

　　一人能抵万人亡。

这童谣像长了翅膀似的迅速传播开。 筑城的官吏们心想：既然一个范喜良能抵一万个人，把他捉来填了城，不是省去许多麻烦吗？ 于是一面奏请皇帝，一面派出人马到苏州去捉拿范喜良。

范喜良，在民间传说中有的写作万喜良、范杞梁、范希郎等，据说是苏州城内范员外的独生子，年方十八岁，尚未婚配。他听说朝廷派人来捉拿自己，到北方去修筑万里长城，吓得魂不附体，赶紧化妆潜逃，到远处去避难。

范喜良从苏州逃出，一路上昼行夜伏，风餐露宿，不停地朝南方跑。 一天，他来到了松江府地面，只听路人纷纷传说，秦始皇正派人捉拿"一人能抵万人亡"的范喜良，要把他活活埋在长城脚下。 范喜良正在惊慌的时候，又见北方烟尘滚滚，仿佛有兵马追来，他赶紧翻过墙头，跳进路边的一家院子里，躲进后花园中。原来这个院落，就是孟员外的庄园。

范喜良坐在孟府花园中一棵大树下喘息了一会，紧张的心情渐渐平静下来。 正当他要离开花园，登程赶路时，却见一个年轻美貌的小姐——不消说就是孟姜女了——和一个丫环从池塘边说说笑笑地走过来，边走边追逐着一只蝴蝶。 那蝴蝶翩翩飞舞，忽上忽下，小姐拿着团扇紧追不舍，扑来扑去，一不小心，忽然失足落在池塘里了。 听见丫环的惊叫声，范喜良匆忙从树下跑过去，跳进水里，连挽带抱，把小姐拖到岸上。 他们的衣服都湿透了。

孟姜女看着站在眼前的英俊少年，内心里充满了感激之情。她红着脸，似乎要说什么，又不好开口。 这时，孟员外夫妇闻声赶来，听了丫环的述说，连连感谢这个陌生的少年救了自己的女儿。 孟员外一询问，才知道这个少年叫范喜良，是苏州城范员外的儿子，因躲避抓夫逃进花园，又见他温文尔雅，一表人才，老员外心里很高兴，便邀他到府上做客。

孟员外心想：自古男女授受不亲，今天范喜良将女儿抱上岸来，破坏了这个古礼，该如何是好呢？ 想来想去，只好招这个逃亡的人做自己的女婿了。 当天晚上，他就吩咐家人张灯结彩，给这一对年貌相当，一见倾心的少男少女举行了婚礼。

范喜良和孟姜女成婚后，夫妻俩恩恩爱爱，甜甜蜜蜜，过着幸福的生活，孟员外和夫人心中也非常高兴。

可是好景不长。

孟府中有个总管，名叫孟兴，和孟员外同姓不同宗。 此人伶俐乖巧，心地歹毒。 他见孟员外家财万贯，年老无子，只有一个养女，心中早就产生了非分之想，曾经有好几次在孟姜女眼前献殷勤，说些挑逗的话，都被孟姜女斥退了。 现在，他眼睁睁地看着孟员外招范公子做了女婿，自己的美梦成了泡影，怎能不怀恨在心？ 于是当他得知范喜良是个正在缉拿的逃犯时，便萌生了报告官府的歹心。

一天清晨，范喜良和孟姜女正在房中洗漱，忽听门外传来衙役的吼叫声。孟姜女忙说："不好！一定是官府派人捉相公来了。"说罢，叫丫环领着范喜良匆匆逃出后门，藏到后面的柴草房里。

如狼似虎的衙役砸开孟府的房门，前前后后、里里外外搜个遍，也没有找到范喜良。最后还是在家人孟兴的暗示下，从柴火堆里捉住了浑身发抖的范喜良。于是不由分说，将他痛打一顿，戴上手铐，准备交给官府，押送到长城去。

临别的时候，范喜良流着眼泪对孟员外说："岳父大人，不必伤心。小婿承蒙大人厚爱，与小姐成亲，本想长侍堂前，以慰寂寞。不料今遭此祸，解往长城，谅必凶多吉少，定死无疑。令爱年轻貌美，切不可让她长守空闺，枉度青春，当另选高门，再结良缘，小婿虽在九泉之下，也会瞑目了。"

孟员外夫妇听了，连连叹气。孟姜女已经哭成个泪人，上前对丈夫说："另选高门之言，范郎休要再提。妾自今日始脱去绫罗，不施粉黛，在家侍奉双亲，等待范郎归来。你我纵然远隔千山万水，我的心也永远惦记着你，和你一起分担苦难。愿范郎多多保重！"这一番话，说得孟员外夫妇老泪纵横，范喜良竟失声痛哭起来。

孟员外叫家人拿出些银两来，分出了一半打点衙役，另一半留给范喜良路上用。这才目送着一行人上了路，向北方走去。

春去冬来，转眼间范喜良被抓走半年多了，一点音信也没有。孟姜女日夜祈祷丈夫平安无事，早日回家团聚。

天渐渐冷了，北风卷地，雁阵南飞，这更加触动了孟姜女对丈夫的思念。一天晚上，她做了个梦，梦见自己来到了长城边上，看见丈夫正穿着一件破旧的单衣，染上了重病，躺在地上瑟瑟发抖，监督的官吏还举着皮鞭，逼他去做苦工。 孟姜女走上前去，握住丈夫的双手，想让他坐起来，可是怎么也拽不动，仿佛有千斤之重。 她心里着急，猛一用力，忽然惊醒了，才知道是一场梦，梦中的情景历历在目，心口怦怦跳个不停。 想起刚才的梦境，孟姜女心中非常悲伤，不禁流下了眼泪。 幸亏她早已为丈夫缝制了寒衣，想要亲自送去，只是父母不放心，再三劝阻，才没有成行。这回她决心说服父母，让她千里迢迢为丈夫送寒衣，老员外夫妇见女儿态度坚决，也就应允了。

孟姜女把丈夫的寒衣打成个小包袱，背在身后，带上些银两，手中拿着一把雨伞，告别了父母，便登程上路。 她在路上不知走了多久，一天来到了一条大河跟前，只见河水滔滔，一望无边，既没有桥梁，也没有船只。 怎能过得去呢？她坐在河边伤心地哭起来了，一边哭诉自己寻夫的苦情，一边用手拍打着河岸。 说来也怪，那滔滔的河水，竟随着她手掌的拍打，一寸一寸地降了下去，终于露出了河床。 孟姜女就从干涸的河床上横穿过去，到达了对岸。

又不知走了多少时候，一天孟姜女来到了一道关前。 守关的吏卒见孟姜女只身一人，长得年轻貌美，怀疑她是大家里逃出的姬妾，便不怀好意地加以盘查。 孟姜女只好把寻夫的事对他们说了。 关吏说："此去长城，何止千里，你孤身一人，银两又少，如何能到？"孟姜女说："我立志寻夫，何惧千里，即使万里，也决不回头。 至于银两，我自幼学会了弹唱，可以街头卖唱、乞讨，何处不能讨得食宿之资？"关吏们一听孟姜女会弹唱，都要求她唱一段；孟姜女为了快点出发，就唱了一支《孟姜女四季歌》。据说这支歌是孟姜女根据自己的遭遇编成的，在江浙一带还很流行呢——

> 春季里来桃花开满溪，
> 天作之合结为夫妻；
> 谁知半途风波起，
> 清夜怕听子规啼。

> 夏季里来荷花满池塘，
> 对对鸳鸯结成双；
> 只望交颈合欢好，
> 无情棒打好悲伤。

> 秋季里来桂花香满枝，
> 思想起范郎无寒衣；
> 今朝去把寒衣送，
> 可怜奴家泪沾衣。

> 冬季里来梅花岭头开，
> 孟姜女寻夫到此来；
> 千里迢迢奔波走，
> 不知我范郎哪里来？

孟姜女那戚戚惨惨的歌声，使天上的流云驻步，林间的百鸟停鸣。那些原来对孟姜女怀有歹心的吏卒，也都泪眼模糊了。关吏急忙下令说："快送这女子出关赶路！"

孟姜女一路上经过了千辛万苦，终于来到了长城地面。一天，她走在一座高岗上，见前面有三条大路，不知走哪条路才能找到自己的丈夫。 这时，迎面飞来了两只小乌鸦，在她的身前身后绕来绕去，哇哇哇地叫个不停。 孟姜女觉得奇怪，便问："乌鸦，乌鸦，你莫非是来给我引路的吗？"小乌鸦好像通人性似的，哇哇叫着在前面飞，飞了一程又一程，孟姜女跟着后面走，一直走了几十里光景。 看看天色将晚，忽然从树林里飞出一大群乌鸦，把两只小乌鸦团团围住，裹在里边。 孟姜女担心小乌鸦出不来了，谁知它们竟挣扎着冲出了重围，又引导孟姜女走了一程，才悄悄飞去。

　　天渐渐黑下来了。 孟姜女来到一个小村庄，叩开了村东头的一家柴门，请求借宿。 从屋里走出一个须发皓白的老翁，自称塞翁。 他一看是个少妇，就知道是到长城来找丈夫的，他已经接待了不少这样的妇女了。 塞翁把孟姜女让到屋里，告诉她：自打修长城以来，累死病死的民夫不计其数，尸骨都填在长城里面。 孟姜女听了塞翁的话，暗自心惊，不知丈夫是死是活。

　　第二天早晨，孟姜女告别了老翁，来到长城脚下，见那长城果然造得巍峨雄伟，像一条灰色的长龙，蜿蜒起伏在群山之间。 那些筑城的民夫，一个个衣衫褴褛，骨瘦如柴，在监工的皮鞭下抬砖运石，稍有怠慢，便遭毒打。 孟姜女看到这情景，心中无比难受。

　　孟姜女在民夫中到处打听，到处寻找，也没有见到丈夫的踪影，她的心更加焦急和不安了。 她只好去问监工的官吏，官吏说："范喜良是苏州的逃犯，捉回来本应立即处死，拿尸首去填筑长城，只因为死的人早已超过了一万个，都拿去填城了，暂时用不着他，便让他在这儿干活。 只怪他身子单薄，几个月前染了重病死了，也填进了城墙。"孟姜女听了监工的话，只觉得天旋地转，眼前一片黑暗，晕倒在地上。 几个好心的民夫把她抬到帐篷里，待了很长时间，才慢慢苏醒过来，又忍不住放声大哭。 民夫们听到她的遭遇，也一个个暗自伤心落泪。

孟姜女从昏迷中苏醒过来，一想再也见不到自己的丈夫了，眼睛里又涌出了悲伤的泪水。 她挣扎着坐起来，心想：自己千里迢迢来寻夫，不能就此罢休，即使看不见活着的丈夫，也要把他的尸骨找到，带回去埋在故乡的土地上，也算尽到了夫妻的情分。 于是她来到长城边上，迎着刺骨的寒风，冒着漫天的飞雪，到处打听丈夫尸骨的下落。 可是好多天过去了，还是一点线索也没有。 有人劝她说，天气一天比一天寒冷了，在这漫长的长城下面要找到一个人的尸骨，真比大海捞针还难啊，不如早点回去。 但是孟姜女总觉得找不到丈夫的尸骨，仿佛是欠下一笔永远无法偿还的债，内心感到不安。

一天，孟姜女来到一段由家乡的民夫修筑的长城脚下。 她在一块岩石上坐下来，眼睛直瞪瞪地望着前面，眼前的万里长城，像一条蜿蜒匍匐的巨蟒，伸向远方。 她看着长城上的一砖一石，不禁想到，有多少人像自己的丈夫一样，流尽了最后一滴血汗，将尸骨填筑在这里面；有多少孤儿寡母还在家乡翘首遥望，痴心盼望亲人早日归来，却不知道他们的亲人已经永远回不来了；想到这里，孟姜女就心里酸痛，忍不住大声号哭起来，边哭边诉，边哭边骂，直哭得天愁地惨，日月无光。 人们听了这哭声，也都暗自落泪。

孟姜女哭啊，哭啊，不知哭了多少时候。 忽然狂风骤起，飞沙走石，天昏地暗，大地也仿佛在微微颤动。 这时候就听"轰隆隆"一声巨响，那巍峨坚固的长城一下子崩塌了四十多里。 等到迷漫的烟尘散尽，孟姜女迷迷糊糊睁开眼睛，看见有无数具森森白骨，暴露在长城脚下的砖石泥土之间。 孟姜女看那白骨都很相似，分辨不出哪一具是自己丈夫的尸骨。 她想起小时候母亲给自己讲过的滴血认亲的故事，便用牙齿咬破了指头，让血滴在一具具白骨上，心中暗暗祈祷说："上苍保佑，若是我丈夫的尸骨，就让血浸到骨头里，若不是丈夫的尸骨，就让血流向四方。"滴了几十具尸骨，血都不浸，忽然有一具尸骨，血一直浸到骨头里。 孟姜女反复滴血试验，都是这样，这是丈夫的尸骨肯定无疑了。 她就打开身上的包裹，取出给丈夫缝制的寒衣，将尸骨包好，准备背回家中去。

孟姜女背着丈夫的尸骨，正要起程回家，忽然听到一片锣鼓声和喝道声，原来是秦始皇的銮驾到了。 秦始皇非常关心这个浩大的工程，时常率领文武百官前来视察。 大将蒙恬向他报告，说有个民妇前来寻找丈夫，把长城哭倒了四十里。 秦始皇一听，勃然大怒，要亲自惩罚这个哭倒长城的女子。

孟姜女被带到秦始皇面前。 秦始皇抬头一看，这女子年轻貌美，不禁惊呆了，心想：我后宫里虽然有六国选来的佳丽三千，却没有一人比得上这女子的天然丽质。 于是他竟转怒为喜，笑嘻嘻地问："这长城是你哭倒的吗?"孟姜女说："是我哭倒的。"秦始皇说："你可知道哭倒长城罪过不轻啊!"孟姜女上前怒斥道："你这昏王才真是罪该万死! 为了修筑长城，天下有多少无辜的人被你害死! 有多少夫妻再也不能相见! 你自称德逾三皇，功超五帝，难道三皇五帝竟是这样不管人民的死活吗?"说来也怪，秦始皇听了不但不生气，反而觉得骂得有理，心里挺舒服，于是对她说："朕见你才貌出众，丈夫已死，不追究你哭倒长城之罪。 跟朕回去，封你做昭阳宫里的皇妃娘娘，不知意下如何?"

孟姜女见昏王起了邪念，对他更加恨之入骨。可是转念一想，何不趁此机会戏弄他一番，以解心头之恨，然后从容死去，清清白白去见自己的丈夫。想到这里，便收起怒容，强作笑脸对秦始皇说："陛下如此看重小女子，小女子怎敢不从？不过要依我三件事才行。"秦始皇一听，真像猪八戒吃了人参果那样舒坦，忙笑着说："快说，是哪三件？别说三件，就是三十件、三百件，朕也依得。"孟姜女说："第一件，我要你在长城外面的大海上造一座长桥，这桥要美如天上的彩虹，势如水中的游龙。"秦始皇点头说："依得，依得，用我的赶山鞭一赶，这桥就造成了。再说第二件。"孟姜女说："第二件，在我丈夫填城的地方修一座十里宽、十里长方墩墩的大坟，坟前修一座庙，称作范王庙，春秋两季按时祭祀。"

秦始皇心想，十里长、十里宽的坟好大啊，嘴里却说："可以，可以。再说第三件。"孟姜女说："第三件，你要亲自率领朝中文武百官，披麻戴孝，到我丈夫的坟前去祭奠。"秦始皇这下犯了嘀咕，皇帝给百姓披麻戴孝，成何体统！可是又一想，你不依了她，她决不肯顺从。没有法子，为了得到美人，只好说："好吧，这三件事朕都依你。"

秦始皇下令十万火急造桥、修坟、建庙，待竣工之后好与孟姜女成婚。

不久，这三件事都办好了，秦始皇果然带着文武百官，披麻戴孝，哭丧着脸，到孟姜女丈夫的坟上祭奠一番。祭奠完毕，对孟姜女说："你提出的三件事，朕都依了你，这回可以回宫了。"孟姜女笑笑说："陛下何必着急？你看这里青山如黛，庙宇生辉，那彩虹般的卧波长桥，更是气派宏伟，何不到桥上游览一番？"秦始皇一听自然高兴，就陪同孟姜女走上长桥。走着走着，孟姜女突然快步跑到前面，揽起罗裙，纵身一跳，淹没在大海之中了……

据说孟姜女跳海后，东海龙王将她接到龙宫，后来又把她送到天上，做了仙女。也有的说，孟姜女和丈夫在另一个世界里得到了团圆。

（杨克兴　王兴义）

七仙女与董永

传说汉朝的时候，淮南地方住着一户贫苦人家，父子俩相依为命，儿子名叫董永。董家靠租种地主傅员外家两亩薄地维持生活，父子二人早出晚归，辛辛苦苦，遇到风调雨顺，打下的粮食除了交租，还可以勉强糊口。不料这一年老天大旱，秋后颗粒无收，地主催租逼得紧，老汉一急之下病倒了。董永是个孝子，他想方设法给老爹爹四处买药，可是当他提着草药回到家中时，老父亲已经咽了气。董永心中悲痛万分，眼下手中分文皆无，拿什么去给父亲买棺木呢？他想来想去，只有一条路，就是卖身葬父。于是请人去跟傅员外说，只要帮助埋葬了老父，愿在傅家做三年苦工。傅员外知道董永身强力壮，正好趁此机会找个好长工，便答应了董永的要求，立下了卖身的契约。

董永埋葬了父亲，三日之后便到傅员外家上工。一路上，他心头痛苦，愁眉紧锁，不住地长吁短叹。走着走着，见前面有一棵老槐树，树下有个土地庙，便想在这里坐下来，歇歇脚。

董永刚要坐下，就见有个衣着朴素、容貌美丽的姑娘朝老槐树走来了，站在他的身旁。

董永有些局促不安。沉默了一会儿，姑娘首先开口道：

"这位大哥到何处去?"

"去那傅员外家做苦工。"

"看大哥老实忠厚，为何到傅家做苦工?"

"我乃贫苦之人，老父故去，无力埋葬，是那傅员外借钱与我，葬了父亲。今去卖身抵债，要做三年苦工啊!"董永说完，叹了一口气。

"大哥真是苦命之人，比小妹我还要苦呢!"姑娘说着，流下了眼泪。

"大姐为何而悲伤?"董永问。

"母亲去世，爹爹娶了后妻。继母欲将我卖给商人为姜，我逃了出来，故而悲伤。"

"我二人都是苦命之人啊!"董永叹息道。

"小女子已无家可归，不知大哥可肯收留，结为百年之好?"

"大姐差了。"董永忙说，"你我素不相识，既无父母之命，又无媒妁之言，怎能私下婚配!"

"大哥何必固执? 若嫌无媒，就请这老槐树做媒，请土地爷主婚，如何?"

"老槐树如何能做媒? 土地爷如何能主婚?"董永不解地问。

"你可问老槐树三声：你愿意为七姐和董永做媒吗? 老槐树如果答应三声，就是愿意。问过老槐树，再去问土地爷。"

于是董永上前问老槐树："老槐树老槐树，你可愿意为我们做媒吗?"

老槐树突然开口说："七姐配贤郎，美满世无双。愿意，愿意!"

董永一连问了三遍，老槐树回答了三遍。

董永又去问土地："土地爷，你可愿意为我们主婚吗？"

土地爷说："织女配牛郎，一对金凤凰。愿意，愿意！"

董永一连问了三遍，土地爷回答了三遍。

这天晚上，董永和七仙女就在老槐树下结成了夫妻。

董永与七仙女结成夫妻，双双到傅员外家去上工。因为原来的卖身契上写着"无牵无挂"，现在凭空多了一个女子，傅员外故意刁难，不肯收留。经过一再的恳求，傅员外答应了，但是提出了一个苛刻的条件：限定董永夫妇于当天夜里织出十匹云锦，如果织得出来，三年的长工改为百日；如果织不出来，三年之后再加三年。七仙女爽快地答应了，董永却焦急万分。

晚上，董永愁眉苦脸地坐在灯前，心想：一夜之间，不要说织出十匹云锦，就是一匹也织不完啊！织不出来，三年长工做满之后，还要加上三年。他越想越觉得可怕，心中暗暗埋怨妻子答应了傅员外的条件。可是七仙女一点儿也不着急，她叫丈夫放心去睡觉，说她自有办法。

夜深人静时，七仙女在屋子里点起一炷下凡时姐妹们赠送的"难香"。天上的众仙女闻到香味，知道小妹妹在人间遇到了难处，便顷刻之间来到了傅员外家。她们听了小妹妹的述说，就一起动手干了起来。这些天上巧手的姑娘，擅长织造的仙女，还没等到天亮，就把十匹绚丽多彩的云锦织出来了。

第二天早晨，董永看见这十匹美丽的云锦又惊又喜，心想自己的妻子莫非是神仙吧！他们抱着十匹云锦给主人送去，傅员外也大为惊异，只好把三年的工期减为百日。

期满后，夫妻俩高高兴兴回到自己的家中。这时七仙女才告诉董永，说自己是天上下凡的仙女，还说他们将要有一个小宝宝了。董永听了更加欢喜。从此夫妻俩男耕女织，相亲相爱，过着幸福的生活。

后来，天上的玉帝终于查出小女儿私下凡尘，跟董永结为夫妻的事，不禁勃然大怒。他命使者来到人间，传下圣旨，叫七仙女务必在午时三刻返回天庭。如有违抗，定派天兵天将捉拿问罪，并将董永粉身碎骨。

天庭的钟声响了，午时三刻到了。七仙女为了不使丈夫遭到杀害，只好在她们定情的那棵老槐树下，忍痛跟董永告别。

董永哭天喊地，悲痛欲绝。他上前问老槐树：

"老槐树啊老槐树，你说我们是仙女配贤郎，美满世无双，今天为何有人硬要把我们分开？老槐树，你怎么不开口啊！"

可是那棵老槐树，任你喊一千声，唤一万遍，它也不答应，变成了哑巴木头！

董永又跪在土地庙前叫道：

"土地爷啊土地爷，你说过我们是一对金凤凰，愿意为我们主婚。如今为何有人硬要把她逼回天庭？土地爷爷，你要给我们做主啊！"

可是那位笑眯眯的白胡子老头，竟连吭一声也不敢，成了一个哑巴人！

临别时，七仙女流着泪和董永约定说：

"来年碧桃花开日，槐荫下面把子交。"说完便被凶恶的天神捉走了。

董永向前追赶几步，仆倒在地上。

一对恩爱夫妻，就这样被残酷地拆散了。

（杨克兴　王兴义）

月下老人

人们常称媒人是月下老人，简称月老，对某些美好的婚姻则说这是月下老人定下的。 月下老人是专管男女姻缘的神，关于他还有一段有趣的神话传说。

唐代有个名叫韦固的书生，在外旅行，住在宋城（今河南商丘）南边的一家客店里。 一天傍晚，他出外散步，见一个老头儿依着个行囊正趁着月光翻阅一本书。

韦固上前问道："老人家所翻何书?" 回答说："婚姻簿子。" 又问："囊中装的何物?" 回答说："红线绳，用来系夫妻双方脚脖子的；一经把双方系上，即使是仇敌之家，贵贱悬殊，天南海北，也一定会成为夫妻。" 韦固就好奇地问谁是自己的妻子，老人说："是店北卖菜的瞎老婆婆陈氏的女儿，才三岁，和瞎老婆婆一样丑，十七岁时当入你的家门。" 韦固讨厌极了，就打发一个家奴前去行刺那个女孩，不巧只伤了一点眉心。

韦固和家奴逃回家中。 过了十四年，韦固在相州（今河南汤阴）做参军，刺史王泰认为他很有才干，就把女儿嫁给了他。 姑娘长得很漂亮，只是眉间常帖一圆花儿。 韦固觉得很奇怪，就在洞房中仔细询问，才知道她就是当初所刺的那个女孩儿；原来她不是刺史的女儿，是刺史的侄女儿，父亲死后，由刺史接来抚养。 夫妻知道了这段往事，更加相亲相爱。 宋城县令听到这个故事，就把韦固住过的客店改名为"定婚店"。

这篇神话故事取材于唐朝李复言《续玄怪录·定婚店》。 把人间错综复杂的婚姻关系，幻想为月下老人生前所定，是一种美丽而荒唐的想象，也是人们对不可解的事物的浪漫主义解释。

（杨克兴　王兴义）

梁山伯与祝英台

传说祝英台是上虞一个富贵人家的独生女儿，小字九娘，长得既聪明又美丽。她从小喜爱读书，吟诗作文，出口成章。可是到了十几岁的时候，家乡已经找不到良师，她就说服了父母，同意她到杭州去求师就学。她觉得自己是个少女，只身一人到外地求学，有许多不便，于是女扮男装，打扮成个英俊小生的模样，随身带上个书童，离开了家乡。

祝英台来到杭州一家有名的学塾，拜过老师之后，便和同学们相见。在同学当中，有个家住会稽的可爱少年，名叫梁山伯。英台觉得，山伯不但长得眉清目秀，风度翩翩，而且待人诚恳，乐于助人，听说学业也是出类拔萃的。自己刚到，他就热心帮忙，介绍情况，安排住处。说来也巧，这两个人又排在一间屋子里，夜则联床而寝，日则同案读书，切磋学艺。

随着时光的流逝，两个同窗好友的感情在一天天加深。山伯虽然比英台大两岁，可是仍未脱掉少年的天真，所以从未想到英台是个女孩儿。英台心里爱着山伯，却不能表白，还要时时提防，生怕暴露出自己的身份。晚上睡觉时，英台借口害怕动静，在两张床之间隔了一只书箱，上面放一盆清水，告诫山伯睡觉不要翻身打滚，山伯果然睡得规规矩矩，一动也不敢动。

时间过得飞快，转眼间三年过去了。两个朝夕相伴的同窗好友即将分离，心中都有说不出的难过。

祝英台走那天，梁山伯送她，走了一程又一程。英台很想把自己的心事告诉山伯，以身相许，却又羞于开口。一路上用双关隐语做了不少暗示，可是单纯的山伯并没有领悟。

他们来到一个池塘边，池中一对鸳鸯正在戏水。英台顺口唱道：

> 鸳鸯池内有鸳鸯，
> 相亲相爱情义长；
> 弟与梁兄如一人，
> 今日拆散两鸳鸯。

山伯说："你我兄弟，怎比鸳鸯，贤弟你比错了。愚兄也有一比。"于是也随口吟道：

> 你我弟兄似卧龙，
> 久困沙滩浅水中；
> 有朝一日风云会，
> 喷云吐雨逞英雄。

英台说："梁兄所吟真乃好诗，不过小弟也有一首。"便吟道：

> 你是龙来我是凤，
> 龙凤一对喜相逢；
> 愿君快婿乘龙日，
> 新房里面再见兄。

山伯说："怎说新房里相见?"英台说："弟来为兄贺喜。"

掩饰过去。

无论英台怎样说，山伯还是不解其意。这可难坏了祝英台，心想：山伯啊山伯，你对我的暗示怎么毫不觉察呢？真如戏文里所唱的：人人都说死人死，你比死人死十分！

他们来到了十里亭前。亭下芳草萋萋，溪水潺潺。祝英台说："山伯哥哥，同窗三载，承蒙关照，送君千里，终有一别，请回吧！只是我有句要紧的话要对你说：我知道你尚未定亲，我有个妹妹，生得聪明，长得跟我一模一样，我回去跟父母商量，把她许配给你，想来你也一定愿意。不过你要记住三个日子：二八天，三七天，四六天（共两个月），一定到我家来，晚了要误事的。"

山伯高兴地答应了，却没有仔细想想那三个日子是什么意思。

山伯回家后，因为家境贫寒，迟迟不敢到祝家去，不觉错过了时间。后来，他做了鄞县的县令，经过上虞，才去见祝英台。在客厅里等了一会，只见英台从闺房中缓缓走出来，以罗扇遮面，上前行礼道："梁兄久等了！"山伯不禁吃了一惊，原来跟自己同窗三年、联床而寝的学友，竟是女扮男装的漂亮小姐！这时他才明白了英台路上说的那些暗示的话，知道她所说的妹妹正是她自己。

"贤弟，"山伯怀着希望问，"你在路上跟愚兄说的话，可还记得？"

"临别时我嘱咐你二八、三七、四六三个日子来，可是你今天才来，太晚了，太晚了！"英台说着流下了眼泪，"一个月前，已经由父母做主，把我许配马家了。"

山伯回到家中，悔恨交加，日夜思念英台，害起了相思病；病情一天天加重，无论吃什么灵丹妙药也不见好转。临死前，他叮嘱母亲，把自己的坟埋在由祝家到马家的大道旁。

第二年春天，英台出嫁了。当她乘坐的花轿走到山伯的坟旁时，突然狂风大作，飞沙走石。英台叫花轿停下来，自己走到坟前，拜了几拜，口中叨念着"比翼鸟……连理枝……请君坟……为我开……"一些断断续续的话。这时忽听"轰隆隆"一声巨响，山伯的坟裂开了，英台揽起衣裙，趁势一跃，跳进坟中。几个轿夫吓得目瞪口呆，急忙用手去拉，可是来不及了，只扯下一片裙幅，一撒手变成了一只大蝴蝶，向天空翩翩飞舞。那裂开的坟穴慢慢合上了。

夜间，马家派人来掘墓，掘开一看，只有一具空棺，从里面扑棱棱飞出一对鸳鸯，直飞到马家门前的大树上。一只鸳鸯唱道："马大郎，马大郎，昨日娶了亲，今日为何不拜堂？"另一只鸳鸯唱道："马大郎，你好丑，昨日娶了亲，今日为何不吃酒？"马大郎听了又羞又恼，跳进河里淹死了。

（杨克兴　王兴义）

白娘子与许仙

游湖借伞

白娘子与许仙的故事，是个古老而优美的神话传说，早在南宋时就广为流传了。

相传在四川峨眉山的一个山洞里，住着两条修炼千年的蛇精，一条是白蛇，一条是青蛇。两个蛇精耐不住洞中的寂寞，向往人间男婚女嫁的幸福生活，便在一年清明节的前夕，瞒着她们的师傅黎山老母，化做了两个美丽的姑娘。白蛇变成了一个小姐，取名白娘子，长得真漂亮，就像一朵刚刚出水的芙蓉；青蛇变成了一个丫环，取名叫小青，英姿飒爽，就像一株亭亭玉立的翠竹。

白娘子和小青驾起云朵，一直朝东方飞呀飞，飞到了号称人间天堂的杭州，在城内租一家宅院暂住下来。

清明节这天，白娘子和小青来到西湖游玩。这是个晴和明媚的日子，到湖边踏青的，上山扫墓的，人来人往，熙熙攘攘。白娘子和小青玩了一会儿，来到断桥旁，看见有个后生正倚着桥栏向远处眺望。白娘子仔细看那后生，见他身材不高不矮，生得眉清目秀，相貌忠厚，心里十分高兴，不禁一见钟情。她看了小青一眼，小青会意地笑笑说："姐姐放心，让我略施小计，管保他送上门来。"小青的话音刚落，只见从西北方飘来一块乌云，天上渐渐沥沥下起雨来。那后生急忙到湖边雇一条船，钻到舱篷里，准备回到城里去。这时，他忽然看见有两个丽人向岸边跑来，一个丫环模样的姑娘边跑边说："船家慢开船，能让我们搭搭船吗？"船家说："这船是相公自己雇的，要往钱塘门去。"姑娘说："雨越下越大，我俩女流之辈，又未带伞，望老人家行个方便吧！"后生听了，从舱口探出头来问："二位大姐要到哪里去？"姑娘说："我们到太平桥上岸。"后生说："倒也顺路，就请二位大姐上船，一同回去吧。"

白娘子和小青登上了船，连连向后生道谢。小青说："承蒙美意，深感大恩，不知相公尊姓大名？"后生说："我姓许，因为小时候在断桥边遇到过神仙，阿爸就给我取名叫许仙。"白娘子和小青互相看了一眼，两个人都笑了。白娘子又问许仙府上在哪里，许仙说："自从父母亡故之后，我单身一人，寄住在钱塘门姐姐家，在王员外的药店里当伙计。"小青听了，忽然拍手笑道："太巧了，太巧了！我家小姐也是个落难千金，和你一样，无依无靠，四处飘零。看来你们二人同病相怜，正是天生一对啊！"说得许仙红了脸，白娘子也低下了头，却又暗中偷偷相看。

太平桥到了，雨仍下个不止。小青说："许相公，我想借你的宝伞一用，免得小姐淋湿了衣服；明天上午，屈驾到宅上来取，我们小姐也一定感激你的。"许仙自然满口答应，小青二人留下地址，下船而去。

第二天，许仙按时到了白娘娘的住宅，小青热情接待，并准备了酒席为他接风。席上白、许俩人含情脉脉，笑语融融，小青主动提出为二人做媒，二人遂结为伉俪。戏文里称这为"游湖借伞"。

端午现形

许仙和白娘子成亲以后，就不在姐姐家寄住了。小两口经过一番商量，决定离开杭州，带着小青搬到镇江，开了一个"保和堂"生药店，借以谋生。

自从药店开张以来，小两口一个处方，一个撮药，配制了许多丸、散、膏、丹，为贫苦的百姓解除病苦。每天从早到晚，前来求诊的人，讨药的人，络绎不绝。

端午节临近了，镇江人也和北方人一样，家家忙着包粽子，门前插起菖蒲艾叶，地上洒了雄黄药酒，据说可以驱鬼避邪。

许仙正在店中料理生意，忽听门外传来佛鱼声，抬头一看，原来是金山寺的老和尚法海，身披大红袈裟，坐在蒲团上闭目念佛。许仙连忙上前行礼，并捐了十两纹银，作为寺中的布施。那老和尚抬头一看，不禁惊讶道："施主，我看你面带妖气，一定是被妖精所惑。"许仙听了老和尚的话，也有点半信半疑，可是又一想，妻子对自己一片真心，体贴入微，怎么能是妖精呢？他并没有将法海的话放在心上。

端午节这天，许仙让小青做了几样精制小菜，自己烫了一壶雄黄老酒，放在桌上。他斟了满满的两杯酒，一杯留给自己，一杯递给白娘子。白娘子接过酒杯，闻到一股雄黄气味，觉得浑身有些发抖，心里说不出的难受，便说："我身子不适，不能陪你喝，你自己喝吧。"

许仙听妻子说身体不适，马上取来一只小方枕，垫在白娘子的手腕下面，给她按脉，按了左手又按右手，摇摇头说："没有病，没有病，你哄我！"

白娘子微微一笑说："我也没说生病呀，我是怀了身孕呢！这酒里有雄黄，怕是喝不得。"

许仙听说自己要当爸爸了，更乐得合不上嘴，就说："喝得，喝得！这雄黄酒能驱妖避邪，安神保胎，你该多喝两杯才是！"

白娘子怕许仙起疑心，就凭自己千年修炼的功夫，硬着头皮喝了一口雄黄酒。哪知酒一落肚，立刻发作起来，只觉得头昏眼花，浑身瘫软，坐也坐不牢了。

白娘子有气无力地说："我有点头晕，想回房中躺一会儿。"说完，就叫小青搀扶着慢慢走开了。

许仙一个人坐在桌旁，吃不下，喝不进，心里总惦着妻子。不一会儿，他也来到了内室，撩开帐子一看，白娘子已经无影无踪，只见一条碗口粗的白蛇盘在床上。许仙吓得大叫一声，向后一仰，跌倒在地上，气绝身亡。

盗仙草

　　小青正在楼下的药房里应付顾主，忽听许仙在楼上大叫一声。她急忙跑到楼上一看，啊呀！许仙死在了床前，白娘子的原形还盘曲在床上。　她赶紧推着白蛇的头喊叫："姐姐，姐姐，快醒醒，快醒醒！"

　　白蛇吐了一口气，慢慢睁开了眼睛，才又恢复了人形。　白娘子见许仙死在床下，就大哭起来，一面哭一面说："都怪我不小心，现了原形，吓死了官人。　我真该死，我真该死！"

　　小青说："姐姐不要哭了，快想个办法救活他呀！"

　　白娘子摸摸许仙的心口，还有一丝热气，就说："只有嵩山南极宫中的灵芝仙草，才能救活相公。　我要去盗仙草，搭上性命也要把相公救活！"

　　白娘子和小青把许仙抬到床上，叮嘱小青好好看护，自己换上一身紧身的衣裤，背后插着两把宝剑，双脚一跺，驾起了一朵白云，直向嵩山飞去。

　　白娘子来到南极宫门前，见鹿童正横在门口睡觉，就悄悄地从旁门飞了进去。　在一座青烟缭绕的小山上，白娘子找到了形似云朵，开着紫色小花，远望似有灵光闪闪的灵芝仙草。

　　她把仙草揣在怀里，又悄悄走出宫门，正欲飞走时，不料鹿童忽然惊醒，喝道："你是何处妖怪，胆敢闯入府中，私盗仙草，该当何罪！"白娘子说："仙兄息怒，小妹乃黎山老母之徒，因丈夫命在旦夕，非仙草不能救治，特来贵府祈求。　望大哥行个方便，常言道：救人一命胜造七级浮屠。　即使南极仙翁回来也不会责怪大哥，他老人家一向是以慈悲为怀的。"白娘子说着跪在地上，苦苦哀求，泪落不止，使鹿童也动了恻隐之心，便说："念你救丈夫的一片诚心，快快去吧。只怕鹤哥回来，就难脱身了！"

白娘子谢过鹿童，刚要驾云飞走，忽听背后有人叫道："妖女休走，我鹤仙在此！"白氏听了吓得浑身酥软，因为鹤是蛇的天敌。她只好抽出双剑迎敌，边打边诉说自己盗仙草救丈夫的苦衷，可是那白鹤童子说什么也不肯放过这个蛇仙。白娘子长途跋涉，更兼身怀有孕，打着打着，渐渐体力不支，被白鹤一口啄落在凡尘，现出了原形。当白鹤伸着长长的嘴巴正要吞吃时，只听背后有人叫道："鹤童住口！"白鹤回头一看，原来是师傅南极仙翁。师傅说："念她对丈夫的一片真心，放她去吧！有道之人，处处当以慈悲为本。"白鹤童子听了师傅的话，只好放了白蛇。白蛇这时才又恢复了人形，谢过仙翁的大恩，带上仙药，驾起云头，刹那间回到家中。

白娘子和小青急急忙忙煎好仙药。小青说："姐姐，许官人吃药醒来，一定想起你现形的事，如何解除他的疑心才好？"白氏附在小青的耳边说："这么办可好？"小青笑嘻嘻地说："姐姐妙计。"

两个人把许仙扶起来，给他喂药，可是许仙牙关紧闭，白娘子就把药含在口里，一口口哺入许仙的口中。过了一会儿，许仙长长吐了一口气，慢慢睁开了眼睛。白娘子和小青高兴地说："官人醒来了，谢天谢地！"

许仙忽然瞪起眼睛，看着白娘子，大声叫道："你，你，你是妖怪，快出去！"白娘子说："官人听我说，你看见的那条白蛇，已经被我斩成七段，扔在院子里。你若不信，可以去看看。"白氏和小青扶着许仙来到院中，果然看见有一条白色大蛇，被斩成七段，许仙这才放了心。原来这是白娘子使用的障眼法，她叫小青取出一条白色汗巾，用口一吹，霎时就变成了一条白蛇，并用宝剑将其斩成七段。

回到房中，白娘子向丈夫诉说了盗仙草的经过，许仙很受感动，便说："娘子为了救我，历尽千辛万苦，待我病体复原，一定好好报答娘子的大恩。"

从此，夫妻俩又过上了和睦幸福的生活。

许仙被骗入山门

许仙病好之后，正在店中炮制草药，料理生意，忽听门外传来念佛声。 他抬头一看，原来又是金山寺的法海和尚，便连忙起身让座，送上香茶，问道："大和尚今日光临小店，有何见教？"法海说："施主，我看你满面妖气，定是被妖精所感，如不及早防治，将会丧命九泉。"许仙是个耳根子发软、心中没有定盘星的人，便说："大和尚可有什么妙方，治我的怪病？"法海说："七月十五金山寺要做盂兰盆会，到时候你来烧炷香，求菩萨保佑，便会免除灾祸了。"许仙听他讲得吉利，就送给他一串铜钱，在化缘簿上写下了自己的名字。 法海临走时，又再三叮嘱许仙不要忘了日子。

转眼间七月十五到了。 这天早饭后，许仙换上一身干净衣服，对妻子说："娘子，今天金山寺做盂兰盆会，我想前去烧一炷香，感谢神佛的保佑。"白娘子说："去吧。 我怀有身孕，不能陪你同去，望官人速去速归。"

许仙来到金山寺，见大雄宝殿上香烟缭绕，善男信女络绎不绝。 他进上香，磕了头，就被法海一把拉到禅房里。 法海说："施主呀，你来得正好，今天我如实告诉你，你的女人是个妖精

153

哩！"许仙听了有些不高兴，便说："大和尚不要乱说，我女人好端端的，怎么会是妖精？"法海笑笑说："施主的心窍已给妖精迷住了。老僧一眼就看出，你女人是白蛇变的。"许仙一听"白蛇"两个字，忽然想起端午节那天发生的事情，不觉心里一愣。法海乘机说："你生来与佛门有缘，本应皈（guī）依净土，不料偏偏被妖怪迷惑，落入她的手中！许官人，切不可执迷不悟，贪恋闺房之乐；不如就此拜我为师，削发为僧，跳出三界外，不在五行中，日后得成正果，岂不是好？"许仙心想：娘子与我相亲相爱，情深似海，恩重如山，即便她是白蛇，也不会伤害我的，况且她身怀有孕，不久就要临产，我怎么能丢下她不管，出家当和尚呢？

可是专横顽固的法海和尚，不管许仙答应不答应，硬是把他关了起来，不让他回家。

七月十五这天晚上，许仙没有回来，白娘子的心里就犯了嘀咕，一夜没有入睡。第二天、第三天还不见丈夫回来，白娘子知道凶多吉少，心里更加不安了。等到第四天，白娘子再也耐不住了，就和小青划了一条小舢板，到金山寺去寻找丈夫。

水漫金山

白娘子和小青来到金山寺门口，碰到一个小和尚，向他问道："小师傅，你知道有个叫许仙的在寺里吗？"

小和尚想了想说："有，有个许仙。听法海大师说他老婆是个妖精，大师劝他出家当和尚，他不肯，大师就把他关起来了。"

小青一听火冒三丈，冲着小和尚说："我们就是来找许仙回家的，你去叫法海那老秃和尚出来，我们有话和他说！"

小和尚一听是找许仙的，吓得脸色煞白，浑身发抖，一边喊着："妖精来了，妖精来了!"一边连滚带爬地跑回寺里，向法海和尚报告。

法海知道，两个女子寻上山来，必有一场恶斗，于是他披上袈裟，带上青龙禅杖，手里拿着金钵，来到门外。

白娘子见法海从寺中走出来，赶紧上前施礼请安，说："出家人以慈悲为本，请老禅师放我丈夫下山，好使我们夫妻团圆。"

法海听了，冷笑着说："大胆妖蛇，竟敢找上佛门! 那许仙已经拜我为师父，削发为僧了。"

白娘子说："官人从未提过出家之事，即使他真想遁入空门，也应向妻子说明原委。 请老禅师叫他出来，我要当面问个清楚。"

法海摇着秃脑袋说："他不愿出来见你，老僧无能为力。 你二人的真形，老僧知道。 端午现形，你已经把他吓坏了，不要再纠缠他了。"

"老禅师可曾晓得，自结连理之后，我对夫君知寒知暖，爱护倍加，只有恩爱，毫无恶意。 端午现形，也是我拼着性命盗来仙草，将他救活。 老禅师是有道之人，切不可把一对好端端的夫妻拆散。"白娘子说完，又上前深深施了一礼。

法海一时无言答对，只好说："是妖精就一定害人! 快快走开，放你一条生路，不然的话，莫怪老僧不客气了!"

站在一旁的小青越听越冒火，冲着法海骂道：

"你这老贼秃，人家一对恩爱夫妻被你活活拆散，你还自称慈悲为本，我看你才是真正的害人精!"小青说着，拔出宝剑就向法海刺去。

法海举起禅杖和小青打在一起，白娘子也拔剑参战。 三个人来来往往，打得难解难分。 那法海的青龙禅杖是一件宝物，劈下来就像泰山压顶一般。 白娘子有孕在身，渐渐觉得招架不住，小青道术尚浅，更不是法海的对手。 两个人虚晃一招儿，退下阵来。

白娘子和小青跳上小舢板，商量了一番，决定暂停力取，改用水攻。 只见白娘子从头上拔下一个金钗，迎风一晃，立即变成了一面小令旗，旗上仿佛荡漾着水纹波浪。 小青接过令旗，举在头顶摇了三摇，霎时间就见滔滔江水滚滚而来，虾兵蟹将成群结队一齐向金山寺涌去。 可是那站在山顶的法海并不惊慌，只见他脱下身上的袈裟，用手向空中一抛，袈裟随风飘展，转眼间把个金山盖得严严实实。 更奇怪的是，水涨一尺，山也跟着涨一尺，水涨一丈，山也涨一丈，大水总是漫不过金山。

白娘子见胜不了法海和尚，只得叫小青收了兵。 她们在镇江无法安生，便又回到了杭州。

断桥相会

大水退去之后，法海对许仙说："许施主今日见此大水，可知老僧说你娘子是妖蛇的话并非谬言。 你今后应斩断情丝，诚心皈依我佛，铲除妖怪，方能成正果。"

许仙说："老禅师将大水退去，果然佛法无边。 不过白氏二女虽是妖蛇，却对我恩重如山，不曾伤害我一根毫毛。 还望老禅师慈悲为本，不要加害她们。"

许仙被关在金山寺里，死活也不肯剃光头发当和尚。 关了些日子，终于找个机会逃跑了。 他回到保和堂药店，见楼内空空，白娘子和小青不知到哪儿去了，便伤心地流下了眼泪。 他担心法海和尚再来找麻烦，就悄悄关了店门，仍旧回到杭州去投奔姐姐家。

一个晴朗的夏日，许仙又信步来到西湖的断桥边。 湖面上波光粼粼，荷花正艳，一只只游船漂来荡去。 看到船上那一对对幸福快乐的男男女女，许仙忽又想起自己的妻子和小青，不禁伤心泪下，心中默默念道： "娘子呀，你到哪里去了！"这时候，正有一条小船向断桥缓缓驶来，船上坐着两个年轻美貌的女子，正是白娘子和小青。 小青一眼就看见了站在桥头的许仙，欢快地叫道： "姐姐，你看那是谁？"

几乎是同时，许仙也看见了船上的白娘子和小青。 他又惊又喜，大声喊道： "娘子靠船，许仙在此。"

小青扶白娘子上了岸，夫妻俩又在断桥相会了。 两个人谈着离别后的情形和相互的思念，真是悲喜交集，不禁流下了眼泪。

白娘子略带责备的口气对许仙说： "官人哪！那日你到金山寺去，我叮嘱你快去快归，千万不要见法海和尚。 可是你却听那个老贼秃嚼舌根，一去不返，累及我主婢二人跟他一场恶斗，全不念为妻身上怀着你许门的后代！ 幸亏我二人逃得快，不然性命也难保了！"

许仙低着头，面带愧色地说： "我因不听娘子的良言相劝，被法海和尚强行留住，引起这场争斗，伤害无数生灵，也连累了娘子和小青妹妹，真是罪该万死。"

白娘子又说： "那法海和尚说你不再贪恋红尘，情愿出家为僧，你如果真想遁入空门，也应该和为妻说个明白呀！"白娘子说着，又流下了眼泪。

许仙听白娘子说到这儿，心里更加不安了，连忙解释道： "娘子待我一片深情，我许仙并非木石，岂能不知？ 那次上山，是法海老贼将我关了起来，不让我回家，硬逼我当和尚。 我百般不答应，找个机会才逃了出来。 希望娘子宽恕!"

经许仙一解释，白娘子终于破涕为笑，原谅了丈夫。

于是三个人坐上小船，划到钱塘门上了岸，仍旧寄住在姐姐的家里。

收　钵

时间过得真快，转眼间几个月过去了，白娘子在许仙的姐姐家生下了一个白胖胖的小娃娃。 孩子刚生下来就睁开了又黑又亮的眼睛，哭的声音也异常响亮。 人们都说，这孩子将来一定会有出息的，夫妻俩和小青都乐得合不上口。

满月这天，姑姑许氏给侄儿送来了长命锁，妈妈白氏给爱儿绣了个红兜肚。 姑姑问给侄儿取个什么大名，许仙说："就叫许士林吧，希望他长大了能跻身于读书人的行列。"大家一听都赞成，说这名字起得好。

许仙正在屋里准备孩子的"满月酒"，忽听有人报告说："许相公，外面有个老和尚求见。"白娘子一听就知道又是法海前来捣乱，就对丈夫说："那老僧存心不善，诡计多端，望官人多加小心。"许仙说："娘子放心，我不会再上他的当。"

许仙来到门外，一看果然是法海和尚。 身披大红袈裟，右手执着禅杖，左手托着金钵，站在那儿，两眼射出凶光。 法海说："今日老僧奉佛家旨意，前来收你妻白蛇精。"许仙说："我妻待我有情有义，又为我生一男孩，承继许氏门庭。 我们一家人相亲相爱，过着幸福的生活，老禅师因何要存心拆散一对夫妻? 还是请你回到宝刹，是妖是怪不关你的事。"法海冷笑了一笑说："施主至今执迷不悟，那就请你看看这金钵一会儿显神通吧!"法海一边说着，一边不顾许仙的阻拦，闯进了白娘子的住室。

许仙跟在法海的身后慌忙叫道："娘子防备着，法海捉你来了！"这时就听白娘子在屋里大叫一声："官人，不好了！"许仙进屋一看，只见那金钵正悬在白娘子的头上，发出道道金光，将她团团罩住。 小青扑过去要跟法海拼命，白娘子忙喊道："小青快走，待你日后练好功夫，再来替我报仇！"小青自知斗不过法海，就化作一道青烟从窗口逃走了。

白娘子给爱儿戴上长命锁，穿上红兜肚，紧紧抱在怀里，喂了最后一次奶，然后将丈夫唤到跟前，叮嘱他说："官人多多保重，好好抚养孩子呀！孩儿长到七岁时，千万送他去塾中读书，做个知书达理的好儿男。 等他长大了，要告诉他，他的娘是谁，押在什么地方。"白娘子泣不成声地说完了这些话，就把孩子交给了许仙。 这时就见那金钵从白娘子的头上慢慢落下来，将她收进钵内。 等到许仙惊魂稍定，走到法海跟前一看，只见一条七寸长的白蛇，正蜿蜒在钵里。 法海说："施主不必悲伤，此蛇镇在雷峰塔下，并不死去，只是在塔底修炼，多受一点风霜之苦，轮回一到，她仍可飞升仙界，遨游天地。"说完一撒手，那金钵便飞了出去，直飞到雷峰塔的下面，被镇在塔底。 但法海仍不放心，自己便在净慈寺里住下来，看守着。

复　仇

且说小青听了白娘子的话，化作一缕青烟逃出许家之后，一口气飞回到峨眉山的蛇仙洞。 她在洞里修炼功夫，一炼就是十八个年头。 看看自己的本领差不多了，她就又化作一缕青烟飞回杭州来，寻找法海和尚报仇。

一天，小青来到净慈寺门前叫战。一个小和尚慌忙进去向法海禀报说："外面有个身穿青衣背插双剑的女子，口口声声叫师父出去答话。"法海听了凝神一算，知道来者定是小青，便披上大红袈裟，拿起禅杖，走出寺外。

法海用禅杖指着小青说："妖蛇，莫非你也活得不耐烦了，叫老僧把你镇在山下！"小青高声叫道："老贼秃休要口吐狂言，小青今日是来找你报仇雪恨的！"说着嗖地抽出青锋宝剑，直向法海的头颈劈去，法海急忙举起禅杖相迎，两个人在净慈寺前战在一起。

小青和法海一连战了三天三夜，只杀得天昏地暗，也未见胜负。法海心想，经过十八年的修炼，小青的剑术已经今非昔比了，真正达到了出神入化的境界，单凭禅杖是很难取胜的。可是那件从如来佛那儿偷来的宝物金钵早就压在雷峰塔下面了，还有什么好办法能降伏这个蛇精呢？想到这里，法海的心中未免有些慌张。

小青复仇心切，越战越勇，法海渐渐招架不住。正在这时，只听"轰隆"一声巨响，雷峰塔突然坍塌了！白娘子从塔里跳了出来，也嗖地抽出宝剑，和小青一起去追打法海。

法海斗不过白娘子和小青，只好三十六计走为上策，将大红袈裟一抖，立刻化作一团黑烟，逃上天空，哀求如来佛救命。如来佛早就恨他偷了自己的金钵，在人间为非作歹，岂肯救他。如来佛只在法海的头上轻轻一指，法海便从空中翻落下来，"扑通"一声掉进了西湖里。

法海怕白娘子和小青捉住他，在水中东躲西藏。最后他将自己的身体一缩再缩，缩成一个一寸来长的小和尚，钻到一只螃蟹的硬壳里，永远不再出来了。

据说螃蟹原来是直着走路的，自从横行霸道的法海和尚钻到它的肚子里去，就再也走不直了，只好横着爬行。

直到今天，人们吃螃蟹的时候，敲开那坚硬的背壳，会看见一个和尚模样的小东西横卧在里面，据说那就是法海和尚变的。

（杨克兴　王兴义）

哪　吒

哪吒（né zhā）本是玉皇大帝驾下的大罗神仙，身长六丈，头戴金轮，三个脑袋，九只眼睛，八条臂膀。他口吐青色云烟，脚下踏着盘石，手持作法用的宝器，大喊一声，便立刻风云滚滚，大雨滂沱，大地也为之震动起来。

那时，世间出了不少害人的魔王，玉帝便命哪吒下凡降魔，投胎在托塔天王李靖的妻子素知夫人的腹内。素知夫人一胎生下三个儿子：长子金吒，次子木吒，三子哪吒。哪吒刚生下五天，就化出原形，到东海去洗浴。洗澡时，他一时高兴，双足一蹬，一脚踏上了水晶宫，踏得那龙宫摇摇晃晃，瓦落梁歪。他怕惹出乱子，就急忙飞身回到了父王的宝塔宫。龙王得知踏破他水晶宫的是李靖的三子哪吒，就率领他的龙子龙孙，虾兵蟹将，到李天王的门前索战，叫他交出哪吒。这时哪吒才生下七天，却神通无比广大，一个人跟水族兵将们大战起来，不仅打败了龙王，还杀死了九条蛟龙。

老龙王知道自己不是哪吒的对手，已无战胜的希望，就逃回龙宫，打算到天宫中向玉皇大帝诉冤，请他做主。不料这件事被哪吒知道了，他老早就到南天门等候着，拦住老龙，把它打成重伤。老龙回到龙宫不久就死了。

哪吒杀死老龙，乘机进入天门，登上玉皇大帝的灵霄宝殿。此时玉帝不在殿中，哪吒见墙壁上挂着一张朱色的强弓，旁边还放着一袋白色羽箭，就好奇地把弓摘下来，又从箭袋里抽出一支箭，想射一箭，看它有何灵异。哪吒朝着西方用力射去，只听嗖的一声，一道闪光向西飞去，转眼间飞得无影无踪。原来这是如来佛赠给玉帝的神弓神箭，不射中目标不会停下来的。那时正巧众魔的首领石记娘娘的儿子正在西边的山上操练武术，这箭不偏不倚，正好射中他的前胸，当即死去。

石记娘娘见爱子被哪吒射死，就亲自率领着妖魔鬼怪，来找托塔李天王报仇，叫他交出哪吒。哪吒听说后，就溜到父亲的神坛上，取来降魔的宝杵（chǔ），飞出殿门，跟石记娘娘厮杀起来。双方你来我往，战得难解难分，哪吒趁石记娘娘慌乱之机，突然亮出降魔杵，一杵将她砸死，群魔四处逃散。

托塔天王李靖见哪吒用自己的降魔杵杀死了群魔首领石记娘娘，知道闯了大祸，就把哪吒关起来，想交给群魔赎罪。哪吒见父王如此绝情，就寻了一把快刀，走到父母面前说："孩儿不慎射死石记娘娘的儿子，又用降魔宝杵砸死石记娘娘，为家门惹下大祸，儿已知罪。听说二位大人要把孩儿交给群魔处置，儿宁死不愿受群魔摆布。儿的身体骨肉受之父母，现在我要割肉还母，剔骨还父，从此与二老割断父子母子之情，群魔报仇，只有找孩儿算账，与父母无关。"哪吒说罢，用快刀割肉还母，剔骨还父。李靖夫妇上前阻止已来不及了，只好痛哭一场，把骨肉掩埋。

哪吒脱离了骨肉，一缕真灵飞到如来佛祖的身边。佛祖因他降魔有功，就顺手在殿前荷池中找些荷梗做他的骨架，摘些莲藕做他的血肉，再取来藕丝连成他的小腿，用荷叶做他的衣裳，吹口气又使他复活过来。 如来佛祖还授给哪吒佛家的奥秘，让他亲自领受"木长子"三字真言，从此他的身体要大能大，要小能小，能钻天入海，移星转斗，法力无边。 玉帝又亲自封他做了三十六员天帅的总领袖，永做威镇天门的护法神。 后来他用法力降服了九十六洞妖怪，足见其神通广大。

（杨克兴　王兴义）

龙宫得宝

孙悟空住在花果山水帘洞，他手下有好多好多猴子。 孙悟空在仙山一位师父那儿学了七十二变和筋斗云，本领特别高强。 他回来以后，猴子们就拜他为美猴王。 孙悟空为了不让猴子们受别人欺负，就带着猴子们练习武艺。 可是，他们使的兵器都是些竹竿和木头刀什么的，孙悟空就想弄一些合适的兵器给大伙儿用。有个老猴子跟孙悟空说："大王啊，想要兵器，可以到京城兵器库里头去拿呀！"

"这个京城的兵器库在哪儿呀？"

"太远啦！"

"远怕什么？ 快说，在哪儿？"

"在东方！"

"好！ 你在家看着孩儿们练习武艺，我去京城找兵器！"

说着，孙悟空把脚一跺，噌地一下跳上一朵白云，不一会儿到了一个地方。 他往下一看，嗬！ 这个地方真热闹：大街上人来人往，有买东西的，有卖东西的，还有要杂技的。 孙悟空从白云上往下一跳，变成一个农民，混在人群里。 他一边走，一边打听兵器库在什么地方。

孙悟空找到兵器库以后，变成了一个小飞虫，钻进去一看，嘿！兵器库里大刀、扎枪，什么样的兵器都有，摆满了整个一间大屋子。 这么多兵器怎么拿呀？孙悟空从身上拔了一撮毫毛，用嘴轻轻一吹，说了声"变"，那撮毫毛立刻变成了一大群小猴儿，有的拿枪、有的拿刀，一会儿就拿空了。 怎么出去呀？外头有把门的士兵看着呢。 只见孙悟空把大门一推，张嘴用力一吹，好家伙！天上立刻刮起了一阵大风，刮得天昏地暗，看守兵器库的士兵全都趴下了，大街上的人们也全都跑到避风的地方躲起来。 趁着这会儿，孙悟空带着那群小猴，拿着兵器，驾着云回花果山去了。

这时候，那个老猴正带着猴子们练习武艺哩！忽然看见天上飞来一大片云彩，呜呜呜地刮着大风，他以为来了什么妖怪，正要指挥猴子们往水帘洞里躲。 忽然，听见天上一声大喊："孩儿们，老孙回来了！"老猴和猴子们一听是孙大圣回来了，都急忙迎了上来。

孙悟空和小猴们跳下白云，把兵器放在地上。 随后，孙悟空把身子一抖，那群小猴又变成毫毛回到了他的身上。 孙悟空对大家说："来吧，一人拿一件兵器，好好地练武吧！"大家一听，一个人拿了一件合手的兵器，又蹦又跳地练习武艺去了。

猴子们练武去了，孙悟空对老猴说："你看，大家都有了兵器，可我觉得这些兵器都太轻了，使不上劲，怎么才能找到一件适合我用的兵器呢？"老猴想了想说："嗯！咱们水帘洞的铁板桥下边能一直通到东海龙宫，我听说东海龙王那儿什么宝贝都有。 大王！您到那儿去找找看，好不好？"

164

"好！我老孙这就去！"

孙悟空是急脾气，说干就干，他跳下铁板桥，钻到水里去了。不一会儿工夫，他就来到了东海龙宫。他刚要往里走，迎面来了一个巡海夜叉，手握钢叉，拦住了孙悟空："哎！你是干什么的？"

"我是花果山水帘洞的美猴王，有事要见东海龙王！"

"哦！你等着，我去禀告！"

巡海夜叉走进水晶宫，一会儿又出来了："东海龙王有请！有请！"

"好！"

孙悟空进了水晶宫，一看，东海龙王高高坐在宝座上，两旁站着他的文武官员、虾兵蟹将。孙悟空行了个礼。龙王说："你是花果山的孙悟空啊，找我有什么事儿吗？"

"龙王！老孙只想跟您借一件兵器使使！"

"噢！这么点小事呀！好说！来人哪，给孙悟空拿一把大刀来！"

两个虾兵打来一把大刀，孙悟空用手一掂量："哎！太轻，太轻！"

"那，把九股钢叉抬来吧！"

虾兵们又把九股钢叉抬来了，孙悟空抓过来一试："不行，太轻，太轻！"龙王愣住了："啊，这钢叉三千六百多斤呐，还轻？好，再把七千二百斤的方天戟抬上来！"十来个乌龟大力士摇摇晃晃地抬上来一把方天戟。孙悟空抓在手里，好像耍一根小木棍似的耍了几下，往地上一插："不行，太轻！龙王，你还有别的沉一点的兵器吗？"龙王都看呆了："哎呀，孙悟空，我除了这把方天戟，再没有更沉的兵器啦！"

"龙王！你再找找嘛！"

这时候，龙婆趴在龙王的耳朵旁边说了几句话，龙王点点头说："噢！想起来了，想起来了！孙悟空，我的海底宝库里有一根镇海神珍铁，有一万三千五百斤重！你看看，合适吧?"

"好！把它扛来！"

"哎呀！谁弄得动它呀！还是你亲自去看看吧！你要是拿得动，我就把它送给你！"

"好！带我看看去！"

孙悟空跟着龙王来到海底宝库，真的有一根又粗又高的大铁柱子，放着万道金光。孙悟空走过去用手摸了摸："好倒是挺好，就是太粗太长了点，要是再细点、再短点就好啦！"孙悟空刚说完，一件怪事出现了：那大铁柱子立刻就变细了，也变短。孙悟空又说了一句："再细点，再短点！"铁柱子又变细、变短了，最后变成了一根铁棍子。

他一看，铁棍子两头都有一道金箍，当中是黑铁，金箍上刻着一行字："如意金箍棒，重一万三千五百斤。"孙悟空心想：它还能变细了吗？于是他又说："再变细点！再变短点！"嘿！金箍棒越变越细，越变越短，最后变成了一根绣花针那么小了。孙悟空一试，正好能放在耳朵眼里边。这回，孙悟空别提多高兴了。他把金箍棒又变粗、变长了一点儿，就耍起来了。这下，可把龙王吓坏了，站在那儿浑身直打哆嗦。虾兵蟹将都吓得趴在地上不敢出气。孙悟空拿着金箍棒一直耍到水晶宫，然后往龙王宝座上一坐："龙王！老孙谢谢你啦！"

"不用谢，不用谢！"

"龙王！我还得麻烦你一件事儿！"

"什么事儿呀？孙大圣！"

"你看，我有了金箍棒，还没有盔甲呢！"

龙王一听，着急啦："孙大圣，我没有什么好盔甲呀！"

"什么？你又说没有！好好找找嘛！"

龙王没办法，只好叫人敲鼓撞钟把西海龙王、南海龙王和北海龙王请来商量。三个龙王来了以后，都问："大哥！您找我们有什么事吗？"

"咳，是这么回事！从花果山水帘洞来了一个孙悟空，要走了我的镇海神珍铁，还让我给他找一副好盔甲。我没有，只好把三位兄弟请来商量！"

北海龙王听了，立刻火啦："大哥，这个猴头在哪儿？我先把他抓来教训教训再说！"

"哎呀！不行啊！他手里有了镇海神珍铁，他要是一抢，谁都甭想活啦！"

"那，怎么办呢？"

西海龙王想了想说："我看，咱们先假装把盔甲送给他，然后告诉玉皇大帝，请来天兵天将捉拿猴头，好吗？"

"对！就这么办！"

说着，四个龙王来到孙悟空面前，南海龙王送给他一顶紫金冠，西海龙王送给他一件黄金甲，北海龙王给了他一双云头鞋。孙悟空说："好！谢谢你们！把这些东西包好，我老孙走了！"东海龙王连忙走过来说："先别走，我们预备了酒席，你喝点酒再走吧！"

孙悟空"嘿嘿"一笑："什么喝酒啊？你们的诡计我都知道了，想把我老孙灌醉请天兵天将杀死我！可气！可气！"说着，他一抬脚，就把桌子踢翻了。

原来，四个龙王商量着要杀死孙悟空的事儿，全让孙悟空听见了。 四个龙王一看孙悟空全都知道了，立刻张牙舞爪地朝孙悟空扑过来了。 孙悟空取出金箍棒，噼里啪啦一顿乱打，把四个龙王全都打趴下了。 他又对着水晶宫里的大柱子把金箍棒一抡，就听"轰隆"一声柱子折了，水晶宫里立刻乱了。

孙悟空呢，趁着这个工夫，抱起那些盔甲什么的，嗖的一下，跳出水晶宫，回花果山水帘洞去了。 从那以后，孙悟空就有了金箍棒这件宝贝武器啦！

（孙敬修）

哼哈二将

哼哈二将是镇守佛殿西释山门的金刚。 别看这二位将军现在彼此友好，共同守护佛殿，从前却是战场上的敌手，一对冤家。他们能成为好友，在这中间却有着一段故事。

佛殿金刚"哼"将，从前名叫郑伦，曾拜西昆仑度厄真人为师，学得一身好本领。 度厄真人教给郑伦鼻功，他只要鼻子一"哼"，就能发出钟声般的巨响，喷出二道白光，勾去人的魂魄。郑伦在作战时常用这种法术取胜，使他成为常胜将军。

郑伦原是商朝大将，因商朝纣王暴虐无道，投诚周朝。 周武王任命他为总督五军的上将军。

佛殿金刚"哈"将，以前叫作陈奇，也是商朝的将军。 陈奇受过异人秘传，肚腹中练成一道黄气，他只要张口一"哈"，黄气从腹中喷出，敌手魂魄顿时出窍，当场毙命。

陈奇与周朝交战，凭着这法术，每战必胜，把周朝军队打得大败。

自从郑伦投归周朝后，周武王比觅得奇宝还高兴。 有一天，陈奇领兵向周军挑战，周武王命郑伦出阵迎战。

商朝和周朝双方军队在战场上对峙。 陈奇和郑伦作为两军主将，勒马停在阵前。 陈奇指责郑伦背离纣王，是商朝的叛徒；郑伦诉说纣王无道，暴虐人民，劝导陈奇弃暗投明。 两人各自不能说服对方，决定用武功压倒对方。

双方军队都知自己主将本领了得。 为了让出空地给主将显示身手，各自后退十余丈。

陈奇知道郑伦的功夫，郑伦也了解陈奇的本领。 他们毕竟都是同在一朝做过大将。 两人虽然都有摄人魂魄的手段，但从来没有对阵过。

陈奇冲着郑伦张口一"哈"，一道黄烟从肚腹中喷出。 亏得遇到的是郑伦，要是换了别人，早被他的黄烟震散魂魄。 郑伦见陈奇施功，忙将鼻子一"哼"，只听得一声轰鸣，鼻中喷出二道白光，径向陈奇射去。 好个陈奇，也有办法对抗，没被勾去魂魄。

两将在阵上各自发功，一时无法压倒对方。 他们都知道对手厉害。 这时，如果一方显出软弱，就将被对方压倒。 因此两人坚持发功，僵持不下。

这时周军阵内，急坏了一位小将。 这位小将就是哪吒。 哪吒曾与陈奇交过手，吃过大亏。 那次，因为哪吒的身子是由莲花炼成，虽然不怕勾摄魂魄，但由于脚下的风火轮，被陈奇喷出的黄烟分离，一个跟斗跌翻倒地，险些伤了性命。 哪吒不忘风火轮翻跌之耻，耿耿于怀，总想寻机报仇。

现在，哪吒见陈奇和郑伦在阵前僵持着，双方将士都怕被对方摄去魂魄，退在远处，觉得报仇的机会来了。 他乘人不备，迂回转到阵前，突然从陈奇身侧出现，一枪向陈奇刺去。陈奇没有防备，胳臂被哪吒刺中，不由大吃一惊。

高手相斗，胜败只在瞬间。陈奇臂上中枪，精神分散，功力即刻减退，当场被郑伦勾去魂魄，昏倒在地。周将黄飞虎见机，骑牛飞奔过去，对着陈奇当胸一枪，可怜，这位商朝名将，毫无还手之力，即被刺死在军阵中。

商朝大将金大升是陈奇的好友，他决心为好友报仇，第二天出阵向周军挑战。

这个金大升是个牛怪。他肚腹里炼成了一块碗口大的牛黄，能从口中喷出，霹雳一声宛如雷火击中别人。

郑伦和金大升各自领兵对阵。郑伦认为自己百战百胜，思想上轻敌，没把金大升放在眼里。金大升也不喊话，瞅着郑伦张口就是一喷。只听得一声巨响，碗口大的牛黄正好击中郑伦的鼻子，破坏了郑伦的鼻功。郑伦没防备金大升来这一手，心中一惊，从马上跌下，被金大升赶上挥刀斩为二段。

郑伦和陈奇死后，真灵不散升向西方。途中，两人相遇，互不服气，都认为自己死得冤枉，互相揪着去求佛祖判断。

这时，正巧西释山门缺少守将，佛祖笑着说："就让你们两个对头当守将吧！"说罢，用手一指，郑伦、陈奇两个真灵，顿时忘却冤仇，化敌为友。

郑伦、陈奇二将当了金刚以后，日夜镇守西释山门。睁着怒目注视世间一切，如有妖魔鬼怪，妄图闯入佛殿闹事，他俩便会发出哼哈的声响，驱散来敌。因此得了哼哈二将的威名，受到善男信女的崇敬。

（王建平）

柳毅传书

唐朝有个书生，名叫柳毅，到京城长安赶考，没有考取，只好回老家去。临走，到泾阳的朋友那儿去告别。

他骑了匹马，出京城往北，走了六七里路，路边有一群鸟忽然飞起，马受了惊，奔跳起来。又跑了六七里，才停住。柳毅朝四下看了看，发现已跑到了泾河的岸边。

泾河的两岸十分荒凉，贫瘠的红土地上稀稀拉拉地长着小片的绿草，一群羊分散在岸边吃草。大路旁，有个牧羊女凄惨地看着他。他觉得奇怪，问："看你的神情，像有什么话要说。"

"是啊，我特地惊动了你的马，把你请到这儿来。"牧羊女流下了眼泪说，"我是洞庭湖龙王的女儿，嫁给了泾河龙王的儿子。丈夫喜新厌旧，暴虐成性，公婆又袒护儿子。他们把我当作奴仆使唤，不把我折磨至死，是不会罢休的。我和父母音信不通，他们也不知我在这儿受苦。我知道君子是湖南人，将回家乡，所以特意恳求你这位同乡帮我到洞庭传送书信。"

柳毅见龙女处境可怜，很同情，便说："送信的事，倒也容易办到，只是洞庭湖深，我这个凡夫俗子，怎样才能见到龙王呢？"

龙女拜谢了柳毅后说："洞庭湖的南岸，有一株橘树，当地人都叫作'社橘'。只要在树干上叩三下，就有水神出现，他会带你下湖的。"

龙女说完，从短袄里取出写在绢帛上的书信，双手捧过，又拜谢了柳毅，泣不成声地说："我的命运就拜托给君子了，请一定

171

送到。"

柳毅接过书信，安慰说："请不要悲伤，我不会失信的。"

龙女赶着羊群走了，不过数十步，人和羊群一齐消失了。

柳毅从长安回到老家湘滨以后，安置好行装，急忙赶到洞庭湖去。 果然，在洞庭湖南岸，打听到有株名叫"社橘"的大橘树，他按龙女所说，在树上叩了三下。 只见轻风习习，碧波荡漾，不一会，湖中冒出个身穿华贵衣袍的水神。 水神走上岸来，朝柳毅拱了拱手，问："客人有什么事?"

柳毅说："我有龙女的家书一封，要拜见大王。"

水神说："请闭上眼睛。"

柳毅闭上眼睛，只觉得身体飘然如飞，耳边水声潺潺，不一会，水神说："到了。"

柳毅睁开眼，见已来到了水晶宫，周围的一切好像都在水中，却又沾不到一滴水。 只见楼台亭阁，奇草异木，都是在人间不曾见过的。 水神让柳毅在灵虚殿的大厅里等候，自己去通报龙王。

柳毅见大厅里白璧作屋柱，青玉作台阶，珊瑚柱作床，水精为挂帘，琉璃和琥珀装饰在五彩的窗楣、屋梁上。 他正在惊异，忽然见许多人簇拥着一个披紫衣的人朝大厅走来。

水神过来说："这是我家龙王洞庭君。"

洞庭君走近，施礼说："君子是从人间来的?"

柳毅急忙还礼说："我是大王的同乡人。 前些时上京城赶考，在泾河岸边，见到大王的爱女牧羊在荒野，凄楚的情景不忍细说。 她托我捎带书信，故而来拜见大王。"

柳毅说着，把书信递了过去。

洞庭君接过信，边看边流下了眼泪，说："这是老夫的罪过! 把女儿嫁给这个畜生!"

洞庭君让侍者把信送到内宫。 不一会，内宫里传出一片哭泣声。 洞庭君很吃惊，急忙说："快告诉她们不要再哭，千万别让钱塘君知道了。"

正说着，忽然一声霹雳，好像天崩地裂，一条赤龙，张牙舞爪，腾空而起。 洞庭君说："不好，他又要闹出事来了。"

柳毅吓得扑倒在地，不敢抬头。 洞庭君把他扶起来说："不用害怕，他不会伤你的。"

洞庭君摆上宴席，款待客人。 喝了几杯酒，说了一阵话，忽然和风彩云，箫笛齐鸣，一群仙女簇拥着一个女子从殿前经过。柳毅认出就是泾河边牧羊的龙女。 洞庭君笑了，说："牧羊女回来了，我去看看就来。"

过了一会儿，洞庭君回来了，身后还跟着个满脸大胡子的紫衣人。 洞庭君说："这位是我的弟弟钱塘君。"

柳毅站起身来施礼，钱塘君也拱了拱手说："请坐。 我的侄女受到这样的侮辱，多亏君子送信，不知该怎样感谢你才好。"

柳毅说："见到这种不平的事，理该相助。"

钱塘君显得很高兴，也坐下来喝酒。 又说了一阵，洞庭君问："你杀了多少？"

钱塘君说："六十万兵将。"

"毁了多少田地？"

"八百里。"

"那个小畜生呢？"

"被我吃了。"

洞庭君不快地说："你做事也太鲁莽了，闯下了这样一场大祸，怎么向上帝交代？"

"你不用担心！"钱塘君笑着说，"我已经上九天请罪了，上帝宽恕了我。"

洞庭君这才放下心来。他请柳毅在凝光殿住下，接连两天设宴款待。

这天，钱塘君多喝了几杯，他乘着酒兴对柳毅说："我有一事想说。如果成功，皆大欢喜；如果不成功，我的脾气大家是知道的。"

柳毅说："什么事？请说吧。"

钱塘君说："我的侄女儿，端庄贤良，才貌出众，她应该嫁一个品格高尚的人。君子是她的恩人，为我们全家所敬重，今天我来做媒，请君子不要推托。"

柳毅吃了一惊，慌忙站起来说："钱塘君呼风唤雨，敢作敢为，我非常钦佩。但今天乘着酒兴，逼迫婚事，我却万万不能从命！"

钱塘君见柳毅生气了，反倒笑了起来，抱歉说："我说话粗鲁，请不要见怪。"

又住了一天，柳毅一定要回家。洞庭君夫人为他设宴饯别。夫人流泪说："我女儿受君子的恩情，不知怎样才能报答。今天分别，以后还能相见吗？"

龙女也依依不舍，拜谢柳毅。柳毅想起昨天拒绝婚事，伤了龙女的心，有些后悔。

柳毅回家以后，再也不去应考了，后来，他娶了张氏为妻；可张氏不久病死了，又娶韩氏；韩氏也得了什么病，几个月后就死了。他很悲伤，把家搬到了金陵。虽然因为得到许多龙宫珍宝，成了大富翁，却很孤独。

又过些日子，有人上门做媒，说有个姓卢的女子，聪慧美丽，很久前死了丈夫，母亲见女儿可怜，想为她找一个品格高尚的丈夫。　柳毅同意了，挑了个好日子办喜事。

　　成亲以后，柳毅觉得卢氏很像龙女，就把当年到洞庭湖送信的事，说给她听。　谁知卢氏听着听着，笑了起来。　柳毅奇怪地说："你笑什么？"

　　"我就是洞庭君的女儿。"卢氏笑着说，"当初叔父说媒不成，我很难受。　后来听说你两次丧妻，觉得你太不幸了，才跟父母商议，到人间来托人做媒。　今天听你说起往事，你还记得我，我死也无恨了。"

　　说着，龙女流下了眼泪。

　　柳毅这才恍然大悟。　他又仔细地打量了妻子，说："你真是龙女，太叫我高兴了。　那时我拒绝婚事，是因为钱塘君酒后逼人，事后我也悔恨。　现在好了，有情人终成眷属，但愿从此以后，再不分离。"

　　过了几年，柳毅一家不知去向。　后来，他有个表弟乘船经过洞庭湖，见到湖中有座碧山，有小船来请他上山一游。　在山上，有座华丽的宫殿，他在那儿见到了柳毅。　柳毅还跟在人间那样年轻，他设宴请表弟，还送了五十丸长寿之药。　表弟下山后，乘船离去，行不多时，碧山和宫殿就一起消失了。

（徐宝真）

劈山救母

　　很久很久以前，神仙二郎神杨戬和他妹妹三圣公主，住在雄伟壮丽、险峻幽美的西岳华山上。

神仙的日子虽然逍遥自在，三圣公主却向往人间的生活。 但二郎神是个顽固派，死守着"仙凡有别"的天规、家法，把妹妹管得死死的，不让她接触凡人。

有一次，二郎神奉玉皇大帝之命外出降妖。 三圣公主带着侍女朝霞走出圣母宫散步，正碰上一个人间的年轻书生攀山前来观赏山景。 书生名叫刘彦昌，江南杭州人，在京城长安考试落榜，返乡途经华山特来游览。 他们相遇后相互爱慕。 书生在山上逗留多日，两人情投意合，便结成了夫妻。

半年后，二郎神回来知道了，顿时气得大吼起来："这还了得！决不能饶恕他们两个！"

二郎神想到，妹妹掌管着镇山之宝——宝莲神灯，法力无比，一时还不好惹她。 于是，先派手下兵卒借口降妖需要，把神灯骗到了手。 这时，他才露出一脸凶相，调集天兵神将，准备到圣母宫兴师问罪。

侍女朝霞探得消息，赶快报告三圣公主。 公主知道哥哥心狠手辣，自己的神灯又被骗走，没有力量保护丈夫，只好忍痛劝丈夫先下山躲避。

二郎神闯到圣母宫，没有抓到刘彦昌，便怒冲冲地把妹妹抓住，囚禁在山上的萧史洞。 杨戬打算奏明玉帝后再决定惩罚的办法。

三圣公主身边只有朝霞服侍相伴。 她一心惦念着在山下躲避的丈夫，便让朝霞抽空溜下山去看望。 此时，刘彦昌在山脚下一个村庄的私塾教书度日，也在苦苦等候公主得到解救，以便夫妻团聚。

转眼十月期满，公主生下一个男孩，孩子显得十分健壮，一落地便响亮地啼哭起来。 公主给儿子取名"沉香"。 怕二郎神对他也下毒手，便连夜叫朝霞把他送到丈夫那里抚养。

果然，看守公主的天兵神将已经听得公主分娩时婴孩的哭声，很快去向二郎神报告。二郎神马上赶来向公主追查孩子，企图斩草除根。想不到迟来一步扑了个空，他怒气冲天，恶狠狠地命令神将搬起华山主峰莲花峰，将三圣公主压在山底下，从此使她不见天日，与世隔绝。

朝霞在半路上听到巨响，知道公主遭了大难。她强忍悲痛，先把沉香交到刘彦昌手里，转达了公主的嘱托："望儿早长成，华山来救母。"随后，自己躲进深山修炼去了。

光阴似箭，沉香渐渐长大。到了十六岁那年，得知母亲被压在华山底下受苦的事后，也顾不得跟父亲说上一声，就上山了。

沉香来到了莲花峰。只见山势险峻，危崖高耸。他想，母亲一定是被压在这座山峰底下了，便攀着古藤，打算下到谷底探看。谁知藤条突然断裂，人像断线风筝似的坠落下去。正在危急之中，忽然一朵白云飞来把沉香托住。云头上一位仙姑，就是在深山修炼的朝霞。她已发现沉香上山寻母，便暗暗跟随在后，见他遇险，立刻挺身相救。

朝霞对沉香讲明身份，又说："孩子，你要救母亲是好的，可是，没有法力是办不成的。只有去灵台山找霹雳大仙学道，学成之后才行。"

沉香听从仙姑的劝说，洒泪离开华山，随朝霞同去千里之外的灵台山。见了童颜鹤发的霹雳大仙，小沉香跪倒就拜："大仙，请您收我为徒，传授道法，让我早日救出母亲。"

大仙说："你母亲三圣公主之事，我都知道，也十分同情，我愿意教你，只是你得经受住苦炼。"

沉香坚决地回答道："为了救出母亲，什么苦难我都能忍受!"

从此,沉香便在灵台山上学道。 他天天拿仙桃当饭,吃一个便长几分力气;天天到仙池浴身,浴一次便壮几分筋骨,渐渐脱了凡胎,变成了力大无穷的仙身。 他遵照大仙的嘱咐,到后山采集金刚砂,放入炼丹炉冶炼。 七七四十九天后,开炉时只见金刚砂已炼成一把金灿灿的神斧。 大仙把神斧往空中一抛,竟变成一条金龙在天上盘旋飞舞;再用手一招,金龙呼啸而下又化为神斧。

大仙对沉香说:"你学会了使用这把神斧,才能去救出母亲。"接着,他便一一传授,直到沉香练得滚瓜烂熟,得心应手。

一年之后,大仙对沉香说:"你的功力已经学成,可以下山去救母了。"

沉香拜别大仙,带了神斧,直奔华山。 一到主峰二郎神庙前,怒气就从心头涌起,抢起神斧,便把庙内神像捣了个稀巴烂。一下便惊动了二郎神杨戬,带了天兵神将赶来。 二郎神大声喝道:"哪来的小狂徒,敢来我的庙宇捣乱!"

沉香冷笑一声:"你不认识我吗? 我就是三圣公主的儿子沉香,今天是特来破掉你这恶舅舅的天规家法的!"说罢,便舞动神斧和二郎神战了起来。

这时,藏在深山的朝霞也闻讯赶来助战。 哮天犬恶煞似的扑向沉香。 机警的沉香飞起一脚,便将它踢到半空,摔下来跌了个半死。 沉香盯着杨戬厮打,朝霞迎战众神将,华山上好一场恶战,惊天动地,鬼哭神嚎。

二郎神算得是天庭猛将,当年和齐天大圣孙猴子都不分高低。可是,今天在神勇无比的沉香面前,却觉得招架不住。 眼看要被打败,二郎神使出最后一招,祭起宝莲神灯来镇沉香。 谁知沉香早作准备,说时迟那时快,他把神斧往空中抛去。 只见神斧化为金龙，张口就把宝莲神灯衔去，然后掉头回身，龙尾一扫，把二郎神打翻在地。二郎神吓得屁滚尿流，再也不敢厮杀下去，化阵清风逃命去了。

沉香从飞龙口中接过宝莲神灯，交给仙姑朝霞，然后收飞龙为手中神斧。他定定神，抡起神斧劈向华山主峰。一下，两下，三下，只听得天崩地裂阵阵轰响，莲花峰被劈成几瓣，三圣公主从山底飞了上来。

沉香和朝霞迎了上去。公主一把抱住沉香，连连喊道："儿啊，我的好儿子！"母子相见，喜泪纵横，畅叙了骨肉之情。

后来，他们下山找到刘彦昌，从此在人间定居，过着合家团聚、共享天伦的幸福生活。

（周柏生）

蓝桥会

唐朝穆宗年代，有个秀才叫裴航，一天，他乘船到京城去，在船上遇到一位绝代佳人，于是发生了一段有趣的故事。

那时候，裴航还不曾结婚，心里想：我如果能有这样一位美丽的女子作为妻子，那该有多么好啊！他想方设法要跟这位女子会面，但是想不出办法。忽然，灵机一动写了一首诗，托那美人的丫环送去。诗里表达了自己对她的爱慕之情，最后两句最为明显。"倘若玉京朝会去，愿随鸾鹤入青云。"意思是说，不管你到哪里去，我都愿意跟着你。如果你到天上去，我也愿意骑着凤凰或者是仙鹤，直上青云去找你。

诗送去以后不见回音，裴航又送去了名酒珍果。 这时，那美人才让丫环把裴航请进自己的座舱。 裴航乐不可支，以为那美人被他打动了心呢，不料那美人责怪他说：

"妾已经是成了家的人，丈夫姓樊，在湖北宜城县，他不想当官了，要到深山中去隐居。 现在我要跟他去告别，心里已经非常痛苦和烦恼，你怎么还要来找我的麻烦，真太不像话！"

"不敢，不敢！"裴航慌忙解释，"小生不知夫人已经……请夫人恕罪！"他马上告辞而去了。

过了一会，樊夫人写了一首诗派那丫环送给裴航。

"樊夫人说，你仔细读读这首诗，也许对你有用。"那丫环说罢转身就走。

裴航坐在自己的座舱里，便仔仔细细地拜读起这首诗：

> 一饮琼浆百感生，玄霜捣尽见云英。
>
> 蓝桥便是神仙窟，何必崎岖上玉清。

"好诗！ 好诗！ 真是一首好诗！"裴航读着诗，赞不绝口，只觉得樊夫人的学问高深，诗的意境深远，比自己写的诗高明得多了。 其实，他并没有真正领会樊夫人作诗的用意。 比如说，"玄霜捣尽见云英"是什么意思？讲"蓝桥便是神仙窟"又干什么？

直到后来下船，路过蓝桥这个地方时，他才渐渐明白过来。

裴航路过蓝桥，口渴得要命，到处找水喝。 他见到不远处，有三四间低矮的茅草屋，他走到屋前，只见一位老奶奶在忙着纺麻，便上前作揖行礼，请求老人家给点水喝。

老奶奶一边纺麻，一边对着茅屋喝道："云英！ 快端碗水来，这位公子要喝！"

裴航一听到"云英"的名字，顿时惊讶起来，难道樊夫人在诗句中提到的"云英"就是她吗？难道"蓝桥便是神仙窟"，就是眼前这个地方？可是这里一点也不像神仙境界呀！

　　裴航见云英姑娘从芦苇门帘里伸出一双白玉般细嫩的手，捧着一只白瓷碗，便上前接过来一饮而尽。哈，真解渴，清香甜美，沁人心脾。裴航把碗还给云英姑娘，想掀开帘子仔细看上一眼，只见她脸似细玉，鬓若浓云，害着地低下头，转过身去。

　　"好一位如花似玉的女子！"裴航心里赞美地说，两脚像钉在那里一般，不能动窝。

　　过了好一会，裴航回过头来，跟老奶奶说："老奶奶，我的仆人和马都饿了，想在你家歇歇脚，可以吗？"

　　老奶奶爽朗地回答说："可以，随你的便。"

　　裴航吃过饭，又对老奶奶说："老奶奶，刚才，我见到你家这位姑娘，漂亮极了，真是世上少有的美人。我考虑再三，想以厚礼娶她为妻，不知你老人家同意吗？"

　　老奶奶回答说："如今我年老多病，只有这么一个孙女，真舍不得她离开我呀！昨天，来了一位神仙，给我留下一张灵丹妙药药方，说必须要用一根白玉做的杵在白玉臼里捣一百天，方可吞服。据说吃了这药就能长生不老。如果你能把玉杵和玉臼找来，我就答应把孙女许配给你。至于金银珠宝、绫罗绸缎一类东西，对我来说，是没有什么用处的。"

　　裴航高兴得连忙下拜说："老奶奶，我愿意在百日之内，把玉杵玉臼送来，请你不要把姑娘许配他人。"

　　老奶奶笑着回答说："好的，君子一言为定。"

　　裴航来到京城，什么事都不放在心上，整天里只是走街串巷，到处寻找玉杵玉臼，但是毫无结果。他遇到朋友，总要问哪里有玉杵玉臼可买，大家都以为他是个疯子，说世界上哪有用玉做杵和臼的。

但是，裴航仍然不灰心，继续寻找。 这样，一连过了两个多月。 一天，他偶然碰到一位专卖玉器的老人，上前打听哪儿有玉杵玉臼可买，他显得十分焦急的样子，因为百日快到了。

那老人对他说："虢州药铺有个卞老公公，他那里有。 我给你写个便条，你去见他，他准会卖给你的。"

裴航谢别老人，到卞老公公那里一问，果然有一根玉杵和一只玉臼。 但是卞老公公要价很高，不给二百串铜钱，横竖也不肯卖。

裴航为了得到玉杵和玉臼，把腰包里所有的钱全部取出来，还不够，只得卖了仆人和马匹，才凑够这笔钱款。

他拿到玉杵和玉臼，心里不知有多么高兴，连夜飞奔到蓝桥。 这天，刚好满一百天。

老奶奶见了哈哈大笑，说："天下有这样守信用的君子，我怎么好意思再舍不得自己的孙女呢!"

这时，云英姑娘插嘴笑着说："奶奶，得要他为我们用玉杵捣一百天，灵丹妙药制成之后，方可商议婚姻一事。"

"你说得对!"老奶奶从腰带里掏出药来，裴航接过手去，马上用玉杵捣药。 他每天勤勤恳恳从清早一直捣到天黑。 一到夜里，老奶奶便把那药和玉杵、玉臼收到里屋去。

这天深夜，裴航从睡梦中惊醒，听到有人在捣药的响声。 他赶到屋内向里仔细观察，奇怪地发现有一头玉兔正用玉杵在捣药物，满屋银光生辉，连落在地上的针都可以看得清清楚楚。 "原来有神仙在暗中帮助我呀!"他兴奋极了。

裴航整整捣了一百天，灵丹妙药终于制成。

老奶奶吞下了这药之后，便对裴航说："我要到神仙洞去，为你张罗婚事，你就在这里稍候几天。"说完带着孙女走了。

过了几天，老奶奶派人备了车马前来迎接裴航。 他到了那里一看，只见高大的屋宇连接云天，阳光普照大地，到处是珍珠宝贝、翡翠玛瑙，金碧辉煌，耀人眼目。 看上去完全是一户贵族人家。

裴航同云英拜完天地，他马上给老奶奶下拜，流着泪说："谢谢老人家！"

老奶奶露出慈祥的笑容说："裴航，你本来就是天上得道仙人裴真人的子孙，让你降临人世，是为了让你能体会人间的疾苦，如今应该成全你的婚事了。 你不必感谢我。"说完，就带他去见许多客人。 这些客人多半是各路神仙。

老奶奶指着一个仙女说："她是云英的姐姐云翘。"

裴航客气地叫了一声："姐姐。"

云翘微笑着说："怎么，你不认识我啦？"

裴航仔细端详之后，摇摇头。

"真是贵人多忘事。 你忘记我赠你的那首诗了吗？你不是在'蓝桥'找到'云英'仙子了吗？"

裴航这才恍然大悟，赶紧道歉说："对不起！对不起！可是你的模样变了……"

"她是樊夫人，得道的仙女，是玉皇大帝的女官员。"老奶奶向他介绍说。

老奶奶把裴航和他的妻子云英领到玉峰洞中，住在全是珠光宝气的楼房里。 让他们修道成仙，过着幸福愉快的生活。

（高　逸）

深山遇棋仙

玄宗皇帝去南方巡猎，前呼后拥的随行官员大大小小的有近百个。翰林院的王积薪非常善于下棋，这次也随同皇上一块儿出来了。这天他们进入了四川境内，道路顿时变得险峻狭窄，走不多远，队伍便要停下来休息一下。

驿道两旁有不少用于传递信件消息的邮亭，也有一些老百姓的住房，但这些大都被皇帝和有权有势的大官们先占了，像王积薪这种小官，只能自寻出路了。他看看这山道两旁已实在没地方可住，而且天也正慢慢地暗下来，便沿着山道旁的小溪，进入了深山之中。深山里长着密密的树林，一些可爱的小动物不时嬉戏着从他身旁窜过，跑向远处的树林深处。王积薪边走边注意着周围能够住宿的地方，不知不觉已走出了很远，但始终找不着；不是杂草丛生，就是乱石遍地。正在他举棋不定的时候，突然远处的树林里隐约有屋檐出现。王积薪顿时高兴万分，快步朝那屋子走去。

这是片林中空地，一间小屋孤零零地竖在空地的中央。屋子的主人是一对上了年纪的姑嫂。王积薪上前说明了情况，恳求姑嫂能够收他住一夜。那对姑嫂商量了一下，给了王积薪一些水和柴禾，让他在屋外的房檐下休息。

天很快便黑了，那对姑嫂关上房门，一个在西屋，一个在东屋，熄灯休息了，但王积薪却始终难以入眠。也不知过了多久，王积薪忽然听到屋子里好像有说话声，他知道这姑嫂俩分别住在东西房间里，这么晚会讲什么，难道是出了什么事了吗？王积薪有些不放心，便悄悄起身，把耳朵贴紧屋门，想仔细听听里边的动静。

就听那位小姑子对她嫂嫂说："嫂嫂，今天如此好的月色干吗要让它白白浪费了，我们下盘棋好吗？"

"是啊，这太可惜了，我们就来玩盘棋吧。"嫂嫂说。两人似乎开始下棋了，可屋子里并没有灯光出现。王积薪越发惊奇不已，把耳朵贴得更紧了。

这时他听到住在右厢房的嫂嫂说："准备好了吗？我这里要开始下了，从东边开始往前走五步，再朝南边走九步。"左厢房里的小姑子好像想也没想，脱口而出："我的棋子放在东面五步，南面十二步的地方。"

嫂嫂毫不示弱，紧接着便答："我往西走八步，再往南走十步。"小姑子更是反应奇快，马上接道："那我就走西面九步，南面十步。"

时间在无声无息地过去，一生酷爱下棋的王积薪在屋外听得如痴如醉，毫无睡意；他为这对姑嫂有如此精湛的棋艺而惊诧不已，而她们所走的每一步棋，都深深地印刻在了他的心里。

这时天已将近四更时分，屋里的棋下到第三十六步，忽然那位小姑子对她嫂子说："好了，你败了，我一共赢了你九目。"那位嫂子轻轻地叹了口气，承认输给了小姑子。

天才麻麻亮，王积薪便起身，穿戴整齐后，就去敲这对姑嫂的房门。他向她们表达了深深的敬意，并恳求她们能收他为徒，授以精深的棋艺。

姑嫂二人似乎早有预知，一点也不惊讶。她俩相视一笑，那位嫂嫂便对王积薪说："我跟你下盘试试吧，你可以完全按你自己的棋路来下。"

王积薪连忙从怀里取出棋子，以自己最为拿手的棋路布局。两人走了将近十步，那位嫂子笑着对小姑子说："你来教他布一种不同寻常的局势。"

小姑子便把一种集进攻、防守、冲杀为一体的局势教给了王积薪，但王积薪仍有些不满足，他不仅要知道这种局势的布法，还要晓得其中的奥妙，而这一点那位小姑子却一点也没提到。王积薪把自己的要求提了出来，那位嫂嫂哈哈大笑，说："就你目前所学到的已足以使你无敌于天下了。"

王积薪赶忙起身致谢。这时天已大亮，皇帝的大队人马还要继续赶路，王积薪只得恋恋不舍地同这对姑嫂告别。

走出十几步，王积薪回身想再一次同这对姑嫂道别，然而那林中空地上的孤零零的小屋已杳无影踪……

从那以后，王积薪的棋艺越发的精深，可以说是到了炉火纯青、无人相比的程度。尽管有无数人进行了研究，但没有一个能解释其中的奥妙。

（王莳骏）

神荼郁垒

在浩瀚无际的茫茫大海之中，有一座度朔山。在这座大山之上，有一棵很大的桃树，它的枝干盘曲，叶子层叠，足足遮盖了三千里之广的地面。在这棵大桃树的东北角树枝间，是各种各样的鬼进出的地方，因此叫作鬼门。就在这鬼门上有两个神人，一个叫神荼，一个叫郁垒，是兄弟两个。他们很有一套捉拿鬼的本领，所以黄帝派他们专门监察和统领天下所有的鬼。一旦发现在人世间做坏事的鬼，便立即用芦苇绳索把它捆绑起来，让老虎吃掉。所有的鬼都对神荼和郁垒十分敬畏，唯恐叫他俩捉住，拿去喂老虎。因此，在神荼、郁垒的看管之下，鬼不敢轻易地去为非作歹，人世间也得以平安无事。

于是，黄帝立下一个章程，隔一段时间来一次驱除恶鬼的仪式。先在屋里竖立一个高大的桃木人，然后在门上画上驱鬼英雄神荼和郁垒，再画一只老虎，并在大门口挂上芦苇绳索，不管是什么鬼，一见到这阵势，便吓得魂不附体，逃之夭夭。后世家家户户贴门神，据说就是从这里开始的。

另外，据说就在神荼、郁垒所在的度朔山上，有的说是桃都山上，在那棵遮地三千里的大桃树上还站着一只大金鸡，当太阳一放光芒，那东方扶桑树上报晓的玉鸡一叫，大金鸡随即也叫起来。就在这时，威严的神荼、郁垒便逐一检查夜间游荡归来的众鬼们，看它们有无劣迹可寻。由此人们常说夜间有鬼，鸡一叫，天一亮，鬼就没有了，原来是天亮之后万鬼无一例外地要回到度朔山去接受神荼、郁垒的检查呢！

说到门神，最初画的就是神荼、郁垒两兄弟。后来门神换成了两员大将，一位是秦叔宝，一位是尉迟敬德，那是唐太宗时候的事情了。据说，唐太宗夜间被鬼搅得不能安睡，秦、尉迟二位便站于门外，将滋事的鬼吓退。唐太宗便命画工将二人的模样画下来，贴在门上。百姓效法，便有了贴这种门神的习俗。

（董正春）

尊炎帝为神农

　　远古时候，人们都吃鸟兽和野果过日子，生活自然艰苦，时饱时饥。到了炎帝时，人类繁衍，人口渐渐增多，鸟兽和野果也渐渐不敷食用。于是人间起了饥荒，饿殍遍地。为了争食物，争斗之事时有发生。炎帝心想：鸟兽总会越吃越少，不开辟新的食源，人类就不可能得到繁荣发展。而草木年年结实，可以源源不断供给人类食用，取用无穷，要是能把那些最壮实的草木种子拿来种植，年年有新的收成，人类就不愁食物短缺了。

　　于是他就砍来木料，制造起农具来。要制成适合耕地用的农具实在是很困难的事。炎帝砍啊，削啊；制了又毁，毁了又制，熬过了数不清的日日夜夜，眼中充满了血丝，人也消瘦了。妻子很为他的健康担心，劝他不要急在一时，适当休息，别操劳过度了。炎帝总是抬起头对妻子深情地笑笑，却从不停下手中的活计。

　　经过反反复复地制作，人类有史以来第一件农具——耒耜，终于制成了。炎帝拿着耒耜到地里去试耕，倒也适用，就是用人拉很觉费力。炎帝心想：应该前去问问玉皇大帝，看有什么改进的方法。

　　炎帝来到天上，见着了玉帝。玉帝先开口问他："听说你在人间制成了耒耜？"炎帝回答说："是的，就是拉起来很费力。好几个人拉了老半天，才耕出一小块地，效率太低。今特来向玉帝讨教，要怎样才能提高它的功效？"

玉帝想了一想说："你在人间勤政爱民，我倒想帮你一把。这样吧，我有一件宝贝，平日神仙们要借来看，我都舍不得。为了天下百姓，今天我赐给你。你将它装在耒耜上，这样不用人拉它自己就能行走如飞，一天能耕不少的地。你千万要珍惜，不可丢失。"玉帝叫身边的仙女从卧室里拿出那件宝贝，交给炎帝。炎帝喜之不尽，叩谢了玉帝相助之恩后，欢欢喜喜回到人间。

炎帝将宝贝装在耒耜上，搬到田野上一试，果然如玉帝所说，顷刻间耕出一大片地来，炎帝大喜。土翻好后，他收集一些可食的草籽，撒在地里，不久，种子破土而出，苗儿绿油油的，长得很茂盛，到了秋天，庄稼获得了大丰收。第二年，炎帝叫稻、黍、稷、麦、菽五位大臣，带领百姓，按土地的燥湿、肥瘠等情况划分地段，分别用不同方法大面积种植。从此，大家日出而作，日落而息，辛勤耕种，年年喜获丰收，老百姓过上了安居乐业的生活。

后来，这件事被一个专向人间散布饥饿的妖魔知道了，他想："此后，人间不可能再有饥饿，老百姓也不会再向我跪拜祈求，这不但断了我的人间香火供食，而且丧失了我在人们心目中的地位！"想到这里，心中非常恼怒，决心破坏人间的幸福。他召集许多山精水怪，闹闹嚷嚷，擂鼓吹角杀向人间，要将炎帝所造的耒耜夺走。百姓知道来者不善，在炎帝的带领下，奋起抵抗，妖魔节节败退，对人类无可奈何。

一天，炎帝监督耒耜在田野上耕地，忽然一个人气喘吁吁地跑来向炎帝报告："炎帝，你快回去，夫人突然得了重病，看来已不行了。"炎帝见那人是自己的亲信，且神色紧张，便信以为真。当时播种季节已到，地还未耕好，不能再耽搁，就留下耒耜在田地上耕地，自己立即跑了回去。

炎帝这一下可上大当了，原来那人是妖魔变的。妖魔见炎帝走了，欣喜异常，扛起耒耜就走了。

再说炎帝回到家里，一看妻子正在灶头煮饭，便知上了大当，头也不回又跑回田地。

炎帝回到田地，远远看到妖魔笑嘻嘻地扛着耒耜朝天边走去。炎帝又气又恨，飞跑着去追赶妖魔。他追得汗如雨下，又哪里追得上呢！

炎帝回到家中，非常懊恼，气出了一场大病。病好后，只得再去向玉帝求情，请求再借一件耕地的宝贝。玉帝摇摇头说："我只有那一件会耕地的宝贝。这样吧，你回去，再造出耒耜，用你的琉璃狮子狗拉犁，效率虽然差些，但比用人力拉犁还是要强。"炎帝知道再多求也无用，就告辞玉帝回去了。

炎帝回到家中依照玉帝的话再制出一件耒耜让琉璃狮子狗在前面拉着犁，自己在后面扶着耒耜掌握方向。果然，效果不差。

但到底没有了神犁，耕地面积大大缩小了。老百姓收获的谷物不够过日子的，人间又出现了饥荒，炎帝又陷入苦恼之中了。炎帝想，要解决百姓吃饭问题，只有提高农作物的产量，但要怎样才能提高农作物的产量呢？炎帝想起他从一个神仙那里打听到的一个消息，王母娘娘有一只满身通红的神鸟，关在瑶池的笼子里。那神鸟知道一个极秘密的地方有一株九穗的禾苗，一年可收三次，人吃了不但一年不饿，而且可以长生不死。可让它帮人间取来九穗禾苗，不过，炎帝想到这里，又犯起愁来。他知道，神鸟为王母娘娘所钟爱，视为至宝，她怎么肯放它呢？得想个妙法才成。

炎帝到了瑶池向王母娘娘求情，恳求她允许自己到瑶池去参观一次，绝口不提借神鸟的事。王母娘娘见炎帝在凡间为人类谋福，劳苦功高，就答应了他的要求，但反复交代他不准动瑶池的一花一物，炎帝答应了。

炎帝到了瑶池，哪有心思游览风景，观赏花木？ 一直走到禽鸟宫，来到神鸟身边，吹着口哨，装出漫不经心观赏的样子，好久才叹了一口气说："好一只漂亮而神奇的小鸟，只可惜常年被关在这小小的笼子里，也够憋闷受苦了。"这时神鸟喳喳地说起了人话："炎帝，你刚才说的是什么傻话？ 我在这里不是很好吗？ 饿了有吃的，渴了有喝的，无忧无虑。 王母娘娘珍爱我，每天来这里参观的神仙们交口赞扬我，我想天下不会有比这地方更美的了，也不会有比这种日子更好的了。"

炎帝哑然失笑说："可怜啊，可惜啊！ 真是浅浅池沼，容易满足；井底之蛙，不知天地之大。 你这么满足你现在囚犯一样的生活，实在是因为你的眼界太狭小了。 不过，这也怪不得你，你常年生活在这里，见识有多大呢？ 没有到广阔的天地去飞过，又如何知道天有多宽，地有多大？ 你如果亲自到那里去看看，就知道你目前的处境是多么可悲。 如果换了我，早被憋闷死了。"神鸟听了这话惊讶地说："怎么凡间有比这里更广阔的天地吗？我怎么没听说过呢？ "炎帝说："那是王母娘娘怕你见异思迁有意瞒着你哩。 凡间的天地真是太美了！ 蔚蓝色的天空，云蒸霞蔚，瑞气氤氲；无边的大海翻波涌浪，海鸟翻飞；广漠的大地上百草丰茂，花木鲜妍；小鸟们在林间无拘无束快乐地唱着歌，怡情地谈着爱。 哪里像你独处幽室无限地孤独清冷呢？"

神鸟显然已被炎帝说得动了心，对王母娘娘有了不满，对眼下的处境也觉得难堪了。 它不安地在笼子里跳了几跳说："好人儿，你能带我到人间去玩一玩吗？ 说真的，我现在觉得多么憋闷啊！"炎帝说："可以是可以，不过我怕你缺乏勇气。 而且你跟了我去，总得给人类带上一点礼物啊！"

神鸟说："这有何难？ 我将九穗禾苗衔去，你该满意了吧？"炎帝暗喜，说："好吧，我们一言为定。你去将九穗禾苗衔来，我在瑶池门墙外等你。"神鸟满口答应下来。炎帝就将笼门打开，神鸟展翅飞了出去。炎帝在瑶池门墙外等了一会，果见神鸟衔着九穗禾苗来了。炎帝高兴极了，带了神鸟来到凡间。神鸟将九穗禾苗交给炎帝，就独自到广阔的天地里游玩去了。

炎帝把九穗禾苗的种子撒在地里，又命令太阳神和雨神帮助照管，结果五个地段长出了五种不同的作物。为了便于记忆，炎帝就按五个大臣的名字把这五种作物叫作稻、黍、樱、麦、菽。这年秋天，地里长出了一尺多长的嘉谷。人们吃了满嘴芳香，一年不饿，而且可以长生不死。这样一来，人们便慢慢地懒散起来了，因为再也用不着成天劳累，也可以舒舒服服过日子了。人们一沾上贪图安逸的毛病，便诸多恶癖丛生，渐渐不服管教。炎帝见了，心中也好生后悔。

玉帝知道这事后很不高兴。叫谷神收回了五谷中长生不死的成分，而且此后一年只能收成一次，人吃了不上两个时辰就会肚饿，一日须三餐才行，人们这才恢复了从前勤劳俭朴的习惯。玉帝将红色神鸟贬为凡鸟，永留人间，而红色神鸟在凡间生活得很惬意、很自由。成天在广阔的天空中自由自在飞翔、歌唱，根本不留恋天宫的金丝鸟笼的生活，对贬斥毫不介意，且每年到播种季节还催人们耕种，尽心尽职。后来，这神鸟便被人们称作布谷鸟。

有一天，王母娘娘又想起了神鸟，派神仙下凡想把神鸟抓回去，重新关进金丝鸟笼，供神仙们观赏。布谷鸟不想再回天庭去，就在人们的帮助下躲藏起来。从此以后，只有在春播的日子里，它才飞出来履行自己的职责，催人们播种。其余的日子，它悄然无声，不知藏到哪里去了。

人们感激炎帝制耒耜、教民耕种的恩德，尊炎帝为神农。 大家不忘琉璃狮子狗跟随炎帝试种五谷的功劳，在新谷登场"尝新"的这一天，家家户户总要盛一碗新米饭，夹一块肉给狗吃，这习俗一直流传至今。

神农盗谷种

远古时期，人们吃的是兽肉、树皮、草根，饥一餐，饱一餐，生活很艰难。 神农听说天上有一种草，结的籽很好吃，决心到天上去要一点回来做种。 如何才能得手呢？ 八百里远的地方有个白胡子仙人，很有办法，神农就动身去找他。

一路上翻过了九十九座大山，游过了九十九条河，走过九十九座桥，找到了白胡子仙人。 仙人对他说："小伙子，你的来意我已明白。 到天上去盗谷种，最重要的是要有勇气和智慧。"神农说："只要能得到谷种，我什么都不怕。"仙人说："我要先考验你一下。"神农说："老爷爷，你就考验吧！"

白胡子仙人说："你抬头看看那边，有一棵千年的古枫树，树上有一个乌鸦结的巢，早晚乌鸦叫得我心里烦躁。 你去替我把鸟巢取下来吧。"神农听了，说一声："行！"就爬上了大树。 乌鸦见有人上树，飞出巢扑扑地朝神农乱啄。 神农一手抱住大树，腾出一只手来去抓乌鸦，可怎么也抓不着，身上倒被乌鸦抓破了，鲜血殷殷。 神农见状，立即改变方法，用两腿夹住树，双手拉紧弹弓，瞄准乌鸦，喊了声："着！"一弹打去，把乌鸦打了下来。

神农把乌鸦打下来，继续往树上爬。 说来奇怪，神农往上爬，那鸟巢也往上升，看看鸟巢升到树尖尖上去了。神农爬到树尖，那细细的树尖尖一个劲地摇晃。突然，狂风大作，树尖被风吹得似乎随时都会断裂。神农低头望望下面，离地已有三十三丈高，有点头晕目眩，心里直发怵；抬头望望上面，离鸟巢只有三尺高了。神农想到自己的责任，咬咬牙，继续往上爬，硬是把鸟巢取了下来。

白胡子仙人拍拍神农的肩膀说："小伙子，这只能说明你的勇敢，但还不够。我的一颗明珠有弯弯曲曲的小孔，这有一根细如头发丝的麻线，你能用这根细麻线从小孔里穿过去吗？"

神农说："老爷爷，我试试看。"神农接过明珠和麻线，捉来一只小蚂蚁，将麻线系在小蚂蚁脚上，把蚂蚁放在明珠的洞口，吹口气，小蚂蚁便向洞里爬去了。没过多久，小蚂蚁带着麻线从另一端爬了出来。

白胡子仙人见了大喜说："小伙子，这说明你很聪明，顺利地通过了考验。我相信，你完全可以将谷种从天上盗下来。不过，我还要告诉你，天上守护谷种的神又凶狠又狡猾，你得小心谨慎，千万不要上他的当啊。"边说边交给神农一件神衣。

神农说："老爷爷，你的话我记住了。"披上神衣，呼地飞上了天。见了谷神，把来意告诉他。

谷神两眼滴溜溜地转，仰头想了想，笑嘻嘻地对神农说："你处处为人类着想，使我很受感动，我愿意给你谷种。不过，在给你谷种之前，你得给我做两件事，如果这两件事做好了，我立即将谷种给你，但如果做不好，你只能怨恨自己没能耐了。"

神农说："谷神，我答应你提出的条件，现在就请你把这两件事交给我去办吧！"谷神说："眼下已到了播种的季节，我的神牛生了病，你能代替神牛拉犁耕完这块地吗？"神农说："谷神，你放心，我会圆满完成这件事的。"

神农肩头套上轭，拉起了犁。他使足全身力气，背了半天，绳子勒进了肩膀，肉也磨烂了，回头一看，土地却原封未动。谷神见了，凶相毕露，挥舞着鞭子雨点般打在神农身上。神农咬咬牙，又奋力往前拉。不久，便趔趔趄趄倒下了。这时，谷神远远地走上田埂去大便，神农看在眼里，心想：谷神要大便，为什么要远远走出这块地呢？莫非粪便和土地有一种奇妙的关系？对了，奥妙可能就在这里。

神农趁谷神没注意他，爬起来，把粪便撒在地里。再来拉犁，土地就疏松多了。神农翻起的土地像波浪一样，谷神见了，气得吹胡子瞪眼睛，他知道玄机已被神农识破——土地拌有粪便就变得疏松。

谷神要神农做的第二件事是，将一块光滑的大石推上一个同样光滑的山顶。神农用足气力往上推着，大石刚上去五尺便一骨碌滑了下来。神农并不灰心，再次往上推，推到老地方又滑落下来。反复推了十多次，推到老地方又滑落下来，大石仍然停留在山脚。这是怎么回事呢？神农开始用起脑筋来。他终于想出一个方法，在离山脚五尺高的地方挖了一方平地，大石停在那里，不再滑下来了，果然初见成效。神农有了这经验，便在山坡上每隔五尺高的地方挖一方平地，他终于将大石一节一节地推上了山顶。

既已有言在先，谷神没奈何，只得将一捧金灿灿的谷种交给神农。神农取回谷种，心里很高兴，马上开垦了一块荒地，将谷种播下去。

神农播完谷种后，便眼睁睁地等着谷苗出土。可是半个月过去了，还不见谷苗长出来。神农不晓得是什么原因，又赶到仙山，求教白胡子老人。仙人说："小伙子，你上当啦！这种子是谷神蒸煮过的，真正的谷种晒在天坪里。 那里有好多天兵天将把守。"神农听罢此言，转身又要上天。 仙人将他喊了回来，对他说："你也太心急了，欲速则不达。 你看，我给你这颗宝珠，有了它，你就可以随意变化。 我等着你的好消息。"

神农告别白胡子仙人，又一次飞上天。 飞到天坪外，一看：这是一片很宽很宽的晒坪，里面果真晒满了金灿灿的谷种。 神农心里可高兴了。 他马上变成一只麻雀，"扑"地一翅飞到晒谷坪里。 天兵天将发现了麻雀，一齐来轰赶，麻雀只得匆匆啄了一粒谷种飞走了。 神农得了一粒谷种，自然很高兴，但又觉得太少了，来这里一趟好不容易，要多带些回去才好。

神农又摇身一变，变成一条天犬。 这条天犬身材高大，金黄黄的皮毛，圆鼓鼓的腰身，光灵灵的耳朵，伸着长长的红舌，翘起高高的尾巴，很有精神。 天犬趁天兵天将没注意，溜到晒谷坪里，就地一滚，遍身沾满了谷种。 这时，天将发现了天犬，大喝一声："哪里逃？"一齐围攻过来。 天犬见势不妙掉头就跑。 天兵天将紧追不舍。 天犬不时回过头露出尖利的牙齿朝天兵天将怒吠几声。 天兵天将听了天犬的吠声，有些胆战心惊，脚步放迟缓了。 不过，只要天犬的吠声一停，天兵天将又加快脚步追了上来。 看看追得越来越近了，形势已是非常危急。

天犬逃到八百里宽的银河边，展目一看，波涛滚滚，声震天地，真是鸟不敢飞，鱼不敢游。 天犬心里也发了愁，眼看就会被他们抓住。 这时，天犬顾不上危险，纵身跃进水里，将尾巴高高翘起。 浑身的谷种随水漂走了，只保住了尾巴上的谷种。 从此，人间才种上五谷，而谷穗一束束，就像高高翘起的天犬尾巴，金光灿灿。

炎帝下葬的传说

传说炎帝神农氏因误尝毒草中毒而崩。 跟着他一起采药的胡真官，按照他生前交代的死后葬在南方的嘱托，决定将他的遗体安葬在有温泉的地方。 于是选好吉日良辰举行葬礼。 那天，蛮多人送葬，几十个运送遗体的人，坐十条木排，溯河水而上。 沿河，户户点火，表示哀悼。

当木排来到鹿原坡，正准备上岸改走旱路时，忽然天上乌云滚滚，大风大雨，河里跃出一条金龙向炎帝遗体点头哀吟。 接着轰隆一声，江边的一块巨石裂开了，一个大浪将炎帝遗体卷进石头缝里去了。 送葬的人个个吓得要死，不知如何是好。

天上的玉皇听到这个消息后大怒，认为炎帝神农氏劳苦功高，不应该葬在水里，大骂金龙不知好歹，决定要处罚它。 于是把金龙化为石头，龙脑变成龙脑石，龙爪变为龙爪石，龙身变为白鹿原，龙鳞变为原上的大树，护卫炎陵。 对运送的人，玉皇认为他们上山下水吃了亏，将他们变成福主神，保护地方安宁。 打杂的檀官、梅山也不例外，叮嘱他们凡是好安身的地方，就把身安下来。

他们慌里慌张，以为要他们到安仁去，所以他们都跑到安仁去了。 后来安仁境内不论田头地角，路边河边，到处都有檀官、梅山庙。

只有鸣锣开道先上岸已走到参子坳的那些人，见炎帝遗体总不来，就派人爬到山顶上去打望，其余的人坐的坐、睡的睡、站的站就地等候。　由于等久了，打黄阳伞的人，变成了黄阳山。　两个打望的变成了两块大石头。　那些坐着、站着、睡着就地等候的人全部变为石头。

帝俊的爱情故事

　　遥远的东方大洋浩瀚、汹涌的海水中，生长着一棵极为高大而繁茂的扶桑树。　它是一株同根偶生、两干互相依倚交叉在一起的巨树。　它扎根于海水之下的岩礁上，伸出海面达百里之高。　扶桑树的顶端立有一只神奇的玉鸡，它腹部红色，头颈处却像美玉一样是纯白的，并发出宝石般的光泽。　每天夜里它都会准时鸣叫，呼唤、提醒着太阳要准时出发，把光明送给人间。　当它啼叫过五次之后，太阳就会在它的催促之下准时登上扶桑树，准备自己的行程。

　　太阳神帝俊与月神嫦羲每天晚上都是从扶桑升起，驾着自己金银的车辆，经过一天的驱驰，最后在西方的大海中缓缓下降，结束他们一天的工作。　在西方大洋——大西洋中同样也有一棵像扶桑一样的高大的巨树，它的名字叫若木，开满了大如车轮的五彩的若花。　每当太阳到达若木之时，若花的色彩变得那么鲜红娇艳，以至于把整个天空都映得红彤彤的；而当月亮到达若木时，若花的色彩则洁白如银，并散发出浓烈的馨香。　在这里，他们通常都会受到海洋之神与专司黄昏与黎明之神的热情欢迎。　帝俊与嫦羲稍事休息之后，再继续他们的行程，经过大地的另一面，重新回到东方的扶桑之地。

太阳神回到扶桑，他都会停下车儿，在扶桑下面的海水中尽情畅游、沐浴，洗掉一天的风尘与劳累。由于太阳神常常在这里洗浴，这里的海水比其他地方都要温暖许多，水汽升腾，云蒸霞蔚，使这儿远望过去犹如一只热汤之锅，所以这里既叫扶桑之国，也叫汤谷；由于这里正是太阳升起的地方，它又被命名为日本，流经这儿沐浴过太阳的温暖海流也被人们称为日本暖流。

帝俊与嫦羲常常沿着同一条线路绕着高远的天空驱驰着他们的车马，日久天长，他们就渐生情愫，爱情的种子在他们的心中萌芽与生长。他们在南方衡山之中一座名为卫丘的小山上建造了一座宏大美丽的琼楼作为他们温馨的家，生下了十二位如同花朵般美丽的女儿。这十二位女儿正好是在十二个月份里分别出生的，于是他们就决定分别用十二种花朵的名字作为女儿们的爱称。她们的芳名分别是：兰花、杏花、桃花、牡丹、石榴、小荷、栀子、丹桂、金菊、芙蓉、山茶、腊梅。

他们本来一直过着其乐融融、非常平静而幸福的生活，可是，正像一句俗话所说，"祸从口出"；还有一句话说得也很好，美好的总是难以久长的。有一天，帝俊碰到了多情的女神瑶姬，他和月神的美好生活终于开始像暮春的花朵一样枯萎凋落了。

多情女神瑶姬看到天空中光芒四射的太阳神帝俊，被他的魅力所折服，立刻就爱上了他。她将母亲交给她的司掌爱情的火炬悄悄吹熄，却装成是被风吹熄的样子，飞到太阳神的金车那里要借助他的火光来点燃这只金炬。

但帝俊却嘲笑她手持的火炬，说它发出的光还不如一只萤火虫所发出的光，就连一颗冬夜的寒星所发的光也要比它强十倍。瑶姬受到嘲弄，心中充满了一种幽怨与愤怒之情，她决意报复这位目空一切、骄傲自大的光辉之王。

多情的瑶姬便使帝俊的心里狂热地爱上了驾着三匹金翼飞马的时光女神羲和——她长长的秀发犹如黑色的锦缎一般飘散在身后，她的笑声如同悦耳的银铃，她像春天一样的清新、活泼、开朗、热情，使帝俊深深地迷恋上了她。

渐渐的，他很少回到卫丘的家中，只在每月的十五、十六才回来小住两天，然后就对月神嫦羲编造一个借口，说与其他神祇要游玩、饮酒、集议或狩猎等，须在下个月才能回来，然后就驱车而去。 他总是月半才回，稍住两三天就要离开。 月神的柔情与十二个女儿的小手都留不住他匆匆离去的脚步，美丽的琼楼因为缺少了他而显得是那么冰冷而凄凉。 月神思念的泪水涔涔而下，夜夜打湿了沿途经过的原野和山冈。

她的痴情的泪水滴到石头上，石头为之软化；滴到草木上，草木也因为痛苦而颤抖；滴到泥土中，地母让它深入地下化为黄金；流到河水中，河神们把它化为珍珠；洒到森林里，山神们将它化为美丽的琥珀。 ——只有人类才把它当成自然而又平常的夜露。 明亮的月亮渐渐变得消瘦无比——人们发现她总是由圆而缺，渐渐如弓如眉。

只有在他回来的那两天，她才恢复原来那样的美丽与明亮。等到过了那几日，一切又是周而复始。 月月如斯，年年如是，以致人们只要看到月圆，就知道已是月半帝俊回来的日子了。

潮汐之神禺国，他常常在夜色中头戴绿色水草编成的冠冕，伫立在海水中，深情地凝望着高空中皎洁的明月。 由于他对月神的痴情迷恋，这位原本英俊的海神不知伤透了多少美丽女神的芳心，也使他的慈爱的父母看着他渐近中年仍孤独一人而泪眼婆娑。 但他却痴情不改，每当月亮靠近时，仍然鼓动波浪来迎接她。 但月神却总是小心地驾驭着自己的银车追寻着帝俊，远离着这汹涌如山的海面，不使它沾染上大海中冰凉的水滴。

月神想知道丈夫对自己厌倦的原因，她哀求在夜间手持爱之火炬飞过车旁的女神云若。 云若让她在光明的白天出现，把自己隐藏在层层的白云之后，去观察自己丈夫的秘密。 嫦娥看到了什么呢？ 她看到帝俊驱车经过空中，身旁相伴并甜蜜说笑的是秀发披肩的时光女神羲和。

车上还有十个面庞灼灼、浑身如火的儿子，在车上挥舞着小手，甜蜜地喊着"爸爸""妈妈"。 她当场心碎而昏厥过去，以至于月亮后来再也不像原来那样浑然一体，冰清玉洁，而变得阴影重重了。 她被同来的夜空女神望舒救醒之后，决心惩罚这位虚伪、负心的丈夫。 她从云中驾车冲出，用身背的银弓银箭狠狠向他们射去。 银箭洞穿了金色的太阳车，从此，太阳上就留下了这几个抹不去的黑点，也给众神留下了嗤笑他的话柄。 帝俊见到秘密戳穿，就驾车狂奔。 人们见到这一天太阳还没到中午就匆匆西坠，快如流火，很奇怪这一天为什么那样短暂，竟然只有每日的四分之一长短。

帝俊乞求诸神之父、伟大的创造之神盘古去劝解愤怒的嫦娥，并为他们居中调停。 盘古起初很是为难于这样的工作，但后来他发现羲和的生日是三月二十二日，嫦娥的生日是九月二十二日，正好相隔半年。 于是他就想出一个折中的好办法，也就是根据她们两人的生日，将这一年的时间均分为两半，帝俊要不偏不倚地分别陪伴她们两人各自六个月的时光。 盘古便把他们三人和其他所有的众神都召集在一起，宣布了他的不可更改的规定。 从羲和生日开始，在其后的六个月里，帝俊要到北方与羲和生活在一起；从九月二十二日也就是月神的生日起，往后的六个月中，帝俊要回到南方卫丘山上的琼楼里，与月神嫦羲老老实实地生活在一块，不能再与羲和有任何的交往与幽会。

时光女神羲和想到要与帝俊分离六个月之久，心里就涌上一阵阵痛苦与悲伤，但想到自己毕竟有六个月之久可以名正言顺地与帝俊生活在一起，再也不用担心有人打扰他们甜蜜而平静的生活，甚至有使他们家庭拆散的危险了，就低头含泪表示同意。

月神虽然也不满足于这种规定——因为自己的丈夫属于她只有短短六个月的时间——但她知道如果不同意的话，就很有可能永远失去自己的丈夫，可爱的女儿们也将永远失去他们的父亲，而她的情敌将独享她的丈夫——这是她决不愿看到的。于是她也收敛自己的怨愤之情，点头表示同意。

在帝俊即将回到琼楼来的那一个月里，月神嫦羲发出的光彩是这一年十二个月中最为皎洁、明亮的；在这个月的月半之日，她见了任何人都含着笑意，她看起来是那么美丽动人，人们就把这一天称为中秋节。她对帝俊是多么痴情啊！

可是从这一天起，时光女神却无心于她的工作，她分配给北方的光明白昼的时间越来越短，而冷清的黑夜在这儿盘桓的时间却越来越长。帝俊离去的这半年，伤心的羲和给北方大地带来冷清的秋季与严寒的冬季。直到来年的三月，羲和才能安心于自己的工作，使光明的白昼长于幽暗的黑夜。

她苦盼着与丈夫的团聚，对她来说，二月是那么的漫长，于是她便利用自己的职权，偷偷地从二月里减去两天，使每年的二月变成只有二十八天。那难挨的时光终于度过，时序的金针指向了他们即将相会的三月，她才催促着东风女神赶快温暖冰冻的大地，催促着春天诸神让五色的花朵与绿色的小草覆盖整个大地，她好迎接自己日夜思盼的夫君。

帝俊与羲和的团聚，不但给她带来了甜蜜的爱情，也给北方的大地带来了温暖的春天与火热的夏天。 人们便把每年帝俊回来的日子称为春分，把他离开这儿奔向南方的日子称为秋分。

虽然有半年之久的时间太阳神必须待在月神身边，但他也常乘月神不在身边的昼中与别的女神谈情说爱、卿卿我我。 他曾在烟波浩渺的洞庭湖边与常在此泛舟游玩的洞庭女神芳彦相恋。 他们常在美丽的湖边相会。 在如银的月光下，他们以桂枝作船桨，一人划船，一人唱歌。 有时候，帝俊用悠扬动听的笛声和着她清丽的歌声；有时候，他又弹着一把金琴来为她伴奏。 帝俊吹奏过的竹笛后来被他插在湖边，形成了洞庭与鄱阳两湖周围葱郁茂密的竹林。 有的竹子长得非常高大，甚至可以剖开做成一只小船。

他与芳彦生下了三身、黑齿、中容、奢比、季厘、晏龙等儿子。

月神听到许多关于她丈夫的风流趣事，就经常在白天也出现在天空，监视着她的丈夫，防止自己"多情"的丈夫再做出对她不忠的事情。 即使是晴朗的白天，人们有时也可以看到淡白的月亮高高地挂在空中，与太阳拉开一段距离，跟它一起穿行在茫茫宇宙之中。

祝融的故事

黄帝时候有个火正官，名叫祝融，他小时候的名字叫作黎，是一个氏族首领的儿子，生成一副红脸膛，长得威武魁伟，聪明伶俐。 不过他生性火暴，遇到不顺心的事就会火冒三丈。 那时候，人们已经学会钻木取火，但还不大会保存火和利用火。 黎特别喜欢跟火亲近，所以十几岁就成了管火的能手，火到了他的手里，只要不是长途传递，就能长期保存下来。黎还会用火煮饭烤肉，用火取暖照明，用火驱逐野兽蚊虫。这些本领，在那个时候是了不得的事，所以大家都很敬重他。

有一次，黎的爸爸带着整个氏族长途迁徙，黎觉得带着火种走路不方便，就只把钻木取火用的尖石头带在身边，大家定居下来后，黎就取出尖石头，找了一根大木头，坐在一座石山下面"呼哧呼哧"钻起火来，钻呀，钻呀，钻了整整三个时辰，还没有冒烟，黎很生气，他嘴里喘着粗气，很不高兴。但是没有火不行，他只好又钻，钻呀，钻呀，又钻了整整三个时辰，烟倒是冒出来了，就是不起火，气得他脸色黑红，"呼"地站起来，把尖石头向石山上狠狠砸去。谁知已经钻得很热的尖石头碰在石山上，"咔嚓"一声，冒出了几颗耀眼的火星。黎看到了，很快想出了新的取火方法。他采了一些晒干的芦花，用两块尖石头靠着芦花"嘣嘣嘣"敲了几下，火星溅到芦花上面，就"吱吱"冒烟了，再轻轻地吹一吹，火苗就往上蹿了。

自从黎发现了石头取火的方法，就再也用不着费很大工夫去取火了，也用不着千方百计保存火种了。黄帝知道黎有这么大的功劳，就把他请去，封他当了个专门管火的火正官。黄帝非常器重他，说："黎呀，我来给你取个大名吧，就叫祝融好了。愿你永远给人间带来光明。"黎听了非常高兴，连忙磕头致谢。从此，大家就改叫他祝融了。

那时候，黄帝在中原，南方有个氏族首领名叫蚩尤，经常侵扰中原，弄得中原的人无法生活。皇帝就号令中原的人联合起来，由祝融和其他几个将领带着，去讨伐蚩尤。蚩尤人多势众，尤其是他的九九八十一个兄弟，一个个身披兽皮，头戴牛角，口中能喷射浓雾，本领高强。 开始打仗的时候，黄帝的部队，一遇上大雾就迷失方向，部队之间失去联系，互不相顾。 蚩尤的部队就趁势猛扑过来，打得黄帝的部队大败，一直向北逃到涿鹿才停下来。

黄帝被蚩尤围在涿鹿，好久不敢出战，后来，造出了指南车，就再也不怕浓雾了。 祝融见蚩尤的部下都披着兽皮，又献了一计，教自己的部下，每人打个火把，四处放火，烧得蚩尤的部队焦头烂额，狼狈而逃。 黄帝便驾着指南车，带着部队乘胜向南追赶，赶过了黄河、长江，一直赶到黎山，终于把蚩尤杀死了。 祝融因为发明火攻的战术，立了大功，黄帝就重重地封赏了他。

黄帝的部队班师回朝时，路过云梦泽南边的大山，黄帝把祝融叫到跟前，故意问道："这叫什么山？"祝融回答道："这叫衡山。"黄帝又问."你可知道这山的来历？"祝融答道："古老的时候，天地一片混沌，像个鸡蛋。 后来出了个盘古氏，开天辟地，才有了生灵。 他活了一万八千年，死后躺在中原大地之上，头部朝东，变成了泰山；脚趾在西，变成了华山；腹部凸起，变成了嵩山；右手朝北，变成了恒山；左手朝南，就变成了眼前的衡山。"刚刚说完，黄帝紧接又问："那么，为什么名叫衡山呢？"祝融马上答道："这座山横亘云梦与九嶷之间，像一杆秤一样，可以称出天地的轻重，衡量帝王道德的高下，所以名叫衡山。"

黄帝见他对答如流，非常高兴，笑呵呵地说："好啊！ 你这么熟悉南方的事务，我要委你以重任！"但黄帝并不说出是什么重任。

队伍在衡山驻扎下来了。 黄帝登上最高峰接受南方各个部落的朝拜。 当时许多氏族首领汇集一起，大家都很高兴，祝融一时兴起，奏起了黄帝自己编的曲子——咸池之乐。 黄帝的妃子嫘祖也踏着拍子，跳起舞来。 大家见了，都围着黄帝跳了起来。

跳了个痛快以后，黄帝叫大家静下来，说："我就位以来，制定历法，发明文字，创造音律，编定医书，又有嫘祖育蚕丝，定衣裳之制，现在天下一统，我奠定五岳：东岳泰山，西岳华山，南岳衡山，北岳恒山，中岳嵩山。从今以后，火正官祝融镇守南方。"祝融这时才知道，原来黄帝说的委以重任，就是这么回事。

　　黄帝走了以后，祝融被留在衡山，正式管理南方的事务。他住在衡山的最高峰上，经常巡视各处的百姓。他看到这里的百姓经常吃生东西，就告诉他们取火，教他们把东西烧熟再吃。他看到这里的百姓晚上都在黑暗中摸来摸去，就告诉他们使用火把和松明。他看到这里瘴气重，蚊虫多，百姓经常生病，就告诉他们点火熏烟，驱赶蚊虫和瘴气。百姓们都很尊敬他，每年秋收以后，就成群结队地来朝拜他。大家说："祝融啊，我们人丁兴旺了，生活过得好了，都是你给我们带来了这么多的好处，我们感谢你，要尊你为帝。你以火施化，火是赤色，我们就叫你赤帝吧！"从此，祝融就被大家尊为赤帝了。

　　正当大家安居乐业的时候，不料来了一场祸事。有个叫共工的人，和别人争帝位，打起来了，他的头朝不周山撞过去，只听得"轰隆隆"一声巨响，撑天的柱子折断了，系住大地的绳索也绷断了。从此，天空向北倾斜，日月星辰都往西北方向落下去。大地向东南倾斜，江河湖泊的水也都往东南方向流过去。南岳衡山这块天，眼看着也要垮下来了，这块地也一晃一晃的，像要翻过去了。

　　老百姓吓得不得了，一个个抱着大树，攀着岩石，哭了起来。祝融连忙使出自己的全身本领，像个大柱子一样撑住了天空，把最高峰也稳稳地扶住了。因为有祝融撑住天，衡山这个地方的天才没有垮，山才没有塌。后来有个诗人写出"地涌一峰秀，高撑南楚天"的诗句，就是写这事。

祝融在南岳山上活了好久才死去。 百姓们把他埋在南岳山的一座山峰上，这个山峰就称为赤帝峰。 他居住过的最高峰，就叫作祝融峰。 在祝融峰顶上，百姓们还修建了一座祝融殿，是为了永远纪念他的功德。

伏羲教人打鱼

伏羲兄妹延续了人烟以后，世间一天比一天热闹起来了。 可是，那时候的人跟我们现在的人大不相同。 那时候人不晓得种庄稼，一天到黑只晓得打野物，吃的就是野物的肉，喝的就是野物的血。 野物打得少，就少吃一些；打不到，就饿肚皮。 在那个时候吃饭成了一个大问题。

伏羲看到这个光景，心里很难过。 他想：要是老这样下去，岂不是要饿死一些人吗？ 他左思右想，想了三天三夜，都没有想出个可以解决儿孙们吃饭问题的办法来。 到了第四天，他走到河边一面转悠，一面想办法。 走着走着偶尔抬头一看，看见一条又大又肥的鲤鱼，从水面上跳起来，蹦起多高。 一会儿，又是一条鲤鱼跳起来；再隔一会儿，又是一条。 这下子就引起了伏羲的注意。 他想：这些鲤鱼又大又肥，弄来吃不是很好吗！ 他打定主意，就下河去抓鱼，没费好大工夫，捉到一条又肥又大的鲤鱼。伏羲欢喜得很，就把鲤鱼拿回家去。

伏羲的儿孙们看见伏羲捉来了鱼，也都欢欢喜喜跑来问长问短。 伏羲把鱼撕给他们吃，大家吃了，都觉得味道不错。 伏羲向他们说："既然鱼好吃，以后我们就动手捉鱼，好帮补帮补生活。"儿孙们当然赞成，当下都跑到河里去捉鱼。捉了一个下午，差不多每人都捉到了一条，还有捉三四条的。这下子大家都欢喜得了不得，把鱼拿回去美美地吃了一顿。伏羲又打发人给住在别的地方的儿孙们送信，喊他们都来捉鱼吃。

这样，没到三天，伏羲的儿孙们都学会捉鱼了。

偏偏好事多磨。在第三天上，龙王忽然带了乌龟丞相跑来干涉，他恶声恶气地对伏羲说："哪个喊你来捉鱼的？你们这么多人安心要把我的龙子龙孙们都捉完吗？赶紧给我停止哟！"

伏羲没给龙王的话吓倒，他理直气壮地反问龙王："你不准我们捉鱼，那我们吃啥呀？"

龙王气冲冲地说："你们吃啥我不管！就是不准你们捉鱼。"

伏羲说："好，不准捉，我们不捉；以后没得吃的我们就来喝水，把水喝得干干的，把你们所有的水族都干死！"

龙王本来是个欺软怕硬的家伙，听伏羲这么一说，心里果然害怕。他怕伏羲和他的儿孙们真来把水喝干，自己的命就难保了。想让他们捉吧，又实在回不过口来，正在进退两难，乌龟丞相凑到龙王耳朵边上，悄悄向龙王说："你看这些人都是用手捉鱼，你就和他们定个规矩：只要他们不喝干河水，就让他们捉去，但是不许用手捉。他们不用手就捉不到鱼。这下子既保下了龙子龙孙，又保住了龙君你的性命，让他们看着河水白瞪眼，该多好呀！"

龙王一听这话，高兴得哈哈大笑，转过脸来向伏羲说：

"只要你们不把水喝干，你们要捉鱼就来捉吧，可是得遵守这么个规矩，就是不能用手捉。你们若是答应，就算是说定了，以后双方都不准反悔！"

伏羲想了想，说："好吧。"

龙王以为伏羲上了当，便带着乌龟丞相高高兴兴地回去了。伏羲也带着儿孙们回去了。

伏羲回去以后，就想不用手捉鱼的办法。想了一个通宵，第二天又想了一个上午，还是没有把办法想出来。到了下午，他躺在树荫底下，眼望着天，还是在想。

这时候，他看见两枝树枝中间，有个蜘蛛在结网。左一道线，右一道线，一会儿就把个圆圆的网子结好了。蜘蛛把网结好就跑到角落里躲了起来。过了一会儿，那些远远飞来的蚊子呀、苍蝇呀都被网子网着了。蜘蛛这才不慌不忙地从角落里爬出来饱餐一顿。

伏羲看见蜘蛛结网，心里突然开了窍。他跑到山上找了一些葛藤来当绳子，像蜘蛛结网那样，把它们编成了一张粗糙的网，然后又砍了两根木棍十字形绑到网上，又拿了一根长棍绑到中间，网就做好了。他把网拿到河边往河里一放，手握长棍在岸边静静地等候着。隔了一会儿，把网往上一拉，哎哟，网里净是些欢蹦乱跳的鱼。这个办法硬是对劲，比起用手捉鱼不但捉得多，人还不用下水了。伏羲就把结网的方法教给他的儿孙们。从此以后，他的儿孙就都晓得用网来打鱼了，吃的再也不缺了。一直到现在人们还是用网来打鱼。

龙王看见伏羲用网来打鱼，气得干着急。因为他们并没有用手捉鱼呀！龙王如果反悔，不但话不好说，还怕惹得伏羲和他的儿孙们起了火，真来把水喝干了。龙王坐在龙官里急呀急的，就把一对眼睛急得鼓出来了。所以后来人们画的龙王像，眼睛都是鼓起来的。那个不知趣的乌龟，看到龙王急得那个样，还想替龙王出个主意。哪晓得刚刚爬到龙王肩膀上，嘴巴凑到龙王耳朵边，一句话还没说出来，就被龙王一巴掌打到面前公案上的墨盘里啦。　乌龟在墨盘里翻了两翻，染了一身墨汁。　现在乌龟身上乌漆漆的，就是那回被龙王打到墨盘里染的。

伏羲兄妹爬天梯

　　有一天，伏羲同往常一样，在母亲的带领下，与妹妹女娲和其他族人一起又到彭池的森林中去打猎和采果，伏羲与妹妹一起，爬到彭池中最高的灵山上，兴致很浓地爬上一棵极高的树。　这棵树表皮滑溜，粗细适中，树干笔直，周围没有枝杈，但这根本难不倒他们兄妹俩。　只见伏羲双手交替着往上一伸，双脚用劲一蹬，人就爬上去一大截。　爬到高处，偶尔出现了一根树枝，树枝上缀满了青色的和红色的鲜果。　兄妹俩就站在树枝上一边歇息一边采摘那些鲜果吃。

　　"哥哥，这果子我从来没有见过，还真好吃。"女娲对伏羲说。

　　"妹妹，我也是第一次尝到这样好吃的果子，待会儿下去的时候我们多采摘一些，给母亲和族人们尝尝。"伏羲说话的时候总是把眼光投向高高的天穹，"妹妹，要是我们真的能通过这棵树爬到天上去，不知道能不能见到妈妈说的那个青脸雷公？"

　　"哥哥呀，你可不要犯傻了，这棵树能长到天上去吗？　再说，那青脸雷公既然不敢主动来见妈妈，可能在天上犯了什么错，就算我们能爬到天上，恐怕也不能见到他呀。"妹妹就是妹妹，说话直率，而且一边说话一边总是大口大口地吞吃树上的果子。

　　一会儿伏羲又想起了什么，但他看见妹妹只顾摘鲜果吃，就不开腔了。 这样休息了一会儿，兄妹俩又鼓起劲往上爬。 爬呀爬呀，真不知这树究竟有多高，越往上爬树枝也越多了起来。 慢慢地他们看不见周围其他的灌木和林木了，再往上爬一阵，风开始大了起来，连彭池的山峰也看不见了。 原来看起来高高在上的云朵这时候竟然跑到他们的脚下去了。 伏羲感到身心有些飘飘然，而妹妹女娲却对哥哥说："哥哥啊，我头脑晕晕的，手脚好像没有力气了。 唉呀，是不是这果子吃多了，我还感到心里憋得慌呢。 怎么办？"

"妹妹，既然你不舒服，那你就在这里歇息，我再往上爬，我想看看这树到底有多高，我还想知道这上面究竟有什么。"就这样伏羲让妹妹在原处休息，他独个儿又沿着树干攀爬上去。 他爬了一阵，风越来越大，简直吹得他睁不开眼睛来。 不知过了多久，他已经望得见头顶的树冠了，他看见树冠处一团漆黑，但偶尔里面有金环闪动，眼看就要接近树冠处，他突然感觉整个身体像被一股大力拉着升腾起来。 那股力量大得出奇，拉着他升腾的速度也快得出奇，他感觉他仿佛在穿越一个长长的黑暗隧道。 不知过了多久，那股拉着他的力量突然没有了，他像被停在了一个走廊上，半晌，他才睁开眼睛，定睛一看，原来他站在一个在地上从来没看见过的美丽花园里。

这里没有一个人，但有很多漂亮的亭楼台阁，水池里的水清澈得一眼见底，水面上环绕着一道道金色的光环，很多像鹏一样的巨大的鸟类在水面上追逐、嬉戏。 这时候，他感觉身心清爽多了，眼睛也能看得很远，他像换了一个人似的有了很多从来没有过的想法。 就在这时候，从远处一个阁楼里走出来几个说笑着的长发飘飘的老翁，伏羲赶紧走上前去，向老翁询问这是什么地方。

一个老翁看了看他，说："你这小子还真行，能爬上天来。

看来那青脸雷公说得倒还不假。"老翁说话的时候用手拍了拍他的肩膀。

"这里是玉皇大帝的后花园，这花园里的树呀、花呀、草呀，都是玉皇大帝派人从昆仑山上移栽过来的充满仙气的灵物。 那水池里的鹏鸟是飞往北冥去，中途到天上的仙池来戏玩的神鹅。 你小子能上得来，将来一定有大造化！"另一个神态极为慈善的老翁一边补充一边用手摸了摸他的脑袋。

第三个老翁往他面前一站，突然化成了一朵红云，在他面前飘来飘去；然后那朵云又化成一股清气，钻入了他的七窍，最后从他的七窍中蹦出来，又还原成了先前那个老翁，站在那里对着他傻乎乎地笑。

伏羲觉得自己灵性多了，同时也感到自己身上多了很多以前没有的能量。 这时候他看到平时在地上看到的太阳，其实像只发光的金鸟，全身长满了透明的翅膀，从他的身边飞过。 那只巨大的发光的金鸟，久久地吸引住了他的视线……后来，他突然记起了还在树上等他的妹妹，他连忙向三个老翁告别，转身就往回走。 这一走他可糊涂了：这里到处是亭台楼阁，当初上来的那棵树在哪儿呢？

正在他为难的时候，一只黑青色的大鹏突然出现在他的面前，他心念一动，立即跃上鹏背，那鹏载着他飞驰起来。 他紧闭上眼睛，不一会儿他就回到了当初那棵树上，他惊异地发现，妹妹女娲已经长得比先前高了一个头。

妹妹拉着他的手说："哥哥呀，你咋去了这么久？ 我在地上等了你大半年，每天都要爬到这棵树上来等你，你究竟去了哪儿？ 那上面是什么地方？ 你能不能带我去呀？"

"妹妹呀，说来你不会相信，那上面是天庭呢！ 我见过三个老翁，他们一个拍了我的肩膀，一个摸了我的头，一个化成清气钻进了我的七窍。 最后是一只黑青色的大鹏把我托下来的。”

“那你赶快带我上去看一看。”

“将来有的是时间，我们还是先回去看望妈妈吧，她可是等急了。”

于是兄妹俩从树上溜下来，回到了族人中。

玉兔望月

在永新龙门的秋山之巅，有一处鬼斧神工的景观“玉兔望月”。 这块形似玉兔的巨石突兀地屹立于悬崖之上，头微抬，似乎在痴痴眺望天际明月。

相传月宫里的玉兔陪伴嫦娥仙子度过了一个个清冷寂寞的日子。 有一天，正逢王母娘娘的生日，她突发善心，安排太白金星去月宫邀请嫦娥到王宫里跳舞助兴。 虽内心不情愿，但嫦娥不敢违旨，她叮嘱玉兔不要乱走，便一个人赶往王宫，一去就是三天。 原来，王母娘娘要大摆三天宴席，每次宴席，都要嫦娥翩翩起舞。 第一天，玉兔倒遵守诺言。 第二天，她实在忍受不住人间的诱惑，便偷偷下凡，刚降落在风光旖旎的秋山，凑巧飞来一只已成精怪的硕大无比、凶狠异常的老鹰，叼起玉兔就飞向天空。 就在这危急时刻，只听见老鹰惨叫一声，松开锋利的爪子，玉兔便直直地坠向幽深的山谷。 快要触地的一刹那，一双有力的臂膀接住了魂飞魄散的玉兔。 原来，是一位英俊魁梧的猎人射中了老鹰，然后又奔向玉兔坠落的方向，千钧一发之际救了玉兔一命。

回到猎人在森林里的住所，玉兔安静地蹲在地上，眼里贮满了柔情。猎人父母都已去世，是个孤儿，名叫阿松。他对玉兔说："兔子啊，我要出去打猎了，顺便给你采些鲜嫩的野草回来，不能带你一起去，你可别生气哦！"说完，便带上门出去了。

回来时，阿松惊奇地发现家中炊烟袅袅，推开家门一看：香喷喷的饭菜做好了，灶台边居然还站着一位清纯美貌的少女。

"你是谁呀？为何要为我做饭？"

"我就是你救下来的玉兔变化成的女孩啊！你就叫我小玉吧。"接着，玉兔将自己的来历叙说了一遍。

于是，阿松与小玉交谈起来。两人都有似曾相识、一见如故之感。后来，阿松与小玉结了婚，在广袤的大森林里过着自由自在、无忧无虑的生活。

可好景不长，阿松和小玉过了不到一年的幸福时光，那只受过箭伤并痊愈的老鹰在森林里偶然发现了他俩的行踪，咬牙切齿地骂道："此仇必报，我一定要想法子拆散你们。"

小玉在天上时，曾向偷偷来月宫伴嫦娥聊天的仙女朋友学习医术，懂得怎样治病救人。因此，她经常一个人采些草药下山帮助村里的病人解除病魔的痛苦，深受当地百姓的爱戴。一个深秋的下午，小玉背着采满草药的竹篓下山去帮助村民治病，尾随而至的老鹰俯冲下来，狠狠地用利爪抓起小玉的衣服，带着小玉边飞向空中，边喊道："看今天谁来救你？！我不但要将你摔成肉饼，还要在山下你常去的村里放把火，烧死那些亲近赞美你的村民——我还要放一条毒蛇到你爱人的房屋，让毒蛇咬死他。这样，才能真正报我一箭之仇！"

听见老鹰说出如此恶毒的誓言，小玉蒙了，但她一会儿就镇静下来，决定和老鹰同归于尽。于是她飞快地从衣服里拿出一根绳子将自己的左手与老鹰的左腿缠在一块，然后又悄悄用右手从口袋里掏出一把小刀，用力刺向老鹰的右腿。这一切，都发生在一瞬间，老鹰都没反应过来，痛得头昏欲裂。老鹰恼羞成怒，抓着小玉撞向山崖。老鹰顿时摔成碎片，而小玉则化成一块巨石，静静地耸立在秋山之巅。因为内心十分想念月宫里的嫦娥，所以小玉化成的玉兔形状的石头，便年复一年、日复一日地眺望月亮升起的地方。

打猎回来的阿松不见了小玉，只望见一块玉兔形状的石头，那只栩栩如生的兔眼似乎盈满了泪水。阿松伤心欲绝，不久就去世了。秋山脚下的百姓为纪念小玉，特意在玉兔形状的巨石旁边修建了庙宇，每到月圆之日便去祭拜。天上的仙女也知道了这件事情，为玉兔英勇献身的精神所感动，同时向往秋山胜似仙境的美景，于是偶尔偷偷下凡来到秋山顶上的倚天湖沐浴嬉戏。而可怜的嫦娥却不敢私自下凡，只有等到每年中秋节，圆圆的月亮慢慢升起，嫦娥便站在月宫离"玉兔望月"景点最近的地方，深情地眺望已化成巨石的玉兔，喃喃自语，黯然神伤。

升天神药

很久以前，一个村落里有一对兄妹，哥哥名叫太阳，妹妹名叫月亮。由于他们十分善良，经常把劳动成果分给穷人，招致了当地富翁的憎恨。

富翁原本想让穷人借他的钱，他好放高利贷，可是现在兄妹俩断了他的财路。于是富翁想方设法挑拨离间，像破坏他们的感情，但是都没有成功。

一天，富翁遇到一个能说会道的人，叫"骗你玩儿"。富翁便指使他再去挑拨太阳和月亮的关系。"骗你玩儿"也是个坏家伙，于是答应了。"骗你玩儿"来到兄妹俩家里告诉他们说西天佛祖最近炼出了一种神药，喝了就能升天成神仙。但是这种药只能以个人去求，佛祖不会给两个人。兄妹俩都想体会一下做神仙的滋味，于是他们听信了"骗你玩儿"的话，第二天天亮就分别从两条路向西天行进，约好谁先求到神药，谁就先做神仙，再想办法帮助另一个。

"骗你玩儿"提前出发装扮成一位智叟等在太阳的必经之路。太阳急匆匆地走来了，"骗你玩儿"迎上去吓唬他说前途充满艰难险阻，劝他不要去。太阳听了丝毫不动心，坚定地继续向西走去。"骗你玩儿"见太阳不上当，第二天又化装成一位看上去仙风道骨的老爷爷，追上太阳，劝说他不要去西天。太阳见又有人劝他，脚步不仅慢下来。但是他没有停止，依然向西方走去。"骗你玩儿"见时机已到，又在第三天化装成一位老奶奶，再次劝说太阳。太阳见这么多有经验的老人劝自己，再加上出发几天的疲劳，居然相信了"骗你玩儿"的鬼话。

但是，他又不想轻易放弃升天的机会。"骗你玩儿"看出了太阳的心思，就拉住太阳的手，说："你不是想升天吗？我教给你一个法儿，准行！"太阳一听来了兴趣，忙向"骗你玩儿"请教。"骗你玩儿"故作神秘的说："我知道你有一个妹妹'月亮'。她不是还在走向西天吗？你等她回来把她求来的药偷来不就行了吗？"太阳开始不忍心，但不久就说服了自己。他跟"骗你玩儿"来到妹妹回来必经的路口一起住下，等妹妹求到升天神药回来。

很多天过去了，太阳终于等到了妹妹。　当时正是深夜，太阳趁月亮睡着了偷走了她的升天神药。　太阳这是第一次偷东西，不免有些心慌意乱，狼狈地逃跑了。　太阳跑了一会儿跑不动了，就拿起升天神药吃了下去。　太阳立刻觉得浑身轻飘飘地升上了天空，但马上觉得火辣辣的，身上发出万道金光。　太阳吃药时刚好天亮了，于是他踩着祥云好奇地在天空中观察地上的样子。

　　再说月亮，她一觉醒来，发现哥哥和升天神药都不见了，就追了出去。　太阳看到这一情景，觉得很愧疚，可是又没有办法，就指点月亮再到西天佛祖那里想办法。　月亮只好哭着喊着再次千辛万苦走向西天。　她的遭遇打动了佛祖，佛祖把她从地上托向天空，由白云送到太阳身边，告诉太阳全身发烫是对他的惩罚。　月亮却心疼哥哥，回到佛祖那里祈求佛祖给他解药让哥哥摆脱痛苦。佛祖被月亮打动，给了她升天神药和太阳的解药：一支金针。　月亮立即吃了升天神药去找太阳。　太阳远远看到月亮手持金针追来，以为要扎自己，就躲到一座大山后面。　地上的人们见了，就说："看啊，太阳落山了。"从此，就有了"落山"这个词。　当月亮跑到太阳升天的那个位置时，天黑了。　月亮救太阳心切，不顾一切去追太阳。　佛见了，就又取来升天神药化成水，变成一颗颗亮晶晶的小星星。　小星星们提着灯笼走到月亮身旁给他照明。从此，天空就有了太阳、星星和月亮。

　　就这样，日复一日，年复一年，月亮和太阳在不停地捉迷藏。　不过，兄妹俩也有见面的时候，那就是人们说的"日食"，每到那一天，太阳总是用一块黑布挡住脸，不愿让人看到他涨红的脸。

天狗蚀月

神箭手后羿为民除害，射落了九个太阳，普天下的人都感谢他的恩德；王母娘娘为了奖赏他，便带着众仙女前往后羿打猎的山头来见他。

当时后羿正带着他的猎犬黑耳，在深山里打猎，王母娘娘把后羿喊到跟前，命令一名仙女捧出一个光彩夺目的小匣儿子，取出两颗芳香异常的凡药，嘱咐后羿说："回去时将凡药煮熟吞服即可以成仙。"后羿接了灵药谢过王母娘娘便欢天喜地带着黑耳回家去。

后羿十分爱他的妻子，于是决定与妻子嫦娥有福同享，一起升仙；回家时他便把事情向嫦娥交代一番，留下猎犬黑耳，前往乡亲父老处，准备向他们道别。

嫦娥遵照后羿的嘱托，把凡药放在水里煮熟，等后羿回来一起吃。但馋嘴的她闻到仙药煮熟的香味，便忍不住舀吃一粒，吃后只觉浑身舒泰，美味非常，不禁把最后一粒仙丹都给吃下。

天黑了，嫦娥见丈夫还未回来，就出来看看。谁知刚出门，身体便随风飘动，门外的猎犬黑耳眼见嫦娥偷吃仙丹，独自升天，就吠叫着扑进屋内，他闻到香味，便一爪抓翻了锅，把剩下的人参汤舔尽，然后朝天上的嫦娥追去。嫦娥听见黑耳的吠声，又惊又怕，慌忙躲进月亮里。而黑耳毛发直竖，身体不断变大，一下子便扑了上去，一口把嫦娥连着月亮吞了下去。

当时玉帝及王母娘娘正在天宫赏月，忽见天色昏暗，连忙派夜游神一探究竟。夜游神回来报告说月亮被一条黑狗吞吃了，才会天昏地暗；玉帝一听，便生气地下令天兵天将去捉拿那只黑狗。当把黑狗捉来的时刻后，王母娘娘认得他是后羿的猎犬黑耳，于是一问，得知了事情缘由，就心生怜悯，封他为天狗，让他守护南天门。 黑耳受到恩封，便吐出了月亮和嫦娥，而嫦娥则被罚永远地居于月亮的广寒宫中。

玉兔捣药

传说很久以前，有一对修行千年的兔子，得道成了仙。 它们有四个可爱的女儿，个个生得纯白伶俐。

一天，玉皇大帝召见雄兔上天宫，它依依不舍地离开妻女，踏着云彩上天宫去。 正当它来到南天门时，看到太白金星带领天将押着嫦娥从身边走去。 兔仙不知发生了什么事，就问旁边一位看守天门的天神。

听完她的遭遇后，兔仙觉得嫦娥无辜受罪，很同情她。 但是自己力量微薄，能帮什么忙呢？ 想到嫦娥一个人关在月宫里，多么寂寞悲伤，要是有人陪伴就好了，忽然想到自己的四个女儿，它立即飞奔回家。

兔仙把嫦娥的遭遇告诉雌兔，并说想送一个孩子跟嫦娥做伴。雌兔虽然深深同情嫦娥，但是又舍不得自己的宝贝女儿，这等于是割下它心头的肉啊！ 几个女儿也舍不得离开父母，一个个泪流满面。 雄兔语重心长地说道："如果是我孤独地被关起来，你们愿意陪伴我吗？ 嫦娥为了解救百姓，受到牵累，我们能不同情她吗？ 孩子，我们不能只想到自己呀！"

孩子们明白了父亲的心，都表示愿意去。 雄兔和雌兔眼里含着泪，笑了。 它们决定让最小的女儿去。

于是小玉兔告别父母和姐姐们，到月宫陪伴嫦娥捣药了！

石象拜舜

九嶷山舜源峰的北边有一个孤单的小石山，石山下面有一个小岩洞，因为这个小山其形如象，故名"象岩"。 传说这座象形石山，就是舜的弟弟象变成的。

象是舜的后母生的，后母为了让她的亲生儿子得到娥皇、女英，多次指使象去陷害舜，都没有成功。 舜虽然知道了其中内情，但是对父母还是很孝敬，对象也如同胞手足一样亲热。 这样就使象感动得又后悔，又惭愧。

后来舜帝要南巡，象便对舜说："哥哥，让我跟你去吧！"舜帝想到弟弟从小娇生惯养，肩不能挑，手不能提，吹不得风，淋不得雨，怎能吃得苦？ 便对象说："弟弟，我这一去不知有多长日子，而且到南方那种荒凉的地方去，道路遥远，你怎么受得了？还是留在家里好。"

象说："我再也不愿跟母亲在一起了，我过去对你不起，我现在愿意分担你的艰苦。"

舜帝见弟弟态度诚恳，便答应下来。

头七天，他们遇到了暴火日头，茅草晒得要冒烟，石板上能烫熟鱼虾。

象被晒得火烧火燎，起了一身水泡。 舜帝劝他："弟弟，这日头你受不了，快转回去吧！"象说："哥哥，我不怕！"

第二个七天，他们遇上了一场暴风雨，茅草打得趴了地，飞鸟打得断了翅膀。象一身淋得透湿透湿。舜帝劝他："弟弟，这么大的风雨你受不了，还是转回去吧！"象说："哥哥，我不怕！"

第三个七天，他们遇到一座大山，悬崖峭壁，连猴子也难得攀上去。舜帝又劝他："弟弟呀，这山高路远，你受不了，还是赶快转回去吧！"象没有说话，却第一个向山上爬去。

这样走啊，走啊！一直走了七七四十九天。这一天来到了洞庭湖边，只见波浪滚滚，天水相连，湖面百鸟飞翔，湖中鱼群戏水。舜帝见了不禁赞叹道："好一个鱼米之乡！"

这时象指着湖水说道："哥哥，你看这水多清多明，我真想下去洗个澡！"

舜点头说："去吧，洗去一身污垢，会更有精神。可不要走远了，洗一会就上来。"

象下到湖里，洗了一会就上了岸。说也奇怪，象的皮肤变得油黑发亮，四肢变得又粗又结实了，一下成了一个身高八尺，腰圆体壮的大汉子。舜帝看了，心中好不高兴！

又走了七七四十九天，他们来到一个大山前。刚刚爬上一个山坳，突然听得一阵呼呼的风声从右边的崖石里传来，接着一只吊睛白额猛虎出现在不远的山路上。象说："哥哥，你到那石头后面去，让我去收拾那大虫！"说着折了一根大树枝，迎面向那老虎走去，舜帝哪里阻拦得了！那老虎吼了一声，就朝象猛扑过来，象急忙闪身躲过；老虎又将尾巴一扫，象又闪开；这样闪来躲去，老虎几番扑空，渐渐地减了威风。这时只听象大吼一声，乘个空儿举棒向老虎的后腿打去，老虎惨叫一声，两条后腿被打断，一个翻身，骨碌碌滚下了万丈深沟。

舜帝这才放下心来，对象说："好险呀！ 想不到你有这般大的胆量，这般大的力气。"

不久，他们来到九嶷山的消韶峰下。 山下一块大平地，长满了齐胸高的荒草，一条河水从九嶷山里流出来，穿过平地，向北流去。 舜帝赞叹道："这是个水足土肥的好地方，如果开垦出来，老百姓就可种出好多粮食！"

象看到哥哥时时关心着老百姓，便说："哥哥，你先走吧，我留在这里开垦荒地，给老百姓种庄稼，然后再去找你。"

舜帝听了，高兴地说："好！"

"哥哥，你要多加小心，有什么危险，你就返回来找我。"象有些不放心。

舜帝高兴极了，亲切地说道："弟弟，你在这里开垦荒地，可要注意休息。 至于我，你放心好了！"

舜帝离开了消韶峰，继续向南，朝九嶷山的腹地进发。

象就在消韶峰下辛勤开垦耕种，饿了吃些野果，烧只野兔，喝口山泉，累了就躺在枯草上歇息。 日子一天天过去，象耕了九百九十九亩田地，从不叫声苦，可心里老挂念着哥哥。

一天，忽然传来一阵轰隆哗啦的巨响，只见一股股黑水从九嶷山中汹涌而来，眨眼间小河两岸就被黑水淹没了。 这股黑水一直流了三天三夜才消退。

原来舜帝在九嶷山里与一条作恶多端的巨蟒搏斗了三天三夜。那黑水便是巨蟒的污血。 舜帝杀死了巨蟒，消除了大害，自己也不幸身亡。

消息传来，象悲痛万分。 想起自己过去对哥哥不起，想起哥哥对自己的宽容和教导，一边痛哭，一边向九嶷山里奔去。由于过度劳累和悲痛，他没能到达目的地，便倒在路上再也没有起来。

象死后，化成了一个石象。他前肢跪下，低着头，长长的鼻子直插地里，朝着远处的舜源峰伏拜。

西王母的传说

西王母，还有一个名字是金母元君，又号为太灵九光龟台圣母。《山海经》中的西山经中记载着，共工曾经在玉山中的一个洞穴中，见到一个长着豹子尾巴，老虎式的獠牙的人，号称自己叫金元圣母，手下有三只青鸟，是负责掌管刑罚和灾疫的天神。这个金元圣母，就是西王母了。那个时候的她估计修为不算很高，所以还没有修成完整的人形，保留着一些非人的痕迹。

玉山，就是天下山川之祖的昆仑山。民间传说，王母娘娘就住在昆仑山巅的瑶池旁。

西王母到底是怎么来的呢？原来，混沌初始，天地初分，元始天王与太元圣母阴阳两气生成了两位大神，一位是由东华至阳之气化生的木公，又称为东王公，另一位是由西华至妙之气化生的金母，又称西王母。东王公居于蓬莱仙岛，西王母居于昆仑瑶池，天上天下三届十方的男女仙人都由这两位大神管辖。西王母就是负责掌管天下女仙的大神。西王母与东王公定期开会，根据仙人们的修行程度和品行道行商定天下仙人的班位座次。可见，西王母在仙界的权力和势力是很大的。想想也知道，天下那么多的女仙人都归她管，那得多大的能量啊。

西王母还掌管一样神物，就是蟠桃，号称吃了能让人长生不老的仙果。

于是，她在每年自己寿辰的时候在昆仑瑶池举办一场宴会，号称瑶池蟠桃会，邀请天下各路神仙来吃桃子顺便祝贺其寿辰，也算是笼络诸神的一种方式吧，吃人嘴短嘛，王母这个领导可见还是当得很称职的，懂得御下之法，除了棒子还有萝卜。

后来估计随着修行的提高，西王母的外貌也发生了巨大的变化，起码不应该再像是《山海经》中描述的豹子尾巴老虎獠牙一样了，于是才有了西王母和周穆公的故事。

严格地说，周穆公算不上是一个负心汉，当了五十多年的人间帝王，富贵荣华估计也是享受够了，于是开着豪华马车去给西王母送上了价值不菲的礼物，得以在瑶池的宫殿中过了三天，这三天，真的是抵死缠绵，羡煞旁人。估计西王母也看上了周穆公，所以才不断地诱惑周穆公放弃人间权位，修仙练道好与西王母做神仙眷侣，可惜的是，周穆公明显眷恋人间大于女神，而且拿着人间帝王的使命来搪塞西王母：我是人间帝王，我的任务是治理百姓，使他们安居乐业，到了那时候我才好和你相会，共修仙道。可怜的西王母在这种情况下和凡间陷入爱情的普通女子并无区别，答应了周穆公，等这个男子三年。

周穆公终究没有再去昆仑山，西王母却等不得了，你不来，我还不能去吗？

为了再见这个负心男子，西王母抛下女神的自尊去了大周国，周穆公在宫廷中盛宴招待了西王母，可是却没有提起要和她一起修仙的事情。

自觉感情受到伤害的西王母率众女仙回到了昆仑，始终郁郁寡欢。

西王母和她的蟠桃仙子

杭州西湖妙庭观附近有一座望仙桥。

宋代绍兴年间有位道士董元行在附近挖到过一块奇妙的铜牌，上面残留着隐隐约约的文字："我有蟠桃树，千年一度生，是谁来窃去？须问董双成。"

董双成就是传说中的西王母的蟠桃仙子，望仙桥就是她丹成得道，自吹玉笙，驾鹤仙去的地方。

董双成本是西周时代钱塘江畔的一位绝色美女，浑身上下洋溢着一份灵秀的气韵。

她的先祖是商朝的史官，清虚以自守，卑弱以自持，在朝廷中鉴往知来，出谋献策。

商朝亡后定居钱塘江畔，在飞来峰下种桃成林，结庐而居。每当初春桃花盛开时，嫣红一片，簇拥草庐，生活在其中不啻是神仙生活。

这种生活环境从小就陶冶着董双成，体似弱柳的董双成酷爱桃花，如痴如醉。

有一天，董双成忽然异想天开，采撷桃花，配以山中的芝草炼制丹药。

初时仅能清痰化气，日久生巧，屡加研究，逐渐在火候及配方上有了大幅度的改进。所提炼的丹药，竟然能够治疗多种内科病症，远远近近，前来飞来峰下董家讨药的人络绎不绝。从采集原料到守炉炼丹，董双成经常忙得不可开交，偶有闲暇，便吹笙自娱，兴致来时还会高歌一曲"丹小凤"。据说当她吹笙时，会引来百鸟在空中翱翔，而当她唱歌时，更有仙鹤飞来聆听。

在一个春光明媚的午后，董双成炼成了一炉"百花丹"，异香扑鼻，传播数里之外。自食数粒后，顿觉神清气爽，精神百倍。取笙吹奏，百鸟群集，盘旋飞舞，董双成精神越来越清爽，越来越旺劲，忍不住高歌一曲，声彻云霄，引来仙鹤翩然而降，匍匐阶下。心有灵犀，董双成一步跨上鹤背，仙鹤驮着她冉冉飞升，惊倒附近的民众，都只知痴痴地傻看。

在西边昆仑山上的瑶池畔住着赫赫有名的王母娘娘。

王母娘娘究竟是什么人呢？各种记载的说法颇有出入，有的说她是古代西域的一个小国女王，蓬发虎齿，面目狰狞，仰天长啸一声，每使群兽惊慌而逃；有的说她姓杨名婉玲，住昆仑山上，得道成仙，代替玉帝执行天宫的任务，是一位雍容华贵的半老徐娘。周穆王十六年西征途中，路过昆仑山，传说曾经受到过西王母的款待，并在瑶池上饮酒赋诗，盘桓多日。回来的路上想再度造访，但见山深林密，云雾缭绕，已经渺无踪迹可寻了。

那一只仙鹤载着董双成愈飞愈远，来到了昆仑山，董双成来到了王母娘娘的身边。王母娘娘有什么授意，均由董双成负责与众仙联系并沟通，在实质上算是王母娘娘的侍从人员，说得更具体一点，似属西王母娘娘的贴身侍女之流。

西王母一共有四名贴身侍女，董双成大约是居于领班的身份。

此外，从董双成受命看守蟠桃一事，可见她在仙宫受到的信任和重视。

蟠桃是一种神奇的异种桃树，三千年才结果一次，是仙宫中的极品珍果。从平时的培养与保护，到果品的采摘和分配，均由董

双成负全责。 每值瑶池盛会，西王母赐给群仙的蟠桃，都是经由
董双成的纤纤玉手采摘而来。

王子乔骑鹤升仙

东周灵王的太子子晋又叫王乔、王子乔，是一个有抱负的青
年。 子晋厌恶宫廷的优裕生活，一有机会就向父王进谏，要轻徭
薄赋，使人民能够休养生息。 这些中肯的进言，灵王不但听不进
去，反而变本加厉剥削和奴役人民。 子晋感到非常痛心，便经常
找借口到民间游玩打猎。

有一次，子晋骑着白马独自走出洛阳城，沿路被田野秋色所
迷，高兴万分。 忽然他发现荒野里有一只金鹿在吃草，连忙张
弓。 嗖的一声，箭射中金鹿胯上。 金鹿一惊，拔腿就逃。 子
晋也纵马紧追，金鹿拼命跑到缑山上，钻进野菊丛中一晃就不
见了。

子晋绕山头找了一圈也没有找到金鹿，只看到遍地长着黄灿灿
的菊花，令人心旷神怡。 突然，他觉得眼前金光一闪，菊花丛中
出现一个美貌女郎。 子晋在宫廷中见过的美女上千，可是谁也比
不上她。 子晋走上前去，正准备有礼貌地问话，谁知没有开口，
那女郎便嫣然一笑说道："太子不在宫中，何故来此深山？"子晋
回答道："我出城游玩，在荒野上射中一只鹿，追到这里就不见
了。"女郎随即从袖里掏出一只琉璃小瓶说："你看，是不是
它？"子晋定睛一看，瓶内有一小鹿，和刚才所射中的完全一样，
不过要小得多。 再仔细一看，那小鹿胯上还插着一支箭，箭杆上

还流着血。 子晋不觉大惊，连忙伏身下拜道："多多冒犯，不知阁下是何方神仙？"

女郎笑着说："我是菊花仙子，今朝来此赏花，恰巧遇到太子。"

子晋歉意地说："我无意射中您的小鹿，多望宽恕。"

女郎脸一红说："若射不中小鹿，也不会来到这山上吧！"说后，从瓶中放出小鹿，用袖一扬，小鹿立即变得和原来一样大小。她轻轻拔下小鹿胯上的箭，奇怪的是伤口也立即愈合。 她捧着箭送到子晋面前，说道："你的箭法真好。 箭归原主？ 还是让我留着？"

子晋是个聪明人，当然了解她的心意，说道："你高兴的话，就留个纪念吧！"

女郎娇羞地低头一笑，跨上金鹿，说道："你如果愿意脱离凡尘，可到瑶池找我。"说罢，金鹿扬起四蹄，驮着女郎向天庭飘然而去。

子晋原来就不满父王的统治，加上宫廷的寂寞无聊，今日碰上多情的女郎，更加不愿回宫去。 但是，如何追随那菊花仙子，自己又苦无办法，只好独自坐在马上叹息。 忽然，天上又传来那菊花仙子的话语："你真有心，只需要与白马同饮池水，就可成仙了！"

子晋下马，牵着马转来转去，终于在西山顶发现一池清泉，他就和白马同饮泉水。 饮后，顿时感到浑身轻松爽快，一瞬间白马已变成一只洁白的仙鹤，子晋将身边的碎银子扔到池边，翻身跨上仙鹤。 当转身时，不巧宝剑上的剑緌被身边酸枣树的刺条挂住，子晋还未来得及解开，仙鹤已腾空飞起，剑緌嘣的一声被扯断，留在山上。 仙鹤扶摇直上，驮着太子升仙而去，一会儿就不见了。

当追赶子晋的官兵来到时，只见天空中白云飘飘，隐隐约约见整齐壮观的仪仗，似乎还可听到笙管鼓乐之声。官兵们立即禀报周灵王。灵王一听大惊，但也无可奈何，便派人在山顶修了座升仙观。

望帝的传说

很早很早以前，位于四川的蜀国有个国王，叫作望帝。望帝是个人人爱戴的好皇帝。他爱百姓也爱生产，经常带领四川人开垦荒地，种植五谷。辛苦了许多年，把蜀国建成为丰衣足食、锦绣一般的天府之国。

有一年，在湖北的荆州地方，有一个井里的大鳖成了精灵，幻成了人形。可是，他刚从井里来到人间便不知何故死了。奇怪的是，那死尸在哪里，哪里的河水就会向西流。于是，鳖精的尸体就随着西流水，从荆水沿着长江直往上浮，浮过了三峡，浮过了巴泸，最后到了岷江。当鳖精浮到岷山山下的时候，他突然活了过来，他便跑去朝拜望帝，自称叫作"鳖灵"。说来也巧，鳖灵正碰见望帝愁眉不展，嗟吁长叹，便忙问为什么如此惆怅。望帝见到鳖灵，非常喜欢他的聪明和诚恳，便告诉了他缘故。

原来，有一大群被蜀人烧山开荒赶走的龙蛇鬼怪，不愿离开天府之国的宝地，更不情愿看到蜀人把自己的家园建成乐园，他们便使了妖术，把现在川西原来一带的大石，都运到夔峡、巫峡一带的山谷里，堆成崇山峻岭，砌成龙穴鬼窝，天天在那里兴风作浪，将万流归海的大水挡住了。结果，水流越来越大，水位越来越高，将老百姓的房屋、作物甚至生命，埋葬在无情的洪水里面。大片大片的梯田和平地，人们生活的地方，变成了又黑暗又污秽的海底。这种百姓遭殃受罪的情景已经很长时间了，可是谁也没有办法，望帝因而茶不思、饭不想，心中难受。

鳖灵听后，便对望帝说："我有治水的本领，我也不怕什么龙蛇鬼怪，凭着我们的才智一定能战胜邪恶。"望帝大喜过望，便拜他做了丞相，令他去巫山除鬼怪，开河放水救民。

鳖灵领了圣旨，带了许多有本领的兵马和工匠，顺流来到巫山所在，和龙蛇斗了六天六夜，才把那些凶恶顽劣的龙蛇捉住，关在了滟滪堆下的上牢关里。接着，他又带领人们和鬼怪拼斗了九天九夜，才把那些邪恶狡猾的鬼怪捉住，关在了巫山峡的鬼门关里。然后，鳖灵着手把巫山一带的乱石高山，凿成了夔峡、巫峡、西陵陕等弯曲峡谷，终于将汇积在蜀国的滔天洪水，顺着七百里长的河道，引向东海去了。蜀国又成了人民康乐、物产丰饶的天府之国。

望帝是个爱才的国王，他见鳖灵为人民立了如此大的功劳，才能又高于自己，便选了一个好日子，举行了隆重的仪式，将王位让给了鳖灵，他自己隐居到西山去了。

鳖灵做了国王，便是"从帝"。他领导蜀人兴修水利，开垦田地，做了许多利国利民的大好事，百姓过着快乐的生活，望帝也在西山过着清心寡欲的日子。

可是，后来情况慢慢起了变化。从帝有点居功自傲，变得独断专行，不大倾听臣民的意见，不大体恤老百姓的生活了。人们为此愁起来啦。

消息传到西山，望帝老王非常着急，常常食不好寝不安，半夜三更还在房里踱来踱去，想着劝导丛帝的办法。最后，他还是决定亲自走一趟，进宫去劝导丛帝。于是，第二天早晨，他便从西山动身进城去访丛帝。

这个消息很快就被老百姓知道了，大家都诚心诚意地期望丛帝能悔过反省，便一大群一大群地跟在望帝老王的后面，进宫请愿，结果，便连成了很长很长的一支队伍。

这一来，反而把事情弄僵了。丛帝远远地看见这种气势，心里起了疑惑，认为是老王要向他收回王位，带着老百姓来推翻他的。丛帝心中慌了，便急忙下令紧闭城门，不得让老王和那些老百姓进城。

望帝老王无法进城，他靠着城门痛哭了一阵，也只好无奈地回西山了。可是，望帝老王觉得自己有责任去帮助丛帝清醒过来，治理好天下，他一定要想办法进城去。他又想呀想呀，终于想到只有变成一只会飞的鸟儿，才能飞进城门，飞进宫中，飞到高树枝头，把爱民安天下的道理亲自告诉丛帝。于是，他便化为一只会飞会叫的杜鹃鸟了。

那杜鹃扑打着双翅飞呀飞，从西山飞进了城里，又飞进了高高宫墙的里面，飞到了皇帝御花园的楠木树上，高声叫着："民贵呀！民贵呀！"

那丛帝原来也是个清明的皇帝，也是个受到四川百姓当成神仙祭祀的国王。他听了杜鹃的劝告，明白了老王的善意，知道多疑了，心中很是愧疚，以后，便更加体恤民情，成为一个名副其实的好皇帝。

可是，望帝已经变成了杜鹃鸟，他无法再变回原形了，而且，他也下定决心要劝诫以后的君王要爱民。于是，他化为的杜鹃鸟总是昼夜不停地对千百年来的帝王叫道:"民贵呀! 民贵呀!"但是,以后的帝王没有几个听他的话,所以,他苦苦地叫,叫出了血,把嘴巴染红了,还是不甘心,仍然在苦口婆心地叫着"民贵"!

后代的人都为杜鹃的这种努力不息的精神所感动,所以世世代代的四川人,都很郑重地传下了"不打杜鹃"的规矩,以示敬意。

第二章

胜地风物篇

日月潭

　　古时候，大清溪边住着一对青年夫妇，男的叫大尖哥，女的叫水社姐。 他两口子专靠捕鱼过活。 他们织大网捞鱼，做浮筒钓鱼，钻进深潭里石岩底下摸鱼。 小夫妻的日子过得挺甜。

　　有一天，中午时候，太阳在天空照耀着，他们钻进溪水里摸鱼。 忽然，轰隆一声，大地震动了，河水也震动了，在水底下看不见东西了。 他们急忙浮上水面，啊！ 太阳不见了，天上黑墨墨的，地下也是黑墨墨的。 他们摸头不知脑，只好手拉着手爬上岸，高一脚低一脚慢慢地走回家。

　　到了晚上，月亮出来了，夫妻俩在大门口月光下补鱼网。 又听得轰隆一声，地面上的石头和房子都跳动起来。 月亮一闪就不见了。 天黑墨墨的，地也是黑墨墨的。 他们摸头不知脑，只好慢慢地推开大门，回家睡觉。

　　从这天起，天上没有太阳，也没有月亮，日夜黑墨墨的。

　　大尖哥和水社姐只好烧起柴火在家里做事，点燃松蜡下溪捕鱼。

　　不久，田里的禾苗黄白黄白的，长不起来。 山上的树木也低垂着黄白黄白的叶子，萎萎缩缩的。 花不开了，果子不结了，鸟不叫了。 虫在哭泣，家家户户在唉声叹气。 大地上黑里墨悄的。

　　大尖哥坐在溪边瓮声瓮气地对水社姐说： "这种日子怎么过啊！"

　　水社姐顺手抓了一块石头扔下溪水里，叹一口长长的气，说：

"不光我俩的日子难过，所有人的日子都难过啊！"

大尖哥说："太阳和月亮一定落到地上来了。可能在大山上，也可能在大森林里。我想去寻找它们，要回我们的光亮。"

水社姐说："好啊！我们两个人去吧！"

小夫妻拿起大火把往大山走去，往森林走去。

在路上看见一个小婶子弓着背在锄甘蔗地，地边烧起一堆柴火。她无心懒意的，一锄一歇的。水社姐问道："小婶子，你锄地为什么无心懒意的呢？"

小婶回答的声音是凄凄凉凉的："没有太阳，没有月亮，种起甘蔗来也长不大啊！我有什么心思锄地呢！"

大尖哥说："你在这里好好锄地吧！我们去把太阳和月亮找回来。"

小婶子望一望黑墨墨的天上，说："太阳月亮失掉了，能够找回来吗？"

小夫妻蛮有信心，打着火把的笃的笃向前走。

在路上看见一个小伙子烧起柴火在牧牛。小伙子躺在地上尽叹气。

大尖哥问道："小哥哥，你为什么叹气呀！"

小伙子回答的声音是凄凄凉凉的："没有太阳，没有月亮，牛没有青草吃啊！"

水社姐说："小哥哥，你看好牛吧！我们去把太阳和月亮找回来。"

小伙子翻身爬起来，说："太阳月亮失掉了，能够找回来吗？"

"我们相信能够找得回来的。"

小夫妻满怀信心地打着火把的笃的笃向前走。

他们走着，走着，走过了一座一座的高山大岭，走过了一条一条的大溪小溪，走过了一丛一丛的深树密林。

一条火把熄了，又点上一条，一条接一条地燃着。

可是，他们在大山上，在森林里，不见太阳的影子，也不见月亮的影子，天上黑墨墨的，地上黑墨墨的。

有一天，他们走到一座大山上，望见远远的地方亮一阵黑一阵，黑一阵又亮一阵。

小夫妻欢呼着说："太阳和月亮一定在那里了！"

他们拿着火把连跳带跑地朝有光亮的地方走去。

在路上，他们看见一个老爹爹坐在草屋门口抱头唉声叹气。

大尖哥问道："老爹爹，前面那地方一亮一黑的，是太阳和月亮掉在那里吧？"

老爹爹抬起阴沉的脸，半天才说："是呀，太阳和月亮在那里呀。可是，那太阳月亮不是我们的了。"

小夫妻心里奇怪，不由得走到老爹爹身旁，和他谈起来。

老爹爹说："前面不远，有个深深的大潭。潭里有两条恶龙，一条公龙，一条母龙。有一天，太阳走过天空，公龙飞跃起来，一口吞食下肚。晚上月亮走过天空，母龙也飞跃起来，一口吞食下肚。这一对恶龙在潭里游来游去，把太阳和月亮一吐一吞，一碰一击的，像玩大珠球一样。你们看，潭里面不是一亮一黑吗？那就是它们一吐一吞啊！它们只图自己好玩，却没想到千千万万的人没有太阳和月亮，日子过不下去啊！"

大尖哥说："老爹爹，我们打起火把，爬山过水，就是专门来夺回我们的太阳和月亮，给千千万万的人过好日子的。"

老爹爹说："孩子，恶龙凶猛啊！太阳和月亮，它们一口也能吞下肚。你们一对小夫妻能够和它们斗吗？"

水社姐说："我们相信能夺得回来的。"

老爹爹眼瞪瞪望着他们，默默不出声。

小夫妻打起火把，的笃的笃向前走去。

走到大潭边了，看见两条大大的恶龙在潭里吞吐太阳和月亮。太阳和月亮碰得咚咚响，潭面上一亮一黑的。

大尖哥和水社姐伏在潭边大石头上，轻轻商量着怎样杀死恶龙，怎样夺回太阳和月亮。

恶龙的嘴巴大大的，只要舌头轻轻一伸，就可以把一对小夫妻卷进嘴里。

怎么办呢？ 他们谈来说去，也谈不出一个办法。

忽然大石岩下面冒出烟来。 他们低头下望，大石岩下有一个深深的岩洞，烟从深岩洞里飘出来。

大尖哥说："这岩洞一定通到潭底恶龙住的地方，我们钻进去看看。"

水社姐说了一声"好"，跳下大石岩朝洞里钻去。 大尖哥跟在后头。

洞黑里墨悄的，发出霉湿的泥土气味。 他们走了很久很久，越进去，洞越宽大。 忽然看见前面发出火光，再走过去一看，啊！ 原来是一间厨房，一个白发老婆婆在灶边煮饭呢。 他们看到老婆婆慈眉善目的，断定绝不会是坏人。

大尖哥走过去问道："老婆婆，你好。 你在这里煮饭吗？"

老婆婆猛然听见人的声音，抬头见是两个青年男女，她急忙放下锅铲，过去抓住他们的手说："啊！ 孩子，我许久没有见到我们的人了！ 你们叫什么名字啊？"

大尖哥说："我们是在溪里捉鱼的一对夫妻，她叫水社，我叫大尖。 老婆婆，你为什么在这里呢？"

老婆婆摇着满头白发，流着眼泪，说出了她的遭遇：

老婆婆年纪轻的时候，住在山腰上，一家人过着快快乐乐的日子。有一天，她在后山锄甘蔗地，忽然一阵猛风吹来，两条粗大的恶龙在半空中用尾巴向地上一卷，就把她卷到这个深深的岩洞里。她每天替恶龙煮饭吃。日子一天一天的过去，不晓得过了几十年，只晓得自己青青的头发变成白白的头发，圆润润的脸孔变成皱巴的脸孔。

老婆婆又说："孩子，你们快出去吧！恶龙在潭里玩腻了，就会回洞里来吃饭的，它们见到你们，必然一口吞下去。"

大尖哥说："恶龙吞食了太阳和月亮，地上的人们很难生活。我们是特地来杀死恶龙，夺回我们的太阳和月亮的。"

老婆婆想了一想，说："孩子，你们两个人怎能杀死恶龙呢？我曾经听见公龙和母龙在吃饭的时候谈话。母龙骄傲他说：'我们是天不怕地不怕的龙啊！'公龙说：'我们就怕阿里山底的金斧头和金剪刀。若是有人把金斧头和金剪刀丢下潭里，金斧头会自动地劈开我们的头壳，金剪刀会自动地剪断我们的喉咙。那我们就完蛋了。'母龙慌了起来，说：'我们赶快去把它们毁掉吧！'公龙说：'不要紧，它们埋在深深的山底，没有人晓得，就是晓得了，也没有本事挖得出来！'孩子，你们要想杀死恶龙，夺回太阳和月亮，只有到阿里山脚底下挖出金斧头和金剪刀才行。孩子，我恨死了恶龙啊！我很想回家啊！"

大尖哥说："老婆婆，我们相信我们一定能挖出金斧头和金剪刀。等我们杀死恶龙再来接你回去吧！"

水社姐忽然想起，挖山没有锄头怎么行？她问道："老婆婆，你有锄头吗？借两把给我们挖山啊！"

老婆婆给他们一把大锅铲，一把大火杈，说："这是龙的东

238

西，你们拿去挖山吧，大概会比锄头好用。"

大尖哥和水社姐接过锅铲火权，辞别了老婆婆，从洞里钻了出来，点起火把，一直朝阿里山跑去。

他们到了阿里山脚。 男的用火权凿地，女的用锅铲掀土，凿呀凿，掀呀掀，不晓得过了多少日子，山脚底下挖出了一个深深的大洞。 忽然深深的洞里轰隆一声放出了红光，金斧头和金剪刀出现了。 大尖哥捡起金斧头，水社姐捡起金剪刀，跑出洞来。 小夫妻好喜欢啊！ 他们大跑小跑，一直朝恶龙住的大潭跑去。 恰好公龙和母龙又在潭里游来游去，把太阳和月亮吐出吞进，一碰一击的。

大尖哥站在潭边大石岩上把金斧头丢下潭去。 只听见"轰隆轰隆"的声音，两条恶龙在潭底翻翻滚滚，浪花掀起几丈高。

忽然，两条恶龙满头是血，伸了出来，要向天空飞去。

水社姐急忙把金剪刀丢下潭去。 只听见"咔嚓咔嚓"的声音，恶龙的头沉下潭水里。 一会儿，潭水平静了，一对恶龙直挺挺地躺在潭底，颈脖子上冒着鲜血，把潭水也染红了。

金斧头和金剪刀在潭里一晃，不见了。

太阳和月亮圆滚滚的从恶龙的口里滚出来，在潭里一浮一沉的，好光亮啊！

大尖哥和水社姐站在潭边大石头上拍手大笑。

大尖哥说："恶龙是杀死了，可是太阳和月亮还沉在潭里也没有用呀，怎样使它们仍旧在天上走呢？"

他们呆呆地望着潭水，想不出办法。

水社姐说："我们还是去找老婆婆商量吧。"

他们两口子又钻进大岩石下深深的洞里，又见到老婆婆摇着白头发在灶边煮饭。

大尖哥说："老婆婆，恶龙杀死了，请你出去吧！"

老婆婆一听恶龙死了，笑得两眼冒出泪花，她颤声说："孩子，好孩子，我们出去看看吧！"

老婆婆和一对青年夫妻出去站在潭边大石岩上。

太阳和月亮在潭里一浮一沉的。

大尖哥说："老婆婆，怎样才能够把太阳和月亮送上天去呢？"

老婆婆想了一想，说："我听老前辈说，人吃了龙的眼珠，会身长力大，你们取来吃了，把太阳和月亮抛上天去吧。"

小两口都会游水，他们听说，即刻扑通跳下潭去。

大尖哥摘下公龙的两颗眼珠，一口吞下肚；水社姐摘下母龙的两颗眼珠，也一口吞下肚。忽然，他们变成又高又大的人，站在深潭里像两座高山。

他们捧起太阳往天上就抛。太阳在半空中飘了一会，又落下潭里，抛了三次，落了三次。

老婆婆站在潭边大声说："孩子，潭边有两株高大的棕榈树，拔来托太阳上天好啦！"

夫妻俩伸手到潭边，各人拔了一根几十丈高的大棕榈树。

夫妻俩抬起太阳用劲抛上天空，他们急忙用棕榈树向上托着，一冲一冲的。这样整整冲了三天，把太阳冲上天空去了。

太阳红彤彤的，照旧在天上行走。

地上的花草树木活了，人们笑了。

夫妻俩又抬起月亮用劲抛上天空，他们又用棕榈树向上托着，一冲一冲的，整整冲了一天。当着太阳走往西边的时候，月亮上了天空。

晚上月亮明光光的，照旧在天上行走。

地下的人们在月光下，拍手，唱歌，欢舞。

大尖哥和水社姐爬上大岩的东边来，手拿着大棕榈树，笔挺挺地分站在潭的两边。大尖哥仰起头来望天上，水社姐低下头来望潭里。

老婆婆对大尖哥说："大尖哥，恶龙杀死了，太阳和月亮也到天上了。我们回家去吧！"

大尖哥说："我要守住太阳和月亮，不让它们再掉下潭里。我要使太阳和月亮永远在天上明明亮亮地照着，让人们过着美美的日子！"

老婆婆对水社姐说："水社姐，恶龙杀死了，太阳和月亮已到天上了。我们回家去吧！"

水社姐说："我要守住恶龙，不让它们再活过来。我要使太阳和月亮永远在空中明亮亮地照着，让人们过着美美的日子！"

老婆婆说："你们都是好孩子啊！"她飘着白头发独自回她老家去了。

大尖哥和水社姐笔挺挺地站在潭边守着，守着。一天一天地过去，一月一月地过去，一年一年地过去。大尖哥和水社姐变成两座雄伟的大山。这两座大山永远守在大潭的旁边。后来的人们把这个大潭叫作日月潭，把这两座大山叫作大尖山和水社山。

人们天天想念着大尖哥和水社姐。每年秋天，大家穿着美丽的服装，拿起竹竿和彩球来到日月潭边。他们把球抛上天空，然后用竹竿向上冲击，不让球落下地来。他们学大尖哥和水社姐托太阳、月亮上天的样子。高山族人把这种玩法叫托球舞。

蝴蝶泉的传说

　　大理的苍山有十九峰，其中一个叫云弄峰。 云弄峰有一潭清澈的、有两三丈宽的水泉，宽宽的树丛，团团地荫护着它；茂盛的枝叶，斜斜地横盖在泉顶的上空，每年三、四月间树木开花的时候，青青的柔枝上满布着淡黄色的小花。 这泉有一个奇怪而美丽的名字，人们把它叫作蝴蝶泉。 关于蝴蝶泉这个名字的来源，有着这么一个故事：

　　这个泉本来并不叫蝴蝶泉。 早先，因为它异常清澈，泉水经年不断，从来也没有人知道它有多深，而且也看不见它的底，所以附近的人都叫它无底潭。

　　无底潭边住着一家姓张的农夫，只有父女两人相依为命。 张老头终日在田里勤劳地耕作，他的汗珠不断流着，几十年来一直淌在那仅有的三亩田里。

　　他的女儿雯姑，有十八九岁。 她的容貌，即使是花儿见到了也要自愧不如。 她的眼睛像星星一样的明媚晶莹；她那墨黑的头发，像垂柳一样又细又长；她的双颊像苹果似的鲜红。 她非常善良，她的心就像泉水一样的纯洁。

　　她白天勤劳地帮助父亲种田，晚上纺纱织布。 她那两只灵巧的手织出来的布，任何一个姑娘都比不上。 她那苗条的身影，终日在田间和织布机上。

　　她勤劳和美丽的名声，远远地传播到了四方。 少女们把她的行动看作自己的榜样；小伙子们连做梦也想得到她的爱情。

这时，云弄峰上住有一个名叫霞郎的青年樵夫。 他无父无母，一个人过着孤苦的生活。 他的勤劳任何人也赶不上，他的聪明灵巧甚至赛过古时候的鲁班大师。 他忠实而又善良，他的歌喉美妙无比，歌声像百灵鸟一样的婉转，像夜莺一般的悠扬。 每当他唱起歌来的时候，山上的百鸟都会沉静下来，连松树也不再沙沙作响，好似世上的一切，都在默默地倾听着他那美妙动人的歌声一样。

每隔六天，霞郎就要背柴到城里去卖，来来往往都要经过无底潭边。 霞郎也和别的青年一样，深深地爱慕着雯姑，每次经过她家的时候，都会情不自禁地向她偷偷地望上几眼。

雯姑也一样热爱着霞郎，每当他唱着歌走过潭边，她都要停止纺织，伏在窗棂上温情地注视着他，倾听他那娓娓动听的歌声。日子一天一天地过去了，这两个青年人的心坎里产生了纯真的爱情。

有一次，在一个月明的夜晚，雯姑在潭边遇见了霞郎。 在浓荫里，在柔美的月光下，他俩倾吐了爱情。 从此无底潭边就常常有了他们的身影，树荫下也常常留下他们双双的足印。

苍山下的俞王府里，住着凶恶残暴的俞王。 他是统治苍山和洱海的霸主，是压迫剥削人民的魔王。 若干年来他独霸着苍山和洱海，他豢养着许多士兵和狗腿子，镇压人民，屠杀人民。 人民对俞王的仇恨，比苍山还高，比洱海还深。

俞王也听到了雯姑美貌的名声，他打定了主意要抢雯姑去做他的第八个妻子。

俞王带着他的狗腿子们来到无底潭，打伤了年迈的张老头，把雯姑抢到了俞王府。

俞王像狗一样地流着口水对雯姑说道："我府里有无数的金银

财宝，吃不尽的山珍海味，穿不完的绫罗绸缎，只要你答应做我的妻子，我保你一辈子享受荣华富贵。"

雯姑毫不理睬他，鄙夷他说道："我早就爱上砍柴的霞郎了，尽管你有多少金银财宝，你也买不动我爱霞郎的心。"

俞王发怒了，说道："哼，我俞王爷势力比天高，我跺跺脚天会动地会摇，难道我还比不上那砍柴的霞郎？假若你不听我俞王爷的话，你逃不出我的手掌。"

雯姑一点也不害怕，坚决地说："不管你威风比天高，不管你跺脚天动地也摇，我爱霞郎的心啊，就像白雪峰上的雪永远不变。你想要我答应你，那是梦想。"

这样，经过三天三夜，俞王用尽了威胁和利诱，一丝一毫也动摇不了雯姑坚贞的心。俞王恼羞成怒，叫狗腿子把雯姑吊起来，想用肉刑强迫雯姑答应。

这天，霞郎怀着兴奋和期待的心情，来到无底潭边和雯姑相会，可是他见到的不是雯姑那可爱的笑脸，雯姑家里上一片凌乱。将死的张老头挣扎着对他说完了雯姑被抢的情形，就死去了。痛苦和仇恨燃烧着霞郎的心，他草草埋葬了张老头，抓起斧头，满腔怒火地朝俞王府奔去。

黑夜里，霞郎翻过俞王府的高墙，在马房里找到了被高吊着的雯姑。他用斧头割断了绳索，扶着雯姑逃出了俞王府。

雯姑和霞郎在漆黑的道路上急奔，俞王带领着恶狗和士兵在后面紧紧追赶。他们逃上了高山，俞王追上了高山；他们逃下了深谷，俞王追下了深谷。

俞王耀武扬威地在后面大喊道："任你们上天入地，休想逃得出我的手掌。"

雯姑和霞郎逃到了无底潭边，俞王爷的狗腿子们紧紧包围着他们，要他们跪下投降。

这时，雯姑和霞郎紧紧地拥抱着，他们用冷眼回答着俞王的叫喊，纵身跳下了无底的深潭……无底潭边的人们听到了这一对青年人的死讯，纷纷拿出武器打进了俞王府，把俞王和他的狗腿子一个不留地杀个干净。

第二天，人们到无底潭准备打捞雯姑和霞郎的尸首。突然，无底潭的水翻滚着，沸腾了起来，潭心里冒起了一个巨大的水泡，水泡下有一个空洞，从水洞中飞出一对五彩斑斓、鲜艳美丽的蝴蝶，互相追逐着在潭边翩翩飞舞。

一会儿，从四面八方又飞来了大大小小的蝴蝶，围绕着这一对蝴蝶在潭边和树下四处飞翔。

从此以后，人们给无底潭起了一个名字——蝴蝶泉。到了每年的三、四月间，各种各样、大大小小、形形色色的美丽的蝴蝶便飞来蝴蝶泉边，成群地上下飞舞。泉上和泉的四周，甚至漫山遍野，完全变成了彩色缤纷的蝴蝶世界，成为罕见的动人的美丽奇景。

天池水

古时候，东海龙王出宫去巡游。

这一天，龙王巡游到圆心湖，发现湖边有许多闪闪发光的水珠，龙王就让随从捧起来，放在掌心里，这水珠活像珍珠一般，龙王喜爱地看了又看，尝了又尝，这水珠甜丝丝的，清香好喝。从此，龙王就管这水叫珍珠水。

龙王回到龙宫，一心要寻找珍珠水源，就下了一道命令，让鱼兵虾将，到四海去寻找。 鱼兵虾将跑遍了四海五湖，也没有找到，就回报了龙王。 但龙王还是不甘心，又下了一道命令，让鱼兵虾将再去寻找。

龙王的鱼兵虾将终于在东北角的一个偏僻地方，找到了一座高高的大山——长白山。 从远处望，高山顶上有一池清清的水。 珍珠水就是从这座深山大谷里淌出来的。

龙王知道了珍珠水打哪儿来的，就上书给玉皇大帝。 玉皇大帝十分高兴，把长白山顶上的这个池封为天池。 天池里有珍珠水的喜讯很快就在天宫里传开了。

这一天早晨，南天门"哗啦"一声开了，从门里出来七个穿着彩衣的仙女。 她们驾着彩云来到了长白山的天他。

湛蓝湛蓝的天池水面上，映出了七个美丽俊俏的仙女。 她们观看了天池四周的美丽景致，就脱去了彩衣，下到天池里去洗澡。 仙女在池里游来游去，玩玩笑笑。 有个仙女不小心喝进了一口天池水，觉得这水真是香甜清爽。 她想：如果让这水流下山去，让世上的人都喝到天池水，有多么好啊。 她向姐妹们说了自己的想法，大家都很赞同。 于是七个美丽的仙女，就用七把木勺舀起天池水往北边一泼，这勺水经过龙门直流下石崖，变成瀑布，曲曲弯弯地流进了松林。 春天松树花飘落在水面上，漂漂荡荡顺水流下山去，后来人们给它起个名叫松花江。 仙女们又舀水往东边一泼，水刚刚流下就被耸立的山峰挡住了去路，这股水就调头顺着石缝流下去。 流啊流，流了很长一段路，才从山谷里涌出地面，继续向东流去，人们给这条江起名叫图们①江。 仙女们又舀水向西南

----

① 图们：朝鲜族语，跑没了的意思。

246

面泼去，这股水被重叠山峰挡住了去路，便绕着群峰回旋流去，一直流到大海里，人们给它起名叫鸭绿①江。

从这时起，长白山的天池孕育了三条大江——松花江、图们江和鸭绿江。

这三条大江浩浩荡荡地向北、东、西三个方向流淌。多少年来，一直滋润着肥沃的土地，也哺育着这块地上的成千上万的人们。

武夷山酒坛峰的传说

很久以前，九曲溪畔有一位老农民，他酿造的米酒醇美甘洌，只要酒坛一开，武夷山就三天三夜都飘逸着浓浓的酒香。种田的乡亲喝了老农民酿造的米酒，干三百六十五天活都不劳累；赶路的喝了老农民酿造的米酒，走九千九百里都不觉得辛劳。

人们对老农民，从心底里喜欢，尊敬地称他为"田父"。田父的名字，随着他的酒香飘荡，传遍了四面八方。

那时节，下八洞的八仙，各显神通过了东海，游玩了不少名山大川。这一天，闻到武夷山的酒香，暗暗称奇。铁拐李忍不住垂涎欲滴，对同伴嚷道："错过这等好酒不喝，真枉为一世神仙，我老拐可要到武夷山走一遭了。"其他仙人一听正合心意，于是，有的装扮成贩茶商客，有的装扮成云游道士，一齐寻到九曲溪畔田父家里来喝酒。

---

① 鸭绿：朝鲜族语，穿过重重高山峻岭的意思。

田父像往常一样，舀出自己的美酒，热情款待这些客人。 八仙喝了田父的美酒，连声称好，赞不绝口。 他们虽然尝过仙家玉液，也尝过人间佳酿，却从来没有喝过武夷山农家如此香浓味美的米酒，真是上品。

　　打这以后，八仙就不愿到别的地方游山玩水了。 尤其是铁拐李，自喝过田父的米酒以后，可算找到"亲家"了，天天柱着拐杖，一瘸一瘸，到田父家买酒喝，喝完还要装一葫芦带走。 日子久了，倒和田父交上了朋友。

　　那天，铁拐李在田父家喝酒，三杯落肚，面泛红光，晃着脑袋问田父："你怎么能酿造出如此奇妙的上等美酒呢？"

　　田父指着远处的丹山回答："这酒是武夷山下良田里长出的稻米酿造的。"

　　铁拐李点点头："还有呢？"

　　田父指着门前的碧水回答："这酒是取九曲溪里的甜美溪水酿造的。"

　　铁拐李又点点头："还有呢？"

　　田父指着桌旁酒坛回答："这酒是用遇林窑烧制的瓷坛酿造的。"

　　铁拐李眼睛亮了，兴奋地叫起来："好啊！ 这三件都是武夷山的奇珍，难怪你能酿出这么绝好的美酒！"他连连夸赞田父，兴奋地手舞足蹈，竟忘记了还要和其他七仙一道去赴瑶池的蟠桃宴会呢！

　　等七仙找到田父家中，拉走铁拐李，赶到瑶池的时候，蟠桃宴会已经开始了。 只见一排排桌面上，摆着老大老大的仙桃，一位位客人面前，斟满了喷香喷香的仙酒。 众仙云集，杯觥交错，好一派热闹景象。 那铁拐李赶忙坐入席中，举杯便喝，酒刚入口，却"哇"一声吐出来，筵席上的众仙都看蒙了。

王母见了觉得稀奇，便问八仙。铁拐李是个直性子的人，抢先答道："你这瑶池琼酿算什么酒，还不如武夷山田父家的米酒好喝！"

正在这时，从武夷山飘来一阵酒香，萦绕在瑶池之上，宴会上众仙闻到，馋涎欲滴，那王母也禁不住直咂嘴巴，责备酿酒大仙，竟不如人间的一个农民。酿酒大仙羞红了脸，半天说不出话来。

铁拐李眼睛眨眨，对王母说：他愿与酿酒大仙一同去向田父买回一坛米酒，让众仙也尝尝人间佳酿，享享口福。王母这才转怒为喜，吩咐二人快去快回。

二仙人飘然来到田父家中，铁拐李一五一十说明来意。田父听说仙人要喝凡酒，心里也乐了。

田父说："行，我送你一坛米酒就是了。"

二仙大喜，铁拐李连声称谢，酿酒大仙抱起田父送的一坛美酒，辞别田父，急着赶回瑶池。

那铁拐李腿脚不方便，又这样往返奔波，累得够呛。半路上，他只好叫酿酒大仙把酒先送回去，自己慢慢地走，但他再三交代："这酒好，你千万要给我留几碗！"酿酒大仙一口答应，抱着酒坛先走了。

王母见了武夷山田父的米酒，一尝果然美极了，真是名不虚传，非常兴奋，命酿酒大仙斟给席上的众仙品尝。酿酒大仙只顾给大家斟酒，忘记了铁拐李的交代，等铁拐李到了，酒坛里的酒已经不多了。

铁拐李回来，累得气喘吁吁，早想喝上几碗米酒解乏，一看他的酒碗空空的，再看酿酒大仙抱着酒坛给众仙斟酒的样子，知道坛里没剩多少酒了，顿时怒从心起，火冒三丈，举起拐杖就打酿酒大仙。酿酒大仙慌忙躲闪，只听"当啷"一声，人没打到，倒打中了田父的酒坛。酿酒大仙抱不住，手一松，酒坛骨碌碌滚出瑶池，落到人间。

真是巧，那酒坛不偏不倚，竟落到武夷山五曲南岸的山中。只是被铁拐李打裂了一道口子，剩下的米酒从裂缝涓涓流入九曲溪。

后来这只酒坛化成了武夷山的一座奇峰，像根擎天柱，也像个石坛子，壮观极了。人们便叫它天柱峰，知道它的来历的人，都称它为酒坛峰。

人们说，那酒坛里剩下的米酒，至今还日夜向九曲溪流淌，那酒香便也飘逸不尽。因此，用九曲溪水造的佳酿，美味芬芳，大家给它取了一个很美的名字"武夷流香"。

西湖的由来

西湖的来历，自古以来有很多美丽的神话般传说，金凤、玉龙与明珠的故事则是其中最为脍炙人口的一个。

相传远古时候，天河东边石窟里住着一条玉龙，天河西边树林中住着一只金凤，它们有一次在银河的仙岛上找到了一块璞玉，于是一起把璞玉琢磨了许多年，终于使璞玉成了一颗璀璨的明珠。这颗明珠光照到哪里，哪里的树木就常青，百花就盛开。

这个消息后来传到了天宫，贪心的王母娘娘为了得到这颗宝珠，就派了天兵把明珠偷走。玉龙和金凤发觉明珠不见了，到处寻找。后来得知在王母娘娘手中，于是就赶到天宫向王母索取。

王母不肯，死护住明珠不放，玉龙和金凤则上前去抢，于是你争我夺，你拉我扯，明珠由天宫阶沿滚落到人间。

为不让明珠跌碎，玉龙和金凤也紧随着明珠往下飞。这颗明珠一落地，立刻变成晶莹碧绿的西湖。玉龙和金凤舍不得离开自己辛勤琢磨成的明珠，就变成两座山来守护它。这两座山，一座是雄伟的玉龙山（今名玉皇山），一座是青翠的金凤山（今名凤凰山）。

从此，它们永远守护在西湖之滨。杭州民间至今还在传诵着"西湖明珠从天降，龙飞凤舞到钱塘"的歌谣。

黄山的来历

传说有一天，浮丘公来见轩辕黄帝，发现他眉宇紧锁，郁郁寡欢，便关切地问："尊敬的帝王啊，你为啥闷闷不乐呢？"轩辕黄帝长长叹了一口气，无限伤感地说："清晨起来，我到溪边梳洗，面容倒映水中，这才发现我已两鬓染霜，胡须斑白，唉——我老了，老了！"

浮丘公说道："世上万物有生必有死，你担忧又有什么用呢？"

黄帝摇摇头："我不是怕死。因我还有许许多多的事情没有办完，土地要开垦、河流要治理、禽兽要驯化、植物要选种……我可不能早死啊。"

"那有什么办法呢？"浮丘公为难地说，"只有神仙才能长生不老。"

"不错，"轩辕黄帝脸上露出了笑意，"我听说凡人只要吃了仙丹便能超脱凡尘，成仙不老。浮丘公，你快去给我找一个炼丹的仙境来。"浮丘公不敢违抗，只得领命而去。

浮丘公走后，黄帝每天丢一粒石子在瓮里，瓮里的石子已经一千多粒了，就是说浮丘公已经离开了三年。这一天，轩辕黄帝放了石子，心里焦急不安，忽然容成子来报："浮丘公回来了！"黄帝赶忙出门迎接，一见面来不及寒暄，便迫不及待地打问："快说快说，事情办得如何？"

浮丘公施礼道："尊敬的帝王啊，我终于找到了一个炼丹的地方，那真是个仙境。"

"那地方在何处？"黄帝欣喜地问。

浮丘公说："江南有一群高山，只因山上多是黑石，我就给它起了个名字叫黟山。"

轩辕黄帝的高兴劲儿简直无法形容。他顾不得让浮丘公休息，第二天便带着浮丘公、容成子和一些臣仆起程上路，直奔江南黟山。到了那里，众人抬头看时，果真是个绝胜处。只见奇峰错列，拔地而起。一座座山峰千奇百怪，各具情态，真是"奇峰峰侧抽奇峰，怪石石上叠怪石"。大家正看得张嘴咂舌，惊叹不已。忽然，从山谷的一个洞穴中，飞出团团云雾，把眼前的美景遮掩到纱幕后面去了。轩辕黄帝看得正入神，不料想景致被云遮住，非常恼怒，就用手去撕云扯雾。说来也怪，那朵云竟顺原路像流水一般地流回原来那个洞里去了。众人惊疑不止。

轩辕黄帝如痴如醉，也不用浮丘公引路就一直向山里走去。

行不多远，只见一座山脚下有一个水池，池上笼罩着团团雾气，容成子蹲下身子用手掬水，那水竟是热的！浮丘公说："我曾听说山中有一个仙池，一定是这个了。"轩辕闻听欣喜若狂，赶忙脱下衣服，跳进池中。池水不热也不凉，浴罢精力倍增，使人飘然欲仙。

再往前走，忽然一群猿猴嬉戏追逐，它们嘴里都含着各种各样的花朵，聚集在一块巨石上，只听见一声呼啸，一道黄光，猴儿们都不见了。轩辕黄帝心中好生纳闷，便率众人追寻。哪里追得上？山里本来就没有路，遍地野莽，处处青藤，更加怪石狼牙，走不了几步就陷入绝境。黄帝不死心，又命容成子在前抡斧开路，跌跌撞撞一路寻来。爬至一座悬崖，只听谷中喧喧嚷嚷，低头一看正是那群猿猴，只见它们把采摘来的鲜花全丢在一个大石槽中。一块突石上，端坐着一只毛色雪白的老猴，几只小毛猴正在给它抚背搔痒。轩辕黄帝心想，这一定是个猴王。这时，那老猴王已站立起来，向山崖上的黄帝拱手行礼，嘴里还呀呀有声。黄帝正欲还礼，只听一声呼啸，那猴王及猴群又都不见了。

浮丘公走到黄帝身旁，低声说道："据传这山中有一仙猿，能腾云驾雾，来去无踪，刚才见到的恐怕就是它。"

轩辕黄帝点点头，又领众人走下山来。忽然一阵阵醉人的醇香扑鼻而来。众人四处寻找，只见一个石槽中有半槽淡红色的水，香味正是从那里飘来的。容成子抢上一步，用手掬起饮了一口，不觉大叫起来："仙酒！仙酒！"黄帝和众人一尝果然甘美，大家便狂饮起来。

轩辕黄帝吩咐就在这山中垒石造屋。第二天，大家便分头去寻找最理想的炼丹的地方。他们攀山越涧，石头碰破了腿脚，荆棘扯烂了衣裳，走遍黟山所有的山峰，终于找到了一个好地方。黄帝便吩咐浮丘公搭炼丹台，容成子砌炼丹炉，众臣仆们砍柴备薪。他自己却迫不及待地去找炼丹的药。

炼丹需用九十九枝灵芝草，九十九根九节参，九十九对羚羊角，九十九朵玉露花，九十九个豹子胆，九十九颗无花果，九十九枚赤叶松，九十九片冰薄荷，九十九颗朱砂丸，再加上九十九滴甘露水。要把这些东西配齐可真不容易。然而，轩辕黄帝下定决心，炼不出仙丹绝不下山。

黟山七十二座陡峭的山峰插入云中，有些地方连猴子也难上去，可轩辕黄帝却踏遍了每一寸山崖。带来的粮食吃完了，只好摘野果子充饥。那几个臣仆受不了苦，先后偷偷地跑走了。最后，只剩下轩辕黄帝和浮丘公、容成子三人。他们千辛万苦地过了九年，才找齐了各味药，只是缺少了甘露水。这时，浮丘公又病倒了，轩辕便把容成子留下来照顾他，自己又爬进深山。这天，他累得很，看见桃花溪里有块光滑平整的大石头，就爬上去休息。当他蒙蒙眬眬闭上眼，忽然听见山林里传来一阵叮当悦耳的仙乐。

不久，他就看见从林中走出两只仙鹤，边走边舞。仙鹤后面，有一位白胡子，白眉毛的老翁，骑着一头雪白的鹿，正向他缓缓走来。他吃了一惊，赶忙起身施礼，向他打听何处有甘露。老仙翁笑而不答，只是掷下一块方巾。那方巾正飘落在他脚下。他定睛看时，见方巾上有两个字：丹井。黄帝欣喜若狂，一下子醒来，再看时，方巾不见了，原来是一个梦。他一骨碌爬起来，在脚下一块石头上打琢，找那眼丹井。岩石十分坚硬，凿了一天才凿了一小块石屑。黄帝不灰心，一直掘了七七四十九天，终于凿出一眼井，井水甘甜芬芳，果然是甘露水。

浮丘公闻讯赶来，他的病也好了，他们立即动手把各种药捣碎做成丸，然后升火开炉。

他们整整炼了三年，原来准备的像山一样高的柴垛烧完了，炼丹台附近的树全砍尽了，浮丘公和容成子不得不到远处去砍柴。轩辕黄帝在炉前烧火，他把最后一块松柴填进炉膛，砍柴的还没有回来。眼见炉膛内的火渐渐小了，黄帝急得坐立不安。炼丹的火万一熄灭，那就前功尽弃了。他又一次抬眼望望山道上，还是没有人影。怎么办呢？黄帝便把自己的一条腿伸进炉膛里，这时炉火才旺起来。

烧着烧着，炼丹炉内骤然一声巨响，射出万道金光。远山近壑都被照得通亮。浮丘公和容成子急忙赶来，黄帝还安详地烧着他的腿呢。他俩把黄帝的腿拔出来，三人看看丹炉，高兴得不知说什么好——仙丹炼成了。

那些半途逃走的臣仆，听见黟山一声轰响，又见万道金光，知道仙丹已经炼成，便纷纷赶来。可当他们赶到的时候，黄帝、浮丘公和容成子已经服了仙丹，脱胎换骨，飘然成仙了。臣仆们见那三人已慢慢飘离地面，便苦苦哀求也把他们带上天去。

轩辕黄帝看了他们一眼，没有答理。三人脚踩祥云，渐渐升高。有一臣仆纵身一跃，抓住了黄帝的胡须，想跟他们一道上天，不料上至半空那胡须忽然断了，把那臣仆摔下来，变成了一块怪石。黄帝的胡子落在地上变成了龙须草。现在山崖石缝边那一丛丛绿油油的龙须草，就是当年轩辕黄帝的胡子变的。

黄帝、浮丘公和容成子吃了仙丹变成神仙，从此长生不老，一直在为人类造福，因为黟山是黄帝炼丹的地方，后人就把黟山叫作黄山了。

现在黄山七十二峰中的轩辕峰、浮丘峰和容成峰，就是纪念他们的。桃花溪里，他们用过的丹井至今还保存着呢！

飞来峰

传说四川峨眉山上，从前有一座会飞的小山峰。它一会儿飞到东，一会儿飞到西；飞到哪里，就在哪里压坍许多房子，压死很多人。

那时，西湖灵隐寺里有一个和尚，因为他整天疯疯癫癫的，不守佛门的清规，所以人们都叫他疯和尚。有一天，疯和尚得知中午辰光，那座奇怪的飞山将飞落到灵隐寺前的村庄上来。他担心山落下来会压死很多人，就五更爬起身，奔进村庄，挨家挨户地告诉说："今天中午有座山要飞到这村庄上来了，大家赶快搬场呀，迟了就来不及啦！"

老头儿听了直摇头："疯和尚，你又来寻开心了，山是顶重的东西，谁见过会飞的山呀！"

当家人听了叹口气："我们穷佃户往哪里搬家呀！要是真的有山掉下来，压死也只好怨命啦！"

小伙子听了哼鼻子："别编谎话吓人啦！山压下来就拿肩膀顶着，我们不怕！"

小伢儿们嘻嘻哈哈地跟在他后面，指手画脚看热闹。

疯和尚这家进那家出，全村百十户人家都关照过了。他说得嘴唇破、唾沫干，却没有人信他的话，更没有一家人准备搬场的。

太阳越升越高，中午眼看就要到了，疯和尚急得团团转。这时，他忽地听到"的的打，的的打"吹唢呐的声音，赶紧顺着声音奔过去。一看，好呀，原来有一家结婚，人进人出，热闹极了。疯和尚搔搔头皮想一想，就推开众人，钻到堂前，不管三七廿一，把新娘子往肩上一背，抢出大门往村外飞跑。

新娘子头上的红披巾还没有揭掉，忽然糊里糊涂地叫人背着飞跑，也不知发生了什么事，只吓得哇哇叫。疯和尚抢新娘子，这还了得！人们抓门闩的抓门闩，抢扁担的抢扁担，挥锄头的挥锄头，举钉耙的举钉耙，没命地追赶上来。一面追，一面喊：

"抓住疯和尚！"

"前面快快拦住呀，别放他跑了！"

这一下，把全村都轰动了。也不管是亲戚不是亲戚，是朋友不是朋友，男的、女的、老的、少的，全村人都追了出来。只有村东一家财主没有动，倒反站在门前看热闹，讲风凉话：

"出家人抢新媳妇，真是件新鲜事，嘻嘻！"

疯和尚背着新娘子，一个劲往前奔。他跑得真快哩！大家一直追出十几里路，还未追上他。等到太阳当头，疯和尚站住脚，不跑啦。他从背上放下新娘子，自己往地上一坐，摇着扇子扇风凉。人们赶到他跟前，刚要揪住打他，却不料一霎时天昏地暗，伸手不见五指，大风刮得呼呼地响。突然"轰隆"一声，人们都被震得跌一跤，大家爬起来一看，已经风停云散，太阳刚照在头顶上了，却见一座山峰刚刚落在他们的村庄上。人们这才明白过来：疯和尚抢新娘子，是为了救大家的性命。

村庄被压在山底下，大家都无家可归了。有的人急得捶胸顿脚，哇哇大哭起来。疯和尚说："哭什么！你们不知道，村里的财主已被压死在山下了，今后你们各人种自己的田，还怕盖不起房子！"

人们被说得高兴起来，欢欢喜喜地正想散去，疯和尚又讲话了："别走别走，大伙听我说，这座山峰既然能从别处飞来，也就会从这儿飞走；飞到别的地方，也会害死许多人命。我们在山上凿它五百尊石罗汉，就能把山镇住，不让它再飞往别处害人，你们看好不好？"

大家听了，一齐说好，马上就动起手来，锤的锤，凿的凿，"丁丁当当"忙了一夜，五百尊石罗汉就凿全了，山上山下布满石龛佛像。 只凿了罗汉的身躯，却来不及凿出眉毛眼睛。 疯和尚说："我有办法，让我来！"他不用锤了用凿，只用他长长的手指甲到石罗汉脸上去划。 半天工夫，便把五百尊石罗汉统统都安上了眉眼。

从此，这座小山峰就再也不能飞到别处去，永远留在灵隐寺前面啦！ 因为它是从别处飞来的，所以就叫作"飞来峰"。

三潭印月

有一年，鲁班带着他的小妹，来到杭州。 他们在钱塘门边租两间铺面，招牌刚刚挂出，上门来拜师傅的便把门槛都踏断了。 鲁班挑挑拣拣，把一百八十个心灵手巧的年轻后生，收留下做徒弟。

鲁班兄妹的手艺巧极了，真是鬼斧神工：凿成的石狗会管门，雕出的木猫会捉老鼠。 一百八十个徒弟经他们一指点，个个都成了高手。

一天，鲁班兄妹正在细心给徒弟们教生活，忽然一阵黑风刮过，顿时天上乌云乱翻，原来有一个黑鱼精到人间来作祟啦，黑鱼精一头钻到西湖中央，杭州一个三百六十丈的深潭潭。 它在深潭潭里吹吹气，杭州满城鱼腥臭；它在深潭潭里喷喷水，北山南山下暴雨。 就在这一天，湖边的杨柳折断了，花朵凋谢了，大水不断往上涨。

鲁班兄妹带着一百八十个徒弟，一齐爬上了宝石山。他们朝山下望望，只见前面一片汪洋，全城的房屋都泡在臭水里，男女老少都逃到西湖四周的山头上。湖中央，转着一个老大老大的漩涡，漩涡当中翘起一只很阔很阔的鱼嘴巴，鱼嘴巴越翘越高，慢慢地露出整个大鱼头，鱼头往上一挺，蓦地飞起一朵乌云，升到天上。乌云飘呀飘呀，飘到宝石顶上，慢慢落下来，里面钻出一个又黑又丑的后生。

黑后生滚动圆鼓鼓的斗鸡眼珠，朝鲁妹瞟瞟：“哈！漂亮的大姑娘，你做的啥行当？”

鲁妹说：“你问姑娘啥行当，姑娘是个巧工匠。”

黑后生把鲁妹从头看到脚：“对了，对了！我看你亮亮的眼睛弯弯的眉，想必能绫罗绸缎巧裁剪。走，跟我去做新衣。”

鲁妹摇摇头。

黑后生把鲁妹从脚看到头：“对了，对了！我看你苗条的身材纤巧的手，想必有描龙绣凤好针线。走，跟我去绣锦被。”

鲁妹摇摇头。

黑后生猜来猜去猜不着，心里想一想，眯起眼睛说：“漂亮的大姑娘，不会裁剪不要紧，不会刺绣不要紧，你嫁到我家去，山珍海味吃不完，乐得享清福哩。”说着，伸手来拉鲁妹。

鲁班一榔头隔开他的手，喝声：“滚开点！”

黑后生仍旧咧开大嘴，嬉皮笑脸：“我的皮有三尺厚，不怕你的榔头！大姑娘嫁了我，什么都好讲；大姑娘不嫁我，再涨大水漫山冈！”

鲁妹心里想：倘若再涨水，全城人的性命都保不住了。她眼珠儿转两转，办法便有了，对黑后生说：“嫁你不急，让阿哥替我办样嫁妆。"

黑后生一听开心了："好姑娘，我答应，你打算办样啥嫁妆呢？"

"高高山上高高岩，我要叫阿哥把它凿成一只大香炉。"

黑后生高兴得拍大腿："好好好！ 天上黑鱼王，落凡立庙堂。 有个你陪嫁的石香炉，正好拿它来收供养！"

鲁妹拉过阿哥商量了一阵。 鲁班对黑后生说："东是水，西是水，怎么办呢？ 你先把大水落下去，我才好动手。"

黑后生张开阔嘴巴一吸，满城的大水竟飞了起来，倒灌进他的肚皮里去啦。

鲁班指指山上的一块悬崖问黑后生："你看，你看，把这座山劈下来凿只香炉怎么样？"

"好哩，好哩。 大舅子，你快凿，凿得越大越风光！"

"香炉高，香炉大，重重的石香炉你怎么搬呢？"

"喏喏喏，只要我抬抬脚，身后就会刮黑风；小小的石香炉算得了什么，就是一座山我也吸得动！"

躲避在四周山上的人都回家去了，鲁班他们便爬上那倒挂着的悬崖。 鲁班抡起大榔头，在悬崖上砸下第一锤：他一百八十个徒弟，跟着砸了一百八十锤。 "轰隆"一声，悬崖翻下来了。 ——从此以后，西湖边的宝石山上便留下了一堵峭壁。

悬崖真大呀，这边望望白洋洋，那边望望洋洋白，怎么把它凿成滚圆滚圆的石香炉呢？ 鲁班朝湖心的深潭潭瞄瞄，估好大小，就捏根长绳子，站在悬崖当中，叫妹妹拉紧绳子的另一头，"啪嗒啪嗒"绕着自己跑了一周，鲁妹的脚印子便在悬崖上画了一个圆圈圈。 鲁班先凿了大样，一百八十个徒弟按着样子凿。 凿一天，又一天，一共凿了七七四十九天，悬崖不见了，变成一只顶大顶大石香炉。 圆鼓鼓的香炉底下，有三只倒竖葫芦形的尖脚；尖脚上，都有个三面透光的圆洞洞。

大石香炉凿成了，鲁班朝黑后生说："你看，你看，我妹妹的嫁妆已办好，现在就请你搬下湖！"

黑后生要新娘子。鲁班说："别忙，别忙，你先把嫁妆搬去摆起来，再打发花轿来抬。"

黑后生高兴死了，一个转身就往山下跑，他卷起的旋风，竟把那么大的一个石香炉咕噜噜吸在后面滚。黑后生跑呀跑呀，跑到湖中央，变成黑鱼，钻进深潭潭；石香炉滚呀滚呀，滚到湖中央，在深潭潭旁边的斜面一滑，一下子倒覆过来，把深潭潭罩得严严实实，不留一丝缝隙。

黑鱼精被罩在石香炉下面，闷得透不过气来；往上顶顶，石香炉动不动；想刮一阵风，又转不开身子，没办法，只好死命往下钻。它越往下钻，石香炉就越往下陷……

黑鱼精终于闷死在湖底了，石香炉也陷在湖底的烂泥里，只在湖面露出三只葫芦形的脚。

从此，西湖留下一个奇妙的景致：每年中秋节夜里，人们划船到湖中央去，在炉脚上那三面透光的圆洞洞里点烛火；烛光映在湖里，就现出了好几个月影。后来这地方便叫"三潭印月"。

拐角井的传说

有一次，黄帝和蚩尤发生了战争。蚩尤施展了他那惯用的弥天大雾战术。雾时间天地昏暗，分不清方向，军队无法前进。黄帝命应龙、力牧立即照着指南车所指方向迅速撤退。全军战士马不停蹄，翻山越岭，逃出迷雾阵，来到西龙山下。 这时，正逢盛夏，太阳就像人们头上顶着一盆火。 战士又渴又饿又累，兵乏马困，有人还昏倒在地。 应龙和力牧率兵来到拐角山下，命令士兵原地休息。 黄帝随后赶到。 士兵们人人口干舌燥，到处找水。

有的用石刀就地挖水，有的用石斧到处砍石头寻水。 水，仍然没有找到。 黄帝也急得团团转。 应龙、力牧都劝黄帝坐下歇息，他们另想办法。 又一个时辰过去了，水仍然没有找到。

黄帝呼一下站起来，他觉得刚才坐的这块石头特别冰凉，周身的汗水霎时全消失了，反而冷得浑身打战。 黄帝弯腰用了平生最大力气，双手将这块大石头搬起。 谁料，石头刚刚搬开一条缝，一股清澈透明的涌泉水从石头缝里冒出来，哗哗哗流个不停。 黄帝大喊："有水了!"士兵一听有水了，赶忙前来帮助黄帝将这块石头搬开，水流更大了。 士兵不顾一切，有的用双手盛水喝，有的就地爬下喝。 水越流越大，很快地解决了全军战士的口干舌燥。 军队喝足了水，解了渴，反而觉得肚子也像吃饱了饭。 人们都感到奇怪，但谁也解释不了。

这时，突然又传来了紧急报告，说是蚩尤军队又追赶来了。来势凶猛，看样子要和黄帝军队在西龙山下决一死战。 黄帝问明了情况，命令应龙、力牧集合军队，把蚩尤军队引向东川，那里没有水源。 黄帝和风后亲自带领了一支精悍军队，翻山埋伏，截断蚩尤军队的退路。 应龙和力牧对蚩尤军队采取边打边退，诱敌深入的战法，引进东川。

这时，正当中午，火毒的太阳，晒得遍地生烟，扬起的尘土就像火星乱溅。 蚩尤的军队汗流浃背，咽喉就像冒火一般，又渴又饿，早已失去战斗力。 黄帝的军队由于喝足了拐角山下的泉水，又觉得肚子像吃饱了饭，人人精神焕发，个个斗志昂扬。 两军刚一交战，不到一个时辰，蚩尤军队就溃不成军，纷纷倒下。蚩尤发现不利，即命军队后退，企图逃跑。谁知，黄帝带兵早已断了他的退路。激战不到两个时辰，除过蚩尤带少数军队逃跑外，其余全部覆没。

为了纪念这次胜利，黄帝命仓颉把西龙拐角山下这股泉水命名为"救军水"。相传，不知又过了多少年，发生了一次大地震，"救军水"一下子断流了，当时的先民都觉得奇怪。人们到处奔走相告，有人还求神打卦。唯有酿酒的大臣杜康，整天趴在"救军水"泉边，面对干涸的水泉，号啕大哭。

人们不解地问："你整天在这里哭什么？"杜康才告诉人们说："拐角山下'救军水'，酿出来的酒不光是好喝，还能治病。现在水源断了，从哪里再寻找这么好的水酿酒呀！"黄帝知道此事，也觉得这是一大损失。最后，只好请来挖井能手伯益。伯益问明了情况，对黄帝说："经过这次大地震，水源很可能从地下走了。

在原地往下挖一口井，兴许能找见'救军水'。"黄帝沉思了半天，同意伯益挖井。果然，经过一个多月时间，井里出水了。人们吃后，都说这是"救军水"的味道，干甜味美。杜康又用此水酿酒，不料酿出来的酒比原来的味道更好，气味芳香，很有劲。在伯益提议下，黄帝同意把这口井命名为"拐角井"。

"杜康酿酒醉刘伶"的故事，据说就是用"拐角井"的水，酿出的酒，才把刘伶醉倒。

申阳之洞

传说陕西某地，有个名叫李德鸿的人。他胆气豪壮，极善于骑马射箭，在地方上小有名气。 但他不会耕地种菜，更不屑于在家洗衣做饭，附近的乡邻们认为他懒，都看不起他，谁也不愿意把自己家的姑娘嫁给他。 这样一来，李德鸿到了而立之年还是光棍一条。

李德鸿的父亲有一位朋友在桂州郡做官，他便想前去投奔，好施展自己的一身本领。 谁料，天有不测风云，等他好不容易赶到那里，才知道那位官员早在几年前就去世了。 李德鸿不愿意那么狼狈地回家，便在桂州郡四处流浪。 桂州郡是个群山环抱的美丽山城，到处都是山林树丛，他每天都出去打猎，好在狩猎本就是他的兴趣所在。 这日子倒也过得快活。

有一天，他听说了一件怪事：当地有个姓钱的富翁，家里只有一个独生女儿。 那女儿正值十七妙龄，长得如花似玉。 老两口对女儿极为宠爱。 女儿又深居闺中，很少出门，可不知道怎么回事，大概在半年前的一个深夜里，只见天上白光一闪，那女孩就莫名其妙地失踪了，一点痕迹也没有留下。 老两口伤心欲绝。 派人四处搜寻，却始终没有找到。 为了女儿，钱老爷便当着众人的面对天发誓：

"无论是公子王孙，还是乞丐流氓，只要能找到我的女儿，我就把女儿嫁给他，我全部家产的一半也会送给他。"

时间一晃半年过去了，还是没有一丁点关于女孩的消息。

这天，李德鸿又去深山里打猎，遇到了一只大獐子，他便追了上去。 可那獐子跑得极快，他怎么都追不上。 待他停下脚步想休息一下时，却发现自己已经迷失在这深山老林中了。

不一会儿，太阳落山了，天也黑了下来。 林子里影影绰绰，寒气逼人，他不由得害怕起来，赶紧借着月光，寻找栖身之所。正巧不远处有一座废弃的小古庙，他便朝那古庙走去。 推门一看，里面满地灰尘，到处都有鸟兽的踪迹。算了，凑合一下吧，总比在外面喝西北风好吧。李德鸿这么想着，便在屋檐下合上眼睛休息一会儿。

突然，外面传来一阵脚步声，像是有一群人朝这来了。李德鸿一下惊醒过来："这么晚了，这深山老林里怎么会有过往的行人？看来，那些人不是强盗，就是山精树怪了!"想到这里，他急忙沿着门框爬到屋梁上，悄悄看这帮家伙到底在干些什么勾当。

一会儿工夫，只见有十几个人来到庙前，前面两个侍卫提着大红灯笼开路，为首的是一个尖嘴猴腮的家伙，却做着君王打扮，头戴金冠，身着黄袍，腰间还束着一条白玉带。随从有十多人，个个长得丑陋无比，生着野猪马猴一样的嘴脸。那为首的径自到神案前坐了下来，随从们则手拿兵器整齐地站在台阶之下，气氛严肃。

"好个猖狂的妖怪！看我来好好教训你们!"李德鸿取出弓箭，在屋梁上弯弓射箭，一箭射出，箭若流星，正中那个头戴皇冠者的手臂，只听得那怪物痛苦地嚎叫一声，便急匆匆地逃走了。一时间，庙中大乱，不多一会儿，那些随从、护卫也都逃跑了。等到一点动静也没有了，李德鸿便跳下屋梁来，淡淡的月光照在地上，他好像看见神座旁有一点血迹。那血迹从大门出去，一直向南去了。李德鸿现在一点也不怕了，他沿着血迹追踪而去，一直追了五里多路，最后发现了一个大洞，血迹到这里就消失无踪了。他在洞口转来转去，不料，一不小心一脚踏空，跌到那个大洞里。那大洞仿佛有万丈之深，抬头不见天日。

"完了，看来今天我要命丧于此了!"李德鸿以为自己必死无疑，没想到却发现身边有一条隐秘的小路。他沿着那条小路一直往前走，不一会儿就来到了一个伸手不见五指的地方，再往前走了几步，眼前豁然开朗。 他看见面前有一间石制小屋，屋上悬挂着一个巨大匾额，上面写着几个大字：申阳之洞。

那洞前站着几个守卫，模样丑陋可怕。 他们看见李德鸿，吓了一跳，都用兵器对准他，厉声喝道："喂，你是什么人？ 怎么会到这里来的？"

"大人，我是个草药郎中，以行医为业。 这不，在山里采药时迷了路，不知怎么就到这儿来了。 不想触犯了几位大仙，请你们一定要宽恕我啊！"

守门人听到李德鸿这样说，不禁高兴起来，其中有一个就试探着问他："你是草药郎中，那一定懂得给人治病啦？"

"那还用说！"

"郎中先生，"守门人请求道，"昨日在巡游途中，我们的君王申阳侯被一支不知道从哪里飞来的箭射中了，现在痛苦不堪，如今您来到这里，可真是天降神医啊！ 请在门口稍候，我们这就去里面禀告！"说着便进洞去了。 不一会儿，他又出来了，恭敬地说："我们主人请您为他治病疗伤，先生，请随我来。"

李德鸿急忙整理衣冠，跟随着侍卫进洞去了，他们穿过了几十重门廊。 这才来到一个住所。 只见那个住所设置着石凳石榻，装饰得十分华美，榻上俯身卧着一只老猕猴，正不住地喊疼。 石榻旁边，站立着三位美貌的妙龄少女，一位为他打扇，一位为他热敷，一位为他擦汗。

李德鸿装模作样地替他诊脉，摸了摸伤口，说："大王不要紧的，我有上好的金创药，一吃下去，立刻就不会痛了。 这药是一位隐居的仙人传给我的，听说还能使人长生不老呢！"

老猕猴听后，眼睛都亮了，急忙伸手讨药。

"不要着急。 我们今日相遇，自是有缘！"李德鸿把所带的药倒了出来，让老猕猴服了下去。 小妖怪们听说这药能让人长生不老，十分羡慕，都上前叩拜，请求神医能分给他们一点，好一起长生。 其实，这药并不是什么神药，而是李德鸿平日里狩猎用的毒药。 那群妖怪争先恐后地吃下毒药，不多一会儿，药性发作，便纷纷倒地死去了。

石壁上挂着一口宝剑，李德鸿伸手取下那口宝剑，如切瓜砍菜般将妖怪的头一个个砍了下来，数一数，大小共三十六个。 那伺候老猕猴的三位少女吓得花容失色，一起跪了下来，异口同声地哭泣道："壮士饶命，我们几个是人并非妖怪，不知怎地，被那妖猴运用妖法掳到这里，就是想寻死都找不到办法啊！本来已经不指望能活着出去。 没想到今天终于可以逃出去了，为了感谢您的救命之恩，我们愿意终身侍奉左右。"

那三名少女都是桂州郡人氏，其中有一位，正是钱家失踪已久的女儿。

不料洞穴幽深复杂，李德鸿带着三位少女在洞中找寻了许久，也不见出路。 正当他们如无头的苍蝇在洞中乱转的时候，不远处传来了脚步声。 到来的是几位老人，只见他们鼻尖眼小，都蓄着黝黑浓密的长须，穿着皮衣服，其中一位穿着白色皮衣的老头儿上前来对李德鸿作了一揖，恭恭敬敬地说道："好汉，我们都是老鼠精。 我们在这个地方安安静静生活了好久，不料最近来了一帮猴妖怪，他们抢占了这个地方，逼迫我们离开，我们无力反抗，只得流落他乡，没想到您替我们赶走了这帮强盗，我们的感激之情用语言都说不尽呢！"说着，他们从袖子中取出很多金银珠宝，捧给李德鸿。

但李德鸿却并不接受，说道："老人家，请不要太客气。 这个地方是你们的故居，那你们对出入洞府的路途一定很熟悉吧，我现在找不到出去的路，如果你们一定要表示感谢，就请替我指引归途吧。"

"这有什么难的！"老人们齐声说道，"恩公请闭上眼睛，只要一盏茶的工夫我们就能把你们送回去了。"

按照老人们说的，李德鸿和三位少女闭上了眼睛。忽然，他耳边响起了疾风骤雨的声音，一会儿，风停了。他睁开眼睛一看，只见眼前有一只巨大的雪白老鼠，那老鼠身后，跟着一群如同小猪一般大小的老鼠。那大白老鼠指给他一个洞，那洞一直通到路口。李德鸿引着三位少女走出洞来。把她们一个个都送还给了家里。钱老头和他老伴喜出望外，当即宣布李德鸿已经是自己的女婿了，而其他两位少女的父母也十分高兴，愿意把女儿嫁给李德鸿。就这样，李德鸿娶了三位美丽的夫人，而且得到了巨额的财富。

后来，李德鸿还背着三位夫人悄悄回去找寻那个洞口，可是哪里还有洞口呢？只有一片翠绿逼人的茅草，在风中摇摇晃晃罢了。

翠花姑娘与五指山的传说

传说五指山原名"邪山"，后来为什么叫作"五指山"呢？

很久以前，邪山上出现了一个妖王，他率领着一群妖怪，专门吃人过活，闹得人心惶惶，日夜不安。

邪山西边有一个村庄，叫作"舞黎村"。村里有个翠花姑娘，年龄十八，生得俊秀而勇敢，能舞一手好剑。她的爸爸是被邪山上的妖怪吃掉的。因此，她对山上的妖怪恨之入骨，时时刻刻想杀上山去，把妖怪杀尽，替爸爸和受害的人们报仇。

一天，翠花姑娘从田间回来，走到一株大树底下，坐下休息。朦胧中，她看见一位老公公站在她的面前，对她说："姑娘！你怀念父亲，应该报仇，把妖怪杀死，替人民除害。我赐给你掀动大山的力气吧！"说完，用手拍了一下翠花姑娘的肩膀。翠花姑娘惊醒过来，不见了老公公，但觉得自己浑身都是力气。

　　第二天，翠花姑娘吃过早饭，套上美丽的筒裙，穿上最新的红衣，从壁上摘下宝剑，便向邪山出发。到了山腰，只见层层黑云压向山头，从黑云里忽然出现一群妖怪，拥上来要捉翠花姑娘。翠花飞舞起宝剑，妖精纷纷倒地。她鼓起勇气，一直杀上山顶，沿途看见满山白骨，腥臭冲天，被害者的血液流成五条大河，哗啦啦地分向五个方向奔流入海。

　　妖王闻报翠花姑娘已经冲上山顶，慌忙出洞迎战。那妖王长相凶恶：口似血盆，两眼闪闪发亮。他手握一支二丈八尺长的金枪，直杀过来。翠花姑娘大喝一声，立刻变成身高二丈，剑也变成二丈八尺长，寒光闪闪逼人。她挥剑上前，与妖王在山顶上大战起来。奇怪，翠花姑娘越战力气越大，身体也越高，宝剑也越长，最后，终于把妖王刺倒在地。她趁势跳到妖王身上，用一只脚踏着妖王的胸膛，把锋利的宝剑对准妖王的喉头。这时，妖王知道难以脱身了，便使出最后神通，呼出一口气，顿时天昏地暗，狂风大作，飞沙走石，沙石从四面八方向翠花姑娘打来。说时迟，那时快，翠花姑娘举起左臂，大吼一声，左脚使劲把妖王踏死在脚下。但是飞沙走石比闪电还快，顷刻间把翠花姑娘埋没了！只露出那只高高举着的巨臂上的五指。

　　狂风停了，黑云散了，太阳的光辉仍然照在那座山上，那邪山却已改变了样子！人们望见邪山上那五指形的石柱，便记起翠花姑娘。为了纪念翠花姑娘，大家便把邪山改名为"五指山"。

"八大碗"的由来

相传八仙过海惹怒龙王，久战难胜，劳累疲惫，退居海滩稍憩，颇觉腹中空空，饥饿难忍，便分头寻食充饥，哪知一眼望去的海滩薄地，荒无人烟。除曹国舅一人未回其余个个扫兴而归。

曹国舅一人不辞劳苦，腾云驾雾，行至内地，一股奇香扑鼻，不觉垂涎三尺，立即寻香进入凡间一庄上，乔装农家村夫在庄主宅院窥视，只见四方桌上八人围坐，猜拳行令，畅怀痛饮，诱人的菜肴一个接一个地上。国舅寻思道：我原乃朝廷国舅，宫廷菜肴我享用得发腻，农家菜肴我未曾见过，何不先让我大饱口福，忽想众仙友腹空我不可独享，继而采带了七样菜肴，又想起仙姑不食荤，所以又为其独带了一个素菜——青菜豆腐，计八大碗。并留言：国舅为众仙借菜八碗，日后定当图报。

八仙狼吞虎咽更觉奇香无比，酒足饭饱之后精神倍增，再战龙王大获全胜。

以后人们为讨吉庆改四方桌为八仙桌，坐八客，食八菜（八冷碟、八大碗菜），一直流传到今。

九马画山的传说

相传，当年玉皇大帝封孙悟空为"弼马温"，专门为他看管天马。 孙悟空不稀罕这个芝麻绿豆大的官，哪有心思看马！ 一天，他把天马从栏里放出去以后，就悄悄地驾起祥云回水帘洞去了，让天马随便乱跑。

在一大群天马里头，有九匹马见孙悟空不在，就想趁机会到人间去走一趟，开开眼界。 于是那匹又高又大的枣红马领头冲破天门，跑下人间去了。

天马来到人间，吃过庐山的草，喝过西湖的水，总觉得不适意，最后到了阳朔兴坪。 九匹天马一见这里山色青青的，江水亮亮的，柳岸上透出一簇簇鲜花，江水里映出一座座山峰，看着这绿水青山，乐得昂起头"灰灰"叫了起来。 九匹天马真是乐得逍遥自在，它们有的在山上吃草，有的在河边饮水，有的在岸上奔跑，有的在水里洗澡。 它们见兴坪真是人间仙镜，比天上美丽百倍，打定主意都不想再回天宫了。

御马槽头仙师知道了这事，发了急，向玉帝禀报说："启禀皇爷，孙悟空不愿当弼马温，跑回水帘洞去了。 有九匹天马见无人看管，也跑到凡间游玩去了。"玉帝听说，大骂猴头无法无天，但又没法子治他，就派一个槽头仙子下凡，限他七天找回天马。

槽头仙子领旨，退出凌霄殿，走出南天门，驾起云头来到了人间。 他按下云头，四处寻找。 找啊，找啊，走遍三山五岳，访遍五湖四海，都不见天马的踪迹。 时间过得飞快，一晃就过了三天。

第四天，槽头仙子来到阳朔兴坪，就被迷住了。 他见这里的景色比天宫御花园美，江水比瑶池的水甜。 他一抬脚，连爬了三十六座山；一躬身，连喝了四十九捧水。 他到处云游，逛来逛去，把下凡来找天马的事忘得一干二净。

傍黑，不知从什么地方传来"灰灰"一声马叫，他才想起要找天马，吃了一惊，自语道："糟糕！ 又耽误了一天。"

到了第五天，槽头仙子准备离开兴坪，到别的名山大川去寻找。 他驾起云头，一边走一边骂："这些蠢笨畜生，这么好的风光，这么好的水草都不来，哪里还有比这里更自在的地方？"于是他走几步又回头看一看，舍不得离开兴坪。 突然，他看到老村头、二郎峡、大磉滩这些地方，好像都有天马的脚印，就按下云头仔细看，果然不错。 但是他跟踪寻来找去，到处转了一天，弄得真像个无头苍蝇，结果连天马的去向也没有弄清。 槽头仙子这下急了，找马的时间仅有两天了，到时找不回天马，玉帝跟前怎么吃罪得起！ 这一夜，槽头仙子着急得没睡着觉。 第二天天刚放亮，就急急忙忙驾起云头找马去了。

原来，这九匹天马怕玉帝派天神下凡来找，白天都躲进山洞里，不敢露面，晚上偷偷出来吃草。 槽头仙子也就一直找不着它们。

这天夜里，九匹天马吃饱了一肚子嫩草，还没天亮，就一起跑到漓江里去洗澡。 九匹马越洗越高兴，直到天亮还舍不得上岸。这时，槽头仙子在云端看见江里溅起白雪雪的浪花，还听见一阵阵马叫，他眼睛一亮，心里一阵欢喜，天马找到了！

槽头仙子飞快地降落到漓江边，一下子把九匹天马拦住了。天马一见槽头仙子站在江岸，一个个吓得在水里打战，连那匹最有主意的枣红马，也不知如何是好。 槽头仙子得意忘形，不慌不忙对着九匹天马宣读了圣旨，要它们立刻返回天宫。 天马哪里肯依从，一个个拼了性命要逃跑。 这时只听到那匹枣红马"灰——"地嘶叫了一声，一个扑跳，带头跳上了岸，直往山上飞奔。

"站住！ 你们这群瘟货，好大的胆子，前些天你们违犯天规，私自下凡，现在又违抗圣旨，不愿归天，还想逃跑，你们不要命了吗？"槽头仙子吼了起来。

天马哪里听他那套，扬起四蹄只管跑。 槽头仙子火了，拔出马鞭就追。 天马不敢腾云，尽往密林子里钻。 槽头仙子在密林中走不快，像跛子赶老婆，越赶越远。 他赶紧踏上云头，追了上去，用马鞭朝天马后头的树林子一挥，"呼"一声，林子起火了。他又赶到天马前头，朝前面的树林子又挥了一鞭，"呼"一声，也烧着了，满山满岭的大火直烧上天。天马两头被火围住，没命地往树林里钻，往沙滩上奔。奔着、跑着，前头来到了画山石壁，眼睁睁地看着被挡住了去路。再回头看，槽头仙子一会近，一会远，眼看就要追赶上来，天马四处瞧瞧，实在走投无路，心一横，一个个都闯进石壁里去了。

槽头仙子眼巴巴地望着天马闯进了石壁，好久不出来，他索性坐在沙滩上守着，想等它们出来一匹套一匹。哪晓得等了一天又一天，一连等了七天，还不见一匹天马出来。槽头仙子哪里会知道，天马闯进石壁，再也出不来了。

槽头仙子见限期早就过了，找不回天马，交不了差，就不敢回天宫了。他想，回天宫挨治罪，不如在人间守住天马受点苦还自在些。

七天限期过去好久，玉帝听说槽头仙子找不回天马，就派御马槽头仙师下凡把他点化成了石头，罚他永远在人间看管天马。据说，大磉滩后面山上那块大石头，就是槽头仙子变的。

后来，人们知道画山壁上有九匹天马，路过这里的人都要歇歇脚，看一看，数一数。也真奇怪，自古以来，很少有人能看出是九匹。不知从哪个朝代起，这一带也就流传起一首歌谣：

> 画山壁，天马壮，
>
> 不知到底几多双；
>
> 看出七匹中榜眼，
>
> 见了九匹状元郎。

"九马画山"这名字从此也就叫开了。

神女峰的故事

　　人人都知道，世界上最高的山峰是喜马拉雅山脉的珠穆朗玛峰。可是你知道吗？很久很久以前，那里是一片浩瀚的大海，终年四季如春，是一片富足美丽的乐土。

　　突然有一天，从黑云里钻出了一条长着五个脑袋的恶龙，尖利的牙齿，血红的眼睛，可怕极了。

　　岸边森林里的动物们惊慌地四处逃跑。恶龙扑了个空，生气地甩动着尾巴，掀起了滔天巨浪，把这一片森林洗劫一空。

　　可是，五头龙并不罢休，动物们逃到哪里，它就把大水带到哪里。不几天，美丽的乐园变成了浊浪滚滚的大海。

　　动物们都想除掉这条恶龙，但是谁又能敌得过它呢？正在这时，从海面上飘来五朵瑰丽的云彩，云朵落下，变成了五个美丽的神女——祥寿、翠颜、贞慧、冠咏和施仁。她们披着雪白的仙衣，就像五朵洁白的雪莲。飞禽走兽们惊喜地叫起来，含着眼泪向她们顶礼膜拜。"神母呀，你们看看，五头恶龙把我们害得好苦呀！"祥寿神女说："大家不要哭了，我们就是为这件事来的。"

　　原来，这五头恶龙因为触犯了天条，才逃到了人间。但是，它不思悔改，仍然继续作恶。现在，它正趴在山坡上睡大觉，发出了雷鸣般的鼾声。五位神女拔下头上的灵簪，化作五把亮闪闪的宝剑，愤怒地刺向恶龙。刀光落处，五颗头纷纷落地。恶龙再也不会作孽了。五位仙女手挥拂帚，退尽了大水，恢复了大地美丽富足的原貌。

神女们惩治了恶龙以后，化作五座高峰，永远留在了喜马拉雅山。这就是翠颜仙女峰（也就是珠穆朗玛峰）、祥寿仙女峰、贞慧仙女峰、冠咏仙女峰和施仁仙女峰。今天，当地的藏民们还把这五座山峰称为"神女峰"呢。

潭柘寺的传说

潭柘寺位于北京门头沟区潭柘山腰。始建于晋代，因寺后有龙潭，山间有柘树而得名。因其历史久远，故有"先有潭柘寺，后有幽州城"之说。殿堂依山势而建。主要建筑有牌楼、山门、天王殿、大雄宝殿、三圣殿、毗卢阁等。尤其值得一提的是其大雄宝殿大脊两端的琉璃鸱吻上，系以一条金光闪闪的鎏金长链，使整个大殿更显得流光溢彩，不同凡响。

相传，潭柘寺的寺址原来是个水潭，水潭里面有一条黑龙。一天，黑龙跟往常一样正在潭中玩耍嬉戏，忽然隐隐约约地听到人的说话声，感到奇怪，便赶紧跃出水潭，认真聆听，原是华严禅师在传授佛经，听着听着，不知不觉中他被华严禅师的生动讲述吸引住了。

这时，他很想看看这位知识渊博、能说会道的佛教大师是什么样子，他瞪大双眼四处寻找，结果连华严禅师的人影都没看到。在又急又恼之时，灵机一动，想到了山神，他边拍脑门边自言自语道："我怎么就没想到呢？"说着，便赶到山神的住处，向山神请教道："山神，我为什么只能听见大师的声音，而看不到大师的面容？"山神看他那着急的样子，便让他先坐下来，然后告诉他：

"只有在大师生气的时候，你才能看到大师的面容，你必须设法让大师生气才是。"黑龙听了，又犯难了：我怎样才能让大师生气呢？ 这时，他急中生智，想出一条妙计，便谢了山神，往回赶。回到家，他有意把饭撒得满地都是，这个办法很有效，华严禅师见了，果然非常生气。 不一会，奇迹出现了，黑龙终于看到了大师的面容。 不过这时大师是满脸怒容，黑龙见了，害怕极了，赶忙向大师赔礼道歉，并表示把水潭捐献出来，建一座寺庙。 大师听了，将信将疑。

就在这天夜里，雷电交加，狂风怒号，大雨下了整整一夜。第二天一早，大师起来一看，惊呆了，水潭果真变成了平地，平地上还有两个鸱吻。

大师便在幽州城东西南北到处化缘，建了一座寺庙。 为了感谢黑龙，大师便把鸱吻放在大雄宝殿屋脊的两端。 到了清朝，一天康熙皇帝到潭柘寺时，看到了屋脊上的两个鸱吻，发现它们总在伺机逃离，便对寺院的长老说："这两个鸱吻可是稀世珍宝，但它们大有破空飞去之势，只有用金链锁住它们，才能使大雄宝殿永保平安。"长老听后，忙命人给鸱吻系上鎏金长链，所以现在人们都可以看到鸱吻上系有鎏金长链。

普陀山边观音跳

自普陀山紫竹林庵沿双峰山间林荫道南行片刻，便来到西方庵。这里面临大海，远处洛迦山像一尊巨大卧佛，平躺在大海之中。 近处海岸边有一块平坦的巨石，石上有一只巨大脚印，长约 0.33 米，趾跗分明，这便是普陀山著名一景——观音跳，相传当年观音菩萨来普陀山设立道场，从洛迦山跨海跳到此石上，便留下此脚印。

相传观音菩萨在来普陀山之前，在洛迦山修行。一日，普陀山的金鸡和凤凰来洛迦山朝拜观音，诉说东福山的红蛇精横行霸道，强占普陀山，自称蛇王，在山上东游西荡，荼毒生灵，请求观音菩萨帮助，铲除蛇王。观音抬起慧眼远望，果见普陀山上乌烟瘴气，禽兽潜踪，百花凋零，树叶枯黄，满目凄凉。菩萨不由动了恻隐之心，决心降伏蛇魔，救苦救难，度脱众生。

第二日，观音变做一位年轻美丽的姑娘，纵身一跳，跳到了普陀山。她的一只脚刚落在海边的一块大石头上，便见一个红脸大汉走上前来挡住去路，欲行非礼。观音知道这便是红蛇精，耐着性子规劝蛇精改恶从善，好生修炼，早成正果。谁知这红蛇精冥顽不化，不但不听菩萨规劝，反而抽出宝剑向观音刺去。观音见蛇精满脸凶相，来势凶猛，微微一笑，轻轻用手指一指，那蛇精便跌伏在地。紧接着观音从净瓶中取出杨柳枝在空中轻轻一挥，顿时在空中出现万道金光，蛇精立刻现了原形，匍匐在地，向菩萨磕头求饶。菩萨说道："我念你已有千年修行，饶你一命，立即回东福山洞中修炼，不得再踏上普陀山一步。"蛇精拜谢了观音，立刻钻进大海，游回东福山去了。

从此，普陀山上恢复了往日的生气。观音见普陀山物华天宝，山石隽秀，海天寥廓，四时景变，晨昏物异，只是岛上芸芸众生仍处于混沌愚昧之中，于是决定在这里开设道场，讲经说法，点化大千，普度众生。普陀山遂成为佛教四大名山之一。

后人遂称观音从洛迦山跳到普陀山时落脚的那块巨石上的脚印称为"观音跳"。并在石上镌刻"观音跳""海潮独踞岛，天降自在心""灵异古迹""至此心善"等题词。

金华三洞天下绝

金华北山岩洞繁多，千奇百怪，其中最著名的有双龙洞、冰壶洞、朝真洞，合称为北山三洞。

被誉为"水石奇观"的双龙洞，"洞中有洞洞中泉，欲觅泉源卧小船"。由内洞和外洞两部分组成，外洞约 1200 平方米，高大明亮，洞底平坦，四壁石质细腻，绞如肌理。东壁下有一小穴，形若"蟆颐"，一股清泉从穴中流出。从"蟆颐"形洞穴逆水而行，便是一条长 12 米、宽约 3 米的水道，水面距穴顶仅 33 厘米左右，游人须卧在小船内，方能牵引入内。内洞约 2100 平方米，洞底崎岖不平，洞中满目钟乳、石笋，纵横交错，形态各异，拟人拟物，令人目不暇接，眼花缭乱。

双龙洞洞口两侧上端，有两个钟乳石高高悬挂，仿佛两只龙头。传说古时候洞内有两条巨龙，一青一黄，每天口中吐水，从石洞中流出，灌溉与滋润着山下的大片良田、树林，养育着千千万万的劳动人民。这件事被王母娘娘知道了，心中不悦，便派天兵天将下界，锁住双龙，并封住洞穴，不让"龙水"外流。附近的村民顿时饱受干旱之苦，农田干涸，禾苗枯焦。双龙得知这一情况后非常愤慨，用龙角怒撑洞壁，撞开一处缺口。顿时，洞上的泉水源源不绝地流下山去，万民齐声欢呼，一个个跪在地上顶礼膜拜。二龙也十分高兴，一齐将头伸出洞外观看。谁知就在这时，王母娘娘吩咐天兵天将手持钢刀，将二龙处死。天将手起刀落，二龙来不及反应，两颗龙头便被斩下。从此这两颗龙头便高悬在洞口。 这便是双龙洞名称的由来。

出双龙洞向东北行走约 250 米，便来到冰壶洞。 此洞口小腹大，身上形若冰壶，故名。 洞深 120 米，顺磴道而下，便可见一瀑从石隙中倾注而下。 瀑下无潭，飞瀑落地，潜流四散，若珠玑飞溅，流光溢彩。 瞬息之间便潜入洞底、石隙中，杳无影踪。 有道是"银河倒泻入冰壶"，"一天星斗化为无"。

朝真洞在冰壶洞上一公里处。 传说古代曾有得道真人栖居洞中，故名。 洞口向西，洞道曲折幽深。 洞中有"天池"，相传为仙人用水之处，终年不涸；"石棋盘"为仙人下棋的桌子，四周钟乳倒悬，石笋林林，雾霭缭绕，宛如仙境。 洞底昏暗，伸手不见五指，及至尽头，忽见一隙天光从数十米高的洞顶石缝中破顶而入。 骤见光明，令人有恍如隔世之感。

嵩山玉人峰和玉女峰

中岳嵩山向来以少林寺闻名于世，有谁知在这里还会藏着一段动人的爱情故事呢？

嵩山脚下住着一位姓王的年轻人，他心地善良又懂医术，常常为周围的百姓无偿治病，因此大家都很喜欢他，称他为"欢子"。天长日久，他真实的名字也就无人提及了。

欢子家中只有一位高堂老母，五年前父亲死于战争，幸好他从小随父习得一身医术，才得以母子相依为命。

这一年中原地区发生水灾，水灾过后流行一种瘟疫，许多百姓都染病而死。 欢子见此情景，心中非常难过，便告别老母上山去采草药，以救治百姓。

山上杂草丛生，怪石嶙峋。 欢子每走一步都要费好大的力气，好半天，才采到几种草药，一天下来，腰酸背痛，欢子实在忍不住了，便躺在一块青石上渐渐睡着了。

在瑶池住着三位仙女，天仙碧霞、地仙佩霞、水仙紫霞，这一日得王母恩准下凡游春。 姐妹三人一路说说笑笑，驾着祥云不觉已到了一座山上。 此时天已将黑，月儿已挂在天边了。 天仙碧霞便对地仙与水仙说："两位妹妹，我们刚到下界，不能随便让人看见，何不趁今晚，把这大山游玩一遍……"于是姐妹三人趁月色在山中游玩起来。 忽然，水仙看见远处青石上躺着一白衣男子，只见这位男子，衣衫开裂，满身伤痕，水仙顿生怜悯之心，又见在其身边放着一堆草药，便知他是采药救治百姓的，顿时由怜生敬，由敬而爱，脸上飞起一朵朵红晕，这一切早被天仙碧霞看在眼里，赶忙上前，扯了扯她的衣角说："妹妹不可，若是王母得知……你可帮他获得草药，但千万不能……时间不早，我们还是走吧。"水仙恋恋不舍，天仙与地仙只好先走了。

水仙在欢子身旁思忖了好久，毅然从怀中取出一把玲珑的金钥匙放在欢子手中，然后施起仙术，托梦给欢子，让他在次日中午登峻极峰，用金钥匙打开天门，盗取仙药，撒入水井救治百姓。 施法完毕，水仙又招来几件厚厚的衣服把欢子盖好，然后便走了。

欢子醒来，已是第二日的早晨，阳光照在他的身上暖和极了。欢子伸手一摸，发现身上多了几件衣服，便知道有神仙显灵，就按梦中交代登上峻极峰，从天宫中盗出了仙药，撒入水井让百姓饮用。

回到家中，欢子把梦中之事向母亲说了一遍，母亲知道是神仙显灵了，便叫他去道谢，顺便把钥匙还给仙人。

欢子遵照母命来到天宫，见一美貌女子正坐其中，忙上前叩谢，并要奉还金钥匙，此时就听那女子开口道："公子不必客气，我就是给你托梦的那位神仙的姐姐，我那苦命的妹妹自从见你以后，已病了多日，这钥匙你也不必送还，不过今后每逢十五月圆之时，你得来与她见面。"说完就消失了。 欢子觉得自己很对不起那位仙女，就按她的姐姐所述，以后的每月十五来与水仙相会一次。

此事不久便被王母发觉，禀明玉帝，收回金钥匙，将二人打下凡间，又命二人化作石峰，屹立于嵩山，这就是今天的玉人峰和玉女峰。

"天涯海角"的由来

在海南岛最南端的三亚海湾边，有三座巨大的岩峰，峻峭巍峨，雄视南天。 上面分别刻有"天涯""海角""南天一柱"几字，这就是有名的海南天涯海角。 站在这里，观望大海，只见海天一色，蔚蓝皎洁、海浪翻花，景色十分壮观。

谁也不知道那是什么时候的事了。 那时，海边一片荒凉，海涛整天汹涌澎湃，猛烈地冲击着岸上的岩石。 老天爷像是存心与人作对似的，不是刮大风，就是下暴雨，天气是如此的恶劣，海边人的日子可真难过啊！

天上的王母娘娘有两个侍女，一名小红，一名小玉。 这两位仙女美丽、善良，当她们看到生活在南海边的人们个个面黄肌瘦，受饥挨饿时，心里十分难过。 她们俩悄悄商量了一番，决定瞒着王母娘娘，偷偷下凡，解救那些受苦受难的人们。 一天，乘人不备，她俩离开了南天门，腾云驾雾，来到了南海。 说也奇怪，她们降临在海面上，波涛顿时平息了，挥动衣袖，天气变得晴朗了，再呼噜呼噜一叫，大群的鱼儿游来了。 人们欢欣鼓舞，奔走相告。 南海边呈现出一派前所未有的生机勃勃的景象。 两位仙女见人们露出了笑脸，也大为兴奋。 她们依旧白天来，夜晚回，帮助人们，从不间断。

不觉一年过去了，凶恶的王母娘娘终于知道了小红、小玉私自下凡的事，顿时大发雷霆。 她召来了雷公和电母，厉声命令他们去捕捉两个自作主张的仙女。

雷公、电母不敢怠慢，立刻来到南海，闪电鸣雷，兴风作浪，搅得天昏地暗，树倒房塌。 小红、小玉心急如焚，大声责问道："雷公、电母，你们为何如此残害乡民？"雷公吼道："你们身为天庭仙女，却违抗天规，私自下凡，该当何罪？"小红理直气壮地说："我们帮助百姓，又有何错？""你们天地不分，尘俗不忌，就是罪过！"电母也在一边装腔作势地骂道。 性急的雷公见劝说无效，不耐烦地吼道："你们速速回天宫领罪，不然就叫你们粉身碎骨。"两位仙女异口同声地喊道："我们坚决留在人间，即使化成石头，也在所不惜！"话音刚落，她俩真的肩并肩地化为一座双峰石。 雷公大怒，用手一劈，巨石应声一分为三，被抛到了海滩上。 于是就有了这三块大石头。

后来，有人在这三块巨石上刻上了"天涯""海角"和"南天一柱"几个大字。

第三章

少数民族神话传说篇

芦笙是怎样吹起来的

（苗族）

在一个苗家寨子里，住着一对老夫妻，老汉名叫篙确，老婆婆叫娓鸟。他们四十多岁才得了一个女儿，喜欢得什么似的，给她取名叫榜篙。这榜篙啊，长大了真是心灵手巧，纺花刺绣谁也比不上她。小伙子们没有一个不喜欢和她接近，可是在榜篙看来，没有一个合她的心意。

原来榜篙暗暗地爱上了一个名叫茂沙的青年猎手。

茂沙是个英俊的小伙子，独自一个人打死过老虎。有一次，他跟着父亲一起去森林里打猎，忽然，草丛中跳出一只猛虎，猛一下就把父亲扑倒了。茂沙抽出刀来同猛虎搏斗，终于在虎口下救出父亲。但是，父亲却受了重伤，不久就死了。从此，茂沙孤孤单单地一个人带着猎犬到处打猎，从这山翻到那山，没有个定居的地方。

一天，茂沙来到一个有二三十户人家的寨子里，让他奇怪的是，在这里只看见牛羊牲畜，却看不到一只鸭、一只鸡。一打听，寨上的人告诉他说：这里有两只大老鹰，鸡鸭一只也逃不过它们的爪子。这两只鹰是成精了，谁也治不了它。茂沙说："难道真没有法子了？我去看看。"他拿起弓、备好箭，由寨子里的人领着来到了老鹰精存身的山崖下。它们飞出来了，展开的翅膀像张大晒席，飞得像箭一样快。但不论它们多大，起落得多快，也逃不过茂沙百发百中的箭。茂沙铁铮铮地站着，一箭射落了一只，又一箭射落了另一只。全寨子的人欢天喜地，感谢这位艺高胆大的猎人。

这里正是榜篙家住的寨子。榜篙看见了这个年少英俊的猎人，就深深地爱上了他。但是茂沙是个到处为家的猎人，在这里住不上两天，又走了。他怎么能知道有这样一个美丽的姑娘，在暗中爱着他呢。榜篙来不及表达爱情，茂沙就走了，她的心也跟着他走了。

年轻的姑娘天天变，榜篙越长越好看了，多少青年在她屋前屋后转，但一个个都被拒绝了。

俗语说："恶魔嫉妒人们的好事。"年轻美丽的榜篙也没有逃过恶魔的眼。不知哪里有一只白野鸡精，也看中了榜篙。它知道要得到榜篙的心是不可能的，它想了一条毒计来谋害她。一天，榜篙正坐着挑花，突然昏昏地一头倒在地上，接着一阵狂风卷走了她。篙确和娓鸟被这突然的灾祸吓呆了，哭得死去活来，全寨子的人没有一个不伤心，找呀找呀，哪里有榜篙的影子！

再说茂沙，他跟着野兽的踪迹，翻过了许多不知名的高山，穿过许多人迹罕至的山谷、森林。一天，来到一片一望无际的森林，遇到一群汉人正在这里伐木，在这样的荒山老林中遇到人是多么高兴啊！他们和茂沙攀谈起来，问他从哪里来，叫什么名字。茂沙看了看这些和善的人说："我没有固定的家，我从这山翻到那山，凶恶的野兽逃不过我的手，我是个流浪的猎人。"他们很爱这位勇敢的年轻猎人，留他一起住宿。

晚上，在篝火旁，茂沙对他们说："朋友们，给我讲讲这森林的事吧！"他们告诉了他这里的生活情况，又告诉他这里有什么野兽，最后他们叹口气说："唉，这是个好地方，可是我们不想住下去了。""为什么？"他们说："你不知道，最近这里来了个白野鸡精。它天天夜里三更时分出来，停在那棵大树的最高枝丫上，怪叫一声，真是可怕极了；隔一个更次它又停在第二个枝丫上怪叫一声；过一会儿，它又停在第三个枝丫上怪叫一声，这时天就开始亮了。更奇怪的是，在这以前，还听到一阵呜呜咽咽的女人哭声。这些怪事真叫人害怕，我们决定要离开这个不吉祥的地方了。"

茂沙听了，心里盘算着：这准是个害人的精怪，一定要除掉它！他就对这些汉族人说："不要怕，今天夜里我去看看。"后半夜，茂沙就和大家躲在那棵大树旁。这时天黑暗得几乎什么也看不见了。等着等着，到了三更时分，果然隐隐约约看见一只大白鸟停在树枝上怪叫起来，又或远或近地听到一个可怜的姑娘的哭泣声。到它叫第三声时，天已快亮，能够清清楚楚地看到这只大怪物了。

正在这时，茂沙的箭"嗖"的一声射了出去，正中那怪物的胸脯，它像块大石头似的从树上落到山谷里。这时姑娘的哭声听不到了。天亮了，茂沙到山谷里找到了那白色怪物的尸体，原来就是那只大白野鸡。茂沙见除了一害，心里很高兴，虽然他还不了解那女人的哭声到底是怎么一回事。他在白野鸡身上拔下一根羽毛来，插在头上，作为纪念。早晨，他辞别了那群伐木的人，又出发了。

榜篱自从被白野鸡精抢走以后，就被放在一个岩洞里，白野鸡精逼着要她嫁给它。榜篱怎能屈服呢？任凭它怎样威胁，她只回答一个"不"字。成天地哭泣着要回去。白野鸡精怕她出去，施展起魔法，榜篱就昏迷不醒地睡着。每当黎明前她就苏醒过来，开始哭泣，这时白野鸡精就接连发出它的怪叫声，榜篱就又逐渐昏迷不醒了。现在，白野鸡精被茂沙射死了，榜篱就清醒过来，连忙跑出岩洞。她也不知道这是什么地方，走到山脚的树林边，碰到了那一群伐木的汉人，这一群伐木的汉人看到这位姑娘，立即问清原因，才知道每夜哭泣的就是这个可怜的姑娘，那年轻猎人正是解救了她。 他们也把昨夜经过的情形对她说了。 但是他们说，可惜这位勇敢的猎人茂沙现在已不知走到哪里去了，不过他头上插着一根白野鸡毛，那就是他的标志。

榜篙知道救她的正是她朝思暮想的茂沙，兴奋得红了脸。 但到哪里去找他呢？ 榜篙只好在这群好心的汉人陪伴下，回到自己的寨子。 篙确和娓鸟看到自己心爱的女儿回来了，欢喜得几乎发了狂。 他们抱住榜篙，流着泪说："女儿啊！ 到底是怎么一回事？ 你哪里去了？ 想死我们了！"榜篙把自己被害和茂沙搭救她的事，详细地告诉了父母亲。

接着她轻声把自己认识了茂沙并爱上了他的心情也倾吐出来了："我只爱他一个，现在他又救了我的性命；虽然我不知道他在哪里，但是我一定要等着他。"篙确老人听了，十分高兴。 他见过茂沙，也是喜欢这勇敢的年轻人的。 但茂沙这流浪人，谁知道他现在在什么地方，什么时候能重到这小寨子上来呢？ 这真叫人焦心。

几个月过去了，半年过去了，可是连茂沙的影子也不见，姑娘等着等着，人都变得憔悴了。 一天，篙确老人忽然高兴地对妻子说："有办法了，我们不会把他找来吗？""你去哪里找啊？"老人说："我们跳起舞，唱起歌，把四方寨子上的人都请来，还怕不能把茂沙也引来？"篙确是个心灵手巧的人，他采来竹子，做起一种后来叫"芦笙"的乐器，吹起优美的调子；他又教寨子里的青年做芦笙，让大家都吹。 后来芦笙越做越好了，吹出的声音也越来越动人了。到了过大年的时候，他们就办起了芦笙会，大家一起跳舞、唱歌、吹芦笙，不但本寨子里的人都来了，并且把周边寨子上的人也都引来了。 大家唱得越高兴，跳得越高兴，远方人也来得越多。

一共跳了九天九夜。 在第九天，榜篙才发现人丛里有一个头上插着白野鸡毛的青年。 仔细一看，正是茂沙。 姑娘高兴得不得了，赶忙去告诉她的父亲。 篙确就把茂沙请到家里来，摆起酒肉请他吃。 茂沙弄不清是怎么一回事，正要问，老人就说："勇敢的青年，你以前来过我们这里，帮我们打下了恶鹰。 现在我要问你一件事，你头上的白野鸡毛是怎样来的？"茂沙就把如何在森林里打下白野鸡精的事一五一十地告诉了老人。 最后还说："我还弄不清为什么那时有女人的哭声，而射死了白野鸡精以后，哭声就没有了。"这时，榜篙也出来了，水汪汪的眼睛看着茂沙。 老人就指着榜篙，把事情的经过告诉了茂沙，并说明了要开芦笙会的原因。

茂沙深深同情这姑娘的遭遇。 再说，谁又能不爱美丽的榜篙呢？ 就这样，榜篙和茂沙结成了幸福的夫妻。

据说，苗族的芦笙会，就是从那时开始的，并且从那时起，苗族青年男女，在跳芦笙舞的时候，都喜欢在头上插一根白野鸡毛，一来表示不怕魔鬼，二来据说是插上了它，就能找到一个如意的丈夫或妻子。 但是后来因为没有那么多的白野鸡毛，姑娘们就用银子打成鸡尾形的银片来代替了。

孔雀公主

（傣族）

一

距今三四百年以前，版纳勐海地方，由一位憨直而缺少主见的召勐海管理着。 他有钱有势，就是没有儿子，夫妻两人常常为这件事发愁，指望有一个儿子承袭家业。

在一个初春的早晨，召勐海的妻子生了一个白胖胖的儿子。夫妻俩非常疼爱，盖厚些，怕他热了；盖薄了，怕他受凉。 眼看着儿子一天天长大，他俩给他取了个名字，叫召树屯，送他到勐萨瓦丁萨地方去学本领。 召树屯聪明强悍，不但写得一手好傣文，而且熟练弓箭——能射中天边的飞鸟、狂奔着的野兽。 他的两只眼睛如同金珠似的炯炯发光，他的面貌比美貌的天仙爹把①的面庞还要秀丽。

说起话来，就像摇响的银铃儿似的清脆悦耳。 女孩子们看见了他，张着嘴闭不下去，睁大的眼睛眨不下来。 召勐海越来越关心儿子的婚事，三番两次地劝他和体面人家的女儿成亲，都被召树屯婉言回绝了。 召树屯有自己的理想，他希望能够和一位既聪明又美丽的女郎结为永久的伴侣。

有一天，他带了弓箭和佩刀，骑上一匹像麻麻尼戛②样的骏马，踏着宽阔葱绿的沃野，翻过一座座山冈，穿过茂密的森林，去寻访他心爱的人儿。

途中，他遇到了一位忠实的猎人，二人交上了朋友，他把自己的心思对猎人说了："启明星远在天边，可是望得清清楚楚；美丽贤惠的姑娘生在民间，我怎么找不着也看不见呢？"

猎人笑嘻嘻地答道："爱情和忠贞诚挚的人永远是知交，坚持住纯洁的愿望，深藏着的泉水也会涌到地面上来的。"召树屯点了点头。 猎人继续说："离这儿不远，有一个朗丝娜湖，碧蓝的湖

---

① 爹把：傣族神话中的美男子，会使法术，多变化。
② 麻麻尼戛：能够飞翔的神马。

水清澈如镜，每隔七天，便有七位美丽非凡的孔雀公主飞来游泳，她们像七束鲜艳透明的花朵。特别是年纪最轻的姑娘，她会使你亲切地体会到，什么是美女南点阿娜①的花容月貌，什么叫作智慧和伶俐。”

召树屯喜出望外，便和猎人催动马儿，来到朗丝娜湖边躲藏起来。

二

中午时分，很是温和。随着阵阵微风，送来了诱人的馨香。天空中闪耀着五彩斑斓的光泽，映照着一湖涟漪，分外美丽。就在这个时候，从远方飞来了七只孔雀，轻盈盈地歇落在朗丝娜湖边，卸下孔雀氅，变成七个美丽的姑娘，嘻嘻笑笑地跳进湖凫水玩。躲在一旁的召树屯和猎人简直看得出了神。不一会，孔雀公主们上了岸，披上了孔雀氅，在湖滨跳起了柔美的舞蹈，袅袅娜娜，好看得很。尤其是七妹妹兰吾罗娜的舞姿格外优美。召树屯特别爱她，恨不得跑过去仔细看她几眼。一刹那间，姑娘们又变成七只孔雀，凌空而起，向西飞去。

召树屯对着天边逝去的七个小黑点，失望和懊丧的情绪塞满了心胸。猎人明白了自己朋友的心境，劝慰道：“再过七天，她们又会来的。那时候，你爱上谁，就把谁的孔雀氅藏起来，留下她谈心就是了。”

召树屯这才稍稍平静下来，耐心地等着，等着。这一天终于来到了，太阳挂在当空，召树屯和猎人都清楚地看见天边闪现了七

---

① 南点阿娜：傣族传说中最美丽的仙女。

颗钻石般晶莹的圆点，迎面飞翔过来，渐渐地露出七只孔雀的身影，落在朗丝娜湖边，依旧变成七个少女去游泳。召树屯目不转睛地看准了兰吾罗娜悬挂孔雀氅的一丛花枝，当姑娘们自由自在地游泳的时候，他便悄悄地把兰吾罗娜的衣服偷藏起来。

姑娘们洗完了澡，不见了七妹妹小公主的孔雀氅，都非常着急。兰吾罗娜差点儿哭起来了。姐姐们劝她说："我们背着你飞回去吧！"这一句话可把召树屯吓坏了，情不自禁地道："别走！"他还想说"孔雀氅在这儿"，却被猎人捂住了嘴。然而，孔雀姑娘们听见陌生人喊叫的声音，慌忙纵身飞走了。

兰吾罗娜失去孔雀氅的帮助，无法飞翔，只好把身体藏在花草丛中，过了许久，不见动静，便走出来，整理整理紧身的衣裙，东边找找，西边找找，但连孔雀氅的影儿也没有。突然树枝上响起了嘻嘻嘻的笑声，原来是一只俏皮的松鼠哩！她问道："松鼠松鼠，你看见我的孔雀氅了吗？"松鼠又嘻嘻嘻地笑了。"看人家急成这样，你还笑呢！我看你准是知道了，快告诉我吧！"兰吾罗娜着急地说。松鼠抖动着胡须，用尾巴指了指召树屯躲藏的地方，便连蹦带跳地走了。

兰吾罗娜向前走着，暗自寻思："能有谁到这儿来呢？"一只鸢由天空飞过，她又想："莫非是它啄去了吗？"正在这个时候，召树屯暗中搭箭，"嗖"的一声，把鸢射落在兰吾罗娜的脚边。兰吾罗娜慌忙拾起心窝上中了一箭的鸢，又惊又喜，她四处张望射这支箭的是什么人。不料有人在后面喊了一声："姑娘，射中了吗！"

兰吾罗娜扭过头来，已经来不及回避了，呆呆地看着走过来的召树屯。

过了许久，她才轻轻地答道："正射在心上。"这声音像棉桃吐絮般柔和。

他们两人的眼睛互相凝视着。

"请问这位年轻的哥哥，有没有看见我的孔雀氅？"

"这位姑娘不在家里，怎么到这荒郊野坝来找孔雀氅呢？"

"我和六位姐姐来到朗丝娜湖游泳，挂在花枝上的孔雀氅却不见了。"

"附近又没有村庄，姑娘长得如花似玉，一定是天仙南点阿娜下凡来了。"

"我是勐庄哈魔玉匹丫的第七个女儿兰吾罗娜。哥哥必定是美男子天仙哈荫①，要不就是美貌的海王叭纳②；人世间绝没有生得这样漂亮的美少年。"

"不，我是召勐海的儿子召树屯。在千里之外闻见小姐这儿鲜花的芳香特意跑来的，但愿这朵鲜花还未被人采去。"

"看这位哥哥多么会说话呀！难道是嘴尖舌巧，传递情话的鹦哥飞到我的面前了吗？这儿哪有千瓣莲花——南金欢版戛③那样的人品和花儿呢？这儿的花儿呀，打骨朵的时候低着头，开花的时候生怕人看见笑话，从来没有人到花树脚来浇浇水，抚摸抚摸，哪里会被人摘去！"

"一颗宝石，应该让巧匠加工琢磨，才会灿烂夺目；小姐的手指上，为什么还不戴上心上人的戒指呢？"

"荒野里的一块石头，谁愿意把它当作宝石；嵌宝石的金戒指，谁愿意往荒野里丢！"

---

① 哈荫：傣族神话中机智万能、最漂亮的一个美男子。

② 叭纳：傣族传说中海洋里最大最有本事的一个官，他是最美貌的人。

③ 南金欢版戛：傣族民间故事里的一位女主人公的名字，意思是一朵芳香艳丽的千瓣莲花。

"我装了一盒饭，只吃了半盒；我铺了一个垫褥，只睡了半边。 天上的流星，为什么那样孤独，竟没有人和它做伴！"

"可惜太阳升起的时候，月亮已经落下；两个世界的人，不便相处。 不然，顾不得丑陋愚蠢，我愿意替孤单的人洗碗洗筷，喂鸡喂猪。"

"白酒里撒上了辣椒，既是甜心甜意，就千万别辣伤了别人的心肠吧！"

召树屯见兰吾罗娜已动了心，便大胆地说道："我走千山万水，在这里等了你七天七夜，亲爱的兰吾罗娜，应允我真挚的请求，和我一道回去，永辈子在一块儿生活。"

兰吾罗娜早被召树屯的表白所感动，愿意以身相许了，于是说道："水流出去是容易的，但是淌回来就难了。 一道生活自然乐意，就怕你父母亲不喜欢，头人百姓不喜欢，叫我端起饭碗吃不下，早早晚晚眼泪不干。"

"绝不会的，我父母亲疼我爱我，我爱上的人，他们也会当作自己的心肝。 何况你生成南点阿娜的美貌，你的光辉将照遍版纳勐海，头人、百姓一定欢迎你做我的元配夫人。"

"让我父亲匹丫知道了，他会不高兴的。"

"住在我们家里，还怕什么？ 把这个戴上吧！"召树屯取下一只镶宝石的金戒指，亲手戴在兰吾罗娜的小手指上，作为订婚的礼物。

兰吾罗娜取出一颗宝石递给召树屯道："可以从这颗宝石里面看见你想念的人儿。"

召树屯和兰吾罗娜订婚了，朗丝娜湖上开了一朵并蒂莲花。

他俩骑上高大的骏马。 猎人见朋友的愿望已经实现，便出来祝贺他们。

召树屯深深谢过了猎人，伴着兰吾罗娜回去了。

三

召勐海虽说不喜欢一个来历不明的姑娘做自己的儿媳，但是拗不过召树屯的执意请求，只好勉强地同意他俩结了婚。小两口的日子过得挺好。

可是不久以后，别的地方的头人带了兵马来攻打召勐海了。人们都很恐慌，英雄的召树屯和兰吾罗娜商量了一个通宵，决定向父亲讨一支军队去阻击劲敌。父亲同意了。

召勐海天天打听战报，天天都传来召树屯败阵退却的消息，眼看着战火快要延烧到自己所在的城子了，心中忧虑重重，便请星象家阿章龙祈神问卦。

阿章龙根本不知道召树屯夫妇用的计谋，竟然萌起了杀害孔雀姑娘的恶念，对召勐海说道："兰吾罗娜是妖怪变的，她带来了灾难和不幸，若不把她杀掉，版纳勐海必定要吃败仗！"召勐海听了阿章龙的话，心里踌躇不定："要是把儿媳杀了，让儿子知道了可怎么办呢？要是留下儿媳妇，吃了败仗又怎么办呢？"他想来想去，在坏心头人的怂恿下，勉强决定杀孔雀姑娘。

被冤枉的兰吾罗娜来到刑场，平常穿着的锦衣绣裙都被阿章龙焚毁"驱邪"了。她暗自伤心流泪，不愿意就此和召树屯永远分离，便想了一个巧妙的主意，对召勐海说道："在我和你们分别之前，请允许我披上孔雀氅跳一次舞吧！"

召勐海怜悯她，因而满足她这一点点最后的愿望，便把五光十色、绚丽灿烂的孔雀氅给兰吾罗娜披了，松了缚她的绳索，让她跳起孔雀舞来。谁知道孔雀舞具有这么强烈的感染人心的力量啊！

那翩翩柔和的舞姿，那含情脉脉的眼神，充满了和平善良的精神，感动得持刀的刽子手们扔掉了屠刀，那些残忍愚昧的心灵，仿佛被圣洁的泉水洗涤过一次似的。 人们都忘记了置身在刑场上，而孔雀公主兰吾罗娜已渐渐化为孔雀，徐徐凌空而去，无影无踪。

当召勐海想起阿章龙的话来时，刑场上已空无一人了。

四

战争进入了决定性阶段，果然没逃出召树屯和兰吾罗娜的计谋：侵犯的敌人在葫芦山谷被围得水泄不通，召树屯的队伍一鼓作气地把敌人消灭干净了。 召树屯胜利归来，召勐海大设筵席替儿子贺功。 歌手赞哈勐代表人民以欢跃的心情歌唱道：

> 椰子果汁香香甜甜，
>
> 靠坚实的外壳保住；
>
> 勐海人民安居乐业，
>
> 靠英雄的召树屯保护。

召树屯笑着向众人说道："这是兰吾罗娜的功劳。 全靠她的好计谋，把敌人诱到葫芦山谷里全部消灭掉。 还是请兰吾罗娜出来接受大家的祝贺吧！"

他这一说不打紧，召勐海和阿章龙却万分惭愧，深恨不该逼走兰吾罗娜，错把好人当坏人。 士兵们和百姓们不约而同地泪下如雨，追念兰吾罗娜的名字，立刻悲痛沉寂。 "她……"召树屯不愿猜测有什么不幸的事情发生了。

而召勐海却怀着悔悟伤感的心情，结结巴巴地把逼走儿媳的前因后果对召树屯坦白地说了。 这好比大晴天响起了霹雳，熊熊的火焰一下子被水浇熄，召树屯昏倒了。 他苏醒过来时口口声声念着兰吾罗娜的名字，掏出订婚时妻子赠送的宝石，第一眼就好像看见兰吾罗娜备受她父亲魔王匹丫的责骂，心里一阵刺痛，又昏倒过去了。 苏醒以后，他怀着愤怒和重新获得希望的心情，跨上战马，向着朗丝娜湖的方向，飞马加鞭，日夜不停地去寻找兰吾罗娜。

那一天，孔雀公主忧伤地离开了召树屯的家，想起了分别已久的六位姐姐，不自觉地向着自己的家乡勐庄哈飞去，心里无论如何也舍不得召树屯。 经过朗丝娜湖的上空，她遇见一位仙人帕腊西，便把自己的金手镯取下来，托付帕腊西交给前来找她的召树屯："见物犹见人，物在人犹在。"兰吾罗娜说，"前去穷山恶水，万分危险，请告诉他不要去找我。"说罢，便啜泣着飞回勐庄哈去了。

召树屯的马几乎悬在空中，飞也似的向前驰骋，越过沃野、山冈和森林。 战马精疲力竭，困乏死了。 召树屯只好一步步行走。渴了，捧些泉水解渴；饿了，捕捉野兽充饥。 十分困倦的时候，靠在树脚下休息一会儿。 一天天过去，他终于来到了朗丝娜湖边。 他想起会见孔雀公主的情景，不觉哭了起来。

这哭声惊动了仙人帕腊西，他便走出来把金手镯交给召树屯，劝召树屯返回家去。 召树屯看见妻子兰吾罗娜的手镯，越发伤心，放声大哭，说什么也要去找孔雀公主。 帕腊西好意地劝他道："由这里到你妻子住的勐庄哈地方，要走很远很远，很难识别通行的路程；要经过无法涉渡的流沙与江河，要碰到忽开忽闭、能把人夹死的山峡；还有吃人的怪鸟摩哈西里林拦住去路。 即使顺利地到了勐庄哈，兰吾罗娜的父亲匹丫也不会饶恕你的——那是一个食人成性的魔王。 我劝你还是转回家去吧！"

然而，召树屯已经许下了誓愿：若不能和妻子重逢，永不回头；纵然死了，也是甘心情愿的。帕腊西被召树屯对兰吾罗娜忠贞不贰的爱情所感动，便不再劝阻召树屯，还送了一只猴子替召树屯带路，送了一把刀、一副弓箭和一把剪子给召树屯，帮助他克服将遇到的困难。召树屯欣喜若狂，辞别了帕腊西，由猴子引领着，继续踏上了漫长而艰辛的旅途。

<h2 style="text-align:center">五</h2>

一天，来到了汹涌澎湃的流沙河边，上无渡口下无桥，既不能涉水，又不能插翅飞过，更不能半途而废地转回去。召树屯焦急地想尽各种办法，都不能抑制住倾泻的流沙。他下意识地拔出帕腊西赠送的宝刀，愤怒地向流沙砍去，不料用力过猛，宝刀失手掉下河里去了。

一会儿，突然在流沙河里浮游出一条巨大的彩虹般的蟒蛇来，它的脊背凸露在流沙上面；头在岸那边，尾在岸这边，好似一座浮桥。那只敏慧的猴子立刻引着召树屯由蟒蛇脊梁上飞跑过彼岸去。然后，蟒蛇便自个儿游走了。

召树屯走呀走的，又来到了高耸入云的山峡前面。这山峡很是险恶，忽而合拢，忽而分开，永不停息，人要是想过去，就得待它分开的一刹那间，但在山峡里走不上几步，山峡又会迅速合拢起来把人夹死，召树屯摇了摇头，悲哀地叹道："难道就这样被拦在山这边，再也见不到兰吾罗娜了吗？不！"

他鼓励自己道："一定要设法过去！"然而，他采取的种种办法都没有效果，可恶可怕的山峡依旧拦在前进的道上。最后，召树屯取下了仙人帕腊西送的弓箭，对着刚刚分开的山峡，拉满了弓，"嗖"的一箭射过去，巧得很，这支箭把企图合拢的山峡挡住了。 召树屯立即牵着猴子飞快地跑过山峡。

又走了许多天，经过一座遮天蔽日的原始森林，这是吃人的怪鸟摩哈西里林的巢穴，阴冷凄凉，十分恐怖。 召树屯感到疲倦，便把猴子拴在一株大树上，自个儿爬上树去歇息。 他刚刚蒙眬欲睡，忽地刮起了一阵狂风，原来是摩哈西里林和它的雌鸟回巢来了——这巢就在召树屯歇息的那株树顶上。

雄鸟会掐算东方未来的事情，雌鸟会掐算西方未来的事情。但听见雌鸟讥笑雄鸟道："你算得好准呀！ 等了这么多天，哪见召树屯的影儿！ 兰吾罗娜已被匹丫关起来了，召树屯还到哪儿去找她呢？"

"你这傻瓜！"雄鸟叫道，"正因为这样，召树屯才要去救她哪。 据我看：召树屯已通过了流沙和山峡，今天晚上就要过这里了，我们等着吃顿好点心吧！ 唔！ 我好像嗅着一股生人味似的！"

"唔！ 我也似乎嗅到了。"雌鸟说，"下地面去看看吧。"

它俩飞到地上，蹑脚蹑手地伸长脖子东嗅嗅，西嗅嗅，这可把召树屯吓住了，他握住带在身上的唯一的"武器"——仙人送给的剪刀，警惕着准备和怪鸟搏斗。 可是，怪鸟发现替召树屯引路的猴子，争着把它啄食之后，便糊糊涂涂地飞回窝里去了。 雌鸟还讥笑摩哈西里林说："这就是你掐算的'由东方来的人'吗，还是早些睡吧！ 明天在勐庄哈，匹丫要杀很多很多牛呀马的，我们去赶赶热闹吧！"

说罢，怪鸟便酣然入睡了，召树屯才稍微松了一口气。 他替兰吾罗娜的不幸而担忧，急欲和兰吾罗娜相会，把她从苦难中拯救出来。 他想到明天一早怪鸟便要飞到自己妻子所住的勐庄哈去，这对自己说来真是一个又危险又难得的好机会，特别是失去了带路的猴子的时候。 为了兰吾罗娜，他鼓足了勇气，握紧了剪刀，趁怪鸟鼾声如雷，轻捷而沉着地爬到怪鸟的窝里，用力把摩哈西里林的一根比人还粗的羽毛从中间剪断，然后灵巧地爬进毛管里去，藏起自己的身子。 就这样，当怪鸟飞往勐庄哈的时候，召树屯也被带走了。

六

摩哈西里林展开了巨大的翅膀，在云层里飞翔着。 地面上的山河在召树屯眼里竟显得那么微小。 怪鸟降落在魔王匹丫的洞穴附近，抖了抖翅膀，却把召树屯摔出来了。 他离开了怪鸟，向着匹丫的洞穴走去。 走不多远，看见一个挑水的女郎南广宰，他觉得奇怪：这荒山野谷里，难道也有村庄屋舍吗？ 他决定去打听明白，便向那女郎要一口水喝。 那女郎突然碰见陌生人，非常惊讶，望望四下无人，对召树屯悄声说道："这里是魔王匹丫的天下，他会把你吃掉的！ 赶快离开这儿吧！"

"不！"召树屯说，"我就是特意来找他的！"

"找他！"

"对，要他把兰吾罗娜放出来和我一道回去。"

"啊！ 你是……召树屯！"

召树屯诧异地点点头："你是谁，怎么会知道我的名字？"

"唉！"南广宰叹了口气说，"我是民间的女儿，被匹丫拘摄来，他要害我，好心的兰吾罗娜把我留在身边，救了我的性命。要知道，她多么想念你啊！"

"求你带我去见见她吧！"

"这怎么行呢！ 洞门把守得很严，万一被匹丫发现了……"

"这……"

"这样吧！ 你先躲一躲，我去告诉兰吾罗娜想想办法——你有什么信物让她知道你已经来到这儿了呢？"

召树屯忙取下兰吾罗娜托付仙人帕腊西转交他的金手镯，递给南广宰。

南广宰知道这手镯是女主人自幼戴在手上的，便把它放进水桶里，依然挑着水回洞去了。

兰吾罗娜被凶恶的父亲关在阴暗闷热的洞穴深处，时时刻刻思念着召树屯。 三、四月间，青草发绿，鲜花遍开，什么都看得见，唯独看不见心爱的人；蜜蜂采花，欢欢乐乐，独她一个孤单苦闷；雾露都已经散了，而想念爱人的心啊，怎么也散不开。 她希望有一天夫妻团圆，重过人间的幸福生活。

如今，她不能再去朗丝娜湖游泳了，便叫女仆南广宰替她挑来清凉的泉水，又替她从头到脚浇水洗澡。 突然，她发觉一件硬东西碰在头上，又掉在地上当地发出音响。 她弯下腰去拾，拿在手中一看，几乎惊叫起来，又本能地掩住嘴唇。 俏皮的南广宰故意问道："小姐拾着什么心肝宝贝了，洗着澡的人怎么发起呆来了呢？"

"啊！ 南广宰，我们不是在睡梦中吧！ 你看这分明是我的金镯呀！ 怎么会落在这儿呢？"

"小姐的眼睛不正正长在小姐的脸上吗？ 小姐的手镯，自然落在小姐的身边了。"

"我看见了心爱的宫粉①，可是看不见放宫粉的人；这彩绣的

_____

① 宫粉：即汉族叫的"孔明灯"。

300

荷包落在我的手里，那么丢荷包的人又在哪儿呢？"

"自个儿飞来的宫粉，管它做什么！洗着澡的人，怎么想起丢荷包的玩意儿了呢？"

"南广宰，你告诉我，哪里来的手镯？"

"是从泉水里淌进桶里来的呀！"

"泉水里淌来？不不！南广宰妹妹，求求你告诉我，谁交给你的？"

"有谁交给我呀！"

"好妹妹，你行行好吧！"

"行好不行好，难道召树屯到这儿来了！"

"啊！果真是他来了？"

南广宰看把她急成这样儿，嗤地笑了一声，便一五一十地将召树屯历尽艰险，终于来到勐庄哈，要求会见兰吾罗娜的详情细节都一口气说了。兰吾罗娜又悲又喜，立刻求六位姐姐们设计，背着匹丫，把召树屯接进洞里来了。

七

夫妻会面以后，都非常感伤，离别的苦情怎么能诉说得完呢！可是魔王匹丫嗅到了生人味，令小妖四处搜寻，竟把召树屯抓去了。兰吾罗娜和她的姐姐们都万分焦急，不顾一切地跪倒在父亲脚下，恳求他饶恕召树屯。召树屯则理直气壮地要求匹丫允许他带着自己的妻子返回家去。匹丫自知理屈，说不过召树屯，又碍着女儿们的面，勉强假意答道："你既是有心做我的女婿，就先替我做几件事情。做好了，让你和七姑娘回去，倘若做不好，就别想再活！"

召树屯明明知道匹丫的阴谋诡计，但是为兰吾罗娜，还是答应了，匹丫狞笑着指着一块巨大坚硬的磐石，命令召树屯用锤把它敲碎。召树屯使尽了平生气力，高举铁锤，一锤又一锤地敲击，但见火星飞进，未见磐石有丝毫裂痕。兰吾罗娜暗地里叫南广宰把自己头上的金簪交给召树屯，召树屯用金簪轻轻地在磐石上敲一敲，那块石立刻粉碎了。匹丫为难不着召树屯，又令小妖取过两只一模一样的饭盒，叫召树屯识别哪一盒装米，哪一盒装谷子。

召树屯看了看饭盒，一般大小，拿在手里，一样轻重，要认出哪一个装谷子哪一个装米，实在有些为难。兰吾罗娜生怕丈夫猜错，便叫南广宰暗暗告诉他说："摇得响的是米，摇不响的是谷子。既认出来，就要立即摘开盒盖，要不然又会变了！"召树屯照着做了，果然没错。

然而，魔王匹丫并没有心把孔雀公主嫁给召树屯，总想找借口把他吃了，便又想出了个鬼主意：叫七位孔雀姑娘姊妹们躲在一间黑房里，每人由墙洞里伸出一个手指尖尖来，叫召树屯去认哪一个是兰吾罗娜的手指头，认准了，让他把兰吾罗娜带走；认错了，非把他吃掉不可。召树屯站在漆黑的墙壁外面，什么也看不清楚，别说怎样发现七个手指尖，再从七个手指尖里认出自己妻子的手指头了。

正在这时，突然飞来了一只萤火虫，歇在兰吾罗娜的手指尖上。召树屯明白这是妻子的指引，便捏住了兰吾罗娜的手指，要求匹丫让他们夫妻团圆，匹丫几番几次斗不过召树屯，恼羞成怒，决计半夜里把召树屯吃掉，便假惺惺地对召树屯说："今儿晚了，明天一早送你们走吧！"暗地里叫小妖们烧火煮水，把守洞门，不准放走了召树屯。

恰好这件事被南广宰知道了，慌忙告诉了孔雀姑娘。兰吾罗娜便和召树屯商量道："我父亲作恶太多了，连自己的女儿和女婿

也不放过。 事到如今，只有狠着心肠把他除掉，也让人世间少
一害。"

召树屯说："他力量无比，变化多端，怎么除得了呢？"

"这不难，"兰吾罗娜说，"在他的枕头下面，藏着一枚魔
针，待他睡熟了以后，用那枚魔针往他的太阳穴上戳进去，他就死
了。 只是得有个勇敢机智的英雄才能办到。"

"我去办！"召树屯毫不犹豫地答应。

晚上，匹丫和守房门的小妖都睡熟了。 召树屯轻手轻脚地走
进房来，在匹丫的枕头下发现了那枚魔针，可是被匹丫头压住枕
头，老是抽不动。 召树屯急中生智，在自己头上拔了一根头发，
向着匹丫侧边朝上的那只耳朵里轻轻一搔，匹丫被搔痒了，便轻轻
地翻了个身，魔针就被抽出来了。 召树屯咬紧牙关，用力在匹丫
的太阳穴上一扎，匹丫凄厉地狂吼了一声，便死掉了——现出了一
块顽石的原形。 众小妖见魔王已死，纷纷逃命去了。 兰吾罗娜放
走了匹丫由人间拘摄来的无辜人儿，辞别了几位姐姐，负着召树屯
飞在空中，由彩云伴随着回到了自己的家。 从此，他俩一辈子在
一块儿幸福地生活着。

那象征和平与幸福的舞蹈"孔雀舞"便在傣族民间广为流传，
深深地感染着人们善良的心灵。

马头琴的来历

（蒙古族）

传说，马头琴最早是由察哈尔草原一个叫苏和的小牧童做成

的。 苏和是由奶奶抚养大的，婆孙俩靠着二十多只羊过日子。 苏和每天出去放羊，早晚帮助奶奶做饭。 十七岁的苏和已经长得完全像个大人了。 他有着非凡的歌唱天才，邻近的牧民都很愿意听他歌唱。

一天，太阳已经落山了，天越来越黑。 可是苏和还没有回来。 不但奶奶心里着急，连邻近的牧民们也都有点着慌了。 就在人们十分焦急的时候，苏和抱着一个毛茸茸的小东西走进蒙古包来。 人们一看，原来是匹刚出生的小马驹。 苏和看着大伙惊异的眼光，对大家说："在我回来的道上，碰上了这个小家伙，躺在地上直动弹。 我一看没人理会它，怕它到了黑夜被狼吃了，就把它抱回来啦。"

日子一天一天过去，小白马在苏和的精心照管下长大了。 它浑身雪白，又美丽又健壮，人见人爱，苏和更是爱得不得了。

一天夜里，苏和从睡梦中被急促的马嘶声惊醒。 他想起小白马，便急忙爬起来出门一看，只见一只大灰狼被小白马挡在羊圈外面。 苏和赶走了大灰狼，一看小白马浑身汗淋淋的，知道大灰狼一定来了很久，多亏了小白马，替他保护了羊群。 他轻轻地抚摸着小白马汗湿的身子对它说："小白马呀！ 多亏你了。"

一年春天，草原上传来了消息说，王爷要在喇嘛庙举行赛马大会，因为王爷的女儿要选一个最好的骑手做她的丈夫，谁要得了头名，王爷就把女儿嫁给谁。 苏和也听到了这个消息，邻近的朋友便鼓动他，让他领着小白马去参加比赛。 于是，苏和牵着心爱的小白马出发了。

赛马开始了，许多身强力壮的小伙子，扬起了皮鞭，纵马狂奔。 到终点的时候，苏和的小白马跑到最前面。 王爷下令："叫骑白马的上台来！"等苏和走上看台，王爷一看，跑第一名的原来是个穷牧民。 他便改口不提招亲的事，无理地说："我给你三个大元宝，把马给我留下，赶快回去吧！"

"我是来赛马的，不是来卖马的呀。"苏和一听王爷的话，顿时气恼起来。 "我能出卖小白马吗？！"他这样想着，不加思索地说出了那两句话。

"你一个穷牧民竟敢反抗王爷吗？ 来人哪，把这个贱骨头给我狠狠地打一顿。"不等王爷说完，打手们便动起手来。 苏和被打得昏迷不醒，还被扔在看台底下。 王爷夺去了小白马，威风凛凛地回府去了。

苏和被亲友们救回家去，在奶奶细心照护下，休养了几天，身体渐渐恢复过来。 一天晚上，苏和正要睡下，忽然听见门响。 问了一声："谁？"但没有人回答。 门还是嘭嘭的直响。 奶奶推门一看："啊，原来是小白马！"这一声惊叫使苏和忙着跑了出来。他一看，果真是小白马回来了。 它身上中了七八支利箭，跑得汗水直流。 苏和咬紧牙，忍住内心的痛楚，拔掉了马身上的箭。 血从伤口处像喷泉一样流出来。 马因伤势过重，第二天便死去了。

原来，王爷因为自己得到了一匹好马，心里非常高兴，便选了吉日良辰，摆了酒席，邀请亲友举行庆贺。 他想在人前显示一下自己的好马，叫武士们把马牵过来，想表演一番。

王爷刚跨上马背，还没有坐稳，那白马猛地一端，便把他一头摔了下来。 白马用力摆脱了缰绳，冲过人群飞跑而去。 王爷爬起来大喊大叫："快捉住它，捉不住就射死它！"箭手们的箭像急雨一般飞向白马。 白马虽然身上中了几箭，但还是跑回了家，死在它最亲爱的主人面前了。

白马的死，给苏和带来了更大的悲愤，他几夜不能入睡。 一天夜里，苏和在梦里看见白马活了。 他抚摸它，它也靠近他的身旁，同时轻轻地对他说："主人，你若想让我永远不离开你，还能为你解除寂寞的话，那你就用我身上的筋骨做一把琴吧！"苏和醒来以后，就按照小白马的话，用它的骨头、筋、尾做成了一把琴。每当他拉起琴来，他就会想起对王爷的仇恨；每当他回忆起乘马疾驰时的兴奋心情，琴声就会变得更加美妙动听。 从此，马头琴便成了草原上牧民的安慰，他们一听到这美妙的琴声，便会忘掉一天的疲劳，久久不愿离去。

火把节的传说

（彝族）

每年农历六月二十四，是彝族人民传统的节日——火把节。

当夜幕降临，从石林到叠水，从圭山到长湖，数不清的火把映红了夜空，映红了人们的笑脸，激情的歌声与雄浑的大三弦声交织在一起，山寨沉浸在节日的欢乐之中……

关于"火把节"，流传着这样一个神奇动人的传说。

古时候，在一座高高的山上，有个城堡，城堡里住着一个土司，他生来一双老鼠眼、扫帚眉和一张鲢鱼嘴，配上那尖凸的下巴，一张干瘦的脸上布满了麻子，人们给他起了个绰号——"黑煞神"。 这"黑煞神"无恶不作，手下养着一大帮家丁、打手，残暴地统治和压榨着彝族人民。 他巧立名目，横征暴敛，生孩子要向他交人丁税，上山打猎要交撵山租，下河捕鱼要收打鱼捐……各种苛捐杂税，逼得人民实在喘不过气来。 为了反抗这个"黑煞神"的残酷统治，人们曾多次举行起义，但是，土司坚固的城堡难以攻下，许多人被抓去处死了。

有个聪明能干的牧羊人，他的名字叫扎卡，想出了一个智取土司城堡的办法。他暗中串联了九十九寨的贫苦人民，决定从六月十七起，将各家各户的羊都关在厩里，每天只喂点水，不喂草料，饿上七天七夜。起义的人就在夜里赶造梭镖，削好竹签，磨好砍刀、斧子，又在每只山羊角上缚上火把，大家约定在六月二十四晚上起义。到了这天晚上，当月亮还没有露面，山上树林里的微风轻轻地吹起的时候，只听得一声牛角号长鸣，此时各路起义人马就以第一支火把为号，立即将羊厩门打开，点燃千万支缚在羊角上的火把，驱赶羊群向"黑煞神"的城堡进攻。

那数不清的羊群早已饿坏了，便借着火光，争先恐后地忙着上山抢吃树叶、青草。扎卡率领起义的人民，勇猛地向城堡冲杀过去，鼓声和喊杀声震天动地。"黑煞神"急忙登上城堡一看，只见满山遍野成了一片火海，从四面八方包围了城堡的人们，已经开始攻打城门了。"黑煞神"命令家丁、打手死守城门，自己却悄悄地钻进地洞，准备逃跑。此时各路起义大军已攻破城堡，蜂拥而入。人们到处找，可就是不见"黑煞神"。后来，扎卡将大管家抓来审问，怕死的大管家跪在地上磕头哀求饶命，并带领扎卡一行来到土司躲藏的那个地洞口。

扎卡便叫大管家先进洞里叫"黑煞神"出来投降。这个平时狐假虎威的大管家竟吓得魂飞魄散，一下子便瘫倒在地，爬不起来了。众人正在张望，突然，从地洞里飞出一把匕首。扎卡眼明手快，挥起砍刀，将匕首击落。

扎卡和众人见"黑煞神"死活不出来，便决定用火把烧死他。于是一声令下，千万支火把立即在地洞的周围堆成一座小山，只见熊熊的烈火燃烧得更旺，片刻间，地皮也被烧得通红通红的，那作恶多端的土司"黑煞神"就这样葬身在火把之中。 为了纪念这次反抗暴虐统治斗争的胜利，就定农历六月二十四这天为"火把节"。

阿诗玛的故事

(撒尼人)

从前有个叫阿着底的地方，贫苦的格路日明家生下了一个美丽的姑娘，阿爹、阿妈希望女儿像金子一样发光，因此给她起名——阿诗玛。

阿诗玛渐渐地长大了，像一朵艳丽的美伊花。 阿诗玛"绣花包头头上戴，美丽的姑娘惹人爱，绣花围腰亮闪闪，小伙子看她看花了眼"。 她能歌善舞，那清脆响亮的歌声，经常把小伙子召唤在身旁。 她绣花、织麻样样能干，在小伙子身旁像石竹花一样清香。 在这年的火把节，阿诗玛向阿黑吐露了真情，愿以终身相许，立誓不嫁他人。

阿黑是个勇敢智慧的撒尼小伙子。 他的父母在他十二岁时，被土司虐待，相继死去。 他被财主热布巴拉抓去服劳役。 一天，他为主人上山采摘鲜果迷了路，在密林中挨冻受饿，受尽了惊骇，因怕主人责骂，不敢回去。 正在这时，他遇到了放羊的小姑娘阿诗玛，她把阿黑领回家，阿黑被阿诗玛的阿爹、阿妈收养为义子。从此，阿黑和阿诗玛，两小无猜，相亲相爱。 渐渐地，阿黑长成了大小伙子，他的性格像高山上的青松——断得弯不得，成了周围撒尼小伙子的榜样。 人们唱歌夸赞他道：

圭山的树木青松高，

撒尼小伙子阿黑最好；

万丈青松不怕寒，

勇敢的阿黑吃过虎胆。

阿黑十分勤劳，很会种庄稼。他在石子地上开荒种包谷，包谷比别人家的长得旺，包谷穗也比别人家的长得长。他上山砍柴，比别的小伙子砍得多。他从小爱骑光背马。他调理的马，骑起来矫健如飞。他挽弓射箭，百发百中。他的义父格路日明，把神箭传给了他，使他如虎添翼。阿黑喜欢唱歌，他的歌声特别嘹亮。他喜欢吹笛子和弹三弦，他吹的笛声格外悠扬，他弹的三弦格外动听，不知吸引过多少姑娘。这年火把节，阿诗玛与阿黑互相倾吐了爱慕之情以后，这对义兄妹便双双定了亲。

一天，阿诗玛前去赶街，被阿着底财主热布巴拉的儿子阿支看中了，他要娶阿诗玛做媳妇。他回家央求父亲热布巴拉，要父亲请媒人为他提亲。热布巴拉早就听说过阿诗玛的美名，他马上答应了儿子的请求，请了有权有势的媒人海热，立即到阿诗玛家说亲。海热到了阿诗玛家，用他那麻蛇般的舌头，夸热布巴拉家如何如何好，怎么怎么富，阿诗玛嫁过去怎样怎样享福……阿诗玛听了之后说："热布巴拉家不是好人家，他家就是栽起鲜花引蜜蜂，蜜蜂也不理他；清水不和浑水一起蹚，绵羊不能伴豺狼。"阿诗玛的回答，惹恼了海热，他威胁道："热布巴拉家是阿着底有钱有势的人家，热布巴拉的脚跺两跺，阿着底的山都要摇三摇。阿诗玛要是不嫁过去，当心丢了家。"阿诗玛不管海热怎样威胁利诱，就是不嫁。

转眼间，秋天到了，阿着底水冷草枯，羊儿吃不饱肚子，阿黑要赶着羊群到很远的滇南热在去放牧。 临走时，阿黑向阿诗玛告别，他们互相勉励，互相嘱咐，依依不舍。 阿黑走后，热布巴拉便起了歹心，派打手和家丁如狼似虎地抢走了阿诗玛。 想让阿诗玛磕了头，吃了酒，生米做成熟饭，不嫁也得嫁。 阿诗玛忠于她与阿黑的爱情，她被抢到热布巴拉家以后，在热布巴拉夫妇的威逼利诱面前，始终不从，拒绝与阿支成亲。

财主捧出金银财宝，指着谷仓和牛羊对阿诗玛说："你只要依了阿支，这些都是你的。"阿诗玛瞧也不瞧，轻蔑地说："这些我不稀罕，我就是不嫁你们家。"阿支绷着瘦猴似的脸，眨巴眨巴眼睛，恶狠狠地骂道："你不答应嫁给我，就把你家赶出阿着底！"阿诗玛毫不畏惧地说："大话吓不了人，阿着底不属于你一家的。"热布巴拉见阿诗玛软硬不吃，恼羞成怒，他命令家丁用皮鞭狠狠地抽打阿诗玛，把她打得遍体鳞伤。 热布巴拉的老婆诅咒阿诗玛是"生来的贱薄命，有福不会享"。 阿诗玛被关进了黑牢，但她坚信，只要阿黑知道她被关在热布巴拉家，一定会来救她。

一天，阿黑正在牧羊，阿着底报信的人找到了他，向他报告了阿诗玛被抢的消息。 阿黑闻讯后，很为阿诗玛的安危担心，他立刻跃马扬鞭，日夜兼程，跨山涧，过险崖，从远方赶回家来搭救阿诗玛。 他来到热布巴拉家门口，阿支紧闭铁门不准进，提出要与阿黑对歌，唱赢了才准进门。 阿支坐在门楼上，阿黑坐在果树下，两人对歌对了三天三夜。

阿支缺才少智，越唱越没词，急得脸红脖子粗，声音也变得像癞蛤蟆叫似的，越来越难听了;而有才有智的阿黑，越唱越起劲，脸泛笑容，歌声响亮。 阿黑终于唱赢了，阿支只得让他进了大门。 但阿支又提出种种刁难，要和阿黑赛砍树、接树、撒种。 这些活计阿支哪有阿黑熟练，阿黑件件都胜过了阿支。 热布巴拉眼看难不住阿黑，便想出一条毒计，皮笑肉不笑地假意说："天已经不早了，你先好好睡一觉，明天再送你和阿诗玛一起走吧！"阿黑答应住下，被安排睡在一间没有门的房屋里。

半夜，热布巴拉指使他的家丁放出三只老虎，企图伤害阿黑。阿黑早有准备，当老虎张开血盆大口向他扑来时，他拿出弓箭，对准老虎连射三箭，射死了老虎。第二天，热布巴拉父子见虎死了，很惊异，再也无计可施，理屈词穷，答应放回阿诗玛。可当阿黑走出大门等候时，热布巴拉又立即关闭了大门，食言抵赖，不放出阿诗玛。

阿黑忍无可忍，立刻张弓搭箭，连连射出三箭。第一箭射在大门上，大门立即被射开;第二箭射在堂屋柱子上，房屋震得嗡嗡响;第三支箭射在供桌上，震得供桌摇摇晃晃。热布巴拉吓慌了，连忙命令家丁拔下供桌上的箭。可是，那箭好像生了根，没人能够拔得下。他只好叫人打开黑牢门，放出阿诗玛，向她求情道："只要你把箭拔下来，我马上就放你回家。"阿诗玛鄙夷地看了热布巴拉一眼，走上前去，像摘花一样，轻轻拔下箭，然后同阿黑一起，离开了热布巴拉家。

热布巴拉父子眼巴巴看着阿黑领走了阿诗玛，心中很不服气，但又不敢去阻拦。心肠歹毒的热布巴拉父子不肯罢休，又想出丧尽天良的毒计。他们知道，阿黑和阿诗玛回家，要经过十二崖子，便勾结崖神，要把崖子脚下的小河变大河，淹死阿黑和阿诗玛。热布巴拉父子带着家丁，赶在阿黑和阿诗玛过河之前，趁山洪暴发把小河上游的岩石扒开放水。正当阿黑和阿诗玛过河时，洪水滚滚而来，阿诗玛被卷进漩涡，阿黑只听到阿诗玛喊了声"阿黑哥来救我"，就再也没听见她的声音，没看见她的踪影。

阿诗玛不见了，阿黑挣扎着上了岸，到处寻找阿诗玛。他找啊找，找到天放晴，找到大河又变成小河，都没有找到阿诗玛。他大声地呼喊："阿诗玛！ 阿诗玛！ 阿诗玛！"可是，只听到那十二崖子顶回答同样的声音："阿诗玛！ 阿诗玛！ 阿诗玛！"

原来，十二崖子上的应山歌姑娘，见阿诗玛被洪水卷走，便跳入漩涡，排开洪水，救出阿诗玛，一同在十二崖子住下，阿诗玛变成了石峰，变成了回声神。 从此，你怎样喊她，她就怎样回答。

阿黑失去了阿诗玛，但他时时刻刻想念着她。 每天吃饭时，他盛着包谷饭，端着饭碗走出门，对石崖子喊："阿诗玛！ 阿诗玛！"那站在石崖子上的阿诗玛便应声："阿诗玛！ 阿诗玛！"

阿爹、阿妈出去做活的时候，对着石崖子喊："爹妈的好阿诗玛！"那站在石崖子上的阿诗玛，同样地应声："爹妈的好阿诗玛！"

小伙们在阿诗玛站的石崖子下，对着石崖子上的阿诗玛弹三弦、吹笛子、唱山歌，那石崖子上的阿诗玛也会应和着美妙弦音、悠扬笛声，唱起山歌。

阿诗玛的声音永远回荡在石林；她的身影，已经化成石头，永远和她的乡亲相伴。

钻石姑娘

（藏族）

从前，在帕加桑布地方，有一个贪得无厌的国王。 他住着镶金嵌玉的宫殿，吃着山珍海味的酒宴，守着装满珍宝的宝库，但是，他却像贪婪的强盗一样，搜刮着人民的每一块沾满汗渍的钱币。

王宫附近，住着一个穷苦的少年，叫作班台。因为他模样十分难看，人们叫他"丑孩子"。他从小失去了父母，两个哥哥又不愿抚养他。所以，班台白天在市场拍手唱着乞讨歌，求得一点糌粑和食物；晚间回到一个破木棚里，蜷缩在草屑里睡上一宿。

班台的两个哥哥，常常到深山砍伐树木，然后背到市场出卖，日子渐渐富裕起来。班台央求两位哥哥，带他一起到深山伐木。有一天，他们来到一片离城很远很远的森林，砍倒树木，剁去枝丫。然后，两个哥哥拿出自己携带的食物，坐在石头上大嚼大喝，可怜的丑孩子什么吃的也没有，在一旁气愤地说："哼，越是有钱的人，手头越是吝啬！总有一天，我要是当了国王，就要把一切金银珠宝，通通施舍给穷苦的百姓。"两个哥哥听着，拍着肚子哈哈大笑，说："弟弟，石头里打不出酥油来，你还是啃啃自己的手指头当点心吧！"

丑孩子班台又饿又累，不知不觉酣睡过去，等他醒来的时候，天色已经昏黑，大雨落个不停，霹雷在森林中滚动，两个哥哥早已走得无影无踪。他冷得索索发抖，在茫茫无边的森林里乱跑，寻找回城的道路。忽然，他看见一只美丽的金翅鸟，被雷雨击落在地上，眼看就要断气了。他十分可怜这只小鸟，轻轻地捧了起来，小心地揣在怀里。由于他体温的暖和，小鸟苏醒过来，发出"吉嘎吉嘎"的鸣叫声。少年高兴地说："飞吧，飞吧，可爱的鸟儿！飞到你阿妈的怀里去吧，飞到你阿爸的窝巢里去吧！"鸟儿展开翅膀，在少年的头上飞了三圈，才恋恋不舍地离去。

过了几天，他在街头要饭，忽然觉得有个人形影不离地跟着他，偷眼回头一望，天哪！原来是一个绝顶美丽的姑娘，披着金丝的长衫，戴着钻石的项链，不住地朝他微笑。少年又惊又怕，想："她不是国王的公主，就是贵族的小姐，我若和她搭腔，就会招来灾祸！ 对，逃吧！"于是他从人群中钻过去，一溜烟逃回自己的小木棚。

从此，班台每次出门，姑娘都不停地跟在他后面，嘴里还"哧哧"地笑个不停。 他失魂落魄，有时躲进酒店，有时藏到林中，怎么也摆脱不了姑娘的纠缠。 有一回，班台壮着胆子说："高贵的姑娘呀，你如果是天上来的，就回天上去吧！ 如果是海里来的，就回海底去吧！ 你天天跟着我这又穷又丑的少年，使我连乞讨的路子都没有了！"姑娘上前几步，温存地说："你住在什么地方？ 我想到你家看看。"班台大吃一惊，连连央告道："我住的地方，跟狗窝不相上下，实在没有一点点可以看的地方。 再说，这件事被你权高势大的父兄知道，我的脑袋就要搬家了。 请你再不要跟着我啦！"

少年七弯八拐，回到自己破旧的小木棚时，那个穿金衣衫的姑娘，已经在里边把东西收拾干净，等他多时了，姑娘笑盈盈地说："在一切男人中间，你是最没有出息的了。 我对你十分钟情，自愿和你结为夫妇，你却把我当成吃人的老虎，满城到处逃奔。"

丑孩子哭丧着脸说："我身上没有穿的，口里没有吃的，哪里养得起你这云间落下的仙女。 再说，我的长相又是这么难看……"

姑娘说："你面貌虽丑，却有一颗金子般的心！ 告诉你吧，我叫帕朗玛娣，是森林中一个普通的姑娘。 只要我俩一起生活，吃喝就用不着你发愁。"说罢，抖开自己浓密的头发，用金梳子梳了几下，只听得满地发出清脆悦耳的响声，阴暗的木棚，顿时处处光芒四射。 原来从姑娘头发里掉下的，全是珍贵无比的钻石。 班台站在一旁，只管看得发呆。

帕朗玛娣拾起钻石，用一块白绸子包好，递给少年说："你把这些钻石，卖给街上的商人吧！ 不过，你要记住，千万不要讲钻石的来历，也不要提我的名字。 因为除你之外，旁人是看不见我的。"

少年班台把钻石揣在怀里，走进一家四扇木门的店铺中。 商人看到这些稀有的珍宝，惊奇得半天说不出话来，最后才结结巴巴地说："少年，你这些钻石的价值，可以买下整个的王宫。 我这辈子是没法付清的。 如果你一定要卖给我，那么，我城里有幢三层楼的房子，房子里有九间装满酥油、茶叶、青稞、氆氇、肉类的仓库，我把这幢房子上自屋顶的经幡，下到门后的扫帚，通通交给你好了！"于是，商人陪同班台，查看了房屋和仓库，交接了所有的锁匙，两人就高高兴兴地分手了。

从此，在破旧的小木棚里，姑娘和少年共同过着愉快的生活。他们不愁穿，不愁吃，有时喝酒谈心，有时弹琴歌唱。 渐渐的，班台丑陋的面容，变得端正而英俊；他那瘦猴似的身子，也一天天健壮起来。 凡是和他相识的人，无不惊奇他的变化。 有些好事的邻居，悄悄到破棚附近偷听，听到有姑娘的歌声和笑声，但从门口张望，又只有少年独自一个。

再说，商人得到钻石的事情，传到了国王的耳朵里。 他马上派出一队士兵，搜走全部的珍宝，并把商人押进王宫。 国王说："诚实的商人呀，请你告诉我，这么多珍奇的钻石，是从何处得来的？"商人跪在国王面前，不停地用额头碰着地面，战战兢兢地说："报告主上，这是从外国一位富商那里买来的，因为它价值实在太昂贵，我只得一年一年地付钱。"

"住嘴！"国王凶恶地吼叫，"既然是国外的巨商，怎么会让你一年一年地付款！ 我要用那根烧红的铁棍，从你的嘴里捅进，脚板心里捅出，才能把你的真话捅出来。"商人朝国王指的方向一看，只见四个凶神般的武士，拿着一根烧得通红通红的铁条走来。他吓得几乎昏倒过去，只好承认钻石是从一个丑孩子那里买来的。国王命令商人，三天之内要把少年找到，如果找不到，还得用烧红的铁条处死。

商人找呀找呀，整整找了七天，怎么也找不到少年的影子。因为刚才说过，少年的模样已经变了。 国王说："你这个办不了事的家伙，我先给你打个印记吧！"他吩咐手下的武士，用铁棍在商人的腿上烫了一下，痛得商人死去活来，当场签字、画押，继续去寻找少年。

一天，少年班台正从市场走过，看见商人拄着拐杖，愁眉苦脸，一瘸一拐地东张西望。 他兴高采烈地跑去，开心地摸着商人的长胡须。 可怜的商人左看右看，终于认出了他，便流着痛苦的眼泪，把倒霉的经过原原本本说了出来。 少年对他十分同情，和商人一起去见了国王。 国王说："要饭的，你从哪里弄到这么多珍宝呢？"少年回答道："国王呀，说起这些钻石的来历，真是有趣极了。 有一次，我在很远很远的山里拾柴，看见一颗很高很高的树，树上有个很大很大的鸟巢，我想，掏几个鸟蛋做午饭吧！我爬呀爬呀，爬上树顶，看见鸟巢里有一把小石子，闪闪发光，赶紧抓起来带回家，卖给这位商人，才知道这些石头子叫什么钻石……"国王尖细的眼睛转了几转，假心假意地说："我相信，帕加桑布的百姓，是不会欺骗自己的国王的。 你们走吧，回家去吧！安安心心地过快活日子吧。"

从王宫出来，少年暗暗庆幸：因为钻石的来历，总算瞒过了残暴的国王。 谁知没过三天，少年又被武士抓到国王那里，他一边走一边叫道："国王呀国王，我是半颗钻石也没有了。"这时，国王从黄金宝座俯下身来，和颜悦色地问："少年，告诉我，在你破木棚里唱歌说笑的姑娘，是从哪里来的？"原来，少年从王宫出来的那天，国王已经派出暗探，侦察了他的情况。听了国王的话，少年大吃一惊，不过，他还是笑嘻嘻地说："国王呀，请不要在穷人的身上寻开心了，我这要饭的乞丐，除了自己的影子，谁还会来做伴呢？"国王怒骂道："闭嘴！我要用烧红的铁条，从你的口里捅进，脚板上捅出，把你肠子里的实话捅出来。"

说罢，一群魔鬼似的刽子手，有的把他掀翻在地，用牛皮条把他的手脚牢牢捆上，有的拿着烧得通红通红的铁条，比比划划，只等着国王一声命令。少年班台惊恐地闭上眼睛，默默地祷告："美丽的姑娘帕朗玛娣啊，我们只能在另一个世界相见了！"

但是，国王处死少年的命令，被一阵清脆的笑声打断了。只见一个穿着金衣衫的俏丽女子，像一朵轻风吹动的金云，飘到国王面前。她那明朗的、纯洁的、银铃般的笑，真是能让死人重新复活，老人变得年轻。她笑着对国王说："我就是这位少年的妻子，你不要杀他，有事找我好啦！"

国王瞪着一大一小两只眼睛，连声喊道："可惜呀可惜，这么美丽的女子，却嫁给一个要饭的穷人。来来来，就留下来做我的妃子吧！"说完，就伸出长满汗毛的胖手，去拥抱帕朗玛娣姑娘。姑娘却像一只灵巧的小鸟，"咯咯"地笑着，飞快地跑着，一会儿在东，一会儿在西，一会儿跳上宝座，一会儿绕过台阶。国王就像一只笨拙的狗熊，不是踢倒了椅子，就是碰破了额头。看着国王的丑态，不但少年班台非常开心，那些侍从武士，也捂住嘴巴暗笑不止。帕朗玛娣站在国王的宝座上，指着累得直不起腰的国王，笑嘻嘻地说："国王呀，如果你想得到钻石的话，快快趴在地上捡吧！"说完，抖开自己又浓又密的头发，用金梳子不停地梳着。 一颗颗金光闪闪的钻石，叮叮当当地在殿堂上飞溅。 国王高兴得狂叫起来："侍从呀！ 武士呀！ 快快帮我捡钻石呀！"他们在地上爬来爬去，想抓住那些乱蹦乱跳的小宝贝。 但是，钻石抓到手里，就像雪花落在湖面，无声无息就消失了，他们累得东倒西歪，也没有得到一颗钻石。 而帕朗玛娣和少年班台，早已从王宫逃跑了。 国王暴跳如雷，命令出动所有的士兵，一定要把少年和他的妻子抓回来。

再说帕朗玛娣回到小木棚，对班台说："告诉你吧，我就是你在森林中救活的那只鸟儿。 现在既然被贪心的国王看到，他一定会派兵来抓人。 今夜你快快赶到我姐姐爱扎玛娣那里，把那个奇妙的风箱借来！"接着，交给他一只宝石戒指，嘱咐了种种寻找爱扎玛娣的办法，少年就匆匆出发了。

他按照姑娘的指点，一直朝东走呀朝东走，翻过白雪覆盖的高峰，越过喷珠吐玉的江河，走进一座很大很大的森林。 森林里长满檀香树、红松树、白桦树，还有各种各样的果树、灿烂夺目的鲜花。 无数他见过或者没有见过的鸟儿，有的在翩翩起舞，有的在林间嬉戏，有的在互相追逐，有的在云间盘旋。 五颜六色的羽毛，使人眼花缭乱；此起彼伏的鸣叫，好像节日一样喧闹。 少年穿过森林，看到一座珊瑚砌成的宫殿。 他走上第一层楼，那里有许多穿绿衣服的姑娘，在"叽叽喳喳"地说着笑着，他按照帕朗玛娣的吩咐，用宝石戒指在每人面前晃了一下，踏着玉石楼梯登上二楼。 那里又有许多穿金衫的美女，在高高兴兴地唱着跳着，他又按照帕朗玛娣的吩咐，用宝石戒指在每人面前晃了一下，登上三楼。

三楼上，摆着一把金椅，椅上放着一只宝石镶嵌的小箱子。 他又按照吩咐，朝金椅作了三个揖。 忽然，从箱子里跳出一只百鸟之王布谷鸟来，"叽嘎叽嘎"叫了三声，变成一个跟帕朗玛娣同样美丽的姑娘。

她头上戴着绿色的宝石，身上穿着蓝得发亮的长裙，用唱歌般的声音对少年说："我就是爱扎玛娣！ 我就是爱扎玛娣！ 你有什么事说好啦！ 你有什么事说好啦！"少年把帕朗玛娣交代的话，向她重述一遍。 爱扎玛娣眉头一皱，气愤地说："帕加桑布的国王，太坏啦！ 太坏啦！ 你快把宝贝拿去，搭救我可怜的妹妹吧！"说完，交给他一只很小很小的风箱。 少年左看右看，怎么也不能相信它能对付国王的军队。 再看看天空，已是第二天的早晨，太阳已经升上雪山，这么远的路程，怎么能赶回去呢？ 他心里更加焦躁不安。 爱扎玛娣看出他的心思，给他披上一件羽毛缝制的衣衫，用嘴轻轻一吹，少年就像长上仙鹤的翅膀，飞过森林，飞过雪山，飞落在自己的破木棚旁边。

这时，国王的几千卫队，正带着刀矛弓箭，发出狂叫，把小木棚围得水泄不通。 帕朗玛娣得到奇妙的风箱，心中十分高兴。 她走出小木棚，对国王的卫队说："士兵们，你们快回去吧，回去吧！ 你们还不撤走的话，我叫你们耀武扬威地来，东歪西倒地逃跑！"国王的卫队长不听姑娘的劝告，命令士兵们冲锋。 帕朗玛娣非常生气，打开奇妙的风箱，朝国王的卫队不停地扇动。 只见一股股强劲的飓风，把士兵们吹刮得东倒西歪，有的跌落在水沟，有的紧钉在墙壁。 大家见势不好，用刀矛当成拐棍，用弓箭支撑身子，通通掉转身来逃命。

少年看到奇妙风箱的威力，高兴得把帽子扔向天空，说："姑娘！ 姑娘！ 快把风箱借给我，让我去教训教训那个残暴的国王。"他带上风箱，来到王宫下边。 正在房顶观战的国王，见自己的卫队像秋风吹刮下的树叶，七零八落地飘过来，不知发生了什么事情。少年一手叉腰，一手指着国王骂道："你这吃山不知饱，喝海不解渴的暴君，一只脚已经踏上天葬场了，还威风些什么？"国王一见少年，恨得咬牙切齿，命令身边的武士，赶紧用乱箭把他射死。少年说："国王，你天天想着上天堂，现在，我就送你上天堂好啦！"他打开风箱，用劲扇了几下，国王就像一只风筝，很快地升上天空，在市场上空起起落落，时上时下。

市场上来来往往的百姓，谁都痛恨残暴的国王，纷纷拍手叫好。少年说："国王，既然你不想上天空，就落进地狱好啦！"于是把风箱一停，国王从半空摔落下来，断气了。市场上的百姓齐声说道："谁正直就是长官，谁慈爱就是父母。少年呀，你为我们除掉了吸血的恶魔，我们推举你当新的国王。"

少年班台当了帕加桑布的国王，帕朗玛娣做了王后。他们打开国王的宝库，把过去国王掠夺的金银财宝分给穷苦的人民。有一天，少年去巡视分配财物的地方，发现自己的两个哥哥，带着很大的牛毛口袋，正在领取各自的一份。少年走过去说："哥哥，我在伐木时讲的话，总算兑现了吧！"这时，两个哥哥才知道新选的国王，就是自己的丑弟弟，羞愧得没有办法，恨不得变成老鼠，钻到地洞里藏起来。

（讲述：益西丹增）

公主的珍珠鞋

（藏族）

从前，在西藏一座城镇里，住着一对穷苦的老夫妇，还有他们的儿子顿珠扎西。全家仅有的财产，只有一把不知用过多少辈子的旧斧头。

不管刮风下雨，还是雪花飘飘，老头子每天带着这把斧头，爬上很高很高的山冈，砍回来一大捆木柴，卖给城里的饭馆，换点糌粑和茶叶，供养儿子和老妻。

真是穷人命苦、雪上加霜，顿珠扎西十五岁那年，阿爸砍柴摔死了。老阿妈抱着儿子伤心痛哭道："儿呀，往后咱俩的日子怎么办呀！"顿珠扎西说："阿妈，不要难过。从明天起，我上山砍柴就是了。"

从第二天开始，不管刮风下雨，还是雪花飘飘，儿子拿着阿爸留下的斧头，每天到深山砍柴，背回来卖给饭馆，换点糌粑、茶叶，维持两个人的生活。邻居们都夸奖说："顿珠扎西是个好小伙子。"

有一次，顿珠扎西砍柴砍累了，看见身边有块大石头，圆圆鼓鼓的，像狮子脑袋，便躺在上面歇息。谁知道这块大石头，忽然讲起人的话来了："少年！少年！请从我的头上下来，你要什么宝贝，我都可以给。"

开头，顿珠扎西吓了一跳。过了一会儿，胆子就大了。他想："我是人，他是石头，怕什么呢！"便说："石狮大哥，我什么宝贝都不要，请给我一件砍柴的家什就行了。你瞧我这把斧头，跟老太婆一样，成了缺牙了。"

说完，只听得"咣当"一声，从狮子脑袋似的大石头里，吐出一把金斧头，又明亮，又锋利，小伙子喜欢得蹦起来了。他抬起金斧头，顺手在大松树上砍了一下，手腕粗的树，跟着就"哗啦啦"地倒下来了。他把斧头藏在怀里，连跑带蹦回到家中，把这件喜事告诉了老阿妈。

有了金斧头砍柴，母子俩生活慢慢好了起来。 过了些日子，顿珠扎西砍柴的时候，不知从什么地方，卷过来一股大得可怕的狂风。 羊头大的石块，刮得满山乱滚；顿珠扎西刚刚砍下的柴火，更是吹得四分五散。 他一边叫骂，一边把柴火捡回来，想不到一根树枝上，绊着一只非常精巧的小鞋子，缎子的鞋帮，绣着七种颜色的花，还嵌满了闪闪发光的珍珠。

小伙子十分惊讶，便带着这只鞋子，去请教一位平日跟他要好的厨师。 厨师是见过世面的人，他拿起珍珠鞋翻过来看三次，倒过去看三次，最后说：“啧啧啧，这是只宝贵的鞋子。 到底是谁穿的我也弄不清楚。 西街那边有座门朝南的茶叶店，店里有个叫强久的商人，你去问问他吧！”

强久是个走南闯北的人，他的骡马队年年到外地运茶叶和绸缎。 他看了看鞋子，满脸皱纹里立刻填满笑容，拍着顿珠扎西的肩膀说：“哈哈，朋友！ 你发财啦！ 这是皇帝公主穿的绣花鞋呀。 走，我们到京城去，把鞋子卖给皇帝，可以赚很多的银子。”

小伙子想了想，说：“不行呀，我到京城去了，谁养活阿妈呀！”强久说：“美味到了嘴边，别用舌头顶出。 你阿妈的吃用，我让店里的伙计接济一点就行了。”

顿珠扎西跟着商人强久，骑马走了好多天，终于来到了皇帝居住的京城。 他们看见黑石岩一样高耸的城墙上，贴着白帐篷那么大的一张告示。 两个人都认不得汉文，就找一位白胡子老人打听。 老人摇晃脑袋，连声叹息道：“唉哟！ 我们的天子皇帝，只有一位宝贝千金，不久前被妖风刮跑了。 找了几个月，还是一点影子也没有。 告示上说，谁能找到公主，愿意当官的，给他丞相的官职；愿意发财的，给他满斗的金银。”

商人听了，更加高兴，赶紧拉着顿珠扎西去见皇帝。 他们走过许多街市，穿过许多门楼，前面出现了许多金顶红墙的大房子，小伙子觉得比雪山彩云还要美丽。 强久说："这就是皇宫。"正在他们两人说话的时候，一大群金盔金甲的武士。 用长矛拦住去路，高声喊道："不准吵闹！"顿珠扎西吓了一跳。 商人连忙上前说道："嘿嘿，我们是从西藏来的。 知道一丝丝公主的消息，专门赶来报告的。"

武士禀告了皇帝，皇帝说："快！ 快！ 请他们进来！"

顿珠扎西和强久跟着武士，又上了许多许多石阶，穿过许多许多殿堂，最后总算见到皇帝了。 皇帝坐在金椅子上，看样子是个和气的老头。 他仔仔细细地听了小伙子的讲述，又翻来覆去地看了鞋子，断定这个消息没有错。 便派出一位红鼻子大臣，领着一百个士兵，请顿珠扎西带路，用最快的速度去寻找公主。

顿珠扎西想了一下，说："皇帝，不行呀！ 我天天要上山打柴，供养年老的阿妈。 我寻公主去了，她老人家吃什么呀？"

皇帝听了，不但没有发脾气，反而很高兴，夸奖顿珠扎西有孝心。 他说："小伙子，用不着担心。"当场吩咐商人强久，从国库支取足够的财物，回去好好照顾顿珠扎西的阿妈。

再说顿珠扎西领着大臣和士兵，骑在马上飞快地赶路。 这些马都是皇帝和将军们骑的，跑起来比飞鸟还快。 他们白天跑，晚上也跑，总算赶到了顿珠扎西砍柴的地方。 他们在一块石头上，看见一滴血，沿着血迹找呀找呀，找到一块抬头才能见顶的大石崖旁边，血迹不见了。 崖下有个洞，黑咕隆咚的，像野兽的嘴巴，看不见底。

红鼻子大臣说："看样子，魔鬼就住在这个洞里了，谁下去看看？"士兵们你看着我，我看着你，没有一个报名。 顿珠扎西说："那么，我先走一趟吧！"

士兵们赶快解下自己的腰带，连成一根很长很长的带子。顿珠扎西抓住带子，慢慢往下滑，不知过了多久，双脚才触到地面。

洞里漆黑漆黑，伸手不见五指。顿珠扎西摸索着前进，忽然看见有颗红色的火珠子，在远处一闪一闪。走过去一看，原来是一个老太婆，蹲在那里做饭。老太婆看见小伙子，惊奇地伸出了舌头，说："这是魔鬼住的地方，你进来找死吗？趁魔鬼正在睡觉，你快快地逃命吧！"

顿珠扎西说："我不走，我是专门来找公主的。她只穿了一只鞋子，还受了伤。老阿妈，你见过她吗？"

老太婆说："见过！见过！我是给魔鬼做饭的，哪能没见过呢！公主不愿意给魔鬼当老婆，魔鬼很生气，很快就要吃掉她呢！"顿珠扎西给了老太婆一把炒青稞、一块干牛肉，紧接着又问："老阿妈，快快告诉我，公主关在什么地方，魔鬼又住在什么地方？"老太婆瘪着嘴，一边吃着炒青稞，一边指点方向。

小伙子按照老太婆的指点，走进魔鬼住的石屋。他从怀里摸出金斧头，轻轻挥舞了几下，忽然金斧头像燃烧的火把，发射出千百道灿烂的金光。借着斧头的光芒，顿珠扎西看见满屋子都是人骨头、人脑壳。在一堆人皮上，摊手摊脚地睡着一个魔鬼，蓝脸膛、红胡子，鼾声比闷雷还响。魔鬼的额头两边，蹲着两只癞蛤蟆，肚子一鼓一缩，眼睛又大又圆，那是魔鬼的命根蛙。

刚开始，顿珠扎西吓了一跳，和恶魔打交道，他还是头一遭呢。慢慢的，便不那么怕了。他想："我是人，他是鬼，怕什么！"顿珠扎西在手心吐了几口唾沫，高高扬起斧头，朝蹲着两只蛤蟆的额头上砍去，魔鬼痛得大叫，翻身跳了起来。小伙子没有退缩，窜到魔鬼后边，在他的后脑勺上，又砍了一家伙。魔鬼倒在地上，一动也不动了，像倒下的一根大柱子。

顿珠扎西高兴得跳起舞来，他趁势推开里边的右门，看见一位明月一般可爱的姑娘，正坐在石头上伤心落泪。右脚上没有鞋子，雪白的脚踝上血迹斑斑。

公主不知道他是谁，吓得索索发抖。顿珠扎西行了个藏族礼，恭恭敬敬地说："公主，不要怕，我是皇帝派来救你的。"公主害怕地问："那么，魔鬼……"小伙子哈哈大笑道："魔鬼吗，给我两斧头砍死了。"

公主太高兴了，一头昏倒在顿珠扎西的怀里，亮晶晶的泪珠，滚落在他的身上。顿珠扎西背着公主，用金斧头照着路，回到刚才用腰带吊下来的地方。这时，公主苏醒了，又害臊、又感激，不知怎样报答小伙子才好，便取下自己手上的钻石戒指，戴在顿珠扎西的手上。

这时候，那个给魔鬼做饭的老太婆爬过来跪在地上，连连磕头，请求带她出魔洞，小伙子大大方方地答应了。

顿珠扎西打了个信号，洞口上放下了腰带。头一次拉起老太婆，第二次拉起公主。这当儿，红鼻子大臣起了坏心眼，他想："顿珠扎西出不来，功劳就归我了。美味的食物，撑死也要吃；有利的勾当，缺德也要干。"于是，扔下顿珠扎西，护送着公主，日夜不停地赶回京城请赏去了。

公主回到皇宫，全城像过年过节一样欢庆。皇帝忽然想起了顿珠扎西，便问："那个拾珍珠鞋的藏族少年，为什么不见呢？"红鼻子大臣长长叹了三声气，说："皇帝呀，别提那个知恩不报的小子了！他走到半路，就像老鼠一样溜掉了。这回是我豁出老命，杀死魔王，搭救公主的呀！"皇帝相信了红鼻子的话，奖赏了他很多金子，还提升他当了丞相。只有可爱的公主，倒常常思念搭救她的藏族少年。 但是，她住在深宫后院，不知道红鼻子的阴谋，再说，她毕竟是公生呀，怎么好意思跟皇帝说呢。

那一天，勇敢的顿珠扎西，在洞里左等右等，怎么也不见有人接应他，知道是大臣玩了诡计，心里非常生气。 他坐在石头上，想念自己的老阿妈，也有点惦记美丽的公主。 想着想着，不知不觉地流下了眼泪。

忽然，附近传来"扑腾""扑腾"的声响，顿珠扎西想："好家伙，洞里还有魔鬼！"赶紧摸出斧头，朝发出声响的地方跑去。借着斧头发射的金光，看见一口很大很大的铁箱子。 他举起斧头，在铁箱子上砍了一下，只听得"达扎卡"一声，箱盖冲开了，里边蹦出一条小青龙，摇头摆尾、左右翻腾。

小青龙流着眼泪说："少年啊，我被恶魔关在铁箱子里，不知多少年了，多亏你救了我的命！"顿珠扎西说："救命的话，现在说来还太早了。 要是出不了魔洞，咱俩都活不成了。"小青龙笑嘻嘻地说："这好办，看我的。"便让顿珠扎西骑在它的背上，大口一张，尾巴一摇，随着一阵山崩地裂的吼声，他们已经升到了地面。

小青龙对顿珠扎西说："金子不会被扔掉，恩情不会被忘掉。我没有什么送给你，留下一只角做纪念吧！"说完，把自己的脑袋，在黑石崖上一碰，黑石崖碰得左摇右晃，一只龙角蹦落在顿珠扎西跟前。 小青龙呢，恋恋不舍地飞回高高的天上去了。

顿珠扎西拾起龙角，回到城里，看望了自己的阿妈，果然在皇帝的关照下过得很好。 又找到了商人强久，把自己进魔洞救公主和得到龙角的经过告诉他。 强久拍着他的肩膀，祝贺他说："哈哈，朋友，你又发财了！ 这只龙角，是世界上最罕见的珍宝，我们拿去献给皇帝，能得到很多很多奖赏，还能戳破红鼻子的谎言。"

　　他们再一次赶到京城，见到了皇帝，顿珠扎西恭恭敬敬地献上龙角。 皇帝说："这不是上回拾到珍珠鞋的藏族小伙子吗？"顿珠扎西说："正是我。"皇帝不高兴了，说："上次你当着我的面，发誓要救出公主，怎么走到半路，就像老鼠一样溜掉了呢？"

　　红鼻子大臣看到顿珠扎西，当时吓出一身冷汗，接着他想："天大的谎言，牛大的真理，只要我不改口，这小子是没有办法辩清的。"便接过皇帝的话头，把顿珠扎西数落一顿。 唾沫像冰雹一般，飞落在少年的脸上。

　　顿珠扎西上前一步，对皇帝说："皇帝，我说我救出了公主，他说他救出了公主，这件事跟打破一个鸡蛋一般容易，请公主出来作证就行了。"

　　公主和老太婆走进大殿，马上高兴地同时说："啧啧啧！ 搭救我们的少年来了！"

　　红鼻子大臣听了，又害怕，又焦急，三步两步迎上去，说："公主，是不是当时洞里太黑，你的眼睛看花了，救出你的是我呀，怎么会是他呢！"

　　顿珠扎西对红鼻子大臣说："很好，你说公主是你救出来的，那么，把你的凭证拿出来看看吧！"

　　红鼻子回答不上来，"这……那……"地结巴了半天。 皇帝便问少年："那么，你又有什么凭证呢？"

　　顿珠扎西说："当然有！"很快就把公主给他的钻石戒指，从怀里掏出来。

　　同时，公主双膝跪在皇帝面前，羞怯地陈述了自己被少年救出的经过。 红鼻子做梦也没有想到，公主会把戒指留给顿珠扎西。他看见皇帝满脸怒气，吓得像一团湿牛粪，趴在皇帝的宝座前面，不停地磕头求饶，眼泪鼻涕流满地。 因为他非常清楚，欺骗皇帝会有什么下场。

皇帝十分赞赏顿珠扎西的勇敢、诚实，吩咐大臣们用最丰盛的宴席款待他。 在摆满一百零八个菜盘的酒宴上，皇帝问他是想当丞相呢，还是要满斗的金银呢？ 顿珠扎西真心实意地答道："皇帝，我不当丞相，也不要金银，只求把公主嫁给我做妻子，吉祥欢乐地度过一生。"

皇帝同意了少年的请求，为他们俩举行了盛大的婚礼。 结婚后，顿珠扎西领着公主，高高兴兴回藏地探望阿妈去了。 那么，商人强久呢，皇帝送了他许多金银财宝，他的商队在西藏和外地之间，往返得更勤了。

（讲述：旺青）

俄曲河边的传说

（藏族）

俄曲河像一条蓝色的飘带，飘呀、飘呀，从银光闪闪的岗桑雪山飘下来，飘过一座座风景秀丽的小山村，就在蓝色的俄曲河边，流传着这样一个爱情的传说。

北村有个牧马少年，叫作蒙培吉武；南村有个放羊姑娘，叫作琼青尼玛，南北两村隔河相望，一张铁索桥把它们紧紧相连。

隔着蓝蓝的小河，蒙培吉武和琼青尼玛从小互相看着长大。男孩子在这边放风筝，女孩子在那边看；女孩子在那边唱歌，男孩子在这边应。 在阳光和风雪中，他们渐渐长大了，长成青冈树那么粗的小伙子，长成格桑花那么美的俊姑娘了。 蓝蓝的俄曲河，挡不住悄悄来临的爱情脚步。 今天少年过来，把群马如彩霞染遍南山；明天姑娘过去，将绵羊似珍珠撒满北坡。

金鹿，离不开芳草地；布谷鸟，依恋着杨树林。 别说少年和姑娘难分难舍，互相眷恋，就是他们的牧群相遇，也显得格外亲热和欢欣。

这天，太阳暖暖地照着，河水哗哗地流着，小鸟啾啾地叫着。 少年蒙培吉武，赶着马群从金光闪闪的河中蹚过来。 比他早到的牧羊姑娘琼青尼玛，载歌载舞地跑来迎接他。

> 你好啊你好，
> 阿哥蒙培吉武你好！
> 快把公马赶上左坡，
> 快把母马赶上右坡；
> 快把火焰般的小马驹，
> 赶进避风向阳的山窝。

少年一边分开马群，一边答道：

> 炉火一样暖的话儿，
> 昨天还没讲完呢；
> 河水一样长的歌儿，
> 今天还要接着唱呢！

他们砍下几根树枝，搭起遮阳挡雨的凉篷；他们搬来三块石头，架起熬茶煮奶的铁锅。 羊儿和马儿，在无忧无虑地吃草；姑娘和少年，喝着浓茶，捻着毛线，话儿越说越多，毛线越捻越长……

幸福的时刻过得快，一眨眼已是日落西山，两个人才难舍难分地告别，各自赶着牧群回家。 琼青尼玛回家晚了，阿爸阿妈不高兴了。 姑娘说："羊儿贪恋春草，乌尔朵也赶不回来，女儿我没有办法啊！"

第二天，又是金子般的好天气。 太阳暖暖地照着，河水哗哗地流着，鸟儿啾啾地叫着。 姑娘琼青尼玛，赶着羊群从帮金花丛中走过来。 比她早到的牧马少年，兴高彩烈地跑来迎接她。

> 你好呵你好，
> 妹妹琼青尼玛你好！
> 快把山羊放到左坡，
> 快把绵羊放到右坡；
> 快把浪花般的小羊羔，
> 放进背风向阳的山窝。

姑娘一边分开羊群，一边答道：

> 彩虹一样美的腰带，
> 今天还要接着织呢；
> 星星一样多的话儿，
> 肚子里还有一半呢！

两人找到一个山洞，挡住寒冷的风儿，两人捡来许多干柴，燃起红红的火儿。 羊儿和马儿，在自由自在地啃草。 姑娘与少年，吃着羊肉，编着腰带，如同沸腾的牛奶放进蜜糖，生活有着说不完的温馨甜美。

热恋中总嫌日子短，一眨眼月亮升上雪山。 姑娘少年你送我，我送你，最后各自赶着牧群回家。

琼青尼玛回家更晚了，阿爸阿妈更不高兴了。 姑娘说："羊儿赶吃春草，跑过了三个山头，让女儿我找到现在。"

从春天到夏天，从夏天又到秋天。春天落生的羊羔，已经离开娘了；春天播下的种子，已经开镰了。小伙子心中有句热烘烘的话，总想跳出嘴唇；姑娘心里有支甜丝丝的歌，总想蹦出胸膛。一次，他们俩来到温泉附近放牧，少年取下自己的金耳环，交给姑娘保管，在温泉里洗了头发，坐在绿草坪上，请姑娘编辫子。忽然，一只"帕哇"从山上滚下来，惊炸了马群，少年心急火燎地追马去了。正在这个时候，阿妈又到了牧场，逼着琼青尼玛赶羊回家。姑娘没有办法，悄悄将金耳环用羊毛包严实，埋在他俩架锅的温泉边，又用三块石头，做一个记号。

　　轻薄的风，总要摇动树叶，无聊的嘴，总爱挑动是非。阿爸阿妈听信了种种非议，不让琼青尼玛再上山放羊；交给她一把镰刀，叫她到地里割青稞。姑娘跟阿爸说，找阿妈吵，可是酥油碰不过石头，只得交出乌尔朵，到秋收地里干活去了。

　　蒙培收拢了惊马，回来找不到姑娘，心中非常纳闷，第二天天不亮，在山上等呀等呀，还是看不到琼青尼玛的影子，听不到玛青尼玛的歌声。少年像只发狂的烈马，从山上跑到山下，又从山下跑到山上，最后他才看见姑娘在地里收割青稞，便借询问耳环的机会，试探姑娘的心：

>　　有一只金翅鸟儿，
>　　掉下左边的翅膀；
>　　请问收割的姑娘，
>　　可知它落在何方？

　　所有割青稞的人，都不知道他唱的什么意思，只有琼青尼玛，用歌声回答道：

>　　我见过金翅鸟儿，

见过它左边的翅膀；

温泉边三颗白石。

就是它掉落的地方。

　　这本来是平常的歌，又在村里引起非议，闲话像冬天的乌鸦，从南村飞到北村，又从北村飞到南村。　琼青尼玛的阿爸阿妈十分生气，找了个媒人，要把姑娘嫁给岗桑雪山那边一个商人。

　　一天，琼青尼玛从地里回来，看见院子里拴着骡马，凑到窗子一望，屋里来了几个不认识的人。　他们给阿爸献了哈达，又给阿妈送了围裙、藏袍、银钱三样礼物，天呀，这不是迎亲的"罗布帮松"吗？　这不是他们要把我抛到不相识的人家吗？

　　姑娘赶紧跑啊赶紧跑，跑到蒙培牧马的北坡下，对着少年唱道：

哥哥蒙培啊，

我阿爸要把我卖掉了，

阿妈要逼我嫁人了；

你有话讲就讲呀，

你有办法想就想呀！

　　孤孤单单在山上放了几天马的蒙培，因为耳环的事，正在和姑娘生闷气呢，一气姑娘不该离开他到地里收青稞，二气姑娘不该把他的金耳环埋在泥土里。　他哪里知道，马儿跑得快，全凭鞭子作主；可怜的琼青尼玛，正受着父母的看管啊！　为了报复琼青尼玛，随口编唱道：

妹妹琼青尼玛啊，

你想找婆家你就找吧，

你爱嫁人你就嫁吧，

大路上没有强盗拦你，

　　小路上没有石头绊你。

　　听了青年的回答，姑娘感到头上的天塌了，脚下的地空了，她靠着一棵杨树，站了一会儿。本想上山问个明白，自己又不好意思，因为她是个十八岁的姑娘啊，只得移动石头一样沉的脚，一步一步走进家门。

　　迎亲人看见琼青尼玛这样年轻美丽，称赞的话像瀑布一样流出来，当时给她送上五样礼物，就是藏袍、藏靴、围裙、首饰和腰带。

　　可是赞美的话语，姑娘一句没听；贵重的东西，姑娘一样没看。她心里装的是蒙培吉武，脑子里想的是蒙培吉武，从小相爱的人啊，要么你捧着哈达从前门向我求婚，要么你牵着快马从后门接我逃奔。为什么用那样的恶言恶语刺我，是不是你这小伙子变了心？是不是河水喧闹，他没听清我的话语？是不是雾气升起，他没看清我的愁容？

　　梳妆打扮的时间到了，明天天不亮就要动身了，琼青尼玛借口洗头，半夜走到蓝蓝的俄曲河边，隔河对着少年的石屋唱道：

　　阿哥蒙培吉武啊，

　　迎亲的人已经到了，

　　姑娘天亮就要走了。

　　你有该讲的讲啊，

　　你有该做的做啊！

　　少年的气还没有消，再说也不相信姑娘嫁得这样快，从窗户里伸出头来，隔着小河答道：

　　琼青尼玛妹妹啊，

你要去就去吧！

你想走就走吧！

阿哥祝你吉祥如意，

阿哥祝你幸运白头。

　　隔河飞来的歌，像利箭刺穿姑娘的心。 她想：从小相识的伙伴，原来是这样可恨，不是他蒙培吉武为人太狠，是我琼青尼玛过去没长眼睛。 好吧，岗桑雪山那边的日子，是甜是苦，我都去过；是刀是火，我都去跳。 回到家里，蒙着藏毯一夜哭到天明。她哪里知道，蒙培吉武像只犟牦牛，被爱情折磨得昏头昏脑，等他明白的时候，会多么悔恨啊！

　　第二天，蒙培吉武随着雪山上第一道曙光，登上草儿枯黄的山坡，看见琼青尼玛家门口，像过节一样欢腾，许许多多骑马走路的人，拥着打扮得像花儿一样美丽的琼青尼玛，热热闹闹向着岗桑雪山的方向走去。

　　"天呀！ 她真的走啦！"少年大叫一声，跌倒在山坡上。 忽然又蹦起来，跳上一匹最快的马，选择一条最近最近的路，一口气跑进自家的院子，对阿妈喊道："阿妈呀阿妈，不好了！ 闯下大祸！ 心爱的宝马丢失了，被远方的强盗抢走了！ 快把我的水獭袍子拿出来，快把我的彩云靴子拿出来，快把我的定亲戒指拿出来，快把我镶银的叉子枪拿出来，我要把心爱的马儿找回来。"他穿上结婚的衣袍，带上定情的信物，又对阿妈说："阿妈呀阿妈，快给我右边的马褡子，装上满满的酥油。 找到宝马三天五天就回来，找不到宝马三年五年不回来！ 阿妈呀阿妈，你替可怜的儿子祈祷吧！"说完，跳上快马，箭一样追赶琼青尼玛去了！

　　迎亲的队伍走呀走到俄曲河边，琼青尼玛牵肠挂肚地往回看呀看呀，眼里看着的是阿爸阿妈的面容，心里想着的是牧马少年的身影。不久，果然看见他骑马跟在后面，队伍快他也快，队伍慢他也慢。姑娘又恨又气，用不大不小恰恰是蒙培能听到的声音，对送亲的叔叔唱道：

> 叔叔啊，
> 请从这里转回吧，
> 前面的路姑娘自己走，
> 是苦是甜请你别担心。

所有迎亲和送亲的人，都听不明白歌里的意思。只有蒙培吉武远远地听到了，在一旁流泪伤心。

迎亲的队伍走呀走到岗桑雪山下。琼青尼玛看见蒙培还是跟在后头，又用不大不小，刚刚让他听得见的声音，对舅舅唱道：

> 舅舅啊，
> 请你从这里转回吧，
> 前面的路姑娘自己走，
> 是刀是火决不再回来。

所有迎亲和送亲的人，都不明白歌里的意思，只有蒙培吉武远远地听到了，在一旁流泪伤心。

迎亲的队伍走呀走到岗桑雪山顶上，牧马少年看见送亲的人都回去了，就骑马奔到姑娘身边，好像有一肚子话要说，有一肚子歌要唱，迎亲的把他当成送亲的人，谁也没有介意。琼青尼玛受了委屈，就用不大不小刚刚少年听到的声音唱道：

> 若想放牧新买来的马群，
> 也该停止你的脚步了；

若想追求新结识的姑娘，

也该掉转你的马头了。

蒙培没有办法，只好打马远远地离开。 晚上，迎亲的人在路边搭起帐篷，打尖过夜。 可怜的蒙培又骑马过来，在帐篷周围转悠，久久不肯离去，他用歌声恳求琼青尼玛出来，说上三句知心话。 琼青尼玛答道：

一根针不能两头尖，

一个人不能两颗心；

无情无义的人啊，

相送千里有何用？

牧马少年蒙培打着马跑开了，牧羊姑娘琼青尼玛和商人结婚了。 商人不多不少比姑娘大二十岁，他有一栋三层楼的房子，一层楼关骡马，二层楼当库房，三层楼是卧室。 商人有满满的三间仓库，一间装粮食，一间盛酥油，一间放羊毛。 商人在结婚的第三天，就到山南河谷买青稞去了。

丈夫出门了，一月两月不回来。

婆婆搬出一架织氆氇的机子，让她织些氆氇。 琼青尼玛看见洁白的羊毛，怎不想起可爱的羊群；想起可爱的羊群，怎不思念自幼相知的蒙培吉武呢？ 于是，她一边织着氆氇，一边随口唱道：

羊毛啊，柔软的羊毛，

给蒙培织件"堆多"有多好！

婆婆坐在机子旁，高兴得满脸是笑，因为商人也叫蒙培呢！

商人蒙培从山南回来，住了三天，又赶到藏北用青稞换羊毛去了。

丈夫出门了，三月四月不回来。

姑娘天天织氆氇。 织呀织呀，织得白氆氇有俄曲河一样长，她对少年牧人的思念，也像俄曲河一样长。 她一边扔着梭子，一边随口唱道：

氆氇啊，结实的氆氇，

给蒙培添件藏袍有多好！

当她边织边想的时候，门外传来要饭人的呼叫声："行行好吧，我是个走投无路的流浪汉；行行好吧，我是个无依无靠的苦命人！"

多么熟悉的声音啊！ 琼青尼玛从窗户口一看，果然是日思夜想的牧马少年蒙培。 她像一只春天的鸟儿，从楼里飞了出去。

婆婆在门外，给流浪汉施舍一小袋糌粑。 他的黑发乱成了鸟巢，他的脸儿黑成了木炭，水獭皮的新袍子，穿成盖陶罐的破布，彩云般的藏靴，裂成癞蛤蟆的嘴巴。 琼青尼玛对婆婆哭道："婆婆呀，他是我本家的哥哥，让他上楼坐一坐。"

原来少年蒙培离开姑娘后，再没有回过家。 他到过许多森林，射杀了许多野兽，得到不少钱财。 但是，离开了相爱的人，钱又有什么用呢！ 他又进了拉萨的哲蚌寺，当了苦修的喇嘛，熟读了不少经典。 但是，离开了相爱的人，上了天堂又有什么用呢？ 于是，他就一边流泪，一边要饭……忽然遇到琼青尼玛，过去藏在心里的那句热烘烘的话儿，总算蹦出来了；姑娘呢，过去嵌在胸中的那支甜丝丝的歌儿，总算飞出来了。 这句话，这支歌，就是一个字：爱。

当启明星升起在雪山的时候，两个人影离开商人的家，奔向很远很远的地方了，去寻找他们的幸福。

他们能不能寻到真正的幸福呢，我讲故事的人就不知道了。

（讲述：尼玛彭多）

青年阿美曲穷

（藏族）

从前，在阿美有个牧马的青年，名叫阿美曲穷。他有慈祥的父母，还有新婚的妻子，日子过得幸福美满。结婚后第三天，青年出门放马，年轻的妻子帮他准备了种种食物，把他送出门外，唱道：

> 我的丈夫听吧，
> 把公马赶到左坡，
> 把母马赶到右坡，
> 把欢蹦乱跳的小马，
> 赶到向阳的山窝。
> 白氆氇藏袍要穿好，
> 花氆氇靴子莫乱脱；
> 牧鞭曲米古朵①呵，
> 紧系腰间不能丢。
> 不要在草堆里睡大觉，
> 不要和乱石堆开玩笑，
> 不要和趴着的狗开玩笑，
> 不要和风与茅草开玩笑，

---

① 米古朵：牧鞭的名字。

> 你今年刚好二十五①，
>
> 遇着魔神可不得了。

青年来到河边，撒开了马群，忘记了妻子的嘱咐，躺在草堆上睡觉了。 他梦见从桑耶寺②，来了三个铁人，背上背着气口袋，手里拿着套命索，对他说："桑耶寺女神阿尼白姑，请你去一趟。"

青年醒来的时候，全身没有力气，走路东倒西歪，赶马回到家里，喉咙里只有一根马尾那么大小的气进进出出了。 他的父亲难过，母亲也难过，刚刚成婚的妻子，更是哭得死去活来，青年对阿爸说：

> 请你听一听吧，
>
> 我的严父阿爸！
>
> 你的儿子想吃点肉，
>
> 请把肉切得细细的，
>
> 请把肉炖得烂烂的。

阿爸赶快切肉去了。 他又对阿妈唱：

> 请你听一听吧，
>
> 我的慈母阿妈！
>
> 你的儿子想喝口茶，
>
> 请把茶熬得浓浓的，
>
> 请把茶打得香香的。

阿妈赶快打茶去了。 他转脸对妻子唱：

---

① 二十五：藏族风俗，男二十五、女二十一为"劫年"，容易被鬼神伤害。

② 桑耶寺：西藏过去的说法，人的生死，是由桑耶寺掌管的。

请你听一听吧，
我的美丽的妻子！
你的丈夫想看看花，
请去摘一把哈罗花，
请去摘一把格桑花。

阿爸端着肉，阿妈捧着茶，妻子拿着花进来的时候，青年已经断气了。 他的灵魂离开家乡，游游荡荡，朝着桑耶寺飘去，路上，遇到一位朋友，从桑耶寺还魂回来。 他告诉青年说："朋友，到了桑耶寺，女神阿尼白姑叫你吃人肉，你千万不能吃；叫你喝人血，你千万不能喝；叫你穿人皮，你千万不能穿。 做到了，你就可以还魂了。"

青年的灵魂来到桑耶寺，走进第一道高大威武的庙门，两边守卫的铁人齐声唱道：

阿美地方的青年听着：
进庙门的时候，
你要作三个揖，
你要磕三个头！

青年进了头一道门，又进了第二道门，在进第三道门的时候，女神阿尼白姑出来了。 青年向她请求道：

请你听一听吧，
桑耶阿尼白姑！
请你放我回去，
我有新婚的妻子，
我有年老的父母。

阿尼白姑不理睬青年的请求，吩咐小鬼拿出人肉、人血、人皮，唱：

> 请你听一听吧，
>
> 阿美地方的青年！
>
> 你路上一定饿了，
>
> 快吃一点人肉；
>
> 你路上一定渴了，
>
> 快喝一点人血；
>
> 你路上一定冷了，
>
> 快披一张人皮。

青年想起朋友的劝告，赶紧回答：

> 过去没吃过人肉，
>
> 现在也不想吃；
>
> 过去没喝过人血，
>
> 现在也不想喝；
>
> 过去没穿过人皮，
>
> 现在也不想穿。

阿尼白姑生气了，扔下来一只收魂袋，一根索命绳；一条托牛尾，命令他去收人的灵魂。

青年带着三样东西，回到自己的家乡，正遇上男女老幼在村头晒太阳。他来到老人堆里，老人们坐在墙根下，手里摇着转经筒，其中一位叹着气说："唉！阿美曲穷这样的好人，年纪轻轻就走了，留着我们这些老骨头在世上干什么呀？"其他的老人听了，也一起摇头叹息。

青年不忍心带走他们中的一个，便转到青年堆里去；青年们正在玩扔牛角的游戏，忽然有个小伙子说："唉！我们在一起玩得多么高兴，可惜牧马的曲穷走了。"大家听完，各自走散，没有心思玩游戏了。

青年不忍心带走他们中的一个，便转到姑娘们中间；姑娘们正在踢毽子，嘻嘻哈哈，没有一点忧愁的模样。刚好有个小姑娘说："啧啧，牧马青年死了，他的妻子孤孤单单多可怜，我们看她去吧！"

姑娘们心地这样善良，青年更不忍心了。他在人间到处游来荡去，怎么也找不到一个合适的人。忽然，他看见一条死狗，便把狗尸弄去了。阿尼白姑说："不行！"他又弄去一头死牦牛，阿尼白姑很不高兴，唱道：

> 请你听一听，
> 阿美地方的青年！
> 你要还魂的话，
> 先找一个替身。
> 个头高矮跟你差不多，
> 年龄大小跟你差不多，
> 模样好坏跟你差不多。
> 找到了你可以回家去，
> 找不到你得跟我走。

青年毫无办法，只得到人间到处找。有一次，他来到拉萨城，走进噶厦①，看见高高的垫子上，坐着多仁②小少爷，看模样漂亮，看学问高深，便走过去问道："少爷！桑耶寺三重大门你

---

① 噶厦：原西藏的地方政府。
② 多仁：西藏最大的贵族之一。

敢进吗？"多仁少爷神气十足地说："庙门再高，也没有噶厦的衙门高；庙门再大，也没有噶厦的衙门大；桑耶寺小小的三道门算什么？！"

青年引着多仁小少爷，来到桑耶寺。走进第一道门，小少爷脸吓白了；走进第二道门，小少爷的膝盖发抖了；走进第三道门，小少爷连连作揖，说："桑耶寺的庙门，比噶厦的衙门高多了，大多了，可怕多了！"阿尼白姑笑嘻嘻地走出来，叫他吃人肉，他吃了；叫他喝人血，他喝了；叫他穿人皮，他乖乖地穿了。

从此，多仁少爷留在了阿尼白姑身边。青年就回到了阿美，跟父母妻子团圆了。

（讲述：尼玛彭多）

女神贡堂拉姆的传说

（藏族）

从前，拉萨城里有一个青年，名叫嘎丹，他从小就和邻居的女儿琼吉相爱。嘎丹的阿妈嫌琼吉家无钱无势，几次想退婚。嘎丹说："阿妈中意的儿子不中意，儿子喜欢的阿妈不喜欢，这辈子是我和她一起过，还是让我来作主吧！"便和琼吉结了婚。

结婚后，阿妈想方设法折磨琼吉姑娘，苦活累活叫她干，剩饭冷茶叫她吃。一天，老太婆早早地就喊："儿子嘎丹起来呀！媳妇琼吉起来呀！起来到山上砍刺柴。儿子只要砍一小捆就行了，媳妇要砍一大捆才能回家。"

琼吉砍着刺柴，被尖刺戳了手，一边哭一边唱：

> 啊喷喷，我多么悲伤，
>
> 哎嘛嘛，我多么难过；
>
> 野兽爪子一样的刺柴，
>
> 琼吉我不会割呵不会割。

嘎丹听了，赶紧走过去，用袖擦干琼吉的眼泪，唱道：

> 琼吉别哭琼吉莫悲伤，
>
> 琼吉别哭琼吉莫难过。
>
> 你到树荫下边歇歇吧，
>
> 阿哥我来帮你割帮你割。

琼吉躺在大树底下，很快就睡着了。拉萨河对岸贡堂寺里，有位贡堂拉姆女神，他看见嘎丹年轻标致，早就想把他弄去当自己的丈夫。这时，她变化成一位美丽的小姐，带着两个丫鬟，出现在嘎丹的身边，笑嘻嘻地说：

> 请你听一听吧，
>
> 青年阿乌嘎丹！
>
> 请你想一想吧，
>
> 阿乌嘎丹青年。
>
> 我不是普通女子，
>
> 我是贡堂拉姆女神。
>
> 咱俩结为夫妻，好不好？
>
> 咱俩同居三年，成不成？
>
> 实在不能成婚的话，
>
> 交换戒指行不行？

嘎丹听了，脸上起了乌云，一边砍柴，一边回答道：

请你听一听吧，

贡堂拉姆女神，

请你想一想吧，

贡堂拉姆女神！

我有妻子琼吉，

不能和你结成夫妻；

我有妻子琼吉，

不能和你同居；

我有妻子琼吉，

不能和你交换戒指。

贡堂拉姆很不高兴，在嘎丹的鼻子上捏了一下，说："梅多曲巴节①上等着你！"说完，就像清风一样消隐了。

嘎丹把刺柴捆成两捆，一捆牦牛那么大，一捆山羊那么小。对琼吉说："下山的时候，大的归我，小的归你；进门的时候，大的归你，小的归我。"

嘎丹的阿妈站在院子里，等候儿子媳妇回来。 她左手抓把牛粪灰，右手拿根拨火棍，咬牙切齿地说："媳妇呀媳妇，你要偷懒的话，我就用炉灰撒进你的眼睛，棍子敲你的脑壳。"过了不久，儿子媳妇背着刺柴回来了，媳妇背的一捆有牦牛大，儿子的呢，只有山羊那么大。 老太婆高兴得咧开没牙的嘴笑。 儿子问："阿妈！ 阿妈！ 你左手抓着牛粪灰干什么？ 右手拿着拨火棍干什么？"阿妈说："嘻嘻！ 炉灰是撒在牛屎上的，拨火棍是赶牛犊

----

① 拉萨河南岸贡堂寺的一个节日，每年藏历四月十五日举行。 梅朵，是花；曲巴，是供品。 可译为给神佛献花节

用的。"

第二天，天还没亮，老太婆又躺在垫子上喊："儿子嘎丹起来呀！ 媳妇琼吉起来呀！ 起来到河边割水草。 儿子割一小捆就行了，媳妇要割一大捆才准回家。"

琼吉站在水里，冻得全身发抖，她一边哭一边唱：

啊啧啧，我多么悲伤，

哎嘛嘛，我多么难过！

河水呵，这么凉这么凉，

水草呵，我不会割不会割。

嘎丹听了，把妻子扶上岸，用帽子擦干她的眼泪，唱道：

琼吉别哭琼吉莫悲伤，

琼吉别哭琼吉莫难过；

水凉，你上岸歇歇吧，

阿哥我来帮你割帮你割。

琼吉坐在河岸上，很快就睡着了，贡堂拉姆女神，变成一位标致的尼姑，带着两个伴当，出现在拉萨河边。 她喜滋滋地说：

请你听一听吧，

青年阿乌嘎丹；

请你想一想吧，

阿乌嘎丹青年。

我不是平常的女子，

我是贡堂拉姆女神。

咱俩结为夫妻，好不好？

咱俩同居三年，成不成？

实在不能成婚的话，
交换个戒指行不行？

嘎丹听了，眼里燃起怒火，一边割草，一边回答道：

请你听一听吧，
贡堂拉姆女神；
请你想一想吧，
贡堂拉姆女神！
我有妻子琼吉，
不能和你结成夫妻；
我有妻子琼吉，
不能和你同居；
我有妻子琼吉，
不能和你交换戒指。

贡堂拉姆更加不高兴了，在嘎丹的鼻子上用力一捏，说："梅朵曲巴节上等着你，等着你！"说完，就像烟雾一样不见了。

他们又跟昨天一样，开始嘎丹背大捆，琼吉背小捆，到家琼吉背大捆，嘎丹背小捆，老太婆看见乐得合不拢嘴，从此不再打媳妇了。

藏历四月十五日，是拉萨河南岸贡堂寺的梅朵曲巴节。临近的男伴女伴，都来邀他们过河去看热闹。嘎丹想起贡堂拉姆女神的话，怎么也不肯动身。老太婆说："去吧！去吧！比你阔的人有，比你穷的人也有；比你大的人有，比你小的人也有；和你作对的人有，跟你要好的人也有。怕什么？"

嘎丹听了母亲的话，领着妻子琼吉，跟大伙一起坐牛皮船渡过拉萨河。贡堂拉姆变成一只花喜鹊，在拉萨河上空不停地盘旋，牛皮船也跟着不停地打圈圈，眼看一船人都要淹死了，嘎丹唱道：

> 请你听一听呵，
> 贡堂拉姆女神！
> 请你想一想吧，
> 贡堂拉姆女神！
> 你要是恨一匹马，
> 何必害死百匹马？
> 你要是恨一个人，
> 何必淹死满船人？

小伙子这么一唱，喜鹊飞回了贡堂寺楼上。拉萨河里风平浪静了，牛皮船不再打圈了。

没过多久，贡堂拉姆又变成一只黑乌鸦，飞到拉萨河上空不停地鸣叫，空中刮起狂风，河上涌起波涛，牛皮船眼看要打翻了。嘎丹又唱道：

> 请你听一听吧，
> 贡堂拉姆女神！
> 请你想一想吧，
> 贡堂拉姆女神！
> 你要是恨一匹马
> 何必杀死百匹马？
> 你要是恨一个人，
> 何必淹死满船人？

唱完，取下戒指抛向天空，乌鸦衔着戒指，飞到贡堂寺去了。

拉萨河上风停了、浪静了，牛皮船到了柳东香嘎渡口①。 大伙高高兴兴上了岸，快快活活赶庙会去了。

嘎丹走着走着，脑袋突然痛得要命，他坐在路边，对妻子说："琼吉，我想喝水！"琼吉跑到河边，用腰带沾了一点水，滴在嘎丹的口里，嘎丹断断续续地说："好琼吉，我……我……走……了，女神……贡……堂……拉姆，逼着我……做……她的……丈……夫。"说完，灵魂就被女神勾走了。

琼吉见丈夫断了气，哭得死去活来，她想："在这个苦难的世界上，除了丈夫嘎丹，还有谁疼我爱我呢？"一气之下，拔出短刀，刺进自己胸膛。 她的灵魂晃晃悠悠，跟着丈夫进了贡堂寺。

贡堂拉姆得到了嘎丹的戒指，逼着他和自己成婚，嘎丹苦苦哀求道："一根针不能两头尖，一个人不能有两颗心，我有了妻子琼吉，不能再和你成亲。"贡堂拉姆十分恼火，罚嘎丹在寺庙里背水、劈柴、做苦工。

琼吉的灵魂也进了寺庙，知道这个情形，便向贡堂拉姆苦苦哀求：

> 请你行行好吧，
> 贡堂拉姆女神！
> 请把丈夫还给我，好不好？
> 让我和他见见面，行不行？
> 实在不行的话，
> 我来当个佣人成不成？

---

① 柳东香嘎渡口：在拉萨城东，大桥未建之前，这里是牛皮船摆渡的地方。

贡堂拉姆没有得到嘎丹，对琼吉恨得咬牙切齿，把一肚子妒火，通通发在琼吉身上：

> 竖起耳朵听呵，
>
> 可恨的琼吉姑娘。
>
> 你想接他回家吗？不行！
>
> 你想和他见面吗？不行！
>
> 你要留在我这里，
>
> 只能当根拨火棍！

琼吉为了见到嘎丹，便变成一根拨火棍，哪晓得狠心的贡堂拉姆，白天烧、晚上烧，很快就把拨火棍烧焦了；琼吉没有办法，又变成一把扫帚，贡堂拉姆白天扫、晚上扫，很快把它扫烂了。最后，琼吉变成了水井边上的搁桶石，每次嘎丹来背水的时候，她虽然不会说话，眼泪却点点滴滴从石头上渗出来。

拉萨老人都说：挖人家的墙脚，夺别人的丈夫，是从贡堂拉姆女神开始的。大家十分同情琼吉姑娘，逢年过节，都在搁桶石边插经幡、撒糌粑，燃起袅袅的松烟。

（讲述：卓拉 尼玛彭多 次仁）

勒桑洛珠和次仁吉姆

（藏族）

从拉萨出发，沿着堆龙河往西走，不到一天的工夫，就看到两座高高的黑石山，中间是一大片绿森森的树木。在绿森森的树木

350

里，露出一座古老的藏式高楼。 这就是堆龙朗泽谿卡①。 传说好几百年以前，谿卡里有个叫作勒桑洛珠的少年。 他很早就死了阿爸，跟在阿妈的腰带后边悄悄地长呀长呀，谁也不留意这么个小家伙，他就像路边的一株那扎草。

忽然有一天，乡亲们都说他长大了。 长得像谿卡的柱子一样高大了，长得像哈梦花一样漂亮了，长成一个要讨老婆的男子汉了。 远远近近的小伙子，多得像河滩上的石头，可就是没有一个人能比得上他。 有的有他的相貌，又没有他那样的身材；有的有他的身材，又没有他那样的品德。

太阳升起的时候，媒人一个接着一个上勒桑洛珠家的门，说的话比唱歌还好听；月亮升起的时候，姑娘一个接着一个来求爱，唱的歌比蜜糖还甜美。 不过，勒桑洛珠的心，就像冰封雪盖的海洋，掀不起一点点浪花。 阿妈就这么一个命根根，时时刻刻为他的婚事操心。 勒桑洛珠反而这样劝说自己的妈妈：

> 树上甜美的桃子，
>
> 熟透自然落下地；
>
> 果实还没成熟时，
>
> 石头砸来砸去有何益？

有一次，妈妈对勒桑洛珠说："儿呀，你阿爸临死的时候，对神佛许了三桩愿。 一桩是给大昭寺的释迦牟尼刷金身；二桩是给大昭寺的白拉姆女神（吉祥天母）献玉片；三桩是给三大寺（指甘丹、哲蚌、色拉三座黄教寺庙）的喇嘛施香茶。 如今你长大了，应该去完成这件功德了。"

---

① 谿卡：西藏民主改革前属于官府、寺院和奴隶主的庄园。

"妈妈放心，我照办就是了！"勒桑洛珠听从母亲的吩咐，第二天，天还没有放亮，就从马棚里牵出心爱的雪白马，从骡棚里牵出青色的好走骡。走骡背上，左边驮着茶叶，右边驮着酥油，中间驮着金粉和玉片，早早地起程去拉萨。

小伙子一边赶路，一边左看右看。夏天的堆龙河谷，比唐嘎（在缎子或棉布上画出的佛像画轴）佛画里的天堂还美丽。流水在脚下欢笑，雪峰在两边迎送。绿油油的青稞地里，蝴蝶在飞，云雀在叫，锄草的男男女女唱起劳动歌，歌声把小伙子连人带马都快抬到天上去了。

不到半天工夫，勒桑洛珠到了江堆地方。忽然，从青稞地里走出一个姑娘，拦住他的马头，把一束鲜嫩鲜嫩的麦苗，献在他的面前。口里还用好听的调子这样唱：

> 骑马的客人呵，
> 请你停一停！
> 请把这一束麦苗，
> 带到神地拉萨城。
> 这是虫儿从未咬过的，
> 这是冰雹从未打过的，
> 这是镰刀从未碰过的，
> 凝结着锄草人的心意。
> 请给左边一百个姑娘，
> 赏赐一点点茶叶；
> 请给右边一百个青年，
> 赏赐一点点酒钱。

勒桑洛珠伸手去接麦苗，一下子惊呆了，好像一段木头，竖在马背上。 他从妈妈肚子里生出来，还没有见过这样温柔可爱的姑娘。 小伙子越看越喜欢，越看越痴呆，麦苗也忘了接，歌儿也忘了对，茶叶酒钱也忘了给，马鞭子掉在地上，他也忘了捡。

姑娘替他捡起马鞭，小伙子看见姑娘右边衣襟上，别着一面定情的小铜镜。 他的脑子还没有来得及想，手儿就伸出去把铜镜摘下来；他的脚还没有来得及踢，雪白马就像长上了翅膀，飞出了好几十丈远。

原来江堆地方，有一个古老的风俗，叫作"尤朗"①。 每年中耕锄草的时节，干活的人推举一位姑娘，给路过的客商献上一把麦苗，表示祝福；客商就要回赠一点茶叶或钱物，进行慰劳。 今天向勒桑洛珠讨"尤朗"的，是个差巴的女儿，名叫江堆次仁吉姆。

次仁吉姆"尤朗"没要到，连命根镜也丢了。 心里十分难受，一边哭，一边回到干活的地方。 左边一百个姑娘，有的在讲她的怪话；右边一百个青年，有的在吐她的口水。 次仁吉姆赶快取下手腕上的珊瑚念珠，一颗一颗地分给他们，求他们像庙里的菩萨一样闭住嘴，千万千万不要告诉自己的阿爸阿妈。

一百零八颗念珠分完了，就是漏了一个扁嘴巴的老尼姑。 她借口撒尿，左摇右拐地拐到次仁吉姆家里，"呱呱呱呱"乱说一大堆，就像个刚刚下了蛋的老母鸡。

阿爸听了，气得肚里冒火；阿妈听了，气得口中出烟。 铜镜是女孩子的护身法宝，小时候用它驱鬼，长大了用它定情。 从来就是人不离镜，镜不离人。 不要脸的女儿，今天把它给了过路的男子，这还了得！

---

① 尤朗：尤，藏语意为除草；朗，意为请求赏赐，即在锄草时请求赏赐之意。

晚上，次仁吉姆收工回来，衣襟上就是没有铜镜，阿妈阿爸就这样盘问起来：

要说眼珠子，

铜镜就是眼珠子；

要说命根子，

铜镜就是命根子。

不争气的次仁吉姆呀，

命根铜镜到底送给谁了？

不要说坏了。铜镜坏了，

坏在什么地方呢？

不要说丢了。铜镜丢了，

丢在什么地方呢？

次仁吉姆不敢讲真话，这样扯了一个谎：

请你听一听呵，

严父阿爸听呵！

请你听一听呵，

慈母阿妈听呵！

铜镜并没有丢，

铜镜也没有坏。

铜镜放在箱子里，

箱子存在女伴家；

箱子上边锁了锁，

钥匙挂在她腰间。

阿爸阿妈见她扯谎，认定女儿干了见不得人的事情。阿妈骂了她好久，阿爸打了她一顿。叫她脱下新藏袍，打发一件烂衣衫；叫她解下绸腰带，打发一条牛毛绳；叫她解下花围裙，打发一块麻袋片；叫她交出七色靴，打发一双没底鞋。白天，罚她在山野放驴；晚上，罚她在驴圈睡觉。

次仁吉姆心里骂那个骑白马的少年，又盼那个骑白马的少年。三天，他没有来；五天，他没有来；到了第七天的早上，小伙子骑着雪白马，赶着大青骡，和雪山上的第一缕阳光一起从拉萨那边过来了。

姑娘赶紧从山上下来，拦住马头这样唱：

> 快快停一停呵，
> 你这狠心的客人！
> 快把护身的铜镜，
> 还给我这可怜的姑娘！

勒桑洛珠连忙下马，从左边的马褡里，取出四块砖茶，送给锄草的姑娘；从右边的马褡里，取出十两藏银，送给锄草的青年。又从背上解下一个包袱，里边都是新藏袍、新藏靴、新首饰，送给次仁吉姆，还用动听的调子这样唱：

> 请你不要悲伤，
> 江堆好心的姑娘！
> 我叫勒桑洛珠，
> 朗泽谿卡是我的家乡。
> 衣衫，破烂的衣衫，
> 请你快快脱下来吧！
> 这里有缎子的藏袍，
> 请穿在你苗条的身上。
> 腰带，牛毛绳的腰带，

请你快快解下来吧！

这里有彩绸的飘带，

请系在你纤细的腰间。

围裙，麻袋片的围裙，

请你快快丢进沟里吧！

这里有丝线的"帮典①"，

请系在你迷人的身前。

靴子，没有底的靴子，

请你快快抛掉吧！

这里有七色的"松巴②"，

请伸进你可爱的小脚。

铜镜，白银的铜镜，

请你送给少年我吧！

白拉姆女神给我托梦，

说我俩早有姻缘。

　　这时候，次仁吉姆才知道，自己遇上了有名的朗泽勒桑洛珠。幸福到了身边，还能用手推开吗？宝贝到了屋里，还能用脚踢出吗？勒桑洛珠用手一搭，次仁吉姆便跳到他的马后，用双手抱着他的腰杆，一路欢笑回到朗泽谿卡。

　　勒桑洛珠在门口跳下马，唱了一段歌报告喜讯：

走的时候只一个，

回的时候有一双；

吉祥天女白拉姆，

---

① 帮典：围裙。

② 松巴：藏靴的一种。

送来一位好姑娘。

阿妈，可怜的阿妈，

从此有了好帮手！

儿子，可怜的儿子，

从此有了好伙伴！

老阿妈从楼上下来，把次仁吉姆接进去。让她坐在屋里怕冻着，坐在屋外怕晒着，恨不得把她含在嘴里，就像老麻雀爱护小麻雀一般。周围附近的乡亲，有钱的送来钱礼，没钱的带来歌声，十五年没动过歌喉的老阿妈，又唱又跳有说不出的高兴：

看呀，乡亲们快来看呀！

看我的儿媳次仁吉姆！

请看她美丽的容颜，

像不像刚下凡的仙女？

请看她走路的姿态，

像不像花丛中的孔雀？

请听她迷人的歌喉，

像不像春天的杜鹃？

她是我心上的宝石，

她是我亲生的骨肉。

婚礼还在热热闹闹地举行，突然传来柳乌宗（在拉萨河南岸）女头人阿峥的命令：今天一天，明天两天，后天太阳升上雪山的时候，凡是柳乌宗属下的青年男子，不管结了婚的还是没有结婚的，有儿女的还是没有儿女的，走着的还是站着的，通通到堡寨前面汇集，进行跑马射箭比赛。她要从中间挑选一个做丈夫。

阿峥是个脾气古怪、权高势大的女头人，伸手就能遮掉拉萨河上的天空。 她在柳乌堡寨跺跺脚，别说小小的朗泽谿卡要倒塌，就是拉萨的城楼也得摇三摇。 她每隔三年，都要挑选一个漂亮的小伙子，当自己的丈夫。 今年，不知道倒霉的命运落在哪一个头上？

是水，总在桥下流。 勒桑洛珠虽然一万个不愿意，可是，不去也不行呀！ 他骑了一匹跛了脚的老马，带了一张断了弦的旧弓，插上几支扫帚草做的秃箭。 赛马的时候，人家往前面涌，他慢吞吞地跟在后头；射箭的时候，人家朝靶子上射，他的箭就落在脚跟前。

坐在九层城堡上的女头人，单单看中了朗泽勒桑洛珠。 她拿出一支七色彩绸装饰的"达达①"，插在勒桑洛珠身上，用不大不小母狼嚎叫一样的嗓子宣布："我不找骑术最好的骑手，我要找骑术最坏的骑手；我不要箭法最精的射手，我要箭法最差的射手。小伙子勒桑洛珠，你就是我的丈夫啦，过三天来成亲吧！"

勒桑洛珠拔出"达达"，双手捧着奉还给女头人，口里还悲悲切切地唱道：

> 请你听一听吧，
> 事贵的女头人阿峥：
> 我不是独身的男子，
> 我是有妻子的人。
> 请可怜可怜我刚结婚的妻子！
> 我不是没有家的少年，
> 我是有老母的人，

---

① 达达：表示权威的令箭。

请可怜可怜我快要死的母亲吧！

可是，"达达"也没有人接，哀求也没有人听。勒桑洛珠抬头一看，女头人阿峥已经笑嘻嘻地走远了。他好像看到天塌了、地陷了、雪山朝自己倒下来了，两眼一黑，倒在赛马场上。

太阳落山的时候，勒桑洛珠总算回到了朗泽黎卡，到底是爬回来的，还是走回来的，还是老马驮回来的？小伙子自己也不清楚。次仁吉姆高高兴兴跑出门迎接，看到丈夫像个天葬场逃回的死人，吓得酒壶掉在石板上，食盒从手里落下来，冰糖水果撒了一地。她这样唱道：

> 请你听一听吧，
> 阿哥勒桑洛珠！
> 清早你骑马出发，
> 脸儿像雪山的朝霞；
> 为什么你晚上回来，
> 神色比死人还难看？
> 是得了什么急病吗？
> 是闯了什么大祸吗？
> 是可怕的魔女阿峥，
> 给你什么惩罚吗？

勒桑洛珠怕妻子难过，便隐瞒了赛马会的真情，回答说："没得什么急病，只是赛马赛累了；没出什么事情，只是赶路赶急了。"

第二天早晨，楼下响起一串催命的马铃声，一个白袍白马的使者，交给他一封不大不小围裙那么大的信，催他快快去成亲。勒桑洛珠看也不敢看，偷偷塞在卡垫底下。

中午，楼下又响起一串催命的马铃声，一个黄袍黄马的使者，交给他一封不薄不厚手掌那么厚的信，催他快快去成亲。 勒桑洛珠看也不敢看，偷偷塞在卡垫底下。

晚上，黑袍黑马的女头人阿峥，领着男女侍从闯进来。 她对勒桑洛珠的阿妈说："造座好神殿献神佛，生个好儿子献头人，你的勒桑洛珠我带走了，不要流泪应该高兴！"又对次仁吉姆说："好走马藏北草原有的是，好男子莲花大地有的是，你的勒桑洛珠我带走了，要丈夫你再想办法找一个去。"说完，挥了挥手，女管家索玛然果招呼侍从，像鹞鹰逮鸽子一样，把勒桑洛珠逮走了。

不过，女头人阿峥要得到小伙子的身体，要不了他的心。 她想了三六一十八种主意，也没有办法使他顺从，就把他关进黑洞洞的城堡。 勒桑洛珠今天装病，明天装病，身子瘦得像干柴，脸儿黄得像枯叶。 他请求在上天葬场以前，和生他养他的阿妈见上一面，女头人怎么也不答应。 还是有些下人偷偷地帮忙，说："让他回去也好。 死在堡寨里，有碍头人您的名声。"

阿峥答应他去三天。 勒桑洛珠心里高兴，脸上装做痛苦的样子。 他从城堡的楼上下来，下一级石阶，赌一声咒："这辈子是死是活也不踩你了！ 下辈子变猫变狗也不踩你了！"

黑心的索玛然果，是个嘴巴锁上九把铁锁还要挑拨是非的坏家伙。 她躲在台阶下偷听了勒桑洛珠的话，七手八脚跑去报告。 阿峥叫来屠夫，杀死一头大黄牛，强迫勒桑洛珠顶着湿牛皮踩着热牛血发誓：回去不跟老婆讲话，不跟老婆睡觉。 如果违背誓言，就会五雷击顶，像这头牛一样尸分肠断、血溅四方。

再说可怜的次仁吉姆，自从丈夫被女头人抢走，头也不梳，脸也不洗，天天爬上楼顶，看着柳乌堡寨的方向。 她从夏天望到秋天，从秋天望到冬天。 她脚站的地方，如今还有一个坑；她流下的眼泪，连石头也滴穿了。 真是：

> 相亲相爱的丈夫，
>
> 日等夜等也不回来；
>
> 连心贴骨的思念，
>
> 刀刮斧砍也分不开。

第二年春天到来的时候，次仁吉姆到底把勒桑洛珠盼回来了。邻居高兴，阿妈高兴，次仁吉姆更高兴。可是，姑娘给他倒茶他不喝，给他倒酒他不尝，跟他讲话他不理，跟他亲热他远远地躲开。次仁吉姆失望了，次仁吉姆伤心了。眼泪倒灌进肚子里，悲伤的歌自己给自己唱：

> 日思夜想的丈夫，
>
> 像冰雹一样无情；
>
> 柳乌堡寨的女魔鬼，
>
> 挖去了他金子一样的心。

次仁吉姆收拾了一个鸽子那么大的小包裹，哭哭啼啼要回去找自己的阿爸阿妈。老妈妈左挡右挡、左劝右劝，挡不住次仁吉姆的决心。勒桑洛珠还是一声不吭，摆出来四样东西：一碗牛奶、一支利箭、一把铁锁、一副铜镜。姑娘一看，心里什么都明白了。看到这四样东西，就像听到丈夫心中的话语：

> 心地纯洁不纯洁，
>
> 请看洁白的牛奶；
>
> 为人正直不正直，
>
> 请看笔立的箭杆；
>
> 立身坚稳不坚稳，
>
> 请看铁锁的锁簧；
>
> 情意真挚不真挚，

请想想铜镜的来由。

勒桑洛珠向姑娘看了一眼，便出门朝着拉萨方向走；次仁吉姆懂得他的意思，紧紧跟在他的后边。他们俩一个走左边的路，一个走右边的路；你快他也快，你慢他也慢；你哭他也哭，你笑他也笑。就是谁也不跟谁挨近，谁也不跟谁讲话，一直走到拉萨城，转八角街，走进大昭寺，勒桑洛珠才在白拉姆女神前消了咒，和次仁吉姆在拉萨城里安了家。阿妈偷偷地送一些钱财食物，日子过得非常称心。

女头人阿峥，听说勒桑洛珠逃跑了，气得把下人通通揍了一顿。差遣许多狗腿子东寻西找，别说人，连影子也没有找到。三年以后，有人在拉萨八角街看见他和次仁吉姆，腿边还跟着一个两三岁的小儿子。阿峥咬牙切齿，发誓要亲手杀死勒桑洛珠全家。索玛然果笑嘻嘻地说："这件小事，就交给我干好了！"

索玛然果用围裙包着丑脑袋，蹲在八角街嘎林古雪①转经塔下边卖桃子，一次又一次用尖嗓门喊："吃桃子咧！吃桃子咧！柳乌的挑子又大又甜咧！"看见两三岁的小家伙，便摇头晃脑地说："孩子听话孩子乖，你阿爸叫什么？阿妈又叫什么？说得出来，吃桃子不花钱。"小家伙们听说是女头人阿峥的管家，一个个吓得拔腿就跑，只有一个最小最小的小家伙，拍着小胸脯说："怕什么！我不跑。我的阿爸叫勒桑洛珠，阿妈叫次仁吉姆，怎么样？"

索玛然果笑得嘴巴连着耳朵。她带上狗腿子，偷偷跟着小男孩，转弯抹角，找到勒桑洛珠的房子。按照女头人阿峥的吩咐，

---

① 嘎林古雪：坐落在八角街北部的一座佛塔，相传为房东吉博所建。

把一家三口，用湿牛皮包上，用牛毛绳捆紧，丢进了拉萨河。 刚刚丢进去，想不到的事情发生了。 水里响起雷声，河上射出金光。 金光里飞出三只鹰，前面一只雄鹰，是勒桑洛珠的化身；后面一只母鹰，是次仁吉姆的化身；中间一只小鹰，是他们孩子的化身。 索玛然果一看，吓得瘫倒在河堤上。

三只山鹰飞呀飞呀，一直飞到柳乌堡寨。 狠心的阿峥，正坐在九层楼顶上，监督奴隶们盖新楼。 小山鹰一边飞，一边问："爸啦阿妈啦，扇下她吧？ 扇下她吧？"公山鹰边飞边回答："算了吧？算了吧！"母山鹰边飞边喊："杀死她呀！ 杀死她呀！"

小山鹰用翅膀一扇，阿峥从九层楼顶滚下来。 石头挂破肚皮，里边都是吃人的蝎子。

三只山鹰飞呀飞呀，径直飞到朗泽谿卡。 他们又变成了人形，和老阿妈一起，过着美满幸福的生活。

柳乌堡寨的奴隶，看见摔死了可恶的女头人，就像过节一样高兴。 他们在拉萨河边挖了一个洞，把女头人阿峥埋起来，上边钉了一根杨木桩子，叫她永世翻不了身。

（讲述：尼玛彭多　岗卓　执笔：廖东凡）

喇嘛唐白和白宗姑娘

（藏族）

拉萨北面的娘热山沟，有一座唐白群则①庙；南边的札那谿

---

① 群则：寺庙喇嘛的一种职位。

卡，有一面白宗姑娘崖。 老人们都说：北边的庙里，供着青年喇嘛娘热唐白群则的神像；南面的崖石，是美丽的白宗姑娘的化身。他们本来是一对相亲相爱的夫妻，被有权有势的大喇嘛活活害死。如今，他们隔着拉萨吉曲河谷，你望着我，我望着你，不管刮风下雪，连眼睫毛都不动一下，已经好多好多年了。 说起来，这里边还有一段故事呢：

从前拉萨色拉寺里，有个漂亮得不得了的年轻喇嘛，名叫娘热唐白群则。 远远近近的女孩子只要瞟过他一眼，保险三天不想喝茶，五天不想抓糌粑。 为什么呢？ 魂儿留在娘热唐白群则身边啦！

可是娘热唐白群则，并不是像仓洋加措那样风流浪荡的喇嘛。他一不喝酒、二不赌博、三不打架，见到年轻的女子，就像老鼠见了猫，吓得东躲西藏。 每天老老实实地念经，诚诚恳恳地学法，把经堂擦拭得闪闪放光。 大活佛西绕坚赞，对他十分赏识和看重。

娘热唐白群则十三岁进寺庙，十五岁捐群则，十七岁就当上了大活佛的索本①。 在佛法上，眼看有个金子一样的好前程。 寺庙里的一些有权有势的大喇嘛，早就把他看成眼里的沙子，靴底的刺，赌咒发誓要像捏死虱子一样捏死他。 他们说："娘热唐白群则这小子，如今就像顺风的风筝往上升，我们给他来一场鸡蛋大的冰雹，叫他从彩云里栽进臭泥坑。"

拉萨河的南边，有个色拉寺管辖的庄园，叫作札那黏卡。 就在这个时候，黏卡的管事喇嘛，跟着当地一个女子跑得无影无踪。几个大喇嘛听了，高兴地拍着肚皮庆贺，说："好了！ 时机来

---

① 索本：管理大活佛饮食的侍从官。

364

了！"便一起去见大活佛西绕坚赞，保荐娘热唐白群则到札那豁卡去当豁堆①。

活佛一听，连连摇头说："不行！ 不行！"他还很生气地指着大喇嘛们说："喂！ 诸位，我们札仓②有上千个喇嘛，上百个群则。 你们完完全全可以在一千个里边选，一百个里边挑。 为什么偏偏要把我手下的人弄走，耽误他的经学，影响他的前程！"

大喇嘛们装做吓得发抖，一个个趴在地上不停地磕头，就像老母鸡啄青稞。 他们说："活佛仁波青③呀！ 请睁开你老人家的慧眼看一看呀！ 这札那豁卡，是个产妖女的窠子；我们派去的七个喇嘛，被她们勾引得还俗的还俗，私奔的私奔。 拉萨老百姓还编了歌，在八角街上嘲弄我们。 这回要不派娘热唐白群则这样佛心端正、慧根坚稳的喇嘛去管事，寺庙里就找不出一个合适的人了。 寺产损失事小，败坏了大活佛你老人家的声誉事大呀！"

大喇嘛们这么一讲，活佛西绕坚赞只好点头同意。 他把娘热唐白群则招到法座跟前，亲自替他加持摸顶，嘱咐说："去吧，我的好弟子唐白群则！ 你到了豁卡，万万不要和年轻女人调笑。 在一百个女人里边，九十九个都是罗刹变的；出家人沾了女人的身体，死后会落进最最可怕的地狱，受不完六道轮回的痛苦。"唐白群则心里根本就不想去当豁堆，嘴巴上还要"拉索""托及"④地答应，活佛的话，是高山上滚下来的石头，谁敢顶回去呢！

走出经堂，大喇嘛们围上来，牛肚子一样肥胖的脸上笑成一朵花，顶额的顶额，拉手的拉手，恭喜他年纪轻轻就当上了色拉寺下

---

① 豁堆：豁卡管事。
② 札仓：僧团。
③ 仁波青：大宝贝。
④ 拉索、托及：谢谢之意。

最富饶的豁卡的头人，这是花一千两藏银也买不到的好差事。 背后，他们又给白宗姑娘，送去一封密信，命令她想出种种办法，勾引娘热唐白群则还俗。 这件事如果办成了，可以给她免差免债；如果办不成，不但要加差加息，还要用皮鞭讲话。 白宗是札那豁卡最美丽的玫瑰花，大喇嘛们几次打她的主意，结果是玫瑰花没摘到，还扎了一手刺。 提起她的名字，大喇嘛们牙根还是痒痒的。

藏历四月十五，唐白群则骑着大青骡子，从香嘎渡口过了拉萨吉曲河，到札那豁卡上任。 豁卡外边的坝子上，里三层外三层围满了人，都想看一看色拉寺最有名的美男子。 年轻姑娘有的捧着青稞酒，有的端来酥油茶，有的带着冰糖水果，她们想：只要娘热唐白群则尝上一点点，哪怕是麻雀嘴壳那么大的一点点，也比过节还要高兴，比过年还要称心。

在花朵一样的姑娘里，穿着最漂亮的，是白宗姑娘；长得最美丽的，是白宗姑娘；笑声最响亮的，也是白宗姑娘。 真是往前走一步，抵得上一百匹骏马的价钱；往后退一步，抵得上一百头犏牛的价钱；露齿笑一笑，抵得上一百只绵羊的价钱；抿嘴乐一乐，抵得上一百只山羊的价钱。 她左手抱着七色小藏垫，右手捧起嵌着松耳石的小酒壶，扭动珞瑜玉竹一样的腰肢，走着海子轻波一样的细步，笑嘻嘻地拦住娘热唐白群则的马头，说："我叫札那白宗姑娘，请你尝尝我酿的酒甜不甜！ 请你试试我酿的酒香不香！"接下来，又用迷人的调子唱：

> 欢迎呵欢迎，
> 欢迎娘热唐白群则光临；
> 欢迎群则哈罗花儿光临；
> 你累了吧，请下马坐一坐，

> 你渴了吧，请把酒尝一尝。
>
> 这酒是头轮二轮酒，
>
> 酒里放了红糖冰糖。
>
> 煮酒用的家乡的白青稞，
>
> 酿酒的人儿是我白宗姑娘。

娘热唐白群则骑在骡子上面，想起活佛的告诫，吓得浑身打战，酒也不敢接，歌也不敢答，眼睛也不敢正看，偷偷在骡屁股上踢了一脚，像逃命一样跑进谿本府。白宗姑娘想哭哭不出来，想笑也笑不出来，只好懒洋洋地回家了。

过了三个月，河谷里麦子黄了，札那谿卡的望果节到了。谿卡附近的男男女女，都在草坝子上跑马射箭、唱歌跳舞，只有唐白群则，一个人钻进小经堂读经念佛。白宗姑娘穿着彩云一样鲜艳的衣袍，系着桃花一样美丽的围腰，戴着星星一样闪烁的首饰，走进小小的经堂找娘热唐白群则，还娇声娇气地唱：

> 请你听一听呀，
>
> 娘热唐白群则听呀，
>
> 群则哈罗花儿听呀；
>
> 今天是一年一度的望果节，
>
> 老头老太婆都在喝酒狂欢。
>
> 你去唱唱歌好不好？群则呀，
>
> 你去跳跳舞行不行？群则呀，
>
> 不唱歌不跳舞的话，
>
> 出门看看热闹成不成？群则呀！

唐白群则偷偷看了一眼，白宗姑娘漂亮得叫他大吃一惊。他马上想起修行人的本份，脸儿羞得跟红布一样通红。他赶快低下脑袋，念了九遍六字真经，接下来唱道：

> 请你听一听吧，
>
> 札那白宗姑娘！
>
> 十三岁我当喇嘛修佛身，
>
> 十五岁我捐群则积功德，
>
> 十七岁我给活佛当索本，
>
> 佛根像雪山一样坚稳。
>
> 菩萨脚下我发过誓，
>
> 活佛面前我受过戒。
>
> 这辈子我不跳舞，姑娘呀！
>
> 这辈子我不唱歌，姑娘呀！
>
> 这辈子我也不寻欢作乐，
>
> 请你快快出去吧，姑娘呀！

白宗姑娘十分失望，伤心得泪水打湿了花衣裳，歪歪扭扭地走出经堂。唐白群则也定不了心思念经学法，一个人坐在垫子上发呆。

又过了三个月，割完了青稞打完了场，雪花飘飘的寒冬到了。札那豁卡的大小差巴，家家户户忙着给寺庙支差。青稞堆在豁卡的院子里，各家各户要轮流派人看守。这一天晚上，正轮到白宗姑娘当班。天气冷得不得了，野狗冻得不敢吱声。白宗穿着单薄的衣衫，蹲在院子里索索发抖，她对着唐白群则的窗户这样唱：

> 请你听一听呵，
>
> 娘热唐白群则听呵，
>
> 群列哈罗花儿听呵！
>
> 星星在天上冻得打战啦；

姑娘在门外冷得发抖啦；

有茶让我喝口茶好吗？群则呀！

没茶让我烤点火好吗？群则呀！

有被子让我暖暖身好吗？群则呀！

没有被子让我躲躲风好吗？群则呀！

唐白群则在里边听了，心里七上八下，开门吧，自己是一个喇嘛，夜半三更让一个年轻女子进来，成什么体统？不开门吧，让这么一个好姑娘在门外受冻，实在于心不忍。最后，还是咬了咬牙、狠了狠心，隔着房门告诉白宗：

请你听一听吧，

札那白宗听吧！

十三岁我进寺庙修佛身，

十五岁我捐群则积功德，

十七岁我给活佛当索本，

佛根像雪山一样坚稳。

菩萨脚下我发过誓，

活佛面前我受过戒。

我不能让你进来烤火，姑娘呀！

我不能请你进来喝茶，姑娘呀！

我也不能给你借被御风寒，

请你快快走开吧，姑娘呀！

唱完，唐白群则在垫子上翻过来、滚过去，瞌睡不晓得飞到哪里去了。过了一阵子，他听见白宗坐在门外，"呜呜"，哭得伤心。他身不由己，把门打开一条小缝，把白宗姑娘拉进了房中。

鸡叫头遍，唐白群则醒来，看见自己身边睡着美丽的白宗姑娘，手上戴着订情的戒指，吓得不得了，连忙从垫子上滚下来。他想起自己多年积下的功德、佛法上的前程，这下子就像太阳下的雪花，融化得干干净净，心里的骨头都急碎了。赶紧跑进小经堂，爬在菩萨的脚下，不停地磕头作揖，额头碰得鲜血淋漓。他对菩萨这样地哀求：

> 哎嗞嗞嗞，我多么难过，
> 啊嘛嘛嘛，我多么悲伤！
> 千手千眼的观世音呵，
> 大慈大悲的强巴佛！
> 救苦救难的众度母呵，
> 剃度我的西绕坚赞大活佛！
> 请赦免我的罪孽呵，
> 请指引我一条生路。

这时候，白宗姑娘进来，递给他一张羊皮藏纸。唐白群则一看，是大喇嘛们要白宗勾引他还俗的密信。他做梦也没有想到，把他推下孽河苦海的，就是自己寺庙里的总管喇嘛、铁棒喇嘛一帮人，气得全身像树叶一样发抖，瘫倒在地，半天才醒过来。白宗说："群则呵！我不是听了大喇嘛的话来害你，我是从心窝窝里喜欢你呀！"接下来，又真心实意地唱：

> 请你听一听呵，
> 娘热唐白群则听呵，
> 群则哈罗花儿听呵！
> 你看那天上的白鸭，
> 为什么总是双双飞过？
> 你看那地上的野鹿，

为什么总是对对漫游？

你看那神龛的菩萨，

为什么也有公有母？

你看那人间世上，

到处有夫妻的欢乐。

你是单身的男子，

我是未嫁的姑娘！

如果我俩结成双，

神仙也会下来庆贺。

白宗姑娘讲的道理，唐白群则没有话儿反驳。于是，两个人的情感，一天比一天亲密。好比金鹿离不开青草地，画眉鸟离不开柳树林。

札那黢卡到色拉寺，只有一两天的路。唐白群则和白宗姑娘相好的事，早有人偷偷报告了几个大喇嘛。不出三天，寺庙送来书信，叫唐白群则赶回去念经。

唐白群则一听，脸都吓白了，戒指戴在手上，左拔右拔也取不下来，就像生了根一样。他没有一点办法，拿一把羊毛包着，骑着大青骡紧赶慢赶跑回去。

念经的时候，铁棒喇嘛拿着根酥油筒那么粗的铁皮棒，他指着唐白群则的手指，怪声怪调地问："喂！黢堆先生，你手指上缠着羊毛干什么呀？"唐白群则说："割青稞不小心，镰刀划破了手。"铁棒喇嘛心里早就有数，伸出狗熊一样的大手，抓住唐白群则的手腕，一把扯去指头上的羊毛，当众露出金晃晃的定情戒指。

铁棒喇嘛高兴得不得了，当场大声嚷叫，像发情的公驴一样："全知全能的大活佛请看呀！各位喇嘛群则请看呀！这个娘热唐白群则，自吹禅心比雪水还干净，佛根比雪山还坚稳，如今他干出了世界上最肮脏的事情，还把妖女的脏物带进了神圣的佛殿。"

大活佛西绕坚赞不停地叹息，脑袋摇得像双面的法鼓，离开法座到内室参禅去了，把唐白群则留给铁棒喇嘛处置。唐白群则早就吓掉了魂魄，哪怕全身都是嘴巴，也没有办法为自己辩解。铁棒喇嘛把他带到殿外，用生牛皮鞭子抽打。可怜唐白群则从小读经礼佛，皮肉细嫩得像白酥油，只挨了几鞭子，就皮开肉绽、鲜血淋漓、昏死过去。这时，白宗从札那谿卡跑来，跪在铁棒喇嘛脚边，苦苦地哀求："大喇嘛呀大喇嘛！我不要你们免我的差，也不要你们免我的债，只求把这个可怜的人，赐给我去供养吧！"

铁棒喇嘛对她不睬不理，吩咐狗腿子狠狠地抽，狠狠地打！白宗姑娘把心一横，拿出密信要到活佛那里告状。铁棒喇嘛才收了鞭子，宣布唐白群则破戒还俗，永远革出教门，罚钱一千两藏银，重刷佛殿菩萨金身，同时还要出两驮酥油一驮茶，在札仓施茶三次，向全体喇嘛赔情。

白宗背着快要断气的唐白群则，回到自己家乡，像母羊爱护小羊一样，给唐白群则治病医伤。并且请了一位受人敬重的老人，专门到娘热地方去给唐白群则的父母双亲送信，信上说："两位老人家的儿子在札那谿卡还了俗，和我白宗姑娘结了婚。从人才来讲也好，从相貌来看也好，我没有配不上他的地方。老人家如果想念儿子，我们就一起到娘热山沟去；老人家如果不想念儿子，我们就在札那谿卡落窝啦！"两位老人对儿子还俗，本来就一肚子不高兴，这回白宗请人送信，更是火上添油，当场撕掉书信，退回哈达和礼品，还说："我们家只有穿黄袈裟的喇嘛，没有黑脑壳的牲畜！"

唐白群则和白宗姑娘成亲以后，日子过得又和睦、又幸福。

唐白群则从小当喇嘛，什么农活也干不来。好在白宗姑娘又强健、又能干，家里地里弄得有条有理。农闲的时候，她跑到山上砍下一捆捆桎柳枝条，扎成扫把到拉萨八角街卖钱。家里谈不上阔气，但也不饥不寒。过了一年，白宗姑娘生下个胖儿子，一会儿叫阿爸，一会儿叫阿妈，唐白群则觉得这才真正是人过的日子，连天上的神仙也羡慕。

胖儿子三岁的时候，唐白群则的老父老母也回心转意啦。老阿妈赶着一头骡子能够驮动的东西，从娘热山沟来看望小两口。唐白群则怕老阿妈不高兴，把儿子藏在柳条筐里，嘱咐他跟小老鼠一样不要吱声。

老阿妈进门就问："我的媳妇呢？"唐白群则说："到山上砍扫帚条去了。"阿妈又问："我的小孙孙呢？"唐白群则还没有回答，小胖子就从柳条筐里伸出手来，喊："嬷拉（奶奶）！抱我！嬷拉，抱我！"老阿妈抱出小胖子，左边脸上亲三下，右边脸上亲三下，笑得下巴都快掉下来了。

就在这个时候，白宗姑娘背着牦牛般大的一捆桎枝条回来了，汗湿的衣衫像水里泡过一样。老阿妈拉着她的手，左看右看，眼泪在脸上横流。她说："好媳妇，你讲得不错，从人品，从相貌，你都比我那不争气的孽畜强得多！我们老两口花掉了半个家业，替他谋了一个很好的官职，过几天你们就搬到拉萨去，再不要到八角街上去卖扫帚了。"老阿妈住了三天，高兴得合不上嘴，带着小孙孙，跌跌绊绊回娘热去了。

俗话说：每道墙缝，都是一只偷听的耳朵。唐白群则要到拉萨做官的事，不知怎么又传到了色拉寺大喇嘛的耳朵里。铁棒喇嘛带着几个狗腿子，连夜赶到札那豁卡，拥进唐白群则的家，屁股还没有挨垫子，便笑嘻嘻地说："吉祥呵吉祥，大活佛原谅了你的过错，派我们请你回寺庙去考格西（黄教喇嘛的最高学位）！"唐白群则早就看出他们不安好心，死活不肯去，铁棒喇嘛一拍手，狗腿子就像老鹰抓小鸡一样，把他抓走了。 就在这天晚上，喇嘛们偷偷地把唐白群则杀死在拉萨河边，尸体用牦牛驮着，翻过果拉山，藏在澎波地方一个小小的佛塔里。

白宗姑娘从山上砍柽柳条回来，找不到自己的丈夫，心里像被钢刀挖戳。 她到娘热山沟找，没有；到色拉寺找，没有；跑遍了拉萨全城，也没有。 于是，她沿着拉萨河两岸呼喊，在荒山野岭中到处寻找。 她一边奔走，一边呼叫着唐白群则的名字，别说有血有肉的人听了难过，就是无血无肉的石头也落泪伤心。

就这样，她找了一天又一天，找了一月又一月，找了一年又一年，她美丽的脸庞憔悴了，她明亮的眼睛呆滞了，她苗条的身子佝偻了，可是，她还是天天找，月月找，年年找……到后来，白宗姑娘自己也失踪了。

有人说是投了拉萨河，有人说是成了疯子，有人说她爬上了高高的山崖，天天朝娘热地方盼望，最后自己的身体，也变成了一块崖石。

（讲述：岗卓　尼玛彭多　执笔：廖东凡　次仁多吉　次仁卓嘎）

铁匠明珠托央

（藏族）

蓝茵茵的拉萨河上，有三只金晃晃的水鸟，它们相亲相爱。 要飞，一起飞；要落，一起落。 这三只水鸟，一只是铁匠明珠托央的化身，一只是朗若小姐的化身，还有一只呢，是他们俩的孩子的化身。 老人们说：提起这三只鸟儿，还有一段叫人伤心的传说呢！

相传好多好多年前，拉萨河边有个年轻的铁匠，这小伙子长得结实、漂亮，雪白雪白的牙齿，乌黑乌黑的眼珠，从早到晚乐呵呵的，看见石头也笑一笑。 他的铁匠手艺就更不用提了，一柄铁锤跟魔术杖一样，所以大家叫他嘎拉明珠托央。

他上面没有父母，身边没有妻子，像一只自由自在的鸟，像一朵时隐时现的云，小毛驴上驮着铁匠工具，沿着长长的拉萨河到处流浪。

俗话说：天上没有不落地的飞鸟，地上没有无人管的农奴。明珠托央的头人，就是权势像威严的雪山，性格像熊熊的烈火的朗若本长官。 每年春秋两季，明珠托央照例要到长官府支差打铁，他在这里流下的汗水，就够装几牛皮船。

这一年春天，布谷鸟叫了，明珠托央照例支差来了。 长官府前的打麦场上，搭起了两个帐篷，一个黑牛毛帐笼，珠明托央在里边打铁；一个白底蓝花帐篷，主人在里边监督铁匠干活。

长官老爷对铁匠很不放心，专门派自己的女儿去监视。 他说："女儿呀！ 你到那个白帐篷里，看着明珠托央那小子干活，不准他偷懒，留心他偷东西。 记住，铁匠的灵魂是黑的，骨头也是黑的，铁匠的影子映在谁的身上，谁就要倒一辈子霉，你千万不能跟他随便讲话呀！"

刚开始，小姐像害怕瘟疫一样害怕明珠托央。 明珠托央跟她讲话，她不敢答理；明珠托央向她走来，她赶快躲开。 明珠托央不管这些，照样高高兴兴地干活，快快乐乐地唱歌。 过了一些日子，小姐觉得父亲讲得不对，她偷偷地喜欢上小铁匠了。 铁匠的身影，她觉得跟王子一样可爱；打铁的声音，她觉得跟仙乐一样好听。

吃饭的时候，铁匠吃的是清茶和糌粑，小姐吃的是奶茶和麻松。　小姐便对着黑牛毛帐篷唱：

　　　　请你听一听吧，
　　　　铁匠明珠托央：
　　　　一个人坐着没意思，
　　　　请到我这里坐坐吧！
　　　　一个人吃着没味道，
　　　　请到我这里吃喝吧！

　　明珠托央听了，笑嘻嘻地用歌声回答：

　　　　请你听一听吧，
　　　　朗若老爷的姑娘：
　　　　铁匠我一个人坐惯了，
　　　　这样坐着也舒畅；
　　　　铁匠我一个人吃惯了，
　　　　这样吃着也甜香。

　　明珠托央没有过来，小姐心里空空的，麻松也不想吃了，奶茶也不想喝了，走过去钻进黑牛毛帐篷，这里摸摸，那里弄弄，唱：

　　　　请你听一听呀，
　　　　铁匠明珠托央：
　　　　霹雳般的铁锤，
　　　　我来抡抡好吗？铁匠呀！
　　　　疾风般的风箱，
　　　　我来拉拉好吗？铁匠呀！
　　　　闪电般的钳子，

我来掌掌好吗？铁匠呀！

唱完，就要替他干活。明珠托央急得满头大汗，唱：

请你快走开吧，

朗若老爷的姑娘：

弄脏了你的衣衫，

我没法赔偿，小姐呀！

蹭伤了你的皮肉，

我怎么能承当，小姐呀！

累坏了你的身子，

老爷会抓我进牢房，小姐呀！

不管明珠托央怎么规劝，怎么阻挡，小姐还是天天守在铁匠炉边，没事来三趟，有事来九趟；没话讲三句，有话讲九句。小伙子打铁的时候，小姐帮他拉风箱；小伙子吃糌粑的时候，小姐给他倒茶。一天短，两天长，明珠托央要离开长官府的时候，两个人觉得谁也离不开谁了。

离别的日子一天比一天长，他们的思念一天比一天深。小姐听说明珠托央寄居在阿妈尼玛拉珍家，就偷偷逃出长官府，找他来了。明珠托央看见小姐，高兴得不得了，唱：

请你听一听了，

阿妈尼玛拉珍：

朗若本小姐来了，

请借我一个瓷碗；

朗若本小姐来了，

请借给我一副卡垫。

小姐一边进门，一边唱：

> 请你听一听呵，
> 铁匠明珠托央：
> 我不要什么卡垫，
> 垫你的羊皮就很好；
> 我不要什么瓷碗，
> 喝你的木碗就行了。

就这样，他们在铁匠棚里，举行了简单的婚礼。明珠托央手艺高超，打出的铁器到处抢着要，两个人的日子过得热热闹闹。不久，小姐又怀了孩子，他们天天盼着小宝贝出世，生活过得更有意思了。

有一天，小姐从外边回来，看见铁匠棚被推倒了，铁匠炉被砸坏了，铁匠明珠托央不见了。阿妈尼玛拉珍告诉她，朗若本老爷派来一帮人，把小铁匠抓了。

小姐赶紧跑回家，阿爸不理她，阿妈不理她，管家森本也不理她。她楼上找，楼下找，前院找，后院找，最后挤牛奶的老阿妈偷偷告诉她，明珠托央关在地牢里了。她跑到地牢门口，门上锁了四把大铁锁。小姐找来一把斧头，砸呀、砸呀，一下、两下……忽然，她肚子一阵痛，可怜的孩子这时候出世了。

她爬到柴堆里，咬断脐带，撕块衣衫把孩子包好，再来找自己心爱的丈夫，只见牢门大开，牢房里一摊血，牢房外一摊血，明珠托央又不知被他们弄到哪里去了。

小姐是多么伤心啊！

她背着婴儿，跟着血迹往外跑，在门前的小路上，看见管家骑马过来。小姐赶紧摘下自己头上的"巴珠"，唱：

请你听一听呵，

朗若长官的管家：

对你有用的"巴珠"，

我送给你一个；

对我有用的话语，

请你回答一句：

铁匠明珠托央，

现在关在何处？

管家伸手抓过"巴珠"，十分傲慢地说："我不知道，你去问森本吧！"说完，打着马头也不回地走了。

小姐往前走，往前走，遇到森本骑着骡子过来。她连忙取下胸前的"嘎乌"，唱：

请你听一听呵，

朗若长官的森本：

对你有用的"嘎乌"，

我送给你一个；

对我有用的话语，

请你回答一句：

铁匠明珠托央，

现在关在何处？

森本把"嘎乌"塞进袖筒，一边走一边回答："我不知道，你去问驴夫吧！"便大大咧咧地走了。

小姐走了不久，遇到驴夫过来。她把刚才的话问了一遍，并且把手上的珊瑚念珠送给他。驴夫结结巴巴地说："可怜的铁匠，被老爷打死了；他的尸体，刚刚丢进拉萨河了！"说完，就像逃命一般跑了！

小姐听到凶讯，一下昏死在地上，半天，她才苏醒过来。她哭呀、爬呀，不知用了多长时间，总算到了拉萨河边。只见滚滚奔流的河水，泛起层层波浪。明珠托央的尸体，在波浪上旋转、飘荡。

朗若小姐不哭了，因为眼泪哭干了；朗若小姐不愁了，因为悲痛到头了。她梳了梳头发，理了理衣衫，奶足了孩子，快快乐乐地唱：

> 你是在等我吧？你是在盼我吧？
> 我来了，来了，
> 带着打铁工具来了，
> 我来了，来了，
> 背着心肝宝贝来了，
> 既然在人世难成对，
> 那就到天国结成双。

唱完，抱着孩子，跃进波涛滚滚的河里。这时，明珠托央的尸体，跟着沉进了深深的水底。接着，河底响起音乐，水中闪射金光，三只金晃晃的鸟儿，从金光里飞了出来，在蓝茵茵的拉萨河上盘旋、歌唱。

（讲述：尼玛彭多　执笔：廖东凡　次仁多吉　次仁卓嘎）

马夫次旦

（藏族）

从前，后藏乌酉地方，有个头人叫康嘎德瓦。他在外面当宗本，到处寻欢作乐，把妻子桑姆珠玛丢在家里，常年不闻不问。桑姆珠玛十分痛苦，暗暗爱上了庄园里的马夫次旦。

有一天，次旦正在井边饮马，桑姆珠玛走来抓住打水的绳子，想跟他开开玩笑。 次旦心里发急，唱道：

> 阿佳桑姆珠玛啦，
>
> 请你让开点，让开点！
>
> 我不是老爷少爷，而是放马的奴隶，
>
> 马不是一匹两匹，而是三千六百匹。

桑姆珠玛赶紧放下桶绳，唱道：

> 哥哥马夫次旦呵，
>
> 请你别生气，别生气！
>
> 我不要什么老爷少爷，
>
> 我想和你在一起。

谁知道就在这个时候，正赶上康嘎德瓦头人回来了。 他听见桑姆珠玛唱的歌，不问青红皂白地对次旦说："坏小子，老爷我不在的时候，你竟敢调戏我的老婆。 看在你哥哥是我的管家，弟弟是我的森本份上，给你三天时间回家，有什么话说一说，有什么事办一办。 今天一天，明天两天，后天早晨太阳出山的时，你到庄园里来见我。"

次旦感到非常委屈，但是跟老爷是讲不清楚的，哪怕你有一千张嘴巴。 他回到家里，跟阿妈一起待了两天，低着脑袋想了两天，抽着鼻烟闷了两天。 到第三天启明星升起的时候，次旦便早早地起来，梳洗得干干净净，从房里对阿妈唱道：

> 阿妈呵阿妈，

请给我的马饮点水吧，

这辈子我不会再麻烦您啦！

阿妈呵阿妈，

请给我的马喂点料吧，

这辈子我不会再麻烦您啦！

听了他的歌，阿妈心里非常纳闷；她知道儿子脾气倔，也不想多问，便替他饮过马，喂过料。次且来到院子里，又对阿妈唱道：

阿妈呀阿妈，

请把我过节的衣服拿出来吧，

过去我没穿过，今天我要穿哪！

阿妈呀阿妈，

请把我订婚的戒指拿出来吧，

过去我没戴过，今天我要戴啊！

次且把过节的衣服、订婚的戒指，一样一样地装在马褡子里，准备上马动身。谁知他的马在地上打滚，怎么也不肯起来。次且拍拍马背，唱：

好马罗林交交呵，

别睡，请起来吧，

要不，就赶不上好时辰啦！

马儿从地上爬起来，次且骑了上去。马还不停地刨着蹄子，眼泪像下雨一样掉落。次且摸着马鬃，唱道：

好马罗林交交呵，

别哭，请高兴吧，

要不，我的心更难过啦！

这时候，阿妈实在憋不住啦，一把抱住次旦的腿，流着眼泪问：

> 次旦呀次旦，
> 你是不是偷了东西？
> 你是不是说了假话？
> 有事不跟阿妈说跟谁说呀？
> 有话不跟阿妈讲跟谁讲呀？

次旦拿着阿妈的手，在自己的额头上碰了三次，痛心地回答道：

> 阿妈呀阿妈，
> 你儿子没有偷过东面，
> 你儿子没有说过假话；
> 只是阿佳桑姆珠玛，
> 对我唱了一支歌呀！

阿妈一听，吓得昏倒在地，好久好久没有苏醒过来。

当太阳从雪山升起的时候，次旦骑马来到头人的庄园，老爷康嘎德瓦正在打麦场上等着他，周围四邻的百姓也被叫来围观。康嘎德瓦威风十足地坐在垫子上，命令次旦当管家的哥哥和当随从的弟弟，动手把次旦杀死。

次旦已经预料到有这一天，"呵呵"地笑了。他打开马褡子，拿出过节穿的衣服，唱道：

> 这件獭皮边的藏袍，
> 送给同胞的哥哥你；

这条新氆氇的裤子，

留给至亲的弟弟穿，

麻烦你俩来杀我，

这算一点手续钱。

这顶金花的帽子，

送给同胞的哥哥你；

这双绣花的藏靴，

留给至亲的弟弟穿。

麻烦你俩来动手，

这算一点报酬钱。

说完，次旦又从马褡子里，拿出一把短刀，一个戒指，唱道：

这柄锋利的短刀，

送给老爷做自刎刀，

这只宝石的戒指，

送给桑姆珠玛做订婚戒。

感谢老爷安排得好，

次旦我没话再说啦！

次旦的歌刚唱完，康嘎德瓦头人就叫次旦的哥哥和弟弟，动手把他杀死了；血流在庄园前边，尸体丢在雅鲁藏布江里。老百姓都说："马夫次旦，死得冤啦！"

次旦死后，他的灵魂变成了一只小鸟，整天围着庄园飞。有一天，康嘎德瓦老爷正骑马过桥，小鸟从桥下蹿出来，惊得他的马胡蹦乱跳。老爷从马上摔下来，腰间别着次旦的短刀，正正插进他的胸膛，把他刺死了。

再说桑姆珠玛知道次旦被杀，又是着急，又是怕，吓得得了一场重病，躺在垫子上起不来。忽然看见一只小鸟，飞落在窗外的树枝上，唱道：

吉呵！吉呵！

我是次旦变的鸟儿，吉呵，

老爷刚死在桥上了，吉呵，

阿佳你在想什么呀？吉呵。

桑姆珠玛一听，疾病好了一大半，伸出两手唱道：

小鸟呵小鸟！

你若真是马夫次旦，小鸟，

请落在我肩膀上面，小鸟，

请落在我膝盖上面，小鸟。

小鸟果然很通人性，一飞飞到桑姆珠玛的肩膀上面，再飞到她的膝盖上面，桑姆珠玛双手捧住小鸟，用脸蛋轻轻地抚摸它。这时，小鸟儿又唱了：

吉呵！吉呵！

你要是真心爱我，吉呵，

请把我装在箱子里，吉呵，

正月十五晚上见，吉呵。

桑姆珠玛按照它的吩咐做了，到正月十五晚上，一轮圆月从雪山升起的时候，她打开箱子一看，马夫次旦正从箱子里笑呵呵地出来，比过去更壮实，更漂亮。

（讲述：尼玛彭多　执笔：廖东凡　次仁多吉　次仁卓嘎）

彝族插花节

（彝族）

每年二月初八，是彝族的插花节，又叫马缨花节。它是怎么来的呢？

很久以前，整个世界洪水连天，淹没了土地，世界上只剩下了两兄妹，他们躲在一个大葫芦里，葫芦口用蜡封住。这个葫芦在洪水中漂流了许多天，也不知漂到什么地方。有一天，洪水开始退了，露出了山头，树梢。这个葫芦落到一棵大树丫权上。

老鹰在山头飞翔，它听到葫芦里的声音，那是人种在里面啊！老鹰把葫芦抓了起来，把它放在山顶上。现在葫芦细着腰，那是当年老鹰抓成的。耗子从地下钻出来，他听到葫芦里的声音，这是人种在里面。耗子啃着蜡，把蜡啃通了，葫芦里出现一股光芒。兄妹俩顺着光爬了出来。在荒凉的世界上，只剩下他们了。

金龟老人来到兄妹面前说："为了传人种，只有你们结为夫妻了。"兄妹俩回答说："一个父母生的，怎么能够成亲？"金龟老人吩咐说："人种只有你们两人，你们一定要成亲。"兄妹二人很为难，哥哥想了一个注意，说："我们俩各在一方烧一炷香，问问天公地神，如果香烟升起来绕在一起，我们才能成亲。"结果，香烟升起来，真的绕在了一起，但是妹妹坚持不肯成亲，哥哥又说："我们两人各在山头滚磨，如果两盘磨拢在一起合起来，我们才能成亲。"他们又按照这样办了，结果两盘磨不偏不倚合拢在一起。

但是，妹妹仍旧不肯成亲。妹妹说："我们再滚一次簸箕，如果两个簸箕不偏不歪，面对面合在一起，才能成亲。"结果两个簸箕果然合在一起了。 金龟老人说："你们还有什么可说，就成亲吧。"妹妹再试也没有用，又说道："没有父母之命，没有媒人为证，怎么能够成亲。"金龟老人回答说："这阵人烟已经灭绝，哪里找人？你看那棵松树就是你的父亲，那棵万年青就是你的母亲，那边那棵梅树就是你们的媒人。你们就成亲吧。"兄妹俩再也坚持不住，为了传下人种，他们终于结成了夫妻。

过了十二个月，妹妹有了身孕，生了一胎，可惜不成人形，是个肉团。怎么办？妹妹埋怨哥哥，哥哥埋怨金龟老人。这时金龟老人又出现了，他笑嘻嘻地前来向兄妹俩贺喜："你们已经产下人种了。"说罢，抽出宝剑，一剑劈开肉团，出现五十个童男，五十个童女。那一张包着人种的肉皮还流着血呢，金龟老人用剑一挑，甩在旁边的一棵小树上，从此这棵树就开出了红彤彤的马缨花。这天正是农历二月初八。

五十对童男童女出生以后，妹妹一个人怎么哺育这些孩子呢？这时，飞禽走兽都来帮忙，它们把孩子一个个都领走了。我们彝族就是野马奶喂大的，所以我们彝族现在不吃马肉。五十对童男童女长大后相互婚配，就是今天彝族、汉族、苗族、回族、藏族、白族、傣族等几十个民族。各个民族都是同一个父母的后代。

五十对童男童女长大后，找不到自己的爹娘，就一齐出发寻找。

他们遇到的第一件东西是土蜂，他们问道："土蜂弟弟，你看见我们的爹娘了吗？"土蜂嗡嗡地飞来飞去，不理睬人，有一个人用树枝把它打下来，腰也断了。另一个人又把它拾起来，用马尾系好让它飞去。从此，土蜂成了细腰杆，见人就叮。

第二次遇到的是松树，他们问道："松树爷爷，我们的爹娘哪里去了？"松树不耐烦地回答："我没有看见，什么爹娘，我肩膀倒下来就把他们压死了。"人们说："好，等人丁兴旺起来，你长一棵就砍一棵。"所以，今天造房子都用松树。

第三次遇到的是棕树。人们问道："棕树哥哥，你看见我们的爹娘了吗？"棕树回答："没看见，要是看见，就剥了他们的皮。"人们说："哼，有一天人多起来，肯定要剥你的皮。"所以，现在每年都要剥一层棕树的皮。

人们又继续向前走，遇到一棵罗汉杉，人们问道："罗汉杉大哥，可见我们的爹娘？"罗汉杉回答说："刚才还在这里乘凉呢！"人们高兴起来，爹娘找到了，人们感谢罗汉杉说："谢谢你，将来你断了枝，被砍倒了，根还会再发起来。"因此，现在即使罗汉杉只剩下一点仍旧会再发芽。

人们又继续向前走，遇到一个小蜜蜂，人们问道："小蜜蜂，你可看见我们的爹娘？"蜜蜂说："刚从那个丫口过去。"人们高兴地说："好心的蜜蜂，今后人们繁衍起来，你就同人们一起住吧。"蜜蜂回答说："那太好了，如果我能和人一起居住，我每年还要给人上一点粮呢！"所以，现在每年人们要割一次蜂蜜。

人们追到水塘边，遇到一棵杨柳，问道："杨柳姐姐，可见到我们的爹娘？"杨柳回答："看见了，刚才还吃水。"人们兴奋地说："好心的杨柳，你一定会有好结果，处处生根发芽。"从此，杨柳树十分好栽，怎么插都能活。

人们又不停脚地往前赶，可惜始终没有遇见他们的爹娘，只是在山坡上看见了遍山红彤彤的马缨花，他们就在开满马缨花的地方定居下来。

每逢农历二月初八，是我们彝族的节日。这一天，男女老幼一齐跳舞，唱山歌，还要杀鸡煮肉庆贺，把马缨花插到各处，这就是马缨花节的来历。

纳西族火把节

（纳西族）

从农历六月二十四日起，纳西人按古规一连要过三天的火把节，点三个晚上的火把。 每天门前要点一支柱子般又粗又大的大火把，寨子里的青年们个个拿着又细又长的小火把，沿着田埂、山路，边走边唱，直到深夜。 火把燃得越旺，就越吉利，人们越高兴。

这个隆重的节日是怎么来的呢？

相传，很久很久以前，天上的玉皇大帝怕地上的晦气冲上来，下令把天门长闭不开。 可是不久，十八层天游腻了，仙境看烦了。 一天他实在憋不住了，下旨打开天门，想看看人间的景致到底如何。 天门一开，春风习习，只见人间绿水青山，百花争奇斗艳，玉皇大帝看得心驰神往，烦恼顿消。

玉皇大帝把人间看了个够，又转身看看天宫，顿时气得吹胡子瞪眼睛："怎么我的天宫竟然比不上凡间了，这还得了？"边说便下旨，叫红面天神把人间统统烧光。

掌火的红面天神领旨后，腾云驾雾来到凡间。 他并没有马上放火，先巡视一番，看到凡间一派欣欣向荣的景象，天宫的生活没法比。 掌火天神爱上了凡间，他不忍心烧毁这美丽的人间，不忍心摧残善良的百姓。 虽然，他知道违反玉皇大帝的旨意定有杀身之祸，但他要避恶行善，宁可牺牲自己，也不能执行玉皇大帝的旨意。 主意一定，他便返回天庭，向玉皇大帝撒谎道："人间已经烧成灰烬。"玉皇大帝听了非常高兴："哈哈,现在我的天宫远胜人间了。"

隔了好久,玉皇大帝又觉得厌烦起来,他想看看被烧毁的人间。 他又在仙姬们的陪伴下来到天门前,可是一看,他几乎要发疯了。 人间不但没有被烧毁,反而更加繁荣昌盛,幸福美满了。他知道红面天神违背了旨意,一怒之下,叫左右诸神把掌火天神捆了起来,推出去处死他。

掌火天神被杀时,一滴血溅出天门,落到大地上,滴在雪山脚下村寨旁边的一座庙里。 有个和尚看见了这滴血,就小心地用红布把它包了起来,搁在殿里。

农历六月二十四日那天傍晚,人们刚从田里收工回来,突然从庙里跑出一个小娃娃,拦住人们哭诉道:"专横残暴的玉皇大帝嫉妒人间的美好,今晚要派天兵天将下来烧毁凡间。 你们赶快在门前点起火把,一连点三个晚上,点得越旺越好。 这样用假火瞒过玉皇大帝,他和天兵天将们看见人间已经在烧了,就不会在下凡来捣乱了。"

这个小娃娃就是掌火天神的那滴血变成的。 善良的人们相信了他的话,就按照他的方法,纷纷点起火把,男女老少都舞起火把,一连三天三夜,火光冲天。 玉皇大帝看了三个晚上,看到人间一片火海,才放心地回天宫去了。

人们终于躲过了一场劫难。 人们为了纪念这件事,表示对掌火天神的敬意,每到农历六月二十四日就要扎火把,点火把。 久而久之,就成了现在的火把节。

火神节的传说

（索伦族）

从前，索伦牧民家里，不管是穷是富，每到农历十二月二十三，家家户户都来祭祀火神。 关于这种习俗有个传说。

不知是什么年月，山里有个穷猎手。 一天，他走进林子里打猎，跑了一天也没有打到野兽。 他连爬了几座山，又困又累，真想在黄昏前打到一只黄羊，能留到晚上吃。 可是，他的愿望没有实现。 当太阳下山的时候，猎手正在往前走，忽然看见一条花皮草蛇，哧溜一下钻到大石洞里去了。 猎手突然闻到一股香味，用舌头舔舔那蛇爬过的青石，发现有一种从来没尝过的甜味。 于是，猎手就走进大石洞，看到洞里重重叠叠盘着许许多多蛇。 这天晚上，猎手就在洞里住下，一住就是很久。

过了几天，也许是几年，猎手才从洞里出来。 到洞口一看，自己搁在洞口的枪，枪把子已经烂掉了，枪筒满是铁锈。 他看看四周，一个人也没有，可是不知怎么的，他听到许许多多人在唠嗑儿，你一言我一语，有说有笑，再仔细一听，原来，他们说的不是凡间的话，可是他能够听懂。 那些都是仙人，他们打了好多野兽，正在庆功祝酒呢。 那个猎手努力回忆，到底是什么时候上的山，什么时候进的洞，在洞里做了什么，可是他都想不起来了。他好生奇怪，明明是刚刚进洞，怎么好像过了几千几百年似的？

猎人离开山洞，不管东西南北，一个人摸索着向前走。 他看看身边的树木，密密麻麻，山道比往常都宽，天空飞鸟成群。 他想，一切都变了样。 猎手走了一会儿，看到山冈上有两座毡房，一座房子前面停着一辆车子，看样子是家富裕人家；另一家，门口只有一个破破烂烂的马鞍子。 猎人看看自己的衣着也挺寒酸的，就进了那家穷人家的毡房。

进屋以后，猎人问屋主："你是索伦人吗？"

主人是个穷牧民，他应道："是的。"然后，取出奶茶招待猎人。 猎人刚刚想喝，就听到毡房顶上好像有人在和主人说话："穷兄弟，你家不是连背鞍子的马也没有吗？ 我看这倒是幸福。你看，我家饲养的羊群挤满了木头栅栏，可是一只也不归我所有。"

猎人心里很奇怪，望望毡房上的人，装出什么也没听见的样子，喝喝茶。 这时，毡房上的人又说话了："我们几世几代都忍受过来了，可是，如今再也不能闷声不响了，非连夜把那贪得无厌的主人弄死不可。"

听来听去，猎手才听出那说话的声音原来是从火神口里发出来的。 那穷苦的牧民连半句也听不懂。 火神说完，就从毡房顶上飞走了。 当时，草地的牧民不知道怎么用火。 这个猎手向毡房主人要求，当晚住了下来。 第二天，草地上就起了风暴，几乎要把毡房刮跑了。 猎手到外面一看，穷牧民赶着家畜躲闪风暴，聚拢到毡房后边，又暖又避风。 可是再看那富人家的毡房和牲畜早就被刮跑了。 七零八落，四处都是。

猎手看了，知道一定是火神的圣灵降到草地上来了，于是就把这件事告诉牧民们。 可是牧民们半信半疑。 后来，草地上连连生出丰盛肥美的水草，穷牧民们养起了自己的牲畜。 从此，索伦人开始崇敬火神，吃饭、饮酒以前，都要先敬火神，并定下每年农历十二月二十三日为"火神节"。

哈尼族新米先喂狗的由来

（哈尼族）

  传说哈尼族祖先原来不会开田种地。后来天上有一位掌管五谷的神仙，他在天上有一丘栽种七十七种谷物的大田，耕耘这丘田，必须有一千二百个仙童，驾驭着一千两百头神牛犁耙一天，才能把整丘大田犁耙完。栽种的时候，必须有一万二千个仙姑，用七十七种谷物栽插一天，才能把整丘田栽种满。

  除草的时候，必须有一万二千个仙姑工作一天，才能把整丘大田的杂草除干净。收获的时候，必须有一千二百个仙童和一万二千个仙姑收割一天，才能把七十七种谷物收完。收回来的七十七种谷物，必须有一千二百个仙童和一万二千个仙姑翻晒，搬运一天，才能把七十七种谷物晒干扬净，装进仓库。因为那时凡间的人们还不会种出五谷杂粮，没有吃的，只好到深山老林里去采摘山果充饥，或者追捕野兽野禽。没有棉花和麻，人们就用兽皮蔽体，抵御寒冷。人们这样日复一日，年复一年地忍受着。

  凡间人们的贫苦生活被天上的幺姑娘看见了。幺姑娘是一位聪明、贤惠、心地善良的美貌姑娘。她看见凡间的人们整天忙忙碌碌，东奔西跑，到头来还是吃不上饭，穿不上衣服，她实在看不下去了。

  回到家里，幺姑娘就忧心忡忡地对神仙说：“阿大，我们在天上有七十七种谷物，吃饭穿衣都不愁，但是凡间的人们过着吃不饱、穿不暖的生活，就是铁石心肠也看不下去啊。”说到这里，幺姑娘的眼泪都要流下来了。

她看见神仙不吭声，就试探地问："阿大，如果我们把天上的谷物种子送一些给凡间，那凡间就不会这么苦了。"谁知神仙听完了幺姑娘的话立即板起脸来，冷冰冰地说道："幺姑娘，凡间的人们必须再等三年，才能得到这七十七种谷物的种子。""还要等三年？"幺姑娘一听，脱口反问一句。

天神很不高兴她的冲撞，狠狠地瞪了她一眼，然后说："幺姑娘，这种事情不是你姑娘家管的。我可管不着凡间人们是否温饱，我只晓得服从天规天条。"说罢，转身走进屋里去了。幺姑娘看着神仙的背影，不由得皱紧眉头。

几天后，幺姑娘为了解救人间的痛苦，趁神仙叫她晾晒谷子的机会，悄悄地把一袋谷种带到人间。幺姑娘来到人间，变成人间的一位老爷爷，然后把稻谷种子分给了人们，还教给人们栽种稻谷的办法。遵照她的指点，春节以前人们就忙着挖田开沟。阳雀叫了，人们又赶着翻犁田地、撒稻播种。

燕子飞来的时候，人们起早贪黑地忙碌着，把稻秧移栽到精心犁耙过的田里。工夫不负有心人，雨季快要过去的时候，天气渐渐凉了，鱼雀快要叫了，人们就开镰收割了。燕子朝南方飞走的时候，人们又动手翻犁板田，开挖新的田地，为下一年收获做好准备。

后来，神仙见到幺姑娘违反他的旨意，把稻种偷给凡人栽种，不由火冒三丈。当幺姑娘返回天上时，神仙就把她抓起来，吊打了一顿后，又把她送进天牢里。但是，幺姑娘为了让凡人都能吃到五谷杂粮，都能穿上棉、麻纱织的衣服，她想方设法逃出天牢。一不做二不休，她干脆把另外七十六种谷物种子也偷了来，带到凡间教人们栽种，还教人们纺纱、织布、做衣服。

从此，凡人才过上了人人有衣穿，个个有饭吃的好日子。 神仙发现幺姑娘偷下凡间，一再触犯天条，就把幺姑娘捉回天上，吊起来狠狠打了一顿，并罚她永远不准再回到天上。 说着，神仙就把幺姑娘变成一只母狗，贬下凡间。 幺姑娘变成母狗以后，再也不能和人们一起劳动了，就帮人们看门守户。 从那时起，我们哈尼族人每逢到了初秋时节，把第一批稻谷收割回来后，都要杀猪宰羊，煮上新米饭，举办一次尝新米节。 过节时，在吃饭前，每家都要先盛一碗饭给家里饲养的狗吃，表示我们哈尼族人永远不忘记幺姑娘。

侗族林王节

(侗族)

我国许多地区都兴农历五月五日过端午节吃粽子，为的是纪念古代爱国诗人屈原。 然而也有例外，贵州景屏县的寨母一带的侗家，就是农历六月辰日吃粽粑，为的是纪念当地的一个侗族农民起义领袖林王。 寨母过节不仅包有一般大小的粽粑，还包有粗如大碗、两尺多长的大粽粑。 传说当年林王领兵打仗时，常以粽粑作干粮，所以将粽粑包得又长又大。

林王名叫林宽，出生于寨母地方，祖家原住黎平，其父林让参加过勉王起义，失败后受官兵迫害，便从黎平洪州一带顺着古州的朗洞，经青山界，过八受河搬到现在的住地。 当时，婆洞一带还没有人烟，以后才陆续搬到许多侗家。 由于这个寨子建得最早，被周围的寨子称为寨母。

林王是背爷崽（其父过世后才出生），家境贫苦，从小给财主做工，砍柴割草，放牛喂马，养鱼看塘，什么活都干过。他长得高大魁梧，人品出众，力大无比，聪明能干，做起事来一个顶几个，又爱帮助人，乡亲们都喜欢他。

传说林王给财主在山塘里养鱼，财主叫他割草喂鱼，他就把鱼赶上坡去吃草，吃饱了，又赶回塘里。因此他喂的鱼又肥又大。他很爱马。白天放马吃草，骑马练武，夜晚睡在马圈边，把马喂得又高又壮，后来成了他的战马。现在寨母背后还留着他当年修的石马圈，已崩了两方，还存了两方，青石板上还留着马蹄印和他的草鞋印。

有一次林王给财主在山上放牛，见许多穷人没有饭吃，很不忍心，便杀死一头牛分给大家煮着吃。别人担心他交不了差，他灵机一动，想了个办法，叫人把牛尾巴插在岩缝里，叫一个人藏在岩洞里等着，他立即跑去叫来了财主，说有一头牛卡在岩缝里出不来了。财主急忙赶上山，一看果然只有牛尾巴露在岩缝外了。财主便去扯牛尾巴，岩洞里的人学牛叫，越扯牛越叫。结果牛尾巴断了，牛没有出来，只好无可奈何地回去了。

林王热心地为大家办好事。婆洞路边有个岩洞，洞里有一股清泉，就是流不出来，过往行人口渴没法喝到。林王知道以后，用嘴咬开一个口子，两手扳开岩板，一股清泉流了出来，行人们有水喝了。不信你可以去看看，现在泉边的石板上还有林王的手指印和两个膝盖印呢。

寨母的后龙山有两个坡相互对峙，中间隔着深谷，平时到对门坡去种田，人们绕来绕去很不方便。林王便从对门坡扯出长岩石，做成一座石桥。他娘说："你架的高桥看上去都眼花，不要害别人掉下来。"林王就一拳把桥打断，至今两边坡还留着几尺长的断岩梁。

婆洞一带的人多田少，林王便想阻断八受河，引水过婆洞开荒造田。 他一早提着大鞭赶动三个坡准备去塞河，刚好被一个老妇看见，她高声叫道："快看三个坡会走路。"结果三个坡就停在寨母田坝中间不走了，三个坡分别叫鸳鸯坡、定便坡、报独坡，与其他坡不相连。

林王长大以后，看到外地往这里逃难的人越来越多，把整个婆洞都住满了。 饭不够吃，官兵还来抢粮抢人。 人们没有办法，侗家没法活下去了。 于是，婆洞、上洞、油洞等四十八个侗寨的寨老①和辣办②集中到寨母议事。 寨老们说："我们侗家世世代代被人欺凌，难道我们不能过太平日子吗？"大家决定，四十八寨每寨选举一人参加集伙选王。 选王按照勉王起义的方式，每人倒栽一棵枫树，哪个先活，哪个就是王。

寨母推举了林宽。 选王开始，四十八人在寨母寨中倒栽一棵树，林宽栽的那棵活得最快。 大家一举选他为王，林王从此得名。 现在寨母寨中还有一棵枫树，拔地顶天，枝干朝下，与其他树不同，据说就是林王栽的。

林王到处联合穷人，指挥各寨打刀造箭，第二年集合十万多穷人，准备起义。

为了起义，林王还停办了自己的婚事。 传说和他相好的姑娘叫茂王，住在慕王寨，从小与林王一起砍柴、割草、唱山歌。 两人长大以后，两家老人准备办婚事。 然而两个年轻人很有志气，他们说："世上这么乱，人民这么苦，我们要等解决了人们的疾苦

---

① 寨老：寨中的长老。
② 辣办：青年。

才结婚。"老人思想不通，他们俩就约定：林王从苦里坳，茂王从慕王寨，同时从两处向扣界坳上各打一块石头，看两块石头能否碰在一起，如果碰在一起，就立即结婚，否则，就推迟婚事。结果林王的石头正好打在扣界坳上，茂王力气小一些，打不到扣界坳上，两块石头没有碰在一起，所以，他们就不急着结婚，后来都参加了起义。

起义中林王非常勇敢，在他的指挥下，一大早就攻破了龙里所城，大家还回到寨母洞吃早饭，接着又攻占了新化所、平茶所等地，计划打上长沙，攻到南京去，推翻明王朝。又传说他造了三支箭，差一点就把楚王射死。

头晚，他叫母亲五更鸡叫的时候叫醒他。醒来后，他带着兵攻打楚王，他对准楚王的营帐连发三箭，三箭正中楚王的宝座。可是，他射得早了一点，要是等五更楚王就位再射，就能射死楚王。

后来，林王被楚王的三十万大军重重包围，最后弹尽粮绝，起义军四处突围都不行，林王非常生气，把宝剑插在了岩板上，结果林王被捕了。他还被砍了头，但是林王不服气，他双手捧着头，回家叫母亲安上，又和官兵作战。后来，他被砍头两次，又安上两次，直到第三次，头再也安不上，尸体才倒了下来。

林王起义失败以后，朝廷怕当地侗家再次起义，便派郑子龙带兵挖了林王的祖坟和龙脉，现在寨母后面龙山上纵横交错的深沟就是当年挖的。龙脉虽然被斩断，但农民起义仍旧不断。十六年以后，即明朝永乐十一年（1413 年），婆洞等地农民又起义了。正统十四年（1449 年），黎平、绞桥农民起义，杀死了州官，聚众三十万，围攻铜鼓卫。

林王为大家谋福利，人们永远纪念他。他虽然被史书诬陷为"草寇"，但在侗家人心目中，他是英雄。每年农历六月逢辰日，寨母都要过节，其他姓也要过节。 这一天是一年中除了春节之外最隆重的节日。 据说逢辰日过节原来是为了纪念寨母首先建寨，以及林家的祖先。 出了林王以后，就以林王为主了。 周围侗家为了尊重寨母是母寨，又全部姓林，而且林王又是寨母出生的，所以都推后一天。

过节头一天，寨母就杀猪宰牛，家家放田捉鱼，磨豆腐，包粽粑，又打发孩子到相邻的寨子喊客，忙个不停，过节那天，吃饭以前，各家都先在古枫树下摆好酒肉、粽粑、烧香祭祖。 客人进寨也要先到古枫树下祭拜一回，有的老人还要从古枫树上剥下几块树皮，用纸包好，带回去给孩子，祈福消灾。

晌午过了以后，就开始吃饭。 酒席丰盛，边吃边唱，互相祝福。 吃完以后，主人邀客，孩子们就在古枫树下唱"林王古歌"。 歌唱完毕，老人们就向孩子们讲林王的故事，通宵达旦，十分热闹。

藏族沐浴节

（藏族）

每到夏末秋初的晚上，拉萨东南地上空，新出现一颗十分明亮的星星。 这时，藏族人民就开始了一年一度的沐浴节。 传说那颗星星只出现七个晚上。 为什么人们把星星出现的七个夜晚定为沐浴节呢？

很久很久以前，草原上出了一个很有名的医生，他的名字叫宇托·云旦贡布。 他的医术十分高明，什么疑难杂症都能治。 因此藏王赤松德赞请他去做御医，专管给藏王和妃子们治病。 但是，宇托进宫以后，心中仍旧忘不了草原上的百姓。 他经常借外出采药的工夫，给百姓治病。

有一年，可怕的瘟疫流行，许多牧民卧床不起，有的被夺去了生命。 这时，宇托奔跑在辽阔的草原上，为一家家患病的牧民治病。 他从雪山和老林里采来各种药物，谁吃了，病就会好起来。不知有多少濒临死亡的病人恢复了健康。 草原上到处传颂着宇托医生的名字，人们称他为药王。

不幸的是宇托医生去世了。 他去世以后，草原上又遭到了可怕的瘟疫，比前一次更严重，许多人死了。 生命垂危的牧民只好跪在地上，向苍天祈祷，希望天国保佑。 说来也巧，一天，一个被病魔折磨得九死一生的妇女，突然做了一个梦，梦中宇托医生对她说："明天晚上，当东南天空出现一颗明亮的星星的时候，你可以下到吉曲河里去洗澡，洗澡以后病就会好起来。"果然，这个妇女在吉曲河中洗澡以后，疾病立刻消除了。

一个又黄又瘦的病人，在洗澡以后变成了一个红光满面的健康人。 这件新鲜事传开以后，所有的病人都来到河中洗澡。 凡是洗澡的病人，都消除了疾病，恢复了健康。 人们说，这颗奇特的星星就是宇托医生变的。

宇托医生在天国看到草原人民又遭受瘟疫袭击，他又不能来到人间来给人民治病，于是把自己化作一颗星星，借星光把河水变成药水，让人们在河水中洗澡以去处疾病。 因为天帝只给宇托七天时间，这颗星星也就只出现七天。

从此，藏族人民就把这七天定为沐浴节，各地的牧民们，每年这个时间，都到附近的河水里洗澡。 据说洗澡以后，人就健康愉快，不生疾病。

金角老龙王救始祖的传说

（仡佬族）

相传，很久以前，仡佬族的始祖先民，居住在山林里，在大树上搭窝栖息，以猎狩小型动物为生。一日，先民们在山林里寻找猎物的时候，与一群猛虎不期而遇，短暂的相峙之后，先民们开始逃跑。他们逃到了山的最高处，虎群也追到了最高处；他们爬上了最高的树，虎群就在树下停了下来，围着大树，不住地咆哮，仿佛打定主意，非以先民们为食不可。

三天三夜过去了，虎群仍旧围困着先民们，眼看树上的人们就要坚持不住了。这时，天空中飘来一朵彩云，东海的金角老龙王站在云端，他是受天庭调派，在此方布云行雨的。他搭手一看，便发现了相峙的人和虎。他想，地界上人本来就少，让他们成了虎的食物，岂不可怜，让我救他们一救。于是，龙王倾东海之水，倾泻而下，渐渐的，水漫上了山顶，淹没了虎群。

先民们得救了，他们十分感谢金角老龙王的救命之恩，同时，他们对洪水也产生了敬畏之情，给后人们留下了描述这次洪水的八字真言："洪水朝天，淹死老鹰。"

后来，仡佬人为感谢龙王的救命之恩，把他们奔走山林间脚上必须穿着的鞋叫作"八块金龙"。八块是鞋由八块兽皮缝制而成，金龙是指金角老龙王，意在祈望仡佬人穿上"八块金龙"走在山野间，有金角老龙王的眷顾，能够平安顺利。为了感谢救了他们的大树，自此以后，他们每年都要祭树，把山林中的大树作为神灵来供奉，让有灵的大树永祐伬佬人的平安。

天　河

（赫哲族）

从前，有一家，只有母亲领个小子过日子，小子起名叫乌沙哈特（星星）。一天，母亲起不来炕了，儿子请来了萨满（巫师），给她驱魔治病。萨满看完了病情，告诉乌沙哈特说："这病可真不轻哎！只有一样药能治好你妈妈的病，就怕你淘弄不到。"乌沙哈特跪倒在地，连着给萨满磕头，哀告地说："快告诉我，就是登天、入地，我都敢去哟！"萨满见他心诚，就说："都知道你是赫哲人里顶孝顺的孩子，我告诉你个药方：只要你能抓来一条天上的鱼，给你妈妈吃下肚，病魔就会除掉；若是抓不到，就只有等她咽气了。"

听罢，乌沙哈特就睁大眼睛，问萨满："那得怎么才能上天呢？"萨满知道乌沙哈特的心眼儿跟桦木杆子一般直，像火一样热，就赶忙跟他说："你坐上快马子（轻便、简易的渔舟），闭上眼睛，我轻轻吹口清气，就把你送上天啦！"乌沙哈特救母心切，就麻溜儿地拎起鱼叉，坐上快马子，紧紧闭上了眼睛。这时，就觉得耳根有谁呵了一口气，随后，便刮起一阵风儿，就把乌沙哈特忽悠忽悠地送上了天。

大约过一顿饭工夫，风停住了。乌沙哈特睁眼一看，快马子带着他，早就来到天河边上了。天河沿站个白胡子老爷爷，眯缝着眼睛问他："乌沙哈特，大老远的，上这干啥来啦？"好怪呀，白胡子爷爷怎么会知道我的名字呢？ 乌沙哈特赶紧回话说："老爷爷，妈妈病得要死，只有尝口天上的鱼，才能治好，我是特为抓鱼来的呀！"老爷爷点点头，连忙给他指路："真是个好心人！你朝北划船，走不远，有个小河汊，那场全是鱼，拿多拿少随你的便。"

听罢，乌沙哈特脚也不停，驾起快马子，三划两划，就赶到了小河汊。 只见天河里没有水流，水面平平稳稳的，盖满一层瓦蓝瓦蓝的鱼脊骨。 他举起鱼叉，朝河当间儿猛地一甩，随后捞着叉绳，随着就蹿上一条金翅金鳞、翻唇鼓鳃的大鲤子鱼。 他用皮口袋把活蹦乱跳的大鱼装好，也没多抓，带上口袋就往回走。

来到河沿上，老爷爷问他叉到鱼没有，他乐呵呵地回话说："抓着啦！ 谢谢老人家指点，又挺大一条哩！"说着，乌沙哈特倒犯愁了。 上天不易，下天更难，可怎么回去呀？ 他正作难，白胡子爷爷搭言了："你闭上眼睛吧，爷爷送你回家！"真的，他刚一闭眼，就觉得有人对他吹股风，那风呜呜地，越刮越大，快马子也一上一下荡着。 等风一停息，就听"吧嗒"一下，双脚落地了。 睁眼瞅瞅，可不，真回到自家地窖子跟前了。

他一手拎鱼，一手提叉，三脚两步，闯进屋就喊："妈！ 快吃天河抓来的大鲤子鱼！"说着，乌沙哈特就忙三迭四地又剥鳞，又剖鱼，洗巴洗巴，就架锅把鱼炖上了。 不大工夫，鱼烂肉也香，妈妈把鱼吃得干干净净，病也好得利利索索了。 一晃，刚过一年，妈妈的老病又复发了。 她病得太急，还没容乌沙哈特去天河抓鱼，妈妈就过世了。 乌沙哈特把老人葬完了，独自蹲在地窖子里发愁，他觉得：见天如数，总在江里摇船撒网，风泼浪滚的，也囫囵不住衣食啊！ 若能回到天河，那该有多好，一条小河汊儿，就活像个掏不完的鱼囤子！ 莫不如再去天河里打鱼，干个痛快的。

这一天，乌沙哈特把自己打点利落，拎着鱼叉，就去找萨满，求他把自己送上天。 萨满见他心诚，满口答应，随后，一口气，就把他吹到了河沿。 那个白胡子爷爷，好像不知在那等多久了，见面就埋怨他说："可把我等急了！ 早就盼你来，好替我掌管天河，这回，总算盼来了！"他说完，就派乌沙哈特看守那边无边无岸的天河。 老爷爷自己呢，回仙山养老去了。

如今，抬头能看见的那几颗亮星，排成尖头大肚的，就是乌沙哈特坐的那只小快马子。 它旁边的小星星，就是划船的木桨。 那颗顶亮顶亮的，就是守护天河的乌沙哈特。

壮族三月三的传说

（壮族）

很久以前，壮乡有个叫韦达桂的人，在一个土皇帝手下当臣相。 达桂年纪不大，但学识渊博，才能过人，而且，十分关心壮族人民的疾苦，皇帝给他的俸禄，他都拿回乡分给百姓，自己两袖清风，一无所有。 有一年，壮乡大旱，乡亲们求达桂向土皇帝奏明免皇粮，达桂跪奏道："壮乡百姓颗粒无收，吾伴千岁前往视察。"达桂伴驾来到壮乡，只见田土龟裂，禾穗枯焦，一群群面黄肌瘦的百姓跪在山道上告苦。 达桂跪下说："千岁亲见，万望免粮。"土皇帝无奈只好免去壮乡皇粮。 打那以后，他对达桂恨之入骨，可是鉴于达桂的声望，又找不出什么岔子把他除了，因此施出毒计,阴谋陷害达桂。

一天,他把达桂唤到跟前,说道:"达桂,你向来很能干,现在想叫你给我办件事。"达桂听了,就知道土皇帝不怀好意,但他还是从容地说:"请千岁道来。"土皇帝半眯着眼说:"我正在建一座楼阁,缺少瓦片,听说壮人皮能防寒防暑,防水防火,经久耐用,我要你在两个月以内给我弄九百张壮人皮当瓦片用,到时重重有赏,如果完不成,定要从严惩罚。"达桂轻松地答道:"到时就请千岁亲自到城门下点货验收吧。"

一个月过去,达桂没有动静,五十九天过去了,达桂依然没有动静。限期到了,达桂才召集九百个壮家大汉,每人带上一斤糯米,一斤米酒,一斤胡椒面,来到皇城脚下,架锅煮糯米饭,煮辣椒菜汤,一个个脱掉上衣,光着膀子,坐在城门下饮酒,喝辣椒汤,吃糯米饭。正当个个酒足饭饱,满头大汗淋漓的时候,土皇帝坐着八抬大轿赶到了。达桂连忙上前施礼道:"货物已经给千岁送来了,可是这帮贱骨头张张皮都是漏水的,能用吗?"土皇帝下轿一看,一个个黑里透红的皮肤上都是湿漉漉的,像是从水里捞出来的一样,臭气扑鼻。土皇帝用手捂着鼻子,皱着眉头,后退几步道:"又漏水又臭,不能用,不能用。"说完,调转轿子回宫殿去了。

一计未成,又生二计。快到清明节了,土皇帝又把达桂换到跟前,装作十分诚恳的样子:"达桂,你向来很聪明,现在我有一件事非要你去干。"达桂一听,就知道土皇帝又怀恶意,但达桂毫不畏惧地说:"请皇上明说。"土皇帝眯着眼睛说:"清明节我需要一个像宫殿后面那座大山一样重的猪头来祭祖,你给我在一个月内弄来,到时重重有赏,过期误了大事要从严惩罚。"达桂十分轻松地笑道:"好办,好办。"

二十天过去，达桂没有动静，三十天过去，达桂依然没有一点动静。 限期过了，土皇帝派兵来抓达桂，达桂扛着一杆大秤和兵差一道去见土皇帝："皇上大人，壮家比山头还要大的猪头多得很，就是不知道宫殿后面的大山有多重，请皇上用这杆秤去称一称，我好回去把猪头抬来。""这……"土皇帝哑口无言了。

　　土皇帝见达桂聪明过人，留在宫殿里是祸根，非得除掉他，因此又想出一条毒计。 一天，他把达桂叫到跟前："达桂，你向来聪明能干，再过一个月皇后就要坐月子了，听说壮家的公鸡蛋很有营养，你给我在二十天内弄四百九十个公鸡蛋来，到时重重有赏。"达桂满口答应。 限期到了之后，土皇帝派兵去抓达桂，达桂连忙施礼道："非常对不起，我父亲正在坐月子，按照壮家的规矩，我得照料七七四十九天以后才能出门，到时我会给皇上送去公鸡蛋的。"兵差大喝一声："天下男子怎么会生孩子？""男人不生小孩，公鸡怎么生蛋？"兵差无言以对。 只好回去报告皇上，皇上大怒，下令捉拿达桂。

　　壮家百姓闻讯立刻送达桂到山上的枫树林藏了起来。 皇兵上山搜索，重重包围，只见山林里有剩下的糯米饭，就是不见人，皇上下令放火烧山，这天正好是农历三月初三。 皇兵走后，乡亲们上山在一棵合抱不过来的枫树洞里找到了达桂的尸体，大家含着眼泪把他埋葬了。

　　男女老少在坟前放声痛哭。 哭呀！ 哭呀！ 泪水洒在坟上，坟上顿时长出了一棵棵嫩绿的小枫树，一丛丛红兰草。 为了纪念达桂，乡亲们又在墓旁边建造了庙宇，名曰"达桂堂"。 因为达桂生前喜欢喝酒、吃糯米饭，用喝酒、吃糯米饭的方法战胜了皇帝，后来又因为拿不出公鸡蛋而被害，所以，到了农历三月初三这一天，壮乡家家户户都拿着米酒、糯米饭和熟鸡蛋到达桂墓前祭奠。 正当人们陷入哀思时，天空突然雷声大作，从庙堂里冲出一条五色大蛇，这条大蛇向乡亲们点了点头，就直奔宫殿把皇帝给咬死了。

从那时起，壮族人家为了纪念达桂，年年到农历三月初三这一天，村村寨寨都搭起大棚，因为传说在外丧生的亡灵不能进家，因此人们只好在布棚下摆上五色糯米饭等祭品供祭达桂的亡灵，在布棚周围唱起赞美和感谢达桂的壮歌。 一代传一代，就形成了现在赶三月三歌圩的习俗。

彝族月琴的传说

（彝族）

很久很久以前，人类和动物一样，都不会说话，都愚昧无知，你不服我，我不服你，动不动就互相争斗残杀，整个世界一片混乱。 为了改变这种状况，把人和动物分开，把聪慧和愚笨分开，天神便在四川凉山的最高峰上，放了四只碗：金碗、银碗、铜碗、木碗。 里面分别盛满蠢水、恶水、善水、智水。 不管是动物，还是人都得去喝，但只能喝其中一种水。 至于哪个碗里装的是什么水，谁也不知道，但大家都想喝智水。

四川凉山一带有个彝族孤儿，听说邛海湖里有只神蛙，知道那几碗水的秘密。 于是，他便离开家乡，向邛海湖走去。 说来也巧，孤儿刚跑到邛海湖边，正遇见一只黑老鸦在欺负那只神蛙。他急忙赶上前去，撵走黑老鸦，救起受伤的神蛙。 孤儿向神蛙说明来意，求它指教。 神蛙忍着伤痛，小声地说："你来得正好。

刚才就是因为我不愿把水的秘密告诉黑老鸦，所以发生了战斗。为了感谢你的救命之恩，我把秘密告诉你。 木碗里装的是智水，喝了它你就会变成世界上最聪明的人，就可以主宰一切。 那水还能治病救伤，请你给我带一口回来。"

"我背着你去，先把你的伤治好，我再喝。"

"不行，那样黑老鸦会发现的。 你快去吧，我在这里等着你。"

孤儿告别了神蛙，马不停蹄地跑到凉山最高峰上，见各种动物和人混杂在一起，黑压压一大片，正围着那四只水碗看来看去，可是谁也不敢贸然先喝。 那只凶残的黑老鸦，在低空盘旋，窥测动静，时刻准备俯冲下来抢智水喝。 孤儿抬头看了一眼黑老鸦，迫不及待地从人缝中挤进去，端起木碗，一口气喝了个底朝天。"啊，我聪明啦！"孤儿欣喜若狂，激动得跳起来，放声高呼。可当他意识到手中的空木碗时，一下子呆住了。 愣了一阵，他把木碗翻去复来地拍打，希望能拍出神水来给神蛙治伤。 可拍打了半天，除了木碗发出的"咯咯"声外，一滴水也倒不出来。

天啊，神蛙还在等着我带智水给它敷伤，这可怎么办呢？ 孤儿十分悲痛，他抽泣着，捧着空木碗，一步一滴泪，沉痛地向邛海湖走去。 还没走到一半，泪水装满了木碗，溢了出来。 啊，多么清澈的泪水呀！ 都说眼泪是从心灵里流出来的，是最珍贵的水，也许能治好神蛙的创伤吧。

孤儿怀着一线希望，怀着补过的心情，加快了脚步。 孤儿赶到邛海湖边时，天已黄昏，找遍了整个湖滩，也不见神蛙的影子。忽然，头上传来乌鸦的啄食声。 他抬头看去，身旁一棵枯树上，那只黑老鸦正在残害撕扯可怜的神蛙。 孤儿惊愕了，痴呆地张着嘴，不知该怎么办。 忽然，他灵机一动，顺手把木碗朝树上砸去。 木碗中的泪水，像火焰喷在黑老鸦身上，霎时，黑老鸦浑身着火，像一团火球，飞离枯树，在空中扑闪了几下，"呼"的一声，掉进了邛海湖里。

这时，木碗和神蛙，同时落在孤儿的怀中。 低头一看，不禁大吃一惊。 神蛙的五脏六腑，已经被黑老鸦掏吃了，只剩一张碧绿的神蛙皮。 "天神呵，你救救神蛙吧！"孤儿手捧着神蛙皮，泪如雨下，像撕肝裂胆一样地痛哭着。

原来黑老鸦见孤儿抢喝了智水，知道是神蛙的指点。 于是，它便飞到邛海湖边，拿神蛙出气。 神蛙因为早就负了重伤，没有抵抗能力，轻易地成了黑老鸦的口中食。 为了悼念神蛙，孤儿把神蛙皮蒙在木碗上，做成一把月亮似的二弦琴，取名"俄吧（神蛙）月琴"。 以后，每当他思念神蛙时，就抱起俄吧月琴，用力拨动琴弦，诉说心中的痛苦、悔恨和忧伤。

直到现在，彝族小伙子弹奏月琴，弹到激烈处，那拨弄琴弦的手法、姿态与琴音节奏，和人痛苦悔恨时，捶胸拍膛，撕肝扯胆的动作一个样。 所以，有人又把月琴叫作忧伤之琴。

苗族姑娘围腰上绣花的传说

（苗族）

贵州省丹寨等地苗家姑娘的围腰，为啥绣着美丽的花朵？说起来还有一个故事呢。 传说很古以前，苗寨里有两个手板手背般亲的姐弟，父母虽然都过世了，但凭着姐姐一双勤快的巧手，年年都是谷子漫出仓，棉花堆满堂，吃穿都不愁。 阿姐不但有鲜花般的好模样，还有颗赛过鲜花的心，她立志要把阿弟抚养成人。

听人讲从大地方来了个教书的先生，她就第一个把阿弟送去念书。先生要十两银，她送十一两；先生要十斗米，她多送五升。为了让阿弟念好书，就是要星星，她也想法去造云梯。

谁想这教书先生最恨的是女人比男人聪明。他听说阿姐是个心灵手巧、聪明过人的姑娘，就打主意整她。有一次，先生对阿弟说："明天，我去你家吃早饭，去告诉你阿姐，不要多做菜，只煮个红心萝卜就行了。"阿弟转到家，二话不讲，就跑到后园拔来一大篮萝卜，划开来个个都是白心的。阿姐转来家，看见阿弟守着一堆划开的白萝卜哭，忙问他哭哪样？阿弟只得把先生的话告诉了阿姐。阿姐听了咧嘴笑："咱家的红心萝卜一天长十个，十天得一篮，咋个没有呢？快点去请先生来。"

第二天，先生来到姐弟俩的家，看见火塘上一锅酸菜，心头想，这回可把她难住了。酒才倒上碗，就见阿姐端来一盘鸡蛋，掰开来个个都是白皮包红心，先生见了，顿时哑呆呆地忘记了喝酒。

先生回到家，越想越生气，凭我一肚子的字都难不倒一个姑娘？过了几天，先生又对阿弟说："明天去你家吃晌午，叫你阿姐不要太操烦多了，只煮个金钩挂玉盘就行了。"阿弟焦急地跑来家对阿姐说："这回咋个办呢？先生要吃金钩挂玉盘！"阿姐听了仰头想，晓得先生要难她，就对阿弟讲："去告诉先生，想吃哪样尽管来。"阿弟实在没见过什么金钩挂玉盘，但他相信阿姐是个说到做到的人，就去把先生请来了。

先生心里正盘算着：我看你还有哪样法子。只见阿姐端来一个大碗，里头一块块宝玉般白生生的豆腐，一串串黄金金的豆芽就像一串串金钩，又里又丫地挂在玉盘上。 先生又惊奇又嫉妒，连筷子也忘记捏在哪只手了。

先生转到学堂里，又气又羞：我读的书能挤破她家三堂屋，难道还治不倒她一个苗家姑娘？ 先生苦思苦想了三天三夜，又对阿弟说："明天我去你家吃晚饭，不要炒菜了，只做个虎耳拌龙爪子下酒算了。"阿弟丢魂落胆地跑到家对阿姐说："就算你有本事能上坡打老虎，又去哪里找龙爪子呢？"没想到阿姐听了大笑起来："我怕要哪样，这两样我们苗寨多得很！"这回先生来到了姐弟俩家，心头正在七上八下地磕辣子，阿姐端来一大钵里面全是酸辣子生拌的蕨菜和虎耳菜。 一根根蕨菜活像一只只龙爪，一张张菜叶活像只虎耳。 先生也没尝得菜是酸是甜了，只觉得肚子里有龙爪在抓心。

先生转来学堂里，气得病卧在床上七天也起不来。 他想，要是不想法把姑娘的心蒙黑，以后盖过了男人，那不翻天了？ 一天，先生想出了个妙法。 他画了个图交给阿弟说："多谢你阿姐的好菜！ 我没得哪样送给她，送她这张图，叫她照着图做个围腰挂算了。"阿姐得到了图，一下就猜到是先生想蒙黑自己的心。她叫阿弟去告诉先生：多承先生的好意，就照着图样裁起布来。先生听了，病顿时好了大半，拄着拐棍来看。

阿姐拎着新围腰来迎先生，先生一看，围腰绣着一朵美丽的大红花，把姑娘的脸映得通红通红的。 先生惊奇地问："我图上没有画花呀，你怎么绣上花呢？"姑娘说："这不是花，这是我的心，以前没有哪样蒙，它透不出来，多承先生送来这张围腰，它才透出来。"先生听完了，气得脚杆直打旋圈。 回来几天没沾一颗米，没过几天就气死了。

苗族铜鼓的来历

（苗族）

苗族祖先开始只有木鼓，也叫皮鼓。 铜鼓呢，是天上传下来的。 一提到铜鼓，人们都知道只有老仙婆务侯乜才有。 据说，她参加开天辟地立了功，天王特地赠给她这珍贵的礼物，叫她带回人间，与大家共欢乐。 这铜鼓，花纹细致，敲起来，山谷震动。 人听了，心激荡；鸟听了，要歌唱。 谁知道务侯乜带到人间以后，却独自霸占。 她还特地喂了两只恶狗，成年累月守着铜鼓。 两只恶狗凶猛异常，无人敢挨边。

每当节日到来，大家欢乐地围着木鼓跳的时候，都自然地想到务侯乜那铜鼓。 要是得到铜鼓，那该多好啊！ 有一年，年节到了，清水江边的龙头寨，有一对青年男女趁节日成婚，他们约了许多客人，准备好好热闹一场。 样样齐备，最好还能借到务侯乜的铜鼓来敲一敲，那才真正心满意足了！

大家想出了一个办法：凑钱去找务侯乜把铜鼓租用一天。 结果，派去的人被务侯乜挡了回来，大家很扫兴。 这时，有个后生叫波松嘎的站了出来。 他说："亲友们！ 这样隆重的节日，又举行这样热闹的婚礼，不能没有铜鼓啊！ 我愿意再走一趟，去找告厅拉、务厅赛想办法。"大家都赞同，波松嘎便跑去找告厅拉、务厅赛，讲了大家的心愿。

告厅拉、务厅赛就给了波松嘎三把菜籽、三把凌、三把水、三把岩石，并教他怎样使用这些东西。 波松嘎立刻回家找了两个白

412

萝卜，在火坑里烤成半生半熟，热得滚烫滚烫，用烂棉花包好，装在一个小木盒里。把告厅拉、务厅赛给的东西放进荷包。一切准备妥当，他马上去找务侯乜借铜鼓。

波松嘎到了务侯乜家，正好务侯乜上天做客还没有回来。守铜鼓的两只恶狗见了波松嘎，猛扑过来，波松嘎不慌不忙地丢出两个滚烫滚烫的白萝卜，两只恶狗扑过去就咬，烫得叫不成声，在地上打转转，牙齿全给烫落了。波松嘎三脚并作两步跨进务侯乜的堂屋，背起铜鼓就走。

由于走得急，忘记看路，跌了一跤，铜鼓碰在石头上，响声震动山谷，传到天上。务侯乜听到铜鼓声，立忙赶回家来。一进屋，见心爱的铜鼓不在了，两只狗没了牙齿汪汪乱叫，务侯乜气得直跺脚。她立忙把两只手圈脱下，安在两只狗的嘴里，两只狗顿时有了利牙。务侯乜立即带狗追赶。

波松嘎背着铜鼓跑，忽然听到狗叫声，知道是务侯乜追来了。狗的叫声越来越近，他忙掏出告厅拉、务厅赛送的三把菜籽往路边一撒，眼前出现了三片鲜嫩鲜嫩的菜苗。务侯乜被菜苗吸引住了，她吆住了狗，立马就打。等她打完三块地的菜苗，波松嘎已经走得很远很远了。

务侯乜打完菜苗又追。狗叫声越来越近，波松嘎回头撒出三把凌，路面顿时又光又滑。务侯乜赶来，摔倒了，狗也没法追。等务侯乜找来火坑灰边撒边追的时候，波松嘎已经走得很远很远了。

务侯乜过了又光又滑的凌冻路面，又拼命追赶。狗叫声越来越近，波松嘎回头撒出三把水，顿时后面出现三条大河，水浪滔滔，把务侯乜挡住了。她立忙撵两只狗回家扛木槽。两只狗去了大半天才扛来木槽。务侯乜立忙坐上木槽，两只狗护着木槽，把务侯乜送过河。 等务侯乜渡过三条河，波松嘎已经走得很远很远了。 过完三条河，务侯乜又拼命追赶。

狗的叫声越来越近，眼看就要被追上了。 波松嘎不慌不忙地拿出三把岩石，回头一撒，眼前出现了三堵万丈高的悬崖绝壁，把务侯乜挡住了。 务侯乜本来可以跃上悬崖绝壁追赶，但两只狗却毫无办法。 没有狗帮忙，她就是上去了，也无力从波松嘎手里夺回铜鼓，只好垂头丧气回去了。

波松嘎站在高高的悬崖绝壁上，看见务侯乜带着两只狗往回走了，他高高兴兴地把铜鼓背回了龙头寨。 铜鼓拿来了，邻近村寨的男女老少，都围着铜鼓跳呀、唱呀，一直跳了三天三夜。 从此，悠扬的铜鼓声便响彻苗岭。

布依族的传说

（布依族）

布依族崇拜自然，以为万物有灵。 他们信奉社神、山神、水神、雷神、石神等，也崇拜牛、狗、青蛙、古树等动植物。

崇拜青蛙的由来

有一户人家，只生了三个女儿而没有男孩。 一天，三个姑娘扛着锄头去刨地。 三妹年纪轻，力气小，刨地比不上大姐、二姐快，她叹了口气，自言自语道："唉，太累了！ 谁要是能帮我刨刨地，那就太好了，我情愿嫁给他，做他的妻子。"谁知她话音刚落，田边一只大青蛙竟后腿蹬地站立起来说道："我可以马上帮你把这片地刨完。"

三妹低头一看，原来是一只青蛙在说话，她认为这是在嘲弄自己，便骂道："你这小小青蛙，只要我锄头一举，马上就把你砸死了，你还能挖地？"青蛙却笑着说："姑娘，你别生气，你先闭一会眼睛吧。"三妹一听，又生气又好笑，果真闭上眼睛了："我依了你，先闭一下眼睛，看你能怎么着。"奇怪的是，就在三妹闭上眼睛的一会儿工夫，青蛙立刻把这一片地给刨好。"地已经刨好了，你该嫁给我了。"青蛙一再要求三妹实践诺言，做它的妻子，这可把三妹气死了，大姐、二姐也不答应，她们举起锄头，骂着追着要砸死青蛙。可青蛙又蹦又跳的，怎么也打不着，还是一个劲地说："三妹，你说了话就得算数，你就该做我的妻子。"

中午，三姐妹回家去，青蛙也跟在她们背后，来到了她们家。青蛙进了门，一跳便跳到房梁上，对三妹说："你说了要嫁我的，和我一块回去吧。不然，我吐一口水，便能把你家给淹了。"父母一听，全都气坏了："世上哪有姑娘嫁给青蛙的事！你快快出去，不然，我就用竹竿打死你这小小的青蛙！"青蛙一听，也发了火："你们全都不守信用，看吧，我可要吐口水了。"它说着便吐了半口口水，立时便把家里淹了一半。

这一来全家人都吓坏了，这才晓得青蛙是神通广大的蛙神，慌忙求青蛙道："快把水收回去，我们同意三妹嫁给你了。"青蛙把大嘴一张一吸，一口气便把半屋子水给吸回嘴里了。

这回全家人不再食言了。于是，三妹换上一身新衣服，骑上马出阁了，青蛙则在前面跳着引路。走了好一会，他们来到一片竹林，林中有一个石洞，洞口长满各种美丽的花草。青蛙说："到家了，三妹你闭上眼睛，我拉你下去。"三妹一闭眼睛，只觉得身子便飘忽起来，不一会儿便被人拉了去似的。 青蛙让她睁眼看看，三妹刚一睁眼，只见周围一片光芒，炫目耀眼：高大、宽敞的房屋，一应俱全的用具什物，还有各种各样的金银财宝，把三妹看得眼花缭乱了。

更奇怪的是，当青蛙让三妹再次闭眼睛之时，青蛙这时突然摇身一变，脱去了青蛙皮。 当三妹再次睁开眼睛一看，站在她面前的是一位十分英俊壮美的小伙子。 三妹又惊又喜，于是，他俩当日便成了亲，从此过上了美满幸福的日子。

蕨菜芽的故事

生长在洼地里的蕨菜，当地人称之为"龙爪菜"。 相传，有一年村里有位最善做蜡染的姑娘病了，家人几次请鬼师到家里来退鬼也不灵验，眼看着病体一天不如一天，奄奄一息了。 一天，她母亲上山采回蕨菜嫩芽，这种富含多种维生素和粗蛋白的蕨菜芽儿，既是菜又是药。 想不到姑娘吃了后，便觉得舒服多了。 母亲见女儿吃过蕨芽儿对病有作用，又连着上山采蕨。 靠着吃蕨芽儿，姑娘的病治好了。 她一高兴，便把这种救命的龙爪菜画在蜡染布上，以示永远铭记不忘。 别人一看，龙爪菜既美丽，又仿佛充满无穷的生命力，也模仿起来。 于是，龙爪菜就慢慢变成了布依族蜡染的常见图案了。

牛王和牛王节的传说

从前，有一个村庄的村民穷得买不起耕牛，用人拉犁拉耙，又累又慢。 一天，一位老者叹息道："听祖辈说，天庭有神牛，力大无比，唉，要是真有一头神牛来耕田，可就好了。"小伙子阿牛一听当了真，他对老人说："我一定要把神牛找来！"于是，他带上干粮，背上弓箭出发了。 阿牛走呀走呀，一天来到一个寨子，他又累又渴，见寨边有一眼水井，便跪在井边捧水喝。 他喝着喝着，忽然听到井里有说话声，好生奇怪。 他仔细一瞧，井壁还挂了一面铜鼓，便好奇地敲响铜鼓。 谁知他敲到第九下时，天王听到铜鼓声，驾云下凡，循声来到阿牛面前，问道："阿牛，你敲铜鼓，想干什么？"阿牛便说起村里没牛耕田，辛苦难当，他立志要寻找神牛回村。 "好吧，今晚我就送你一头神牛。"天王说罢便不见踪影。 晚上，随着寨后山顶一声雷霆响过之后，一头神牛果然温顺地来到阿牛身边。

当地的头人听说阿牛用神牛犁田拉耙，又快又省劲，便想试试神牛的真假。 他发话道："谁人能在四月八日之前的十天内，把我的一千亩田打完后插上秧，我就把女儿许配给他。"阿牛听说后，立即前来应试。 在神牛的帮助下，阿牛果然在初七那天就把一千亩田犁好耙平，插上稻秧。

头人又惊又喜，可他还想再试试神牛的力量和勇气，便宣布第二天进行斗牛："神牛若斗赢了一百头大水牯，我便把五个女儿中的一个嫁给阿牛。"面对一头头膘肥体壮、犄角又宽又尖的大水牯，神牛越斗越勇，把它们一头一头全给斗败了。

头人允诺把女儿嫁给阿牛了。 可是，五个女儿都喜欢阿牛，究竟把哪个女儿嫁过去呢？ 头人只好让阿牛自己物色了。 五姐妹都想在阿牛面前显示自己的才智和手艺。 于是，头人让五个女儿分别给神牛献茶、敬酒、送饭，以神牛吃谁的茶、酒、饭，谁就与阿牛成亲。

比赛开始了。 第一轮比试给神牛献茶。 五姐妹分别端上了各自沏出来的红茶、绿茶、高树茶、矮树茶、苦丁茶。 神牛用鼻子闻了闻，便把苦丁茶喝了。 第二轮是给神牛敬酒。 五姐妹分别端来各自酿造的糯米酒、高粱酒、包谷酒、麦克风子酒、紫泉酒。神牛嗅了嗅，最后只喝了紫泉酒。 第三轮是向神牛送饭。 五姐妹分别端来各自蒸煮的红、黄、白、绿、黑五种不同颜色的糯米饭。神牛看了看，最后只吃了用枫香树叶染出的黑糯米饭。 头人一一问讯，而这苦丁茶、紫泉酒、黑糯米饭，恰恰都是五妹做的。 四位姐姐一看，这是神牛作的大媒，姻缘如此，他们也都默许了阿牛与五妹的婚配。 于是，阿牛和五妹成了亲。 后人为纪念神牛、阿牛和五妹，每到农历四月初八这天，家家都要熬苦丁茶，酿紫泉酒，蒸黑糯米饭，以祭祀牛王和喂养自己的耕牛，并在村寨举行斗牛比赛。

苗族踩花山的传说

（苗族）

每年农历正月初三、初四、初五三天，是苗族的盛大节日——踩花山。 这三天，苗家男女老少，都穿金戴银，从四面八方赶到花杆山脚下，吹芦笙、弹响篾、踢脚架、耍大刀、斗牛、斗画眉……特别是倒爬杆更是引人注目：一个小伙儿腰扎彩带，头箍布帕，背贴花杆，伸出两只手，举过头顶，反扳住花杆，两只脚轻轻向上一举，就头朝下，脚朝上，一纵一跃，向花杆顶端爬去，一个爬了另一个接上。 顿时，叫好声此起彼伏。 这就是苗家特有的踩花山。

这节目是怎么来的？

传说古时候，苗家居住在平原地方。那地方土地宽得连着天，平得像操场，年年风调雨顺，家家有吃有穿。那时，苗家有个王叫蒙子酉，他人很好，有九个儿子，八个姑娘。每天夜里，他就领着儿子姑娘吹芦笙、打牛皮鼓、唱歌、跳舞。有个晚上，牛皮鼓的声音传到皇宫，震摇了宫殿，惊动了满朝文武。于是，皇帝派人四处查访。

皇帝知道苗家有一大块好田地，家家有钱有粮，眼睛红了，心生歹念，就派兵来打蒙子酉。皇兵每到一处就大肆抢占，无恶不作，搅得苗家不得安宁。这下子，就把蒙子酉给惹火了，他带领苗家，一同抵挡皇兵。但是，因为蒙子酉兵器不好，结果屡战屡败，一直被赶到深山老林里。

这深山老林一峰比一峰大，一峰比一峰高，连绵不断。苗家逃到这里，喊也喊不应，找也找不到。蒙子酉就砍了一个又高又直的杉树，修枝剥皮，染成红白两色，解下他腰间的红布带，拴在花杆的一端，立在最高的山峰上，用来召见苗家儿女。苗家人看到了，就纷纷聚拢来。蒙子酉就在花杆下扎下营寨，叫九个儿子和八个姑娘各统领一部分苗民，分别驻守在各大山顶上。他们一边打猎，一边耕地织布，同时造房子，打兵器。没有几年，苗家又富裕起来。于是，苗家又打牛皮鼓、吹芦笙、唱歌跳舞了。

牛皮鼓的声音传到皇宫里，皇帝又派来了兵将，顺着鼓声来攻打蒙子酉。蒙子酉听到消息，就将儿子和姑娘召集起来，问："皇兵又打来了，兵器造足没有？"他们齐声回答："造足了。"蒙子酉又问："所有关卡守严没有？"除了儿子农要咪以外，其余的人都回答："守严了。"蒙子酉见农要咪没有吱声，就生气地问道："你呢？"农要咪笑嘻嘻的回答："我没有堵住关卡。"蒙子

419

酉听了，大怒，吼道："你不堵关卡，难道你要放皇兵进山，杀你的兄弟姐妹，来砍我的头吗？"农耍咪仍旧笑嘻嘻地回答道："阿爸，我想敞开大门，将皇兵引到花杆脚下，关起门来打。皇兵兵器好，人又多，不这样做打不赢他们。"蒙子酉听了这番话，怒气稍稍减退，问："你打算怎么引法？"农耍咪看了看八个妹妹，回答说："前几年，我们同皇兵打仗，他们回回胜利，这次他们一定会疏忽大意，我们可以选一些姑娘打扮一番，同时挑选一些武艺高的小伙子、姑娘在花杆下跳舞，引诱皇兵到花山上来，周围埋伏下重兵，等皇兵到达半山腰，我们挂旗为号，四周的兵马杀拢过来，花山上的精兵杀下去，里外合攻，就会把皇兵杀光……"蒙子酉听了之后，转怒为喜："好好好，那么，谁来挂旗呢？"

农耍咪回答："这一仗的关键在挂旗人，挂旗一定要适时，挂得快，既要有胆量，又要有气力，还要灵活……"蒙子酉听到这里，转喜为忧，不等农耍咪说完，又急着问道："那，谁来挂旗呢？"八个儿子冲到跟前，争着抢着要挂旗。蒙子酉反反复复看了几个儿子，还是决定不了谁来挂旗。农耍咪对八个弟弟说："比赛爬杆，谁赢了谁挂旗。"蒙子酉听了连声叫好："好好好，就这样办！"

比赛开始，苗家纷纷涌到花杆下，里三层外三层将蒙子酉九个儿子围住。九个儿子又将花杆围住。蒙子酉站在花杆下，拿着红旗。霎时，整个山头站满了人。蒙子酉看了看九个儿子，问："哪个先爬？"

话音没落，小儿子芝梭朵走到花杆下，抱住花杆，像松鼠一样沙沙爬上去，又沙沙地滑下来。众人见了，纷纷叫好。叫好声中，芝梭朵对父亲说："怎么样？把红旗交给我吧！"

蒙子酉还没开口，他的二儿子农排贡大声说："慢点，看我的。"他两手抓杆，两腿蹬杆，身子不贴杆，刷刷而上，又刷刷而下，众人见了，掌声如雷。农排贡笑着对父亲说："阿爸，把红旗给我吧！"

农耍咪一跃上前，一把夺过红旗，口咬红旗，抓住杆子，仅凭两只手，眨眼间爬到杆顶，又一下滑下来，上上下下，往返数次，一次比一次快。众人见了目瞪口呆，过了半晌才齐声叫好。几个弟弟见了，齐声说："阿爸，阿哥的武艺比我们高，就让阿哥挂旗吧！"就这样，选举结束了。

接着，按照农耍咪的建议，挑选了一部分能歌善舞的漂亮姑娘和一部分精壮的小伙子，留在花杆下引诱皇兵，其余的人都到山脚下埋伏起来。

山头上的人吹吹打打，非常热闹。山脚四周，苗家人准备好了兵器，等着皇兵到来。

不一会儿，皇兵大摇大摆进入包围圈。农耍咪站在花杆下，看见皇兵离自己不远了，就叫大家停止歌舞，朝山下杀去，他立刻转身，使出最大本领，向杆顶爬去。

皇兵知道了农耍咪的用意，就一面抵挡冲下来的苗兵，一面向农耍咪射箭。为了躲避弓箭，农耍咪绕着杆子盘旋而上，一枝枝箭射空了。爬到一半的时候，几支箭射到了农耍咪的背上。他"哎哟"叫了一声，口中的红旗掉到了地上。他马上滑下杆子，捡起旗子咬住，又向杆顶盘旋而去。刚爬到杆顶，几支箭射到了他的头，他大叫一声，红旗又落了下来。这时，皇兵吼着叫着，已经快到花杆底下了。

农耍咪见了，拔出大刀，奋力杀皇兵，皇兵终于暂时被打退了。乘此机会，农耍咪略微思索了一下，就捡起红旗，别在腰间，冲到花杆下面，背贴花杆，双手抓住杆子，双脚向上一抬，头朝下，脚朝上，一纵一跃，向杆顶爬去。 皇兵见了，又射起箭来，一枝枝箭，插在花杆上，插在农耍咪腿上、背上，鲜血顺着杆子淌下来，他呻吟着，骂着，使出全身力气，爬到杆顶，挂起了红旗。

四周埋伏的苗兵见了，纷纷冲出来，奋力砍杀皇兵，蒙子酉冲在最前面，杀得皇兵鬼哭狼嚎，四散奔逃。 农耍咪看了，开心地笑了，但他也因为受伤太重，闭上了眼睛。 这一仗，蒙子酉赢了，但是他的九个儿子和八个女儿却在拼杀中死了。

蒙子酉和苗家把他们抬到花杆脚下，守着哭着，直到第二年的农历正月初三、初四、初五，才煮酒杀牛祭奠，安葬在花杆脚下。从此以后，苗家就在每年农历十六立杆，第二年的农历正月初三、四、五举行祭奠仪式，同时习练九个儿子的倒爬杆、舞大刀、杆子、木棍等武艺，激励苗家反抗压迫。

瑶族赶鸟节的传说

（瑶族）

每年农历二月初一，是瑶族人的赶鸟节。 相传，在很久很久以前，江华山区，林木茂密，很适宜鸟雀繁衍生息。 以五谷为食的山雀、野鸡、斑鸠等等熬过了严冬，看到山桃花开了，伸动翅膀，飞上天空，站上了高枝，看到山里人来了，就唱起欢乐的歌；看到姑娘们手里金灿灿的包谷籽，一把把，一串串，撒进了黑沃沃的山土里，唱得更欢了，邀集伙伴，快来"会餐"！ 这样，它们往往成群结队，飞如乌云遮日，落像黑幕压地，耕山人一走，它们巧妙地试探了"稻草人"，飞落坡地，用尖利的嘴巴不停地啄，不一会儿，山土就糟蹋得不成样子了。 鸟害成了耕山人的一块心病。 山地里没有了收成，耕山人只有吃蔬菜，官府的钱水粮流也枯竭了，皇上发了慌，忙下圣旨："谁制住了鸟害，赏林九架，免税九年。"

圣旨传下来之后，山主、耕山人都想开了办法。 盘云寨有个盘英姑，很爱唱歌。 耕山人听了她的歌，口里像溶了一块蜜；她向着山泉唱，山泉都停止了流淌；她向着山林唱，鸟雀们都羞得不敢开口。 盘英姑的歌停了，鸟雀们还久久不肯离开。 耕山人想到：要赶鸟，盘英姑一定有办法。

于是，盘云寨的男男女女都来到英姑的木楼，跟她学起了唱歌，并商量把歌传到九十九寨的耕山人中间去，约定下年正月的最后一天，下种以前，把鸟雀从九山引开，赶到没有阳春作物的白头山去。 在盘云寨，有个叫盘阿肚的山主，养了一对画眉，每天清晨，他把鸟笼挂在木楼的房梁上，逗着画眉唱。 说也奇怪，也引来一些山雀，日停寨头，夜宿楼檐，山主十分高兴："哈哈，九架岭又到我名下了。"于是，他急忙修书，报告皇帝。 皇帝朱笔一点，命令各山寨：山主们多养画眉，正月末一天，以鸟引鸟，把九山九岭的鸟雀引上白头山石岩岭。

正月最末一天到了，就要种早包谷了，大清早，九十九寨的耕山人，歌唱着聚会寨头。 九十九寨的山主，看着鸟雀一群群飞出山林，飞来山寨，好不高兴，举起鸟笼，抢在耕山人的前头，向白头山汇集。 鸟雀也真的追着歌声，跟着人们，飞往白头山。

这天，白头山上人多，鸟也多。 晴天，鸟雀飞成排，为歌唱者遮日荫；雨天，鸟雀飞成队，为唱歌人挡风雨。 耕山人从清晨唱到黄昏，鸟雀真的忘了飞回山林，累了，就落在岩石上，人们悄悄离去。 到第二天，鸟们飞到云头寻找歌声，它们围着白头山飞，好像山头有听不完的歌声。 这样，鸟雀们在白头山待了半年，等到它们醒来，坡地上只剩了稻谷秆子，耕山人早把粮食收进了寨门。

瑶族用布缠头的传说

（瑶族）

传说很久很久以前，评王掌管着天下，天下太平。 宫殿里养着一个毛色有斑点的大狗，名称龙犬，评王对它十分喜爱。 后来，一个远在海外的紫王反乱天下，时时出兵来打评王。 战争进行了多年，都不能把紫王打败。 评王便张贴榜文，布告天下：如果有人能够打败紫王，除了封官赐赏以外，还把自己最美丽的三女儿配他为婚。 满朝的大臣小官没有一个敢去揭榜。

一天，龙犬见了榜文，一跃而起，把榜文揭了下来，用嘴衔着上殿会见评王。 评王见它揭了榜文，便问："你是不是有本领去打紫王？"龙犬点了几下头。 评王又惊又喜，便摆下丰盛的筵席，为龙犬饯行。 龙犬吃了评王的筵席以后，立刻启程，像腾云般地飞跑前往，又费了七天七夜的工夫，游过了茫茫大海，终于到了紫王的国家里，一直闯上金殿。 紫王正在坐朝，见了龙犬，知道是评王豢养的爱犬，心里十分高兴。 他对大臣们说："你们看，评王养的龙犬，现在都逃到我国来了，可见评王在国内已失民心，胜利对我们来说已经不远了。"从此，紫王便把龙犬养在宫殿里，留在身边，形影不离。

有一天，紫王上厕所，龙犬便乘其不备，猛扑上去，当即咬下了紫主的头颅，飞奔回国，朝见评王。 评王召集大臣们，来辨认这颗头颅。 当知道这的确是紫王之头后，评王大喜，就像摘去了一块心头之患，便大摆筵席，犒劳龙犬，并赏赐给龙犬许多金银财宝。 但是龙犬看也不看这些金银财宝，心念着要和公主结婚。

评王心知其意，但又很为难：公主怎能与狗结婚呢？ 因此怀有悔婚的意念，终日闷闷不乐。 聪明的公主知道了这件事，便诚恳地劝父亲：“应该依照从前的榜文行事，不可食言。 食言会被天下笑话，于国家不利。”而且表示愿意嫁给龙犬。 评王接纳了公主的劝谏，亲自操办了公主和龙犬的婚事。

成婚以后，夫妻恩爱，感情一直很好，大家都觉得奇怪。 一天，公主的母亲同公主谈起这事，公主才说出龙犬的秘密。 她对母亲说：“龙犬白天是狗，晚上却是一个美貌的男子，他身上的斑毛，晚上也就变成光彩斑斓的龙袍，所以我们两人的感情很好。”母亲说：“龙犬晚上既然可以变人，白天也应该变成人才好。 这样就有人继承你父亲的事业了。”王后把这事告诉了评王，评王说：“龙犬能变成人？ 太好了！ 我封他做王。”王后把意思告诉了公主，公主就和龙犬商量。 龙犬叫公主把他放在蒸笼里蒸七天七夜，便可脱去身上的毛而变成人了。

公主按龙犬的话一一照办。 但蒸到六天六夜时，公主按捺不住焦急的心情，又怕把丈夫蒸死，便揭开了盖子。 啊！ 只见龙犬果然已变成了一个英俊、威武的小伙子，传说，这小伙子就是瑶族人民的原始祖先。

但是因蒸的日子不够，头上、腋下和脚胫上的毛都未曾脱掉。可盖子已经揭开，不能再蒸了，只好把有毛的头和胫，用布缠裹起来。 于是，瑶族人世世代代都用布把头裹起来，沿至今天。 龙犬变成人后，评王便实践诺言，封他为盘护王。 还备办许多金银珠宝、绫罗绸缎，作为公主的嫁妆呢。

鸡鸭鹅的由来

（苗族）

古时候，鸡、鸭、鹅住在天上。 那时候，天上住着雷公和尖子，他俩本是天神造就，日月星辰哺育大的，分不清谁大谁小。

后来，雷公与尖子为了分家，论起排行来，谁大谁就留在天上，谁小谁就下凡去。 两兄弟都想留在天上，争着当哥。 争来争去，各不相让，最后红了脸，打了起来。

雷公仗着有一对铜铃，可以呼风唤雨，不把尖子放在眼里；尖子诡计多端，自有办法对付雷公。 两兄弟打来打去，都发了火，雷公掏出铜铃，要发洪水淹死尖子。 尖子灵机一动，忙喊道："雷公，慢点、慢点，你我说不说也是兄弟，你真要放水淹我，请看兄弟的情分，等我三天，等我把栽在凡间的葫芦瓜亲口尝一尝，听说这种瓜比什么都好吃，这样，你就是发水淹死我，我死了也心甘情愿。"

雷公心想：不答应他，他说我不讲兄弟情分，答应嘛，这时间又太长，怕这家伙耍花招。 说道："好嘛，看在弟兄份上，我等你三天。"

雷公忘了，天上三天是地上三年。 尖子下到凡间，种下葫芦瓜，一年就结了瓜，长了三年，瓜长得可以装下人了，尖子就把葫芦掏空，钻进葫芦里。

雷公在天上等了三天，就摇动铜铃，只听轰隆隆、轰隆隆，四海龙王应声而来，一时间暴雨倾盆，雷公整整摇了七七四十九天铃，摇得腰酸背痛，暴雨整整下了七七四十九天，地上洪水都涨到天边了。

雷公心想，这下尖子肯定淹死了，不会有哪个来同我争高低了。他召来鸭子，命令它到洪水中看看尖子到底淹死没有。鸭子拍拍翅膀就去了。鸭子下到水中，见个大葫芦漂在水面上，尖子躲在葫芦里睡大觉，就赶忙回来，一老一实地对雷公说："尖子还没死，他正在水面上睡大觉。"

雷公听了大发雷霆，不等鸭子讲完，一脚朝鸭子踩去，鸭子躲不及，嘴壳被雷公踩了一下，扁了，从此，鸭子就成了扁嘴。

雷公又召来公鹅，叫公鹅去看看，到底鸭子说的是真还是假？公鹅慌忙去了。

等公鹅回来，雷公问它："尖子死没死？"

"还没有死，他在水上睡觉呢。"公鹅还没说完，雷公气得脸青面黑，一脚朝公鹅踢去，正踢在公鹅脑门上，立马起了个大肿包。从此，公鹅头上就留下了一个大包。

雷公又喊来公鸡，要它去看看尖子到底怎样了。公鸡见鸭子和鹅都遭了惩罚，很害怕，它本来就怕下水，走到水边，玩了一会儿，就回来胡乱对雷公说："雷公公呀，尖子他尸首都看不见，恐怕早就被鱼吞了。"

雷公听了，转怒为喜，露出满口金牙，捏着公鸡的嘴说。"公鸡呀公鸡，你这张嘴真讨人喜欢，我真高兴听你刚才说的话。"公鸡又把那胡编的话说了一遍，雷公一高兴，用力捏着公鸡的嘴。公鸡痛慌了，往回一缩，嘴就被雷公捏尖了。雷公哈哈大笑，赏给公鸡一顶冠子，一件五彩袍。

这时，尖子划着葫芦来到天边，大声对雷公说："雷公呀，你放水也不先通知我一声，本来我种了好多葫芦，选了几个好的，都掏空了，准备送几个给你装酒喝，哪晓得洪水一来，我只好坐上这一只葫芦，其余的都留在地上了。"

雷公听了，心里一动，又见尖子坐的葫芦确实好，就说："老兄呀，你准备给我的葫芦像不像你坐的这样？"

尖子说："我准备送你的葫芦比这个好多了，这个是我慌忙中乱坐的一个，好的我都留在地上了。"

雷公说："等我退了水，同你一道去拿，好不好？"

尖子说："只要你看得起，你想要拿几个就拿几个，反正我栽得多。"

于是，雷公退了洪水，同尖子来到凡间。 到了凡间，雷公问尖子："你说的大葫芦在哪里？"

尖子说："老兄，这葫芦三年才长一个，哪里会有多的送你！"

雷公听了说："你为什么哄我呢？"

尖子说："我不哄你，你怎么会退洪水呢？"

雷公知道上了尖子的当，无话可说，一气返回天上，见了鸡、鸭、鹅，把气出在它们身上，于是把鸡、鸭、鹅全都赶下凡来，从此，地上才有了鸡、鸭、鹅。

（讲述：潘垢九　搜集整理：刘必强）

马的来历

（纳西族）

很古很古的时候，天上的排神居住在罗过排子坡上，禅神居住在论启禅子坡上。 他们养了一对神鸡，排神养的是一只公鸡，禅神养的是一只母鸡。公鸡脖子有三攀长，尾巴有三步长，脚爪有三拃长。公鸡与母鸡白天一同在精肯司美柯（地名）寻找食物，晚上在恒依窝金河源头栖息。

过了一段时间，母鸡就在它的窝里下了好几对鸡蛋，一对是银的，一对是金的，一对是绿松石的，一对是墨玉的，一对是铜的，一对是铁的，一对是木的。

天上的神鹰来给它抱蛋，抱了三天三夜孵不出来；东神来给它抱蛋，抱了三天三夜也孵不出来；云神来给它抱蛋，抱了三天三夜也孵不出来；风神来给它抱蛋，抱了三天三夜也孵不出来；石神和水神来给它抱蛋，抱了三天三夜还是孵不出来。它们就把蛋扔到海里去了。

这时左边刮起了白风，右边刮起了黑风，海里波涛澎湃，浪花把蛋冲上了岸，砸在海边的岩石上。蛋破裂了，出现了一团团闪闪灼灼的东西，好像是各种颜色的马，从水里奔跳出来。

一对白色银蛋里出现了白马，一对黄色金蛋里出现了黄马，一对绿松石蛋里出现了花马，一对墨玉蛋里出现了黑色的高头大马，一对铁蛋里出现了黑蹄马，一对铜蛋里出现了枣红色的灵巧善跑的快马，一对木蛋里出现了犏牛、牦牛样的马。这样，各色各样的马儿出现了，它们在水里生活，一天天壮实成长。

一天又一天，马儿慢慢从水里爬上岸来，它们看见人类居住的大地上，有各种各样的东西，感到十分新鲜、好玩，就下决心去向地上的动物学习，增长自己的本领。它们看见山骡（野兽名）在山上跑，它们也学山骡跑；它们看见马鹿在高原上跳，它们也学马鹿跳；它们听到老鹰的叫声，它们也学老鹰叫；它们看到铁很坚固，就在脚上套上一副铁蹄。这样，它们就可以在陆地上生活了。

这一群红的、黄的、黑的、棕色的马儿，到了陆地上，它们各自分了家，有的变成了驯服的骏马，有的变成了不受拘束的野马。野马住在居里坡上，骏马住在吉古坡上，还有牦牛住在老趣阁里，各自生长，互不打扰。

　　后来日子久了，它们互相争吵、争斗起来了。先是野马认为比骏马好，骏马呢，也认为自己不比野马差，结果，它们决定来个比赛，见个高低。它们俩走到米丽达吉海边，去看映在水里的影子，比谁的头颅好看。它们看见骏马的头像青蛙一样映照在水里，而野马的头一点也看不见，野马垂头丧气，只好一声不响。

　　它们又决定赛跑。先在平原里比赛，骏马跑得快，一直跑到天与地交界的地方，野马只跑到地边上，它认输了。第二次决定上坡比赛，骏马一口气跑上了坡头，野马只跑到坡脚下，它又输了。第三次比赛，骏马已翻过了崇山峻岭，野马只在坡间徜徉，这次它又认输了。在三次比赛中，骏马获得胜利，趾高气扬，非常骄傲。

　　冬天来了，白雪漫漫，高山上的青草已经枯死了。马儿没有吃的，它们都跑到竹林里去啃竹子。竹林里的竹笋已被獐子吃光了。骏马跑得快，啃着青嫩的竹尖；野马跑得慢，来到竹林里，没有可吃的了，只好扒竹根来充饥。它气愤地诅咒骏马："烂皮的东西呀！你不要骄傲，但愿有沉重的驮子压在你的背上，擦烂你的脊梁。"

　　骏马不理睬，吃饱了竹尖就跑到牦牛住的地方老趣阁山沟里喝水，牦牛见了很生气，跑下山来要撞骏马，却误把野马撞了三下，野马骇得连跑带跳地逃到高山上去了。

　　这时，牦牛肚子饿得扁扁的，慢腾腾地在雪地里走着。骏马看见了牦牛这种样子，不禁"嗨嗨"地笑了一笑。牦牛抬头一看，以为是被它撞跑了的马儿，恼羞成怒，向骏马扑来，使劲地朝马儿撞了一下，骏马只是踢一下后脚就逃跑了。

骏马跑到山坡上，遇见了野马，就与野马商量，要去找牦牛报仇。野马说："牦牛头上的角像是两把利刀啊！与它打仗，好比去送死。"

骏马说："既然牦牛这般厉害，人能驯服它，人就比它厉害了，我们何不投靠人去？夏天人会拿小麦来给我们吃，冬天会拿谷子来给我们吃，还会喂一些盐巴，晚上冷了，会把我们关在房子里，像火一样温暖。"

野马说："我看，世界上比人坏的没有了，夏天不会拿小麦喂你，冬天不会拿谷子喂你，不会给你住在温暖的房子里，人饿了还会吃你的肉，冷了会剥你的皮做衣服，我不愿意去投靠人，我要去喝高山上的泉水，要吃高山上的青草。"

骏马气愤地诅咒说："你怎么不听我的劝告呀！不去投靠人，你在山上想喝泉水吗？泉水到冬天会冰冻，喝不到水，会把你渴死；你想吃高岩上的青草吗？青草会被严霜扎枯，吃不到青草，会把你饿死。愿你的脊背不驮就烂，愿你的蹄子不跑就裂！"

野马也愤愤地诅咒说："唯愿你变成人骑的东西，变成过河的桥梁，变成驮尸骨的家伙（古时死人送葬是用马驮运）。"

从此，骏马与野马就在居里坡下分开了，野马跑到高山上自去找野草吃，骏马就下山到平原里投靠了人。人很好地喂养马，冬天喂谷子，夏天喂小麦，晚上给它住在温暖的房子里，早上把它拴在棕树上。

有一天骏马挣脱了缰绳逃跑了，人们带了弓箭和猎狗到山里去寻找，他们一边走一边学着马叫。马儿藏在密林里，一听见"嗨嗨"的叫声，它也"嗨嗨"地应了三声。这样，人们就把马找了回来。 人们问马道："马儿，你为什么逃跑呀？"

马说："我昨夜做了一个噩梦，脖子上被一条青蛇缠住，嘴里被铁环套住，用火来烧，头上挨雪打，肋上被凿子来凿，尾巴上拖了棘刺，身上长了一棵青树，一只老鹰栖息在树上，一只老虎在树下睡觉，所以我害怕得逃跑了。"

人们笑着说："马儿呀！这不是恶梦，而是得了一个吉祥的梦兆啊！ 不是青蛇缠你，而是要给你带上攀胸；不是雪来打，而是要给你头上擦酥油；不是火来烧嘴巴，而是要给你挂上三绺染红的牦牛尾巴；不是用铁环套你，而是要给你上嚼环；不是凿子来凿肋巴，而是给你挂马镫；不是你身上常青树，而是给你配马鞍；不是老鹰来栖息，而是要给你插上鹰的翅膀；不是树下睡着老虎，而是要给你垫火皮褥子。 这是一个好梦呀！ 你不要害怕！"

于是人们用杜鹃木削成了精致的鞍子，鞍头用银镶，鞍尾用金饰，用绿松石做攀胸，用墨玉做后鞧，用黄金做马镫，白海螺做嚼环。 马身不清洁，用黄金梳子梳；马蹄不圆，用白铁凿子修。 打仗时，青年们带上弓箭，骑上骏马，飞也似的奔赴战场；打猎时，人们骑上骏马翻山越岭，去寻找野兽。 从此，骏马在人们生活中成了不可缺少的朋友了。

（翻译整理：周耀华）